내가 살아온 안녕들

산지니시인선 016

내가 살아온 안녕들

김해경 시집

산지니

잊어야 할 것이 너무 많아서

잊어서는 안 되는 것들이 너무 많아서

긴 여행을 꿈꾸고 있다.

| 차례 |

제2부

제3부

제 4 부

제 1 부

토마토와 고양이

리어카에 토마토가 실려 가네 물러터지기 직전의 소쿠리 앞에 삐뚤하게 쓰인 - 한 소쿠리 오천 원, 탱탱하고 쭈글하고 국물이 삐질 온갖 잡다함이 다 섞여 있어 주먹으로 콱콱 으깨고 싶은 욕망이 오르네 욕망의 열기가 한창일 때 이야기이네

고양이가 있었네 노란 털이 듬성듬성 눈에는 눈곱이 죽을 날을 기다린 것처럼. 언젠가 토마토 같은 고양이 시를 쓰고 싶다는 시인을 만난 후 그 시는 내가 꼭 쓰겠다는 결심을 일기장에 써놓고 몇 년을 잊고 있었다 오늘 토마토를 만난 후 공간의 이동이 너무 짧다는, 생의 깊이도 너무 얇다는 그래서 고양이는 죽었을 거라는 생각을 해본다

너무 익어 터져버린 토마토의 결 사이로 파리가 들끓는 계절이 오고 지루한 세계가 가는 것을 지켜보고 있다

바람개비 보호구역

오랫동안
내가, 수없이 무단횡단을 했던 곳
오늘은 3억 5천만 년 전 화석생물
긴꼬리투구새우의 환생처럼
건널목이 생겼네
노란 버스가 달려오고
아이들이 내리고
엄마들이 우르르 나타나
아이들을 하나씩 끌어안고 입을 맞춘다
어딘가 조금씩 비틀어지고
말은 하지만 발음이 분명하지 않은

한 아이가 오늘 만든 바람개비를 손에 들고
달리기 시작, 빨간불이다
급한 브레이크 소리와
손을 놓쳐버린 엄마의 비명
한 세상이 잠시 정지되었던
—엄마, 길을 건널 때는 손을 높이 들어!

건너편, 아이의 목소리가 쟁쟁하다

바람이 불어오면 좋겠다

화단에 걸터앉은 노숙 여인,
겨울 외투 속을 뒤집어 이를 잡고 있다
몇 겹을 껴입었는지
팔월 땡볕이 파고들 틈이 없다
분홍 사피니아가 시들어가고
여자의 화단에는 아무도 범접하지 못할
아우라가 피어나고 있다

시스루 원피스를 입은 여자가
화단을 지나며 빵을 뜯어 먹고 있다
오물거리는 입과
가녀린 허리가 물결처럼 일렁이는데
먹던 단팥빵이 툭, 땅에 떨어진다
어쩌나 하는 순간
하이힐 신은 발에 빵은 멀리 도망가 버리고
노숙 여인과 시스루 여자의 오버랩에
개미들이 몰려오고
아무런 위안이 되지 않는 나의 관심과

바람 한 점 없는 하루가 무심할 뿐이다

내가 살아온 안녕들

9월 30일(수)
09:26~09:35 50번 버스
동해중학교에서 금정구청 구간 운전석 쪽
임산부 좌석의 빨간 점퍼 중년 남성

임산부 좌석에는 왜 앉으셨어요
빨간 점퍼는 왜 입으셨나요
버스 안 CCTV가 돌고 있는지 몰랐나요
창밖에는 가로수가 바람에 흔들리던가요
단지 피곤한 몸을 의자에 잠시 얹었을 뿐인데, 라고
억울한 마음이 들더라도 지금은 때가 아니잖아요
오전 9시대에는 모든 창문들이 잠에서 깨어나고
상점의 셔터가 올라갈 시간인 거죠
하필, 왜 그 시간에 운전석 쪽으로 앉으셨나요
CCTV에 찍힌 당신의 몽타주와
당신의 표정이
실시간으로 퍼져나가는 오전이란 걸 몰랐나요

이제 버스에서 내리셨나요
가까운 보건소에 빨리 들르세요
오래전부터 가슴에 품고 있던
붉은 동백 씨앗을 보건소 화단에 확 뿌려버리세요
당신의 억울함을 꽃으로 대신하는 거죠
지금은 모든 경계가 사라지고
일거수일투족이 낱낱이 까발려지는,
그런 날들의 연속입니다
우리의 일상이
유리병 속의 작은 물고기처럼 헤엄치고 있습니다
지구는 여전히 돌아가고
오래전 피었던 꽃들은 다시 필 것이고
당신 또한 그 버스를 또 타야 할 것이고

당신의 등 뒤, 하차벨이 없는 노약자석
내가 있어요

메리 크리스마스

초량 차이나타운 건물 틈새,
때 전 공단 이불
목단꽃 그림이 구겨져 있고
안방인 양 그 위에 누워
깡소주 나발을 부는 턱수염 남자
손톱 밑 까만 때가 자랑인 양 자꾸 손가락질이다
입고 있는 나이키 상표 때 전 패딩 점퍼는
어느 지구를 돌아다니다 왔는지,
일상은 평면처럼 흘러가는 것 같지만
어느 날은 비가 오고 어느 날은 진눈깨비

겨울비가 거리를 적시는 크리스마스이브
고요한 밤 거룩한 밤
쫓겨난 공단 이불
지하철 환기통 구석에 걸레처럼 처박혀 있다
세상은 차바퀴처럼 잘도 돌아가고
이불을 빼앗긴 남자는
처마 밑에 웅크려

마른 라면을 부숴 먹으며
손톱 밑의 때를
쪽쪽 빨고 있다
음식 앞에 겸허해지라는 지당한 말씀이
개떡같이 들리고
돌아서면 아무렇지도 않은 일들이
어둠처럼 녹아내리는
오늘은 메리 크리스마스

티티카카 호수로 가자

지하철 1호선, 발목이 우그러진 아기 엄마
쪽지 한 장을 던져준다
아기 아빠가 많이 아파서 그러니
십시일반 도와달라는
등에 업힌 아기는 대롱거리고 어쩌려는 건가
난 지갑이 비었고 다음 역에 내려야 하는데
승객들 하나같이 휴대폰 삼매경
지하철은 달리고
마스크를 한 입들은 더욱 침묵하고
바이러스가 창궐한 지구는 내일이 없는데
우린 지금 어디로 가고 있는 건가

젊은 엄마, 티티카카 호수로 가자!
파랑새가 날고, 수많은 꽃들의 향기 가득한
오래된 나무마다 새들이 집을 짓고
잉카의 숨소리가 살아 있는
아, 발목이 우그러진 젊은 엄마여
티티카카 호수로 가자

더러운 문명을 버리고
아기에게는 정갈하고 더운 젖을 물리자
우그러진 발목이 펴지고
아기의 옹알이가 노래로 들리는 날
우리 산호색 호숫가에서 손잡고 산책하자
삶은 아름답고 신비한 것이란 걸 아이에게 알려주자

뼈를 누인다

산 그림자처럼
웅크린 곰처럼
뼈만 남은 사자처럼
쾡한 눈자위로 발광하듯
헐벗고 뜯긴 자국들 너덜거리며

객혈 같은 가래가
물먹은 목화솜처럼 터져 나오고
몸은 자꾸 비틀리는데
겹겹이 껴입은 옷에서 죽은 동물의 냄새가 난다

어디선가 들려오는
―눈이 나리네
―타버린 빈집에 눈이 나리네
―가족이 다 떠나버린 우리 집에 이제 눈이 나리네
아득해지는 시간들이 야윈 몸을 주무르고
늦은 밤 지하도, 모르는 뼈들이 누워 웅성거리고 있다
그 뼈들 사이 나의 뼈도 슬그머니 끼워 넣는다

오랫동안 끌고 다녔던
여행의 종착지가 이제야 정해진 것이다

박스 하우스

다리를 뻗겠다고?

그래 어디 한번 아가가 기지개를 켜듯 두 다리를 쭈욱 뻗어봐

머리 위로 박살의 잔해가 쏟아질걸

차라리 등에 얹어놓고 거북이처럼 살금살금 기어가지

그러면 억지 세상을 가늠하는 눈들이 비켜줄지 모르지

뜬금없이 웃음이라는 선물을 주고 싶지 않다면 절대 조심 품목

때로는 몸을 있는 대로 웅크리고 심장은 최대한 부풀려 도전장을 던지는 거야

멀리뛰기에서 도움닫기는 보폭을 크게 해야 해

큰 보폭과 빠른 달리기가 한 조를 이루어야 하지

눈 깜박할 사이 하늘로 치솟아 두 다리를 땅에 꽂는 순간 세상은 너의 것

하지만 오늘은 좁디좁은 공간의 미학을 폐부 깊숙이 밀어 넣어

밖은 영하 10도

결코 만만한 세상이 아니야

─부산역 화단 옆에 놓인 박스가 꿈틀, 사람이다

내일은 해피뉴이어, 사람이여 우리 내일까지만 살아 있자

살아서 한 그루의 사과나무를 심자, 이 넓은 광장에

울타리에 대한 의심

조팝을 심었네
울타리가 허술한 곳에
바람도 막고 소문도 막으려
봄에 심은 조팝, 꽃이 금방 필 줄 알았는데

겨울 찬바람 속 부산역 광장을 건너면
박스 조각으로 울타리를 만든 도라지 할머니
몇 개 남은 이빨로 손님들을 후려치듯

아따, 집에 가서 무쳐 묵어보랑께
할망구가 언 손으로 껍질 깐 보람도 안 나온당께
만 원이면 알라들 까자 값도 안 디야

할머니 입담 덕분인지
나무 막대 같은 손가락 때문인지
사람들 박스 울타리로
머리를 들이밀고 도라지를 사 간다

꽃을 기다리는 조팝 울타리도
손님을 기다리는 박스 울타리도
햇살과 별의 노래를 들어야 하고
때로는 소나기 같은 후려침이 있어야
한 세계가 완성된다고 믿는 순간
―단을 알고 계십니까, 당신의 울타리가 되어드리겠습니다

18번 출구

집으로 가는 마지막 버스를 타려, 지하철을 빠져나온 사람들의 발길이 분주하다 누구보다 먼저 달려야 한다, 버스를 놓치면 하수구 냄새가 스멀거리는 정류장에서 자정을 넘겨야 한다 넘어가는 자정을 붙들어야 한다, 매달려야 한다

검은 터틀넥 티셔츠를 입은 한 남자가 횡단보도 한가운데서 머리를 귀신처럼 늘어뜨린 채 ─씨이팔, 녀언놈드으을을 뇌까리고 있다 횡단보도를 건너야 하는 사람들 지나가야 하는 차들, 모두 오늘 밤은 씨이팔 녀언놈 들이다 쇠 긁는 소리로 한밤중을 공포로 만들어버린 남자에게 어느 누구도 대항하지 못한다 정류장의 사람들 무심한 척, 괜한 휴대폰만 바라보고 기척도 없는 버스만 기다리고 있다 아, 씨팔

막차는 언제나 왜 이리 느린 건지, 버스를 기다리는 씨이팔 녀언놈 들, 흉기 같은 그가 가까이 오면 슬금슬금 인상을 찌푸리기는 하지만 그 욕설을 듣는 순간 알 수 없는 쾌감과 삐질삐질 웃음이 새어 나오는 것은 무얼까 저 멀리 마지막 버스가 달려오고 씨이팔 녀언놈드으으으을이 좀비처럼 우

르르 몰려가고 사람 하나는 아직도 횡단보도에서 내려올 생
각이 없고

재개발

벼랑 위 집 한 채,
담쟁이로 칭칭 묶여 있네
철 계단을 올라서자
내장이 말라붙은 쥐가 엎드려 있고
골목은 골목이 아닌 채 숨죽이고 있네
칠이 벗겨진 대문에는 온갖 스티커가 난무해
우울한 샹송을 부르고 싶어
문틈으로 보이는 마당에는 털머위가 수북하고
부서진 마루는 길고양이의 휴식처
바람에 날린 비눗곽이 담벼락에 처박혀 있다
이때쯤 햇살 한 줄기가 나타나야 그림인데
집의 네 귀퉁이가 허공인 것을 집만 모르는 듯
너무 의연해
너무 단단해
고요가 소음을 짓누르는 시간이 막막하다
건축학적인 그 어떤 것도
알아내지 못한 채
뚜걱뚜걱 계단을 내려오며

갈라진 시멘트 사이로
언젠가 내가 심은 나팔꽃을 본다

높이의 원근법

더운 여름 깊디깊은 지하에서 계단을 오른다는 것은
사막의 모래파도를 헤쳐나가는 것보다 힘들지
가쁜 숨을 몰아쉬며
계단을 오르는 내 코앞에
꽁지머리 남자의 엉덩이가 한쪽으로 심하게 쏠려 있다
높이가 많이 다른 신발을 신은 채
엇박자로 넘어질 듯 넘어질 듯
인간의 골격이 저렇게도 되나 싶을 정도라
흘깃흘깃 지상으로 올라섰는데
어느새 그 남자
고지라도 점령하려는 듯
저만치 씩씩대며 걸어간다
기우뚱, 출렁
나만 힘든가

제 2 부

연애 역사

　새 울음이 요란하다 발정을 염두에 둔 울음이리라 이른 아침 지하철 역사에는 아무 꽃이나 피는가 여자가 쭈그리고 앉아 가방에서 주섬주섬 콤팩트를 꺼내어 두드리기 시작한다 얼굴에 덕지덕지 화장 결이 져 있다 열차가 역사로 들어오자 여자는 급하게 눈썹을 그린다 안내 방송으로 "다대포해수욕장행 열차가 들어오고 있습니다, 다대포해수욕장행 열차가 들어오고 있습니다" 다대포는 일몰이 예쁜데… 손이 자꾸 엇나가는지 눈꼬리가 한 자는 도망가 있다 열차가 도착하고 문이 열리자 여자는 립스틱을 꺼내어 눈두덩이에 바른다 다대포 일몰이 여자의 눈두덩이에서 벌겋게 타고 있다 다음 역은 어디인가요 마른 모래가 버썩이는 해변의 연애는 계속 진행 중인가요 아직 당도하지 못한 새 울음과 발정과 봄꽃이 몸살을 앓는

치킨샐러드를 먹어요

비 오는 날은 꿀꿀해
눅눅한 몸들이 부딪히는 퇴근길 지하철 안
빗물이 뚝, 뚝 떨어지는 우산을 든
여자의 가슴에 치킨샐러드가 안겨 있네
짧은 치마의 여자는
앉을 자리를 구하려 안달이지만
매번 허탕
여자는 시든 다알리아처럼 상심하네
몇 번의 시도 끝에 자리에 앉자
얇은 다리를 다소곳이 모으고
샐러드를 먹기 시작하네
앙증맞은 포크로 먼저 피스타치오를 먹네
붉은 양파 아래 깔린 민트
자몽향과 벌꿀의 조합
벗은 닭가슴살과의 숨바꼭질은
우리를 우울하게 해
아무도 보지 않지만 모두가 보고 있는
여자의 저녁 식탁이 너무해, 너무하잖아

저녁 숨그네*를 타고 있는 사람들에게 이것은 지옥이야
아무도 말하지 않지만 이 느낌 아니야
이건 아니야

* 헤르타 뮐러의 소설

사건들

가령, 어느 날 고양이가 감나무 아래서 입을 벌리고 누워 있다고 하자

한낮의 기온이 32도를 오르내리는 여름, 아스팔트가 아무 렇지도 않았다고 하자

소주에 올리브유를 타서 마시는데 옆자리의 남자가 왜 그 렇게 마시느냐 시비를 걸어 온다고 하자

오늘 저녁 파스타 요리에 꼭 바지락을 넣고 싶은데 냉장 고 안에는 밍크고래밖에 없어

선풍기 날개는 파란색이어야 해, 그런데 왜 시외버스 터미 널 선풍기는 빨갛게 퍼덕이는 거지

먹구름이 잔뜩인데 비는 오지 않고 달력 속의 그림들은 자꾸만 달아나려 해

아이스 아메리카노를 마시고 싶은데 자판기 속의 커피는 너무 무의미해, 짜증나

지리산에만 산다는 팔랑나비가 날아와 앉은 바늘꽃에 바람구멍은 나만 보이는 건가

캐리어를 끌고 가는 소녀의 핫팬츠가 너무 짧아, 내 스커트를 자꾸 끌어내려

계란후라이에 청양고추와 양조간장을 얹은 요리를 준비해 표본실의 나비들을 초대해볼까

용접되지 못한 사건들이 널부러져 있는데

버려진 냉장고 문이 열리고 아이가 쑥

잠깐, 오늘 가장 핫한 뉴스는 60초 후에

종점횟집

저것 봐, 물이 좋지 않아 보여

비늘은 뜯겨나가고

바닥에 가라앉은 놈들은 아가미가 전혀 움직이지도 않아

물이 더러워지고 신선도가 떨어진 고기들

저걸 횟감이라고 팔고 있는 거야, 이런 엉터리

몇몇 사람들이 모여 수군대는 동안

산소의 기포는 더욱 약해지고

죽어가는 생선의 아가미가 가엾어진다

한 번도 바람의 결을 느껴보지 못하고 버려질 것들

차라리 결빙되어 버리면 좋지 않을까,

얼었다 풀리고 또 얼고를 반복하다 보면

없던 일들을 다시 시작할 수 있을까

오랜만에 종점횟집 수족관에 조명이 켜지고

주인 남자의 팔에 뜰채가 들려 나온다

그렇지, 종점이라는 말이 끝으로 간다는 말은 아닌 거겠지

바닥에 가라앉은 생선들이 참았던 숨을 몰아쉬고 있다

일기오보

먹구름이 몰려온다는
뉴스를 보고 옥상에 빨래를 널었다
대추나무에 때 이른 열매들이 익어가고
재개발의 순서에서 밀려난 소문들이
골목에서 웅성인다
한참을 웅성이던 소문들이
경로당으로 점 백 고스톱을 치러 가고
빨래와 대추나무는
헛기침처럼 다녀갈 태풍의 찌꺼기를 기다리고 있다
간밤 바람에 오백열두 알의 대추열매 중
열 알 정도가 옥상에 굴러다니다 밟힌다
밟힌 놈은 밟히고 살아남은 놈은 먹히고

여호와께서 증인들을 보내셨다, 휴일 낮에
시원한 물 한잔을 구하시는 여호와께서도
먹구름은 걷어가지 못하시고
종종걸음으로 우리 집을 떠났다
비바람이 시작되자

여린 설악초 줄기는 개미가 붙들고
나는 아직 마르지 않은
빨래를 걷느라 여념이 없다

오늘도 일기오보는 아무도 예측하지 못한 곳에서 폭발하
겠습니다

베란다 확장 공사

창밖, 집들이 가득하다

집에서 나오는 불빛들

우울한 불빛은 무슨 색일까

보면서도 까맣게 생각을 놓아버리는,

한 평의 지붕 위에 쪽파를 심고

남은 곳엔 베란다를 심는다

흙이 없는 베란다는 팝콘처럼 튀길까

싹수가 노란 확장 공사는

천일염 자루처럼 짜고

아직 진행 중인 잣대로 발을 뻗는다

헛 둘 헛 둘

앞으로 나아가봅시다

나의 베란다는 언제쯤 새 신을 신을까요

門. 닫습니다

우리 동네에서 있었던 일인데요
오래된 화장품 가게 이야기입니다
뷰티아울렛, 이름이 촌스럽죠
한 곳에서 35년간 문을 열었답니다
어느 날 나붙은
─폐업 大 처분
무슨 일일까요
그동안 정말 열기나 한 걸까요
내 속의 무관심과
닫힌 눈꺼풀이 저 문을 닫게 한 것 아닌지
닫힐 문을 열고 들어가 보니
단 한 번도 열리지 않았던
화장품 뚜껑들이 열어 달라
아우성입니다
이리저리 뒤적이다
유통기한이 한참 지난
눈썹 연필 한 자루 사가지고 나옵니다
집에 와서 뚜껑을 열어 보니

삭아버린 솔이 와르르 무너집니다

문.

닫습니다

한밤의 뉴스

삼월은 아직 잔디가 깨어나지 않는 계절
푸석이는 색깔이 게을러 보이네
뺨을 대어보네 숲 가장자리 잔디밭에

아버지와 어린 아들이 잔디를 깨우러 왔네
돋보기를 하나씩 들고 찬찬히 해를 부르네
지루한 개구리가 폴짝 그들을 놀렸어
시간은 흐르고 달집에 불이라도 붙여야 하나
보름은 기적도 없이 지나갔는데
다가올 보름도 기약이 없는데
지붕마다 걸려 있던 산토끼,
담 위에서 졸던 고양이도 사라져버렸어

시간은 정오, 하루의 가장 뜨거운 시간
연기가 피어오르기 시작하네
불꽃은 보이지 않지만 잔디밭은 어느새
시커멓게 타들어가네
아빠와 아들이 냅다 도망을 치네

불길이 따라가네
잡히면 죽는다 잡히면 죽는다
아이를 잡아먹고 아빠를 잡아먹고
뉴스 앵커의 목구멍이 활활 피어올랐다

멈춘 계절

센텀 백화점 벽에 붙은
2020 SUMMER SALE 광고판
CHANEL J12 여자 배우가 화사하게 웃고 있다
버스 광고판의 남자 배우도 웃고 있다
어색하다
요즘 사람은 입이 없는데
유리에 비친 내 모습도 입이 없는데
웃는 입을 가진 배우의 모습이 생소하다

임플란트 이후 모든 음식 맛이 하나로 되어버렸다 짠맛도
신맛도, 어느 것 하나도 어찌구저찌구 따질 수가 없다 잘 익
은 자두를 샀다 자두 맛은 어떨까 시고, 달고, 떫고 이 여름
은 어떤 여름일까 가혹한 날들

버스에 오르는데 문자가 온다 '코로나19가 지속 확산되고
있습니다. 가급적 외출을 자제하여 주시기 바랍니다' 글자에
물기가 없다 헉헉대는 마스크 위에 얹힌 안경에 김이 뿌옇게
서린다 마스크를 벗고 숨 한번 크게 쉬고 싶은 계절, 안경에

서린 김처럼 답답한 계절

　계절이란 다 지나가게 마련이라는데 동이 트지 않는 아침
이 오래되었다

뽕브라

도시철도 1호선은 언제나 붐비지
비린내가 나는 자갈치역
전철을 타러 오는 사람들마다
두 손 가득 날것을 들고 안고
잠깐의 머뭇댐도 없이 돌진이다
그것들의 느낌이란

발바닥에 무언가 밟힌다
부드러운 물컹거림
이크, 뽕브라 한 짝이다
작은 여자의 가슴 크기
내 발이 불에 데인 듯 흐트러진다

여자는 한쪽 가슴이 없어진 것을 알고나 있을까
한쪽 가슴을 흘린 채
깡통시장 몰캉한 물떡이나 먹고 있는 건 아닐까
잃어버린 한쪽으로 기울어지는
몸의 행방과

집으로 가는 길, 나에게 기댄 채 졸고 있는
옆자리 여자의 가슴이 자꾸 신경 쓰인다

불통사회

오전 열 시, 법원과 검찰청을 지나치는
43번 버스는 언제나 북새통
예민한 사람은 오작동과 불통이 함께 오나 봐
창가에 자리 잡은 여자
폴더폰을 귀에 대고 소리를 질러대네
전화국 직원에게 문의 전화라며
쇠 끌리는 소리로 총알을 쏘는데
버스 안의 사람들 표정, 짜증이 폭발이네
뒤에 앉은 딸은 한 술 더 떠
자기 집 안방처럼 떠들고
옆에 앉은 남자 승객 외투를 살짝 털자
신경질적으로 남자에게 악을 쓰는 여자
왜 실내에서 먼지를 터냐며
갑작스런 시비에 남자 아무 말도 못하다가
"그렇게 청결하면 산소통을 업고 다니지"
버스 안의 사람들 웃지도 못하고
창밖에는 미세먼지로 하늘이 부옇고
엄마와 딸은 아무 일도 없었던 듯

폴더폰과 교신하고
내릴 곳을 정하지 못한 사람들은
바이러스 가득한 창밖만 응시하고 있다

힐튼, 보다

어차피 저 바다가 내 것이 아니었음에도
바다를 접한 호텔이 보다 고급스럽게
진열되기 위해서는
김이 무럭무럭 나는 겨울 알몸들이
창밖에서 파도타기 따위를 보여주는 것
북 카페, 이터널 저니를 간다
미로 같은 지하 삼층
긴 복도를 베어낸 끝 즈음에서야
비로소 보다 웅장하고
화려한 알맹이를 만날 수 있는데
펼쳐진 책들과 세계지도를 보다
대서양을 생각하고 보다 더 깊이
아메리카를 생각하다 아메리카노가 생각나서
에잇, 하고 나와버리면
밖은 바다
기장 앞바다는 힐튼에 파묻혀
숨을 몰아쉬고 있는데
고리 쪽에서 밀려온

이른 봄 향이
늙은 해녀들의 등짝에서
꾸덕꾸덕 마르고 있다

휘파람이 나지 않아

휘파람을 부세요
휘~휘
길을 가다가
갑자기 슬픈 이야기가 생각나서
슬픔을 기쁨으로 가장하기 위해
휘파람을 불었다
오랜 세월 해왔던 것처럼
입을 오므리고 혀를 가운데로 모아
휘~휘 불어보았지만 소리가 나지 않아
명치 끝에 통증이 왔다
다시 한번
입을 더 작게 오므리고 혀를 공글려
휘~휘 해보았지만
결과는 더 참담하게 되돌아왔다
순간 걱정되었던 것이
이제는 영화관에 불이 꺼져도
휘파람으로 불을 부를 수가 없겠구나
내 어린 아이의 잠을 휘파람으로 부를 수가 없겠구나

하는 허황된 일들을 떠올리며
길을 가는 내내 작은 입을 더 작게 오므리느라
입 주위에 경련이 일어나는 줄도 몰랐다
오늘 포토라인에 선 어떤 분은
"참담한 심정으로 이 자리에 섰다"
"말을 아껴야 한다고 스스로 다짐하고 있어"라고 했다
당신도 휘파람을 부세요
제발 거짓된 말을 아끼고 아픈 휘파람을 부세요
더욱더 참담하고 지독한 세상을 느낄 겁니다

당근마켓

당근이 당신의 살림에 도움이 되시나요

당근이죠

오늘 아침 첫 상품은 빨간 레페토 까미유 여성 플랫슈즈
로 시작해요

어젯밤 마감 직전의 상품 또한 쓸데없이 이름이 긴 킹벤
자민 벤자민 고무나무였지요

슬금슬금 필드를 한번 누벼볼까요

허리가 잘록한 보라색 세컨스킨 원피스

빨간 슈즈와 보라색 원피스는 깔이 맞지 않아, 패스

오랜만에 가오리핏 래쉬가드를 입고 천변을 한번 달려보
는 것도 좋을 듯한데

30도를 오르락내리락하는 더위에 뱃살이라도 드러나면 어쩌지

저건 또 뭐지, 못 봐 주겠군

돋보기를 가져다 대고 봐도 해석 불가만 자꾸 나오네

캐미쿡 와일드 그릴은 새로 나왔다는데 어디로 나왔다는 건지

너무 죄송하오나 네고 안 됨, 반품 안 됨 ―콱 못을 박네

꽃사슴의 눈망울이라는 루즈는 옛말이야

그리미에 쥬르 청 멜빵바지, 안토니오 멜라니 무릎 기장 원피스

이름들이 왜 이리 탐욕스럽담

아무리 둘러봐도 당근은 보이지 않고

채워지지 않는 욕망은 자정을 훌쩍 넘기고 있다

—밤늦은 시간의 쇼핑은 고객님의 건강을 해칩니다

패디큐어와 쇼핑백과 1004번 버스

샤넬, 구찌, 루이비똥 백화점 명품관을 다 휩쓴 듯 여자의 쇼핑백이 여러 개다 고급스러운 의상과 화려한 악세사리, 발등엔 가죽 끈이 지그재그로 얽혀 있다 가지런하지 않고 서로 얽혀 있는 것이 피부 아래 말라버린 발가락뼈를 보는 듯, 여름 동안 방탕했던 행보를 끈으로 너무 꽉 묶었는지 여자의 발등이 부어 있다 가죽끈 끝에 달려 있는 까만 발톱들. 정갈하게 손질되어 콩자반처럼 반짝거린다 포크로 콕, 콕 한 알씩 찍어 먹고 싶다는 생각을 해본다 여자의 발가락뼈와 가죽끈이 엉겨 있는 동안 1004번 버스가 멈춘다 1004번 버스는 천사가 타는 버스. 백화점 벽에는 창고 대 방출 현수막이 바람에 춤을 추고 있다 방금 콩자반을 태우고 버스가 떠났다 날개가 없는 콩자반은 추락하지 않을 것이고 버스와 쇼핑백과 패디큐어가 오버랩되는 퇴근길, 정작 내가 탈 버스는 몇 번인지 까먹고 어젯밤 내가 볶은 붉은 콩자반이 얼룩덜룩 발톱에 달려 있다

맹종죽

맹종죽 숲으로 가자
길쭉하고 뾰족하고 마른 것이
온기라고는 없을 것 같은 것이
숲에 들어서면 상큼한 향기
바람에 부딪힌 대나무 소리는 온몸을 감싸 안지
봄이면 우후죽순으로 올라오는 대나무
몸통을 잘라 수액을 채취한다네
깊은 땅속에서 끌어올린 수액은
푸른 수관을 통과
세상 밖으로 나오는데
달짝하고 미적지근한 것이
아직 세상 때 묻지 않은 미지의 맛이라
먹어도 먹지 않아도 그만일 것 같은,
숲으로 소나기 지나가고
또다시 햇살이 뜨거워지고
세상 일들이 도돌이표처럼 몇천 번을 돌고 난 뒤
한 번쯤 마셔볼 만한 맹종죽 수액
대나무 꽃이 피면 그리운 사람이 돌아온다는데

그곳은 너무 먼 곳
아득히, 절절히, 맹렬하게 기다리다 내가 가야 할 곳

신발장

줄지어 들어간다
반스 나이키 르꼬끄
때 묻은 운동화, 반짝이는 구두,
뒷굽이 닳아버린 하이힐

일과를 시작하려
일과를 마치고
선반에 궁둥이를 올리고
허공에 궁둥이를 매달고
눈이 먼 사람들마냥
허둥지둥, 몸을 구겨 앉으면
마주 보는 당신의 신발이
내 코끝에 걸리고
막상 보이지 않는 내 신발은
어떤 상태일지 궁금증이 일어날 때

도착과 출발을 알리는 알림음과 함께
문이 열리고 닫히고

문 사이가 좁든 넓든
신발들이 스며든다
역에 도착하고 있습니다
내리시기 바랍니다

신발들이 우루루 쏟아지고 신발장이 닫히고

거미염소

가슴이 가려워, 조금 전 먹은 건초에서 이상한 냄새가 났었어, 밤꽃 흐드러진 산골짜기 냄새였어 남자가 자꾸만 걸어보래 뛰어보래 벽에 다리를 붙여보래 내 몸뚱이를 공중으로 던지는 거야 나의 유전자에 거미 유전자를 결합시켰다고, 나보고 스파이더래 난 다리가 네 개밖에 없어, 털이 있지만 거미 털은 아니야 아무리 흉내 내려 해도 비슷하지도 않잖아

새벽이 지나가고 밤꽃은 이미 다 지고 나의 계곡은 허물어졌을 거야 아침 해가 뜨려 할 때 탱탱해진 내 가슴을 주무르는 남자의 입에서 웃음처럼 거미줄이 새어 나와 저 거미줄로 뭘 할 건지 너무 궁금해 지난밤 내셔널지오그래픽에서는 내 젖에서 나온 거미 실크 단백질로 전투기 착륙 제동 케이블을 개발했다고 하던데 그것은 거짓이야, 거짓말이라고 총알이 뚫지 못하는 방탄실을 만들어낸다는 남자의 허구를 부숴버리고 싶어

총알택시를 탔어 생명의 위협을 웃돈으로 받은 기사는 천

국을 맛보여주겠다며 미친 듯이 내달렸어 도시의 밤은 붉게
빛나고 아직 아무것도 뚫지 못한 택시는 계속 달리고 있어

코로나 유감

동네 어르신들 골목에 모여 미팅 중이다

삼복더위에 마스크로 입을 가린 채

내, 살다 살다 팔십 평생 이런 일은 처음이다

내 집 같은 경로당을 코앞에 두고 여서 뭔 일이고

우리같이 나이 많은 사람들, 이래 죽으나 저래 죽으나

심심풀이 고스톱 칠 데도 없고

궁디 붙이고 앉을 자리도 없이

에어컨 바람 펑펑 나오는 경로당을 묶어놓고

뭔 나라가 이렇노, 세상이 와 이래 숭악하노

마! 총무야, 문 열어뿌라

어허, 형님 나라에서 이래 하는 기 아이고 코로난가 뭔가
가 와 가지고 이라지요

쪼매만 있으모 끝날 낀데 참는 김에 쪼깨 더 참읍시다, 그
라입시다

알립니다, 중앙재난안전대책본부에서는 신종코로나바이
러스 감염증 확산으로 수도권 사회적 거리두기 2.5단계 격
상을 발표합니다

모두들 집으로 돌아가셔서 문 꼭꼭 걸어 잠그고

파리 한 마리 드나들지 못하도록 감금당하시기 바랍니다

화단에 피기 시작하던 노란 개머위꽃, 다 질 때까지 경로
당 문 안 열렸다

제 3 부

아기 고양이가 콩알처럼 뒹구는 한낮

우리 집 옥상, 너무 피어 쓰러진 쑥갓과 삐걱거리는 평상과 붉은 고무통에서 몸집을 불리고 있는 사과나무와 말라빠진 장이 담긴 장독과 아무것도 담겨 있지 않은 항아리들 맑은 날은 맑아서 궂은 날은 궂어서 신기루 같은 그림이 뒹구는 한낮, 깨진 장독 틈 사이 새끼 고양이 몇 마리가 콩알처럼 놀고 있네 옥상을 운동장처럼 서로의 콩알을 굴리고 있었다네 나를 보더니 이리 튀고 저리 튀고, 올망졸망 노란 눈을 부라리네 어미는 어디 가고 지네들끼리 난 지금 할 일이 너무 많아 말라버린 장독에 비구름도 담아야 하고 쓰러진 쑥갓 다리도 만들어야 하고 삐걱이는 평상을 양탄자처럼 날려 보내야 한단 말이야, 화분에 핀 털머위가 바람에 흔들린다 노란 털머위꽃은 아직 피지 않았는데 어젯밤 본 TV 동물의 세계에서는 새끼 사자들이 입에 피를 벌겋게 묻힌 채 아비가 물고 온 하이에나를 뜯어먹고 있었다네

고양이, 고양이 저 새끼 고양이들

우리 집 옥상 새끼 고양이들 콩알처럼 뒹굴고 있네

노을이 질 때까지

남은 팔목이 가렵네

새벽, 산을 내려오다
우지끈하고 팔목이 부러졌지
덜렁거리는 팔목
산새가 울음도 없이 보고 있네

산길에 사람 하나 없어
부끄러움은 없으나
남은 손 잡아줄 사람도 없네

예측하지 못한 일이
유령처럼 붙어
자꾸만 발을 헛디디네

몇 번을 구르고 만난 길엔
차들만 달리고
아직 붙어 있는 팔목을 붙들고
사람을 기다리네

남은 팔목이 가렵네
집에 있는 사람에게 성한 팔목을 내밀어야겠네
아직은 쓸 만한 팔목 하나는 선물로 주고 가야겠네

독백

곰팡이로 뒤덮인 창틀과
녹슬고 부서진 문짝에 붙은
중국집 스티커가 자국만 남았네요
햇빛에 분열된 개인사가 더욱 초췌합니다
이 집은 유령이 사는 집입니다

거울 속에 얼굴을 넣어봅니다
주근깨와 만성이 되어버린 가난은
진단서에는 기재되어 있지 않습니다만
잘린 꼬리뼈에는 확연히 남아 있지요
누군가는 어제 비가 왔다고
또 누군가는 천둥과 번개가 다녀가셨다고
그렇다면 그 시간 나의 고요는 무엇이었을까요
문장을 일부러 길게 늘어뜨려 놓고
퍼즐을 맞추듯
두려움이나 공포에서 벗어나려는 것은 아닐까요
분명한 것은 어젯밤
까마귀가 나를 찾아왔다는 것

붉은 뱀을 입에 물고
현관문을 두드렸다는 거죠
정작 내가 문을 열자 달아나 버리네요
총을 쏘아버릴까요
텍스트도 없이 들이미는 저놈의 무개념이란
오늘은 한 움큼의 수면제로 위로받는 밤입니다

엄마 몰래 동생과 아지노모도를 설탕처럼 퍼먹다
구역질과 함께 죄와 벌을 생각해본 어떤 날

설탕이 죄이면
구역질이 벌이면
앞집 종우 할배 담뱃불에
어린 남동생 정수리 구멍 난 건
여름 에베레스트 투명한 크레바스 속으로
여린 생명들이 몸을 던지는 건
손님을 기다리는 시외버스 뒷좌석의
먼지를 기사가 신발로 짓누르는 행위는
말도 안 되는 가설 속에
쌀빵을 떡처럼 씹으며
커피를 식혜처럼 들이켜고
해가 갈수록 작아지는 옷들의 신기한 염색체와
붉은 배롱과 흰 배롱의 간격을 바람이 재고
무궁화와 무궁화의 사이는 태극기가 바람에 잰다
손바닥을 자꾸 비비면 죄를 사할까
지하철에서 맞은편의 남자가 다가와 내 목을
물었을 때 난 준비한 마늘로 벌을 물어야지
섭씨 39도의 버스 속에서

에어컨의 도움 없이 화를 내고

휴대폰의 난동으로 살인을 하는 지금은 죄와 벌의 시대

정물

종이봉투 안에 생선이 담겨 있다면
생선의 종류는 가자미라고 할까
냉장고 안에 몇 알의 사과가
성의 없이 뒹굴고 있다
날짜가 지난 우유는
양송이버섯과 엉켜 있고
수분이 다 빠져버린 브로콜리
바람 한 점 들지 않는
밀폐된 공간에서
생명이 마른다는 것이 실현될까
언제 구운 건지 스테이크 조각이
접시에 말라붙어 있다
먹지 않고 그냥 두었다는 것은
누군가가 올 거라는 기대감에서 비롯된 행위인데
기다림 따위는 식용유에 튀겨 먹어도 시원찮은
사치라는 것을 잊은 것일까
냉장고 한구석, 진득하니 도사리고 있는 도라지청
기침에 좋다고 해서 만들었는데

한 번도 열리지 못한 채 여물고 있다
도대체 이 속의 것들 중 살아 있는 것은 무엇인가
이쯤에서 냉장고 문을 닫아야겠다
시간이라는 지루한 재료는
생을 말리는 엔딩의 또 다른 시작점
오늘도 어제처럼
아무도 있지 않은 식탁의 달그락거림이
다시 생소할 뿐이다

행운목 기르기

나무를 자르라고 한다
실내에서 사람보다
키가 크면 재수 없다고
거실 한켠 행운목이 커질까 봐
쥐약 같은 직사광선을 먹여본다
직사광선을 먹은
나무의 목이 거짓말처럼 더 길어진다
콩나무처럼 쑥쑥 자라
천장을 뚫을 것 같다
천장을 뚫고 나간다는 건
푸른 하늘을 만난다는 것
그렇다면 내가 점박이 무당벌레로 변해서
행운목 우듬지에 붙어 있어 볼까
뿌리에서 올라오는 수액을 빨아 먹고
우주와 교신이라도 하면
짧은 날개 팔락이며 먼 곳으로
날아가 버리기라도 하면
재수 없었던 일들이 행운으로 돌아올까

아침마다 커피 찌꺼기를 먹은 행운목
이파리에 반짝반짝 윤이 나더니
휴대폰에 문자가 뜬다
고객님을 위한 단기카드대출 더블 혜택 안내!
이자율 30% 할인
드디어 행운목을 기른 보람이 찾아왔다

벽에 걸린 시간들

아버지 기일이 살금살금 밥 얻어먹으러 온다
결혼기념일은 꽃다발인가 눈물 다발인가
한복 곱게 차려입은 우리 엄마 생신상 받으러 천국에서
온다
치과 가는 날, 카드 결제하는 날
목에 박힌 생선가시 빼러 병원 간 날
이런 날들이 성벽의 돌처럼 빼곡하게 박혀 있다
벽이 무너지지 않는 이상
나뭇잎에 붙은 딱정벌레처럼 꼼짝도 안 할 거야
일기장, 독후감, 소감문을 매일매일 이곳에 써야겠어
덕지덕지 붙은 메모장과 함께

담을 넘었어
어제와 오늘이라는
오늘과 내일이라는
과연 다음이 올까라는 막연한 단어를 죽 늘어놓고 보니
젊은 날들은 어디로 사라졌나
오전 열 시의 지하철에는 늙은 가면을 쓴

무도회장의 무희들이 꽉 끼어 앉아 있어
백 년의 기억과 고독을 감추려 모두들 고개를 숙이지
역 뒤의 역에도 또 다음 역에도
벽을 통과한 열차가 멈추고 지나가고
시간을 지나온 열차가 멈추고 지나가고
많은 일들이 난무하지만
늦은 시각 마지막 객차에서 잠들어버린
남자의 손을 한번 잡아주지 못한 것이 맘에 걸리는
달력 한 귀퉁이 희미하게 써놓아야 할 것 같은

귀가

오래전 단칸방에서 신혼을 시작하고, 예쁜 그릇을 사고 침구를 마련하고 아이를 낳고 남편을 기다릴 때

하루 종일 좁은 골목 안에서 아이와 씨름을 하고 이웃들과 이야기를 나누며 세상일에 눈 떠갈 때, 희망을 키우듯 방 안에 작은 화분 하나 키웠지

살림이 조금씩 나아지고 남편의 귀가는 자꾸만 늦어지고 기다리는 가족의 목은 기린처럼 늘어지고

어느 날 남편이 차를 몰고 왔다. 주차할 자리도 없는데 차를 사면 어쩌란 말인가, 기쁨보다 걱정이 앞섰다 다음 날부터 남편의 귀가는 매일매일 주차 전쟁으로 이어졌다

그리고 동네에 차들이 점점 불어나고 귀가가 늦어지면 늦어질수록, 남편의 차는 점점 변두리 땅으로 밀려가고 짐이 되기 시작했다

차를 없애야 겠다, 라고 생각했을 때 작은아이가 태어났다 우리는 차를 타고 마트를 가고 여행을 하고 외식을 하러 나갔다

차를 몇 번 바꾸는 동안 집 앞에 주차장이 생겼다 길이 넓어지고 우리의 생활도 편리를 갈구했지만

주차장 입구에는 오늘도 '만차' 간판이 서 있고 재빠르게 줄을 서지 못한 우리는 오늘도 동네를 배회하고 있다

남편의 평화로운 귀가는 언제쯤 이루어질까, 오늘 아침 차가 빠져나간 자리에 금줄이라도 쳐놓아야겠다

목덜미

지하철 안 여자의 숙인 목덜미가 환하다
타투로 쓰인 moonlight
여자의 목덜미에서 오이 냄새가 난다
초승달
반달
보름달
달이 부풀어 오르고 있다

달을 키우는 건가
내가 기억하는 달의 위치와
일치하지 않아
불안한 가운데

느닷없이 내 목이 가렵다
좁쌀같이 생기기 시작하던 쥐젖들
어느새 쌀알만 해졌다
스카프로 칭칭 동여맨 목덜미의 안부가 궁금해진다

언젠가 대나무 반쪽에 목덜미를 대고 누운 적이 있었다
싱그러운 대나무향과 댓바람 소리가 귓속을 간질이고
거북목의 통증이 거짓말처럼 사라졌다
쥐젖과 대나무
달빛과 거북목 사이를 목. 덜. 미.
난 덜미를 잡힌 채 정형외과 문을 밀고 있다

붉은 지붕 위로 날아가는 새처럼

초저녁이었나 봐요, 눈을 뜨니 붉은 지붕 위로 새들이 날아다니고 멀리 보이는 첨탑 사이로 기울고 있는 해가 보였어요 오전엔 자전거로 포도밭을 달렸어요 이곳의 포도밭이란 게 넓기만 하고 정작 수확할 포도는 보이지 않는다는 게 함정이었는지 끝도 없이 달렸어요. 포도밭에서 돌아와 잠시 쉰다는 것이, 잠이 들었었는지 가슴 위에는 읽다 만 책이 놓여 있고 비몽사몽 어지러워요 커피 한잔 마시고 싶어 슬리퍼를 끌고 골목으로 나가요 사람들이 카메라를 손에 든 채 알 수 없는 언어로 내 곁을 지나가요 언덕 위 젊은이가 손가락으로 브이 자를 만들며 사진을 찍는 모습이 불안하지만 낯설지는 않아요 커피점 Budapest는 주인 남자가 주문을 받아요

나의 하루는 무료와 쓸쓸함과 배고픔이에요. 유일한 식사는 커피 한 잔과 쿠키 한 조각, 이 집 커피는 사실 마실 때마다 독약처럼 쓰다는 생각을 해요 하지만 어차피 독약을 마시지 못할 바엔 이것도 나쁘지 않다는 느낌으로 마시죠

아주 오래전엔 꽃에 대한 기대가 없었어요 세상에 꽃의 아름다움이 있는지도 몰랐죠 젊음은 발바닥에 불이 붙은 것처럼 동동거리며 살아야 한다고 귀에 못이 박히듯 어른들은 주문을 했거든요 자신들도 그렇게 살았다고, 그래서 사랑하는 사람을 잃고도 슬퍼할 겨를을 놓치고 돈이 되지 않는 추억 따위는 생각조차도 없었던

어제는 대낮에 길을 가다 앞으로 철푸덕 넘어졌어요 무릎이 깨져 아픈 것보다 사람들의 시선이 부끄러워 얼른 일어나 가던 길을 갔어요 절룩이며 걷는 동안 웃음과 울음이 반씩 나를 위로했어요, 그래요

이제 얼른 가방을 싸야겠어요 팔 한쪽에 흰 수건을 걸고 정중하게 주문을 받는 Budapest 남자의 푸른 눈동자도, 새들이 집을 찾는 붉은 저녁도 액자에 넣어 비행기를 타는 거예요 그전에 공항이 잠에서 깼는지부터 알아봐야겠어요 역병의 시대엔 공항이 잠꾸러기이거든요 아, 슬픔에 절여진 발자국들이 따라오고 있어요 슬픔의 끝은 여행으로 시작하는 거예요

오독이 지나간다

  한 사람을 생각하며 발길을 옮기는 것은 슬픔을 등에 업
고 슬픔을 찾아가는 일이다 차창 밖으로 무수한 글들이 지
나갔다 KB은행, 파리바케트, U플러스, 뚱보네 감자탕… 사
는 동안 나와는 아무런 상관이 없던 단어들

  봄 여름 과일 겨울을 지나친다

  한동안 입안에 넣고 우물거리다 혼잣말처럼

  아까 그 간판 참 정겹지. 뭘 파는 곳일까
  아들이, 과일 가게잖아요
  어떻게 알았어
  간판에 과일 단어가 있었잖아요
  그랬나, 그런데 그건 내가 원하는 단어가 아니야

  마당에 꽃도 내가 좋아하는 꽃만 심었고
  가족의 음식도 내가 잘하는 요리만 했지

뒤란의 대나무가 집을 가려 오전 내내 그늘이 생겼다 남편을 졸라 대나무를 베고 나니 새벽 새소리도 바람에 부딪는 댓잎 소리도 사라졌다

자연을 오독한 탓이야

지금 가고 있는 그곳이 행복과 슬픔을 버무려 한 송이 꽃으로 피어났다면 앞으로 내가 가야 할 무수한 날들은 어떤 꽃 무더기로 피어나 나를 힘들게 할 것인지, 필요한 만큼 오독하고 필요하게 오독하며 계절을 지나는 것이다

울트라 마스크

유감이에요
버스 안에서 연거푸 두 번이나 재채기를
내지른 것이 내 잘못은 아니잖아요
발열과 기침과 고열이 지배하는 세상
그렇다면 그것에 동참하여
가끔 재채기를 심하게 할 수도 있는 거잖아요
바로 옆자리 여자 레이저를 쏘듯
마스크!
아참, 참
보란 듯이 마스크를 꺼내어 쓰고 싶지만 그러기엔
당당한 유전자로 똘똘 뭉친 자존심이 허락하지 않아요
남은 다섯 정류장, 버스 안의 바이러스들과 싸울 작정이
에요

파리바게트 앞, 지독한 빵 냄새
텅 빈 위를 농락이라도 하듯
갈기갈기 헤집어 놓아요
단식에 돌입한 뇌의 구성원들이

온몸을 삼켜버릴 듯 아우성이어요

나쁜 빵,

얼른 삼단 울트라 마스크를 착용해야겠어요

울트라 바이오 삼단 두루마리 마스크의 세상

불신과 의심이 불꽃놀이처럼 팽창하는 도시

이 기회에 지구를 떠나야겠어요

마스크 따위 휴지처럼 구겨 내팽개쳐 버리고 싶어요

아! 열이 펄펄 끓어요

종려나무 귀 후비개

제주도를 다녀온 후 귀가 가렵기 시작했다
밤마다 면봉으로 귀를 후볐다
날이 갈수록 가려움의 정도는 더 심해져
잠을 잘 수가 없었다
나중에는 귓속에서 이상한 소리까지 들렸다
마침내 노란 진물이 말라붙어 한쪽 귓구멍이 막혀버렸다
차라리 한쪽 귀가 안 들리니 살 것 같았다
소리들이 들어와서는 나갈 구멍을 못 찾아
방황하는 것이 어쩌면 재밌기도 했다
며칠이 지나니 귀가 벌겋게 부어올라 손을 댈 수가 없었다

이비인후과 계단에 작은 종려나무 화분이 놓여 있다
간호사가 손목에서 체온을 재는데
33.6이라는 숫자는 비정상이라며 세 번을 다시 잰다
그날 바깥 기온이 영하 10° 이하인 걸 알려주지 않았다
대신 내 오른쪽 귀는 39° 쯤 나올 거라며 속으로 말했다
의사가 귓속에 카메라를 들이밀고는 고름덩이를 보여준다
난 벌겋게 불타는 귓속보다 덜렁거리는 귀지가 신경 쓰여

아무 말도 들으려 하지 않았다

다만 계단의 종려나무 잎사귀로 더러운 귀지를 쓸어버리고 싶었다

의사는 나의 심각성을 무시한 채

주사도 약도 없습니다

집에 가시면 제발 귀를 방치하세요, 라고 한다

방치하지 않은 많은 날들이 나로 인해 무너졌음을 통감하는 하루다

기억을 붙들어 매다

한 통의 부고와
한 통의 청첩장이 도착했다
누구에게 부득이 알려야 할 알림을 부치는데
그곳의 나는 스팸 처리된 없는 메뉴로 나왔다

고속도로 휴게실에 들러 손을 씻기로 했다
수도꼭지에서 물이 나오지 않아 불쾌했다
다시는 올 일이 없겠지만 다시는 오지 않기로 했다
돌아 나오는데 그 수도꼭지는
제껴야 물이 나오는 수동식 꼭지였다
마른 손을 탈탈 털었다

휴게실 한 귀퉁이에
샤인머스켓과 사과대추 시식 코너가 있어
덥석 쥐고 입으로 가져가다
이 맛의 근원은 조금 전 씻지 않은
손의 취향일 거라는 생각을 했다
온통 호의적이지 않은 일들이 나를 지켜보고 있다

난 진정 第一의兒孩도 第二의兒孩도,

뚫린 골목과 막다른 골목에서 공포*를 느낄 만한 여력도
없는데

별안간 손목시계의 초침이 떨린다

알츠하이머로 가는 지름길을 막아야 할 시간이다

* 이상의 烏瞰圖 詩第一號

풍경이 있었구나

겨울 햇살에 드러난 허연 찌꺼기들
한 주일을 견딘 각질들이 아우성이다
큰길 건너 대성탕
대성탕이 있는 아파트촌엔 유독 바람이 세나 봐
담벼락의 개나리도 머리를 산발하고
대성탕 앞 사철나무, 사철 있다
〈분실된 귀중품은 책임지지 않습니다〉 문구를 보며
옷들을 훌훌 뭉쳐 보관함에 넣는다
발목을 채운 자물쇠는 무슨 용도일까
뜨거운 열기 속에 어렴풋한
플라스틱 의자 위 큰 엉덩이들
늙은 몸이나 젊은 몸이나 다 거기서 거기라며
동네 육체파들이 소리 내어 웃는다
여기저기 벗은 몸들이 제 몸을 벗겨내느라 바쁜 사이
내 몸의 구석들을 보니
어디 한군데 기댈 곳이 없다

목욕탕 밖은 이미 해가 지고

아파트 단지를 마주 보는 우리 동네 낮은 지붕들
탱자 열매 같은 불들이 켜져 있다
집과 집들이 이어져 숲이 되는 풍경 속으로
내가 걸어가고 있다
껍질이 벗겨진 육신 하나도 풍경이 되고 있다

전호나물

황사가 몰려온다는 소식과
아직 잎도 나지 않은 이팝나무에
매서운 삼월이 다녀갔다는 소문이
뉴스에서 흘러나왔다

누가 문을 두드린다
옆집 사람이다
고향에서 보내온 나물이라며
던져주고는 부리나케 가버린다
한 번도 본 적 없는 풀
울릉도 사람이니 울릉도 나물

참, 울릉도는 바람이 많다지, 비도 많이 내릴까, 안개는,
황사는

당신의 사주는 어떠신가요
질긴 목숨으로, 피폐한 삶을 이어갈 팔자입니다
당신의 날씨는 어떤가요

햇살 한 점 없는 어둡고 때로는 지리멸렬하고
흐린 날이 대다수입니다

질기고 아삭하고 짭짤한 전호나물
눈물보다 짠 소금물이 어디 있다고
목구멍을 꽉 막고 있던 울분들이 꾸깃꾸깃
앞이 보이지 않는 붉은 날들을 밀어내고 있다
이 세상에 없는 황사와 전호가 한판 승부를 낸 날이다

행복한 식탁

겨울 해는 너무 빨리 사라져요

옥상에 널어놓은 빨래는 어둠이 스미기 전에 걷어야겠
어요

옥상으로 올라가는 계단엔 언제나 먼지가 쌓여 있어요

사실, 내가 어쩌다 오르는 곳이니 언제나 그런 것은 아니
에요

내일은 비질을 좀 해야겠어요

창이 작은 부엌, 백열등은 아까부터 켜져 있어요

가스 불 위 하얀 법랑 냄비에는 양송이스프가 뭉근히 끓
고 있고

오래된 무쇠 후라이팬 위엔 손바닥만 한 소고기 덩이가
버터에 익어갑니다

고소한 냄새가 골목으로 퍼져 가네요

이것이 오늘 저녁 식탁의 주 메뉴인 거죠

하나 정도 요리를 추가한다면 유럽식 버진 올리브 오일을
첨가한 야채샐러드 정도면 괜찮지 않을까요

황제의 식탁이 부럽지 않네요

크리스마스가 가까워오니 식탁보는 산타가 그려진 붉은 체크 천으로 하겠어요

아, 할 일 없는 당신은 수저를 좀 놓아줄래요

수저받침은 인터넷 주문으로 받은 루돌프 모양이 좋겠어요

그리고 아들아, 너는 찬장에서 와인 잔을 좀 꺼내 놓으렴

오늘은 빈티지한 보랏빛 고블렛 잔이 좋겠구나

오랜만에 식구가 다 모이니 콧노래가 나오네요

자, 이제 음악을 틀고 식탁에 촛불을 켜요

촛불이 켜지는 동안 보일러가 터지고 천장에서 물이 쏟아지고 전기가 끊어지고 12월의 세찬 바람이 뼛속을 후비고 그날 밤 가족은 뿔뿔이 흩어졌어요 가족이 떠난 집은 물에 잠기고, 거짓말 같은 불행이, 우린 아직도 난민처럼 떠돌아요

밀밭 가는 길

말을 타고 싶네 늙고 야윈 말 등에 앉아 저물어가는 햇살과 익어가는 밀 냄새 사람이 죽고 사는 이야기를 훔쳐보고 싶네 몰락하는 작은 도시의 이야기도 좋고 꿈꾸지 않아도 좋은 안개 숲의 다람쥐 이야기도 좋겠네 구정물이 만연한 만두집 이야기도 상관없지 만두를 먹다가 옆자리 남자의 꾸며낸 첫사랑 이야기를 주워 들으며 식초가 많이 든 간장을 듬뿍 찍어 인상을 찌푸리며 먹을 수도 있으니 죽은 고요와 산 고요의 차이를 오랜 친구 같은 말과 나누며 걷고 싶네 걷다가 가끔은 돌부리가 송곳 같은 길에서 늙은 나를 떨어뜨리고, 하염없이 밀밭으로 가는 말은 경계가 없는 삶과 죽음의 한가운데로 가고 있는 것 얼마 남지 않은 시간의 푸대를 조금씩 풀어 달그림자를 마련한다 해도 밀밭에는 아직 익지 않은 밀알들이 소문 없이 부푸는 것을 붉은 달이 보고 있을걸

제 4 부

총알 배송

아침에 물을 마시다 천장을 보았다
거미줄이 보였다
거미가 사나 보다
학교에서 돌아온 아이가 말했다
우리 집에 바퀴벌레 있는데 봤어요?
아, 바퀴벌레도 사는구나 가족처럼

꽃잎에 코를 박고 사진을 찍다가
레몬 껍질에 푸른 유약을 바르면 더 시어질까
오후 두 시에 영도다리가 요가를 하는 것처럼
낙타의 등에서 흔들리면 모래사막이 생길까
맥없는 생각에 잠겨 있다가

자정이 지나서 쿠팡을 검색했다
벌레 박멸엔 COMBAT
모든 살인에는 쿠팡이 필요해
내일은 총알 배송으로 살인을 받아야겠어

기상관측소 가는 길

오늘 날씨는 섭씨 37도
기상관측소 가는 길이야

기린이 모가지를 빼도
푸른 초원이 보이지 않는 아프리카
미어캣의 맑은 눈에도
물기 마른 지가 오래지
북회귀선과 남회귀선의 한가운데
구름 한 점 없네
이름만 들어도 푸석한 파피루스 나무
머리를 풀어헤치고
먹은 것 없이 퉁퉁 부은 바오밥 나무
풍경의 끝에 서 있다

나는 내일 나미브 사막으로 떠나려 한다
아프리카 영양의 영양가 없는 뿔을 쥐고
물줄기를 찾아 사막을 누빌 것이다
그리하면 누 떼와 둥근귀코끼리 떼와도 마주치겠지

어느새 그곳은 사바나 초원
화석이 되어버린
빈 주검 하나가 나를 기다릴 것 같다

나는 아직 나미브 사막을 보지도 못했는데
정류장은 펄펄 끓고
관측소로 가는
에어컨 빵빵한 179번 버스가 오지 않는다

수양붉은능금꽃

사과라는 말보다
능금이라는 말이,
능금꽃이 피는데
붉은 능금꽃

오일장 꽃장수 아저씨
그 꽃 이름은 인터넷에 안 나오요
내가 이름 붙인 거요

다소곳이 땅을 향해
꽃송이를 매단 능금나무
꽃잎이 능금으로 다시 태어나는
찰나를 지켜보려
입속에 침이 고이는
능금능금 옹알이를 해본다

바람의 역할

찰나였다
홍가시나무로 새가 날아와 처박힌 건

총알처럼 날아와
붉은 잎사귀에 꽂힌 채
숨 할딱이는데

젖혀진 목젖부터
가슴께까지 내려가는 할딱임이
한 생을 끊어놓는 것 같아 불안한데

갑자기 굵은 바람 한 줄기

허공을 놓친
새의 날개가 퍼덕인다

커튼콜

저 빛의 속도로 달리는 할리 데이비슨은 몇 년도 모델인
가요

오래전 돌아가신 할아버지는 왜 우리에게 아무런 유산도
남기지 않았을까요

한낮의 고요를 찢으며 달려가는 속도감이 불쾌합니다 무
척 거슬립니다

할아버지가 남기신 몇 명의 할머니들은 언제 돌아가셨는
지 궁금하지도 않아요

폭발적인 엔진음 뒤에 남은 고요가 짜증을 불러옵니다

책상 위 독서대에는 오랫동안 책장을 넘기지 않은 시집이
있고

모기의 사체가 방충망에 붙어 있습니다

보이지 않았던 사물입니다

축제에 참석했습니다, 축제에는 음악이 있으니까요

꽃잔디 축제에 나타난 엿장수의 가위 소리를 들으며

손으로 깎은 나무 수저를 사려 했지만 포기했습니다

뜬금없이 여자가 다가와 대통령을 하야시키자며 서명을
하라고 해서요

불가능한 일입니다

거친 욕설이 입안에 가득 고입니다

가끔 내가 죽은 것으로 착각될 때가 있습니다

불의에 항거하지 못하고 참아야 할 때

입안에 가득한 어떤 것을 꾹 삼켜야 할 때

나의 주검에

새로운 살갗이 돋고 뼈가 살아나고 피가 돌아다닌다면

서서히 일어나 두 손을 높이 쳐들고 인사를 할 겁니다

여러분 사랑합니다 아, 아닙니다

세상은 그리 호락하지 않습니다, 어둠이 깔리고 있습니다

황야의 틀니

신호 대기 중
창밖을 바라보았어
눈에 익은 간판이 보였지
큰 기와지붕 아래 세연정
고깃집 이름이 참 예쁜 그 식당 앞에서
오래전 만난 한 시인이 생각났어

따뜻한 날이었어
약속 시간보다 먼저 와 있던 시인은
나를 보자 어색하게 웃었지
그날따라 이마에 붙은 반창고엔 피가 배어 나와 있고
이빨은 어디로 갔는지 합죽한 입 모양이
내가 알던 시인이 아니었어
차를 가지고 오기로 한 사람을 기다리며
시인의 사진을 찍는데
햇살에 눈이 부신지 자꾸만 눈을 감았지
시인에게 해줄 틀니를 위해
김해까지 가는 동안

오랜만의 외출인지 시선은 바깥에 둔 채,
함께 가줘서 고맙다는 인사가
이렇게 슬픈 말인 줄 처음 알았어

돌아오는 차 안에서 자꾸만 식사를 대접하겠다고,
밥은 소화가 안 된다고 짜장면을 먹었지
목이 메어 면발이 잘 넘어가지 않았어
집에 와서 사진을 정리하다
시인의 등 뒤, 가로등을 보았어
환한 대낮 가로등 아래
웃고 있는 시인의 입이 동굴 같았어
지금은 동굴에서 빠져나와 잘 살고 계시는지
시인의 안부가 궁금한
오늘의 외출

○○ㅅㅋㄹ

24시 무인 셀프 점포
코딱지만 한 가게 안
사람은 보이지 않고
냉장고와 진열대, 과자만 보이네
스르르륵 자동문이 열리고
일렬로 서 있는 냉장고마다
비비빅, 호두마루, 옥동자 등
아이스크림이 가득가득
정갈한 진열대 위에는 세계 각국의
과자들이 즐비해 있다
천천히 주변을 둘러보는데
아뿔사,
○○ㅅㅋㄹ
○○ㅅㅋㄹ 카메라가 돌아가고
화면에는 엉거주춤 서 있는 내 모습
카메라는 나만 따라다니고,
기계가 주인인 가게에서
카드를 꺼내 카메라에 물어본다

이 카드 어디다 넣어요?
기계와 얘기하는 나는야 디지털 인간
우주의 한 점에서 활동하는 제3인간
열려라, 참깨

시뮬레이션

물고기 색깔이 왜 이래
신선하지가 않아
단단한 근육질은 좋은데
수초도 없이 모래도 없이
따분해서 어떡하지
마리모를 넣어줄까
형광색 낙지라도 넣어줄까

지느러미가 흐느적거리고
한 번씩 아가미가 열렸다 닫혔다
의심 많은 내 눈꺼풀 같네

물고기 세 마리가 어제도 오늘도
정해진 높이에서 의지도 없이 오르락내리락
먹이도 먹지 않네
비현실적이야
죽음이 두려워
가짜로 산다는 건

아이스 큐브를 입에 물고 키스하는 짓이야

불멸의 바이러스가

온 세상을 움켜쥐고 흔들어대도

빨간 잎 수초 속에 숨겨놓은 나의 불멸

어항 밖 인간들은 죽지 않으려

마스크에 마스크를 겹쳐 쓰고 수감 중이야

커밍아웃

꽃들이 꽃밭 가득 예에쁘게 피어나는 동안
투명 옷을 입은 바바리맨이
한 번, 두 번, 세 번의 진술을
제대로 하지 못한 채 혀가 잘린다
꽃이, 꽃이 되지 못하는 순간이다
TV에서는 얼빠진 정치인들이
가난한 소녀들의 생리대를
주목하자고
상대의 관자놀이마다
총구를 들이댄다
사실은 오래전 소녀와
오늘의 내가 동일인인 것을
아무도 모르게 하기 위해
바바리를 입고
생리대를 던져버리면
난 커밍아웃인 건가
사춘기와 갱년기를 뚫고 나오니
여자도 남자도 아닌,

아웃 직전의 고깃덩이가
성체불명으로 딜렁거리고 있는 것은
비밀 아닌 비밀

호러 무비

세상은 자꾸 허물어지고 있는데
그래도, 라는 억지 위로와
웃음을 강요하는 한낮
카페에 앉아
아이스커피에 메이플시럽을 잔 가득 부어
혀끝에 굴리면,
달달한 아이스커피에
싱거운 모닝빵을 푹 절여 먹으면
말도 안 되는 일들을 상상하며
창밖을 지나가는 사람들의 표정을 훔치다가
등골이 오싹
얼굴이 똑같은 사람들이
같은 상표의 옷을 입고 지나간다
호박에 줄을 그어
수박을 잉태하는 바이러스가
좀비처럼 거리를 활보한다는 뉴스만 보았는데
눈이 퀭한 쌍꺼풀들이
칼날처럼 오똑한 콧날들이

어깨를 한껏 올린 채 지나다닌다

엔딩 자막은 올라가지 않고

얼음은 벌써 녹아 지구를 떠나버리고

난 어디로 가야 하나,

저들과 얼굴이 다른 난 바로 발견될 터인데

한파특보

영하 11°
한파특보가 내려졌다
수도가 얼고 보일러 터지고
꽁꽁 언 집들 녹여야 한다고 동네에 불이 났다
한밤중에 들이닥친 소방차
산동네, 낮은 처마들 겁에 질려 벌벌 떠는 동안
오래전부터 비어 있던
산꼭대기 슬레이트집 활활
캠프파이어 불꽃처럼 맹렬히 바람을 탄다
좁디좁은 골목길 소방 호스가 뱀처럼 기어오르고
동네 사람들 먼 눈빛으로 불구경하고 있다
빈집에 왜 불이 났을까
주인 떠난 집에 고양이만 살았는데
누가 모닥불을 피워주기라도 했을까
내일은 더 추울 거라는데
아직 잡히지 않은 불꽃
밤하늘 가득 태우고 있다

해설

아래로부터의 일상
― 김해경의 시세계

구모룡(문학평론가)

1

김해경의 시는 일상을 응시한다. 일상은 나날의 삶을 말한다. 느끼지 않고 스쳐 지나가면 달라질 게 하나도 없다. 하지만 타자와 사물을 민활하게 받아들이는 이에게 시시각각의 풍경은 늘 새롭기 마련이다. 풀밭을 보더라도 서서 볼 때와 앉거나 누워서 볼 때가 다르다. 확연히 다가오는 다양한 풀잎 사이로 여치가 송아지만큼 커질 수 있다. 감각을 열고서 지각할 때 삶은 생동한다. 구체적인 것(the concrete)의 어원은 함께한다는 의미를 지닌다. 풍경의 세목에 충실할 때 경험은 풍부해질 수밖에 없다. 단지 사물로 다가오는 대상이 아니라 삶의 풍경은 매우 복잡다단하다. 김해경 시인의 눈길은 자연 사물을 향하기도 하지만 그보다 자기를 포함한 타자의 일상적 삶을 향한다.

무관심은 일상을 밋밋한 반복으로 보이게 한다. 관심은

더 많은 차이를 발견하게 한다. 사소한 것처럼 보이는 대상조차 큰 의미를 드러내고 만다. 일상의 깊이와 무게는 한정이 없다. 그래서 발터 벤야민은 삶을 구체적으로 지각하는 이에게 일상은 지구만큼 무거울 수 있다고 했다. 가령 「바람개비 보호구역」처럼 일상은 가볍고 명랑하고 경쾌한 장면이 일순 무겁고 비참하며 불쾌한 순간으로 바뀌기도 한다. "오랫동안/내가, 수없이 무단횡단을 했던 곳"에 "긴꼬리투구새우의 환생처럼" 생긴 "건널목"이 만들어지면서 "바람개비를 손에 들고/달리기 시작"한 아이와 그 아이의 "손을 놓쳐버린 엄마의 비명"으로 나타난 사건이다. 일상은 평온한 듯하지만, 그 이면에 균열과 단절, 질곡과 파국이 도사린다. '어린이 보호구역'은 그 어린이가 든 '바람개비'로 비유되는 자발성을 보호해야 하지만, 기성의 제도와 질서는 이에 대하여 무방비한 폭력을 내재한다. 일상의 이면에 내재한 파국의 예감은 「행복한 식탁」에도 잘 나타난다. 3연으로 구성된 이 시에서 1연은 겨울 저녁 옥상에 널어둔 빨래를 걷고 내일 계단 청소를 생각하는 장면을 말한다. 2연은 1연보다 장황한데, 오랜만에 다 모인 식구와 더불어 부엌에서 맛있는 요리를 포도주와 곁들여 먹기 위하여 식탁을 차리고 촛불을 켜는 과정을 세세한 사물 묘사와 함께 진술한다. 행복한 가족의 식탁을 매우 정겹게 서술하고 있다. 하지만 이러한 정황은 간결하게 진술된 3연에 이르러 파국으로 마무리된다. "촛

불이 켜지는 동안 보일러가 터지고 천장에서 물이 쏟아지고 전기가 끊어지고 12월의 세찬 바람이 뼛속을 후비고 그 날 밤 가족은 뿔뿔이 흩어졌어요 가족이 떠난 집은 물에 잠기고, 거짓말 같은 불행이, 우린 아직도 난민처럼 떠돌아요" (「행복한 식탁」 3연에서). 이처럼 행복은 순식간에 불행으로 변전한다. 「바람개비 보호구역」과 마찬가지로 시인은 극적 전환의 서술기법을 통하여 일상에 내재한 비극의 징후를 포착한다. 이는 경험적 사실일 수도 있고 상상적 표출일 수도 있다. 어느 경우든 시인은 일상이 평면화가 아니라 입체화임을 말하려는 의도를 품는다. 다시 말하여 그 겉과 속을 함께 응시하고자 한다.

일상을 바라보는 시인의 시선과 목소리는 「내가 살아온 안녕들」에서 매우 구체적이다. 이 시편은 "9월 30일 (수)/09:26~09:35 50번 버스/동해중학교에서 금정구청 구간 운전석 쪽/임산부 좌석의 빨간 점퍼 중년 남성"이라는 1연의 정황 설정에서 시작한다. 2연은 이 남성에 대한 연상과 버스 안의 감시 체계를 제시한다. 빨간 점퍼, 임산부 좌석, 오전 9시, CCTV에 찍힌 몽타주와 표정 등을 말한다. 마지막 4연에서 화자는 자신의 위치가 "당신의 등 뒤, 하차 벨이 없는 노약자석"이라고 밝히고 있다. 시인은 이 시에서 말하고자 하는 의도를 3연에서 다음처럼 표출한다.

이제 버스에서 내리셨나요/가까운 보건소에 빨리 들리세요/
오래전부터 가슴에 품고 있던/붉은 동백 씨앗을 보건소 화단에
확 뿌려버리세요/당신의 억울함을 꽃으로 대신하는 거죠/지금
은 모든 경계가 사라지고/일거수일투족이 낱낱이 까발려지는,/
그런 날들의 연속입니다/우리의 일상이/유리병 속의 작은 물고
기처럼 헤엄치고 있습니다/지구는 여전히 돌아가고/오래전 피
었던 꽃들은 다시 필 것이고/당신 또한 그 버스를 또 타야 할
것이고(「내가 살아온 안녕들」 부분)

시 속의 화자는 '하차벨이 없는' 노약자석에 앉아 있다. 노
약자에 대한 배려가 부족한 노약자석이다. 이러한 입장에서
임산부석에 앉은 중년 남성을 뒤집어 이해하려고 한다. 그가
그 자리를 선택한 까닭이 있으리라고 생각한다. "오래전부
터 가슴에 품고 있던/붉은 동백 씨앗" 탓인데 이를 "보건소
화단"에 뿌려버리라고 권유한다. 물론 모두 화자의 상상 속
에서 일어나는 일이다. 하지만 화자는 그 남자의 사정을 공
감한다. 보건소와 같은 공적 기구가 그의 상태를 정확하게
알고 있지 못한다는 판단이 있다. 그가 임산부석에 앉은 내
력을 알려고 하지 않을뿐더러 오히려 그의 신체를 감시하려
고만 한다. "모든 경계가 사라지고/일거수일투족이 낱낱이
까발려지는,/그런 날들의 연속"이다. 다음의 구절은 어쩌면
시인의 일상에 관한 관점을 말하고 있는 듯하다. "우리의 일

상이/유리병 속의 작은 물고기처럼 헤엄치고 있습니다" 갇혀 있을 뿐만 아니라 위태롭다. 잘 보이지 않는 실금이 있고 미세한 균열도 진행된다. 안전과 보건을 위한 장치도 "하차벨이 없는 노약자석"처럼 불완전하다. 표제가 말하듯이 이러한 과정이 '내가 살아온 안녕들'이며 여기에 약한 풍자와 아이러니를 품는다. 현실에 대한 비판과 공격이 내재해 있고, 드러난 사실이 실제를 모두 말하지 못하는 상황을 폭로한다. 일상을 해부하는 시인의 시선과 태도가 이와 같다.

2

일상의 삶을 말하는 김해경 시인의 스펙트럼은 다채롭고 넓다. 단지 낯설게 하기의 기법이 아니다. 오히려 인식의 문제이다. 「호러 무비」가 말하듯이 문득 일상이 낯설어지기도 한다. "달달한 아이스커피에/싱거운 모닝빵을 푹 절여 먹으면/말도 안 되는 일들을 상상하며/창밖을 지나가는 사람들의 표정을 훔치다가/등골이 오싹/얼굴이 똑같은 사람들이/같은 상표의 옷을 입고 지나간다"와 같은 구절이 그렇다. 개별성이 사라진 동일성은 호러와 같이 섬뜩하다. 「사건들」에서 "지리산에만 산다는 팔랑나비가 날아와 앉은 바늘꽃에 바람구멍은 나만 보이는 건가"라고 진술하고 있듯이 시인이 만나는 사물은 모두 사건이 될 수 있다. 표현 주체의 지각과 상상이 이를 가능하게 한다. 얼핏 단조로워 보이는 일상도 사소한 사건들이 모여 두껍게 팽창한다. 베란다 확장공사처럼 밋밋한 과정(「베란다 확장공사」에서)이나 35년간 열린 화장품 가게의 심각한 "폐업 처분"(「門, 닫습니다」에서)도 시적 대상이다. 시인은 베란다가 새 신을 신기를 기대하는 한편, 문 닫은 가게에서 "내 속의 무관심과/닫힌 눈꺼풀이 저 문을 닫게 한 것 아닌지/닫힐 문을 열고 들어가 보니/단 한 번도 열리지 않았던/화장품 뚜껑들이 열어 달라/아우성입니다"라고 말한다. 무엇보다 사물을 향하는 시인의 시선에 극진하고 안타까운 마음이 있다. 이와 같은 마음의 시학이 밝고 경쾌한 목소리로 표출된 시편이 「아기 고양이가 콩알처럼 뒹구는 한낮」이다. 마음의 시학은 '나'의 표현에서 시작하며 외부의 동심원을 그린다. 김해경의 '일상시'가 이러한 형국이다. 나의 신체가 있고 가족과 집이 있으며 이웃과 마을 그리고 도시와 자연이 있다. 「아기 고양이가 콩알처럼 뒹구는 한낮」은 "아기 고양이"가 놀고 있는 옥상의 풍경이다. "너무 피어 쓰러진 쑥갓과 삐걱거리는 평상과 붉은 고무통에서 몸집을 불리고 있는 사과나무와 말라빠진 장이 담긴 장독과 아무것도 담겨 있지 않은 항아리들" "깨진 장독 틈 사이 새끼 고양이 몇 마리가 콩알처럼 놀고" 있다. 이러한 고양이 탓에 시 속의 주인공은 옥상에서 하려던 일을 제쳐두고 "노을이 질 때까지" 그들의 놀이를 지켜준다. 이처럼 화자의 시선은 대상을 지배하지 않으며 교감한다. 사물은, 「수양붉은 능금꽃」이 말하듯이, 저마다 고유한 이름을 가진 존재로 다가온다는, 관계의 인식이 있다. 「목덜미」는 "지하철 안 여자의 숙인 목덜미"에 "타투로 씌어진 moonlight"가 "초승달/반달/보름달"로 부풀어 올라 '나'의 목덜미로 감염하는 과정을 그린다. '생동하는 물질'의 이동을 말하고 있다고 해도 되겠다. 이와 같은 감응은 주체의 일상을 움직이는 마음의 상태이다. 이를 "한 사람을 생각하며 발길을 옮기는 것은 슬픔을 등에 업고 슬픔을 찾아가는 일"이라고 할 수 있다. 또한 "지금 가고 있는 그곳이 행복과 슬픔을 버무려 한 송이 꽃으로 피어났다면 내가 가야 할 무수한 날들은 어떤 꽃 무더기로 피어나 나를 힘들게 할 것인지"(「오독이 지나간다」에서)를 아는 일이라고 하겠는데, 이런 마음의 생태학이 마음의 풍경을 그려낸다.

> 목욕탕 밖은 이미 해가 지고/아파트 단지를 마주 보는 우리 동네 낮은 지붕들/탱자 열매 같은 불들이 켜져 있다/집과 집들이 이어져 숲이 되는 풍경 속으로/내가 걸어가고 있다/껍질이 벗겨진 육신 하나도 풍경이 되고 있다(「풍경이 있었구나」 부분)

동네 목욕탕 안에서 "내 몸의 구석들을 보니/어디 한군데 기댈 곳이 없다"라고 진술하던 화자는 밖으로 나오면서 마을의 풍경 속으로 동화되는 자기를 만난다. 이처럼 시인은 단독자의 고립된 의식을 이겨내고 사물과 타자가 함께 하는 생동하는 풍경 속으로 나아간다. 물론 외부와의 감응이 늘 조화로운 것은 아니다. 「귀가」와 같이 남편의 귀가는 늦어지고 주차 공간이 부족하여 동네를 배회하는 일도 있다. 사라진 "젊은 날들"(「벽에 걸린 시간들」에서)의 추억이나 "기다림 따위는 식용유에 튀겨 먹어도 시원찮은/사치"(「정물」에서)가 되어버린 나날도 적지 않다. 그러니까 교감, 공감, 감응은 그 어떤 단절이나 소외를 전제하지 않음이 아니라 오히려 이러한 경험을 거친 이후의 과정이라는 점에서 의미가 있다. 때론 어떤 단절이 환상을 불러오기도 한다. 「기상관측소 가는 길」에서 만나는 다음과 같은 구절을 보라. "기린이 모가지를 빼도/푸른 초원이 보이지 않는 아프리카/미어캣의 맑은 눈에도/물기 마른 지가 오래지/북회귀선과 남회귀선의 한가운데/구름 한 점 없네/이름만 들어도 푸석한 파피루스나무/머리를 풀어헤치고/먹은 것 없이 퉁퉁 부은 바오밥 나무/풍경의 끝에 서 있다". "나미브 사막"이 환각처럼 다가온다. 하지만 시인은 "세상 일들이 도돌이표처럼 몇천 번을 돌고 난 뒤/한 번쯤 마셔볼 만한 맹종죽 수액/대나무 꽃이 피면 그리운 사람이 돌아온다는데/그곳은 너무 먼 곳/아득히, 절절히, 맹렬하게 기다리다 내가 가야 할 곳"(「맹종죽」에서)을 궁극의 지평에 둔다.

말을 타고 싶네 늙고 야윈 말 등에 앉아 저물어가는 햇살과 익어가는 밀 냄새 사람이 죽고 사는 이야기를 훔쳐보고 싶네 몰락하는 작은 도시의 이야기도 좋고 꿈꾸지 않아도 좋은 안개 숲의 다람쥐 이야기도 좋겠네 구정물이 만연한 만두집 이야기도 상관없지 만두를 먹다가 옆자리 남자의 꾸며낸 첫사랑 이야기를 주워 들으며 식초가 많이 든 간장을 듬뿍 찍어 인상을 찌푸리며 먹을 수도 있으니 죽은 고요와 산 고요의 차이를 오랜 친구 같은 말과 나누며 걷고 싶네 걷다가 가끔은 돌부리가 송곳 같은 길에서 늙은 나를 떨어뜨리고, 하염없이 밀밭으로 가는 말은 경계가 없는 삶과 죽음의 한가운데로 가고 있는 것 얼마 남지 않은 시간의 푸대를 조금씩 풀어 달그림자를 마련한다 해도 밀밭에는 아직 익지 않은 밀알들이 소문 없이 부푸는 것을 붉은 달이 보고 있을걸(「밀밭 가는 길」 전문)

김해경의 시에서 일상의 구체에서 벗어나 다소 예외적으로 내면의 원망이나 꿈을 말하는 시편이다. 유년의 추억과 더불어 이와 같은 지향이 있으므로 그가 추구하는 일상의 시편들이 더욱 단단해진다. 거듭 말하지만, 서정은 미리 전제된 화해의 반복이 아니다. 세계와의 불화를 넘어서려는 주체의 힘겨운 표현이다. 「밀밭 가는 길」은 어쩌면 시인의 시적 방법과 그 도정을 말하고 있는 듯하다. 사물과 사람이 들려주는 무수한 이야기에 귀를 기울이며 마침내 생사의 경계가 사라진 지평으로 나아간다. 에로스와 타나토스의 충동이 한껏 더 난해한 장면으로 표출된 「거미염소」도 예의 일상을 다룬 시편과 다른 위치에 있다. 이 또한 김해경의 시가 일상을 수집하거나 그에 매몰되지 않았음을 지시한다. 그런데 시인은 "토마토 같은 고양이 시"라는 시법을 밝힌 바 있다.

리어카에 토마토가 실려 가네 물러터지기 직전의 소쿠리 앞에 삐뚤하게 쓰인 ―한 소쿠리 오천 원, 탱탱하고 쭈글하고 국물이 삐질 온갖 잡다함이 다 섞여 있어 주먹으로 콱콱 으깨고 싶은 욕망이 오르네 욕망의 열기가 한창일 때 이야기이네.//고양이가 있었네 노란 털이 듬성듬성 눈에는 눈곱이 죽을 날을 기다린 것처럼. 언젠가 토마토 같은 고양이 시를 쓰고 싶다는 시인을 만난 후 그 시는 내가 꼭 쓰겠다는 결심을 일기장에 써놓고 몇 년을 잊고 있었다 오늘 토마토를 만난 후 공간의 이동이 너무 짧다는, 생의 깊이도 너무 얇다는 그래서 고양이는 죽었을 거라는 생각을 해본다//너무 익어 터져버린 토마토의 결사이로 파리가 들끓는 계절이 오고 지루한 세계가 가는 것을 지켜보고 있다(「토마토와 고양이」 전문)

김해경의 시편에서 '고양이'는 여러 번 등장한다. 이미 앞에서 언급한 「아기 고양이가 콩알처럼 뒹구는 한낮」에서 고양이는 주된 시적 대상이 되고 있으며 「재개발」에서 "부서진 마루는 길고양이의 휴식처"라는 구절의 한 이미지로 표출된다. 마찬가지로 「사건들」의 첫 행은 "가령, 어느 날 고양이가 감나무 아래서 입을 벌리고 누워 있다고 하자"라는 구절로 시작하며, 「한밤의 뉴스」와 「한파특보」는 각각 "담 위에서 졸던 고양이도 사라져버렸어", "주인 떠난 집에 고양이만 살았는데"라고 진술한다. 그런데 토마토는 「토마토와 고양이」에 유일하다. 토마토는 식물이고 고양이는 동물이다. 고양이는 인용한 시구들이 의미하듯이 자기의 영역을 지니면서 활동한다. 대지에 뿌리를 내리고 자라는 토마토와 같은 고양이 시는 어떤 지향일까? 단지 리어카에 실려 가는 토마토는 아닐 터이다. 토마토는 "공간의 이동이 너무 짧다는, 생의 깊이도 너무 얇다는" 점에서 고양이의 활력에 어떤 기대를 걸고 있음이 틀림이 없다. 하지만 "고양이는 죽었을 거라 생각"하고 있으니 "토마토 같은 고양이 시"는 미완의 기획으로 남는다. 따라서 "너무 익어 터져버린 토마토의 결 사이로 파리가 들끓는 계절이 오고 지루한 세계가 가는 것을 지켜보고 있다"라는 결구가 지닌 의미가 크게 다가온다. 예의 생동하는 사물에 대한 구체적이고 민활한 감응에 대한 미련이다. 「행운목 기르기」가 보여주는 반전처럼 생성의 기운이 행복으로 자라나지 못하고 자본주의의 내부로 회수되고 만다. 여기에다 바이러스가 지배하는 사회는 더욱 그로테스크로

143

바뀌고 있다. "울트라 바이오 삼단 두루마리 마스크의 세상/ 불신과 의심이 불꽃놀이처럼 팽창하는 도시/이 기회에 지구 를 떠나야겠어요/마스크 따위 휴지처럼 구겨 내팽개쳐 버리 고 싶어요/아! 열이 펄펄 끓어요"(「울트라 마스크」에서)라고 절규하는 상황이다. 입을 잃는 사람들이 "가혹한 날들", "안 경에 서린 김처럼 답답한 계절", "동이 트지 않는 아침"(「멈춘 계절」에서)을 견디고 있다. "역병의 시대"(「붉은 지붕 위로 날아 가는 새처럼」에서) 또한 피할 수 없는 일상이다.

3

김해경의 시에서 일상은 위로부터 진행되지 않고 아래로 부터 시작한다. 꿈, 환상, 다른 곳에 대한 동경이 없는 바가 아니지만, 이 또한 지금-여기의 비참을 말하는 방법의 목록 일 뿐이다. 아래로부터의 일상은 시인의 일관된 시선이자 오 랜 시적 덕목이다.

지하철 1호선, 발목이 우그러진 아기 엄마/쪽지 한 장을 던 져준다/아기 아빠가 많이 아파서 그러니/십시일반 도와달라는/ 등에 업힌 아기는 대롱거리고 어쩌려는 건가/난 지갑이 비었고 다음 역에 내려야 하는데/승객들 하나같이 휴대폰 삼매경/지하 철은 달리고/마스크를 한 입들은 더욱 침묵하고/바이러스가 창

궐한 지구는 내일이 없는데/우린 지금 어디로 가고 있는 건가//
젊은 엄마, 티티카카 호수로 가자!/파랑새가 날고, 수많은 꽃들
의 향기 가득한/오래된 나무마다 새들이 집을 짓고/잉카의 숨
소리가 살아있는/아, 발목이 우그러진 젊은 엄마여/티티카카
호수로 가자/더러운 문명을 버리고/아기에게는 정갈하고 더운
젖을 물리자/우그러진 발목이 펴지고/아기의 옹알이가 노래로
들리는 날/우리 산호색 호숫가에서 손잡고 산책하자/삶은 아
름답고 신비한 것이란 걸 아이에게 알려주자(「티티카카 호수로
가자」 전문)

재난은 가난하고 병든 사회적 약자에게 더 큰 고통을 준
다. "마스크를 한 입들은 더욱 침묵하고" 희망이 줄어들면서
내일도 갈피가 없다. 이러한 상황에서 시적 화자는 "지하철
1호선, 발목이 우그러진 아기 엄마"의 고통에 공감한다. 이
는 강렬한 유토피아의 환영을 상상하는 일로 나타나는데 달
리 마땅한 대안을 구할 수 없는 심경의 곡진한 표현이다. 타
자의 고통에 동참하는 일은 나르시시즘적 자아를 극복한 주
체에게만 가능하다. 「뼈를 누인다」는 "산 그림자처럼/웅크
린 곰처럼/뼈만 남은 사자처럼/퀭한 눈자위로 발광하듯/헐
벗고 뜯긴 자국들 너덜거리며//객혈 같은 가래가/물 먹은
목화솜처럼 터져 나오고/몸은 자꾸 비틀리는데/겹겹이 껴
입은 옷에서 죽은 동물의 냄새가 난다"라는 구절 속의 주인

공인 노숙자를 대상으로 그린다. 이 시편의 후반에는 "늦은 밤 지하도, 모르는 뼈들이 누워 웅성거리고 있다/그 뼈들 사이 나의 뼈도 슬그머니 끼워 넣는다"라는 구절이 오롯이 등장한다. 타자의 고통을 자기화하는 고통의 시학을 적실하게 표현하고 있다. 이처럼 김해경의 일상 시학은 생동하는 사물 시학으로부터 고통의 시학에 걸친 진자운동을 보인다. 역시 흡사한 노숙자를 대상으로 삼은 「메리 크리스마스」에서 시적 화자는 "일상은 평면처럼 흘러가는 것 같지만/어느 날은 비가 오고 어느 날은 진눈깨비"라고 진술한다. 목단꽃 그림이 그려진 "공단 이불"을 "겨울비가 거리를 적시는 크리스마스이브/고요한 밤 거룩한 밤"에 빼앗기고 "처마 밑에 웅크려/마른 라면을 부숴 먹으며/손톱 밑의 때를/쪽쪽 빨고" 있는 "턱수염 남자"의 처지를 서술한다. 결구에서 시적 화자는 "음식 앞에 겸허해지라는 지당한 말씀이/개떡같이 들리고/돌아서면 아무렇지도 않은 일들이/어둠처럼 녹아내리는/오늘은 메리 크리스마스"라고 진술하면서 삶의 모순을 비판한다. 지하철 역사에서 쭈그리고 앉아서 화장하는 여자의 이야기(「연애 역사」에서)나 부산역 화단 옆에 박스로 집을 지은 사람의 이야기(「박스 하우스」에서)나 부산역 광장을 건너 "박스 조각으로 울타리를 만든 도라지 할머니" 이야기(「울타리에 대한 의심」에서) 등은 모두 아래로부터의 일상에 충실한 시인의 시적 지평을 확연하게 가늠하게 한다. 「치킨샐러드를 먹어요」에서 시인은 헤르타 뮐러의 소설 『숨그네』를 소환하여 지하철을 수용소와 같은 고통스러운 일상의 현장으로 인식한다. 퇴근길 지하철 안에서 저녁식사를 하는 여성에 대한 깊은 동정에서 기인한다. 시인은 타자를 대상화하는 주체의 원근법을 넘어서 아래에서 위를 바라보는 "높이의 원근법"(「높이의 원근법」에서)을 창안한다. 아래로부터 형성된 김해경의 시법이 당도한 최선의 지점이 아니겠는가.

김해경

부산 출생
2004년 『시의 나라』 등단
시집 『아버지의 호두』, 『메리네 연탄가게』,
『먼나무가 있는 곡각지 정류장』
kyung-6287@hanmail.net

산지니 시인선

내가 살아온 안녕들

초판 1쇄 발행 2021년 12월 31일

지은이 김해경
펴낸이 강수걸
기획실장 이수현
편집장 권경옥
편집 신지은 김리연 윤소희 오해은 강나래
디자인 권문경 조은비
경영지원 공여진
펴낸곳 산지니
등록 2005년 2월 7일 제333-3370000251002005000001호
주소 부산시 해운대구 수영강변대로 140 BCC 613호
전화 051-504-7070 | 팩스 051-507-7543
홈페이지 www.sanzinibook.com
전자우편 sanzini@sanzinibook.com
블로그 http://sanzinibook.tistory.com

ISBN 979-11-6861-000-2

* 본 도서는 2021년 부산광역시, 부산문화재단 '부산문화예술지원사업'으로
지원을 받았습니다.

소크라테스의 변명,
크리톤,
향연,
파이돈

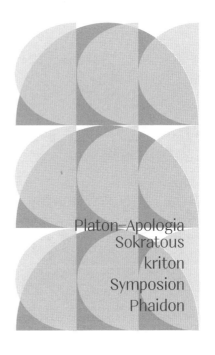

Platon-Apologia
Sokratous
/kriton
Symposion
Phaidon

소크라테스의 변명, 크리톤, 향연, 파이돈

플라톤 지음 | 박병덕 옮김

본문사진목록

도서출판 육문사 발행 《소크라테스의 변명·크리톤·향연·파이돈》은 1991년 4월 20일 초판 발행본을, 중판을 거쳐 현대에 맞게 어휘, 문법을 수정한 안티쿠스 책장 시리즈르 다시 제작하였습니다.

차 례

소크라테스의 변명

Apologia Sokratous

해 설

　펠로폰네소스 전쟁(Peloponnesian War, 기원전 431년~404년)이 끝난 지 5년 후인 기원전 399년, 소크라테스는 정치계(政治界)의 유력자인 아뉘토스(Anytos)의 후원받는 멜레토스(Meletos)에 의해 '젊은이들에게 해(害)와 악(惡)을 끼치고 국가가 인정하는 신(神)들을 인정하지 않는다.'는 죄목으로 아테네의 법정에 고소되었다. 그러나 이러한 표면적인 죄(罪)의 다른 면에는 소크라테스와 전쟁 중의 '위험인물'로 지목된 알키비아데스(Alcibiades)와의 관계에 대한 억측 및 소크라테스와 패전 후 폭정을 행한 30인 정권의 우두머리인 크리티아스(Critias)와의 관계에 대한 억측 등 여러 가지 복잡한 사정이 있었던 것으로 생각된다.

　공판(公判) 석상에서 원고 측의 뒤를 이어 피고인 소크라테스는 5백 명의 재판관(배심원)과 시민 청중들 앞에서 변호 연설을 행한다. 그러나 표결 결과 소크라테스는 비교적 근소한 차이로 유죄 판결을 받았다. 그 후 형량(刑量)을 제안할 때의 소크라테스의 강한 태도가 재판관들의 비위를 상하게 했기 때문인지 다음 표결에서는 '소크라테스를 사형에 처해야 한다.'는 원고 측의 주장이 많은 표 차이로 가결되었다.

이때 법정에서 재판 과정을 지켜보고 있었던 28세의 젊은 플라톤(Platon)은 소크라테스가 사형당한 지 얼마 후 그의 변호 연설의 일부를 이 책과 같은 형식으로 발표했다.

소크라테스는 그의 변호 연설 속에서 자기 행동과 삶을 관철하고 있는 사상을 힘차게 역설하고 있다. 즉, 그는 무엇보다도 영혼을 소중히 여기고 진정한 지(智)에 이르는 길은 무지(無知)의 자각 위에 서서 지혜를 힘써서 구하고, 자기 자신과 다른 사람들을 검토하면서 사는 데에 모든 철학적 사상의 근본이 있다는 것을 역설하고 있다.

'소크라테스의 4대 복음서' 중의 하나로 일컬어지는 본편(本篇)에는 플라톤의 위대한 영혼에 깊은 영향을 준 소크라테스의 참모습이 그대로 나타나 있다.

소크라테스(Socrates) : 당시 70세

멜레토스(Meletos) : 원고. 30인 독재 정권을 타도하고 민주정치를 재건하여
아테네 정치계(政治界)에서 유력한 지위를 차지한 아뉘토스(Anytos) 부하
가운데 한 사람.

아테네 시민 여러분![1]

저를 고소(告訴)한 사람들의 말을 듣고 여러분이 어떻게 느끼셨는지 모르겠습니다. 그러나 저는 그들의 말을 듣고 있자니 그들의 말이 너무도 설득력이 있어 제가 어떤 사람이었는지 저 자신도 거의 잊어버릴 정도입니다.

사실 그들은 진실한 말을 거의 한마디도 하지 않았습니다. 그들이 말한 거짓말 중에서도 저를 가장 놀라게 한 것은 그들이 마치 제가 대단한 변론가이기라도 한 듯이 여러분에게 '소크라테스에게 속아 넘어가지 않도록 조심하십시오.'라고 경고한 것입니다. 그들은 그렇게 말한 데 대해 부끄러워하지 않으면 안 될 것입니다. 왜냐하면 그들의 말은 거짓이라는 것이 제 말이 시작되면 곧 드러나게 될 것이며, 따라서 여러분은 제가 대단한 변론가가 아니라는 사실을 아시게 될 것이기 때문입니다. 그것이야말로 그들이 가장 부끄러워해야 할 점이라고 저는 생각합니다. 그들이 진실을 말하는 사람을 대단한 변론가라고 부른다면 그들의 말이 옳을지도 모릅니다. 만일 그들이 그런 의미로 말했다면 저는 저 자신이 그들보다 뛰어난 변론가라는 데에 동의할 것입니다.

하지만 그들은 제가 말씀드린 바와 같이 진실은 거의 한마디도 말하지 않았습니다. 여러분은 제게서 모든 진실을 들으시게 될 것입니다.

---

1) 소크라테스의 무죄 쪽에 투표한 재판관들에 대해서만 소크라테스는 이러한 호칭을 사용하고 있다. 그들에 대해서는 '재판관 여러분'이라는 관례적인 호칭을 일부러 피하고 있다.

아테네 시민 여러분!

여러분은 저에게서 저들의 변론처럼 미사여구(美辭麗句)로 장식된 아름다운 말이 아니라 조금도 장식되지 않은 말을 들으시게 될 것입니다. 여러분께 제 마음에 떠오르는 대로 꾸밈없이 솔직하게 말씀드리겠습니다. 그것은 저의 말이 옳다고 믿고 있기 때문입니다. 그렇기 때문에 여러분, 제게서 그 이상의 아름답고 매끄러운 변론을 기대하지는 마시기를 바랍니다. 저처럼 나이 많은 사람[2]이 여러분 앞에 불려 나와 어린아이처럼 말을 아름답게 꾸며 늘어놓는다면 그것은 나이에 어울리지 않는 일일 테니 말입니다.

아테네 시민 여러분!

여러분에게 한 가지 꼭 부탁드리고 싶은 것이 있습니다. 설사 여러분이 시장에서나 환전상에서나 그 밖의 다른 곳에서 평상시에 들으시던 것과 똑같은 저의 말투를 이곳에서 들으시게 되더라도——여러분 중에는 제가 그런 곳에서 연설하는 것을 들으신 분이 많으신 줄 압니다.——그것 때문에 놀라거나 제 말을 방해하지 말아 달라는 것입니다. 이런 부탁을 드리는 것은 제가 일흔 살입니다만 재판정에 끌려 나온 것은 이번이 처음이며, 이런 곳에서 말하는 것이 몹시 생소한 일이기 때문입니다. 제가 만일 다른 곳에서 온 이방인이라면 제가 성장한 그곳의 익숙한 말투와 태도를 이곳에서 사용하더라도 여러분은 저를 꾸짖지 않으실 것입니다. 그런 경우와 같이 여기서 말하는 것이 낯설고 어렵게 느껴집니다. 그렇기 때문에 제가 여러분에게 드리는 이러한 부탁이 결코 억지가 아니라고 생각합니다. 어쩌면 저의 말투가 나쁜 경우도 있을지 모르며, 또 그렇지 않은 경우도 있을지 모릅니다. 그런 것은 문제삼지 마시고 오직 제 말이 옳은지 옳지 않은지 거기에만 주의를 기울여 주

---

2) 당시 소크라테스는 70세였다.

시기 바랍니다. 왜냐하면 재판하는 사람의 덕(德)이란 정의와 부정함을 가리는 것이고, 재판받는 사람의 덕은 진실을 말하는 것이기 때문입니다.

아테네 시민 여러분!

먼저 저에 대한 오래된 거짓된 고소 내용과 그 최초의 고소인들에 대해 변명을 하고 난 후 지금의 고소와 그 고소인들에 대해 변명을 하고자 합니다. 그 까닭은 오래전부터 여러 해 동안 많은 사람들이 저를 여러분에게 고소해 왔으며, 더구나 그들은 진실은 한마디도 하지 않은 채 고소하고 있기 때문입니다.

저는 그들이 아뉘토스(Anytos)[3]와 그의 일파보다 더 두렵습니다. 여러분, 물론 아뉘토스 일당도 상대하기 어려운 사람들임이 틀림없지만, 저들은 그들보다 더 두려운 상대인 것입니다. 왜냐하면 저들은 여러분 중 대부분이 어렸을 때부터[4] '소크라테스라는 지자(智者)가 있는데, 그는 하늘의 일을 사색하고 땅속의 온갖 것들을 탐구하며, 약한 이론을 더욱 강한 이론으로 만든다.'라고 전혀 사실이 아닌 말을 하면서 여러분을 설득시키고 저를 헐뜯어 죄가 있는 것처럼 고소하고 있기 때문입니다.

---

3) 원고인 멜레토스 측의 변호인. 그러나 사실은 그가 이 소송 및 고발의 주모자였음이 여기에 확실히 나타나 있다. 그는 피혁 업자 출신으로 펠로폰네소스 전쟁 후에 나타난 30인 독재 정권을 타도하고 민주정치 재건을 위해 노력한, 아테네 정계에서 유력한 지위를 차지하고 있던 민주파의 정치가. 《메논》에서 그는 소크라테스의 대화 상대자의 한 사람으로 등장한다. 아마도 소크라테스의 민주제 비판을 위험 사상으로 본 그의 사고가 이 소송의 중요한 원인이었던 것 같다.

4) 기원전 399년에 있었던 이 재판은 아테네가 펠로폰네소스 전쟁(기원전 431년~405년)에서 비참한 패배를 당한 후의 일이었으므로 50세 이하의 사람들의 수는 적었을 것으로 생각된다. 이 당시 50세의 사람이 어린아이라고 불리는 것은 대체로 기원전 435년 이전의 일이 아니면 안 된다. 따라서 소크라테스는 35세 이전에 이미 평판을 얻어 아리스토파네스의 《구름》이 상연된 기원전 423년에, 아래에서 언급되고 있는 《구름》 중의 인물과 같은 사람으로 세간에서도 여겨지고 있었던 셈이 된다. 소크라테스는 '지자'라는 평판을 얻었지만 이 말은 기원전 5세기의 아테네인들 사이에서는 칭송하는 말이 아니라 비난하는 말로 사용되었다.

아테네 시민 여러분!

이런 소문을 퍼뜨린 그 사람들이야말로 저를 고소하고 있는 상대하기 어려운 사람들인 것입니다. 그런 소문을 듣는 사람들은 누구나 생각하기를 '그런 것을 탐구하는 자는 신(神)들을 인정하지 않는 자'일 것이라고 생각하기 때문입니다. 이런 고소인들은 수없이 많으며 그들은 오랫동안에 걸쳐 저를 고소해 왔습니다. 더구나 그들이 그런 말을 들려준 것은 여러분이 다른 사람들의 말을 가장 믿기 잘하는 시기 즉, 여러분이 소년이었거나 아니면 기껏해야 청년이었을 때이므로 저는 그들의 고소에 대해 변명해 주는 사람도 하나 없이 결석재판(缺席裁判)*을 받은 것과 다름이 없습니다.

무엇보다도 부당한 것은 그들 중에 희극 작가가 한 사람5)이 끼어 있다는 것 이외에는 그들이 누구인지 이름조차 알 수 없다는 것입니다. 그 희극 작가를 제외한 다른 사람들은 질투와 악의(惡意)로 여러분을 속여 왔으며 그들이야말로——그들 중에는 그들 자신도 그렇게 믿고, 다른 사람들로 하여금 그것을 믿게 하려는 사람도 있습니다만——가장 상대하기 어려운 자들인 것입니다. 왜냐하면 그들 중 누군가를 이곳으로 불러내어 반대 심문을 하는 것은 불가능할뿐더러 그들에 대항하여 자신을 변명하는 것은 마치 그림자와 싸우는 것처럼 아무런 대답도 하지 않는 데 반대 심문하는 것과 같기 때문입니다.

여러분, 제가 말씀드린 바와 같이 저를 고소한 사람들은 두 부류가 있습니다. 그중 한 부류는 지금 저를 고소하고 있는 사람들이며, 다른 한 부류는 오래 전부터 저를 고소해 온 사람들이라는 것을 기억해 주시기 바랍니다.

---

5) 이 고발이 있기 24년 전인, 소크라테스가 46세였을 무렵 처음 상연된 《구름》의 작가인 아리스토파네스를 가리킨다. 그 밖에도 소크라테스를 다룬 희극 작가가 있다.
*결석재판(缺席裁判) : 피고인이 출석하지 않은 상태에서 판결을 내리는 재판.

먼저 저는 오래전부터 저를 고소해 온 사람들에 대해 변명하지 않으면 안 된다는 것을 이해해 주시기 바랍니다. 여러분은 오래전부터 저를 고소해 온 사람들의 고소를 지금 저를 고소하고 있는 사람들의 고소보다 먼저, 그리고 훨씬 더 많이 들으셨기 때문입니다.

여러분, 이제 저는 변명을 시작하지 않으면 안 됩니다. 여러분이 오랫동안 지녀 온 저에 대한 편견을 짧은 시간 동안에 없애 버리지 않으면 안 됩니다. 만일 저의 변명이 성공하여 저에 대한 여러분의 편견을 없애 버리는 것이 여러분을 위해서나 나를 위해서나 이로운 일이라면 저의 변명이 성과를 거둘 수 있기를 바랍니다. 그러나 그것은 쉽지 않은 일이라고 생각합니다. 저는 그것이 얼마나 어려운 일인지를 잘 알고 있습니다. 그러므로 저의 변명의 결과는 신(神)에게 맡기고 오직 법률의 규정에 따라 변명을 하지 않으면 안 됩니다.

이제 처음으로 돌아가 나에 대한 중상(中傷)*이 생겨나게 된 고소, 즉 멜레토스(Meletos)[6]가 저에 대한 이 고소장을 썼을 때 그가 믿고 있던 고소의 내용이 어떤 것인지 살펴보기로 하겠습니다. 저를 중상한 그 사람들이 도대체 뭐라고 말하면서 중상했을까요? 저를 고소한 사람들의 거짓된 고소장을 읽어보기로 하겠습니다.

"소크라테스는 범죄자이다. 하늘 위의 일과 지하의 일을 탐구하고, 이치에 닿지도 않는 약한 이론을 억지로 주장하며, 또 그러한 것을 다른 사람들에게도 가르치고 있다."

그들의 고소장 내용은 대체로 이런 것입니다. 이러한 것들을 아리스토파

---

6) 세간에 이름이 알려지지 않은 인물로, 이 책 중에서 그가 시인을 대표하여 소크라테스에게 분개한 것을 보면 그는 시인이었던 것으로 생각된다.
*중상(中傷) : 근거 없는 말로 남을 헐뜯어 명예나 지위를 손상함.

네스(Aristophanes)의 희극[7]에서 보아 알고 있습니다. 그 희극 속에서는 소크라테스라는 사람이 바구니 속에 들어앉아 줄에 의해 조정되어 이리저리 옮겨지면서 공중을 걸어 다니고 있다고 주장하는 등, 그 밖에도 터무니없고 우스꽝스러운 말을 많이 하고 있습니다. 저는 그런 것들에 대해서는 이해할 수가 없습니다. 이렇게 말하는 것은 누군가 그런 일(자연철학)에 대해 특별한 지혜를 가지고 있는 사람이 있어서 그런 종류의 지식을 경멸하는 의미로 말하고 있는 것은 아닙니다. 제가 그런 큰 죄로 멜레토스에 의해 고소되는 일이 없기를 바라는 것입니다.

아테네 시민 여러분!

저는 그런 것들(자연에 대한 고찰)과는 아무런 관계도 없으며 제가 그렇지 않다는 것으로 여러분 대부분을 저의 증인으로 삼고 싶습니다. 여러분 중 대부분이 일찍이 저와 서로 묻고 답하는 대화(對話)를 한 적이 있습니다. 여러분께서는 제가 그런 문제에 대해 말하는 것을 들은 사람이 있는지 없는지 서로 물어보고 이야기해 보십시오. 여러분은 대부분의 사람들이 저에 대해 말하고 있는 그 밖의 다른 것들도 그와 마찬가지라는 것을 아시게 될 것입니다.

그것 중 어느 것도 사실이 아니므로 설사 여러분이 어떤 사람으로부터 제가 사람들을 교육시키고 그 대가로 돈을 요구하고 있다는 말을 들었다 하더라도 그것 또한 사실이 아닙니다.

만일 어떤 사람이 인간을 교육시킬 수 있다면 그것은 훌륭한 일이라고 저는 생각 합니다. 레온티노이(Leontinoi)의 고르기아스(Gorgias)나 케오스

---

7) 《구름》을 가리킨다. 이 희극이 처음 상연되기 훨씬 전부터 소크라테스는 《구름》 중의 인물과 같은 사람으로 일반 사람들에게 인식되었다. 《구름》에 나타난 소크라테스는 엄격한 문법가이자 자연학자로서 여러 기상(氣象) 현상들을 자연과학적으로 설명하고, 그 현상들을 지배하는 제우스 신의 세계 지배를 부정하고, 약한 이론을 억지로 주장하는 방법을 가르침으로써 청년들에게 악영향을 주는 위험한 소피스트로 다루어지고 있다.

(Ceos)의 프로디코스(Prodicos)나 엘리스(Elis)의 히피아스(Hippias)[8]가 그랬던 것처럼 말입니다. 왜냐하면 여러분, 그들은 어느 나라에서든지 그곳의 청년들을 설득하여——그 청년들은 자기 나라 사람 중 자기가 좋아하는 어느 누구와도 아무런 대가를 지불하지 않고도 교제할 수 있었음에도——자기 나라 사람들과의 교제를 끊게 하고, 돈을 지불하고, 심지어 감사하면서까지 자기들과 교제하도록 할 수 있었기 때문입니다. 그들뿐만이 아닙니다. 그 밖에도 파로스(Paros) 사람으로 여기에 와 있는, 제가 아는 한 사람이 있습니다. 저는 그가 이곳 아테네에 머물고 있는 것을 알게 되었습니다. 어느 날 저는 소피스트에게 보통의 사람들이 지불하는 돈보다도 많은 돈을 지불한 사람, 즉 히포니코스(Hipponicos)의 아들인 칼리아스(Callias)[9]를 우연히 만났습니다. 저는 그에게 두 명의 아들이 있다는 것을 알고 있었기에 이렇게 물었습니다.

"칼리아스, 만일 자네의 두 아들이 망아지나 송아지라면 그런 동물에게 어울리는 훌륭한 덕(德)을 갖춘 동물로 키우기 위해 말이나 농사에 대해 잘 알고 있는 사람을 감독관으로 고용하여 그에게 대가를 지불할 걸세. 그러나 자네의 두 아들은 인간일세. 자네는 그들을 위해 누구를 감독관으로 맞아들일 생각인가? 인간으로서 또 한 국가의 국민으로서 갖추어야 할 덕에 대해 잘 알고 있는 사람이 있는가? 자네에게는 두 명의 아들이 있으니 그런 사람을 찾았으리라고 생각하네. 어떤가? 그런 사람이 있는가?"

그는 이렇게 대답했습니다.

"암, 있고말고."

---

8) 이 세 사람은 당시 유명한 소피스트들이었다.
9) 아테네의 유명한 부호. 플라톤의 《프로타고라스》에서는 많은 소피스트들이 그의 저택에 머물면서 가르침을 베푸는 모습이 그려져 있다.

저는 다시 물었습니다.

"그게 누구인가? 그는 어디에서 온 사람인가? 그는 가르쳐 주는 대가로 얼마를 받는가?"

그는 대답했습니다.

"그는 파로스(Paros) 사람으로 에우에노스(Euenos)[10]라는 사람일세. 그에 대한 보수는 5므나(muna)[11]일세."

"만일 에우에노스가 정말로 자네 아이들을 위한 지혜를 가지고 있고, 그런 적당한 보수를 받고 자기의 지혜를 가르쳐 준다면 에우에노스는 참으로 행복한 사람일세."라고 말했습니다.

만일 제가 그러한 지혜를 가지고 있었다면 우쭐하여 자만에 빠졌을 것입니다.

그러나 아테네 시민 여러분, 저는 그런 지혜를 가지고 있지 않습니다. 제가 이렇게 말하면 여러분 중에는 이렇게 묻는 사람이 있을 것입니다.

"소크라테스, 그렇다면 당신이 하는 일은 무엇이오? 당신에 대한 이러한 중상은 도대체 어디서 생겨났단 말이오? 당신이 다른 사람들이 하는 것과는 다른 일을 하지 않았다면 이런 평판과 소문이 생기지 않았을 테니까 말이오. 그러니 당신은 대부분 사람과는 다른 어떤 일을 했음에 틀림없소. 그것이 무엇인지 우리에게 말해 주시오. 당신에 대해 경솔하고 무분별한 판단을 내리지 않도록 말이오."라고.

여러분 가운데 누군가가 이렇게 말한다면 그것은 옳은 지적이라고 생각합니다. 제가 왜 '지자'라는 이름을 얻게 되었으며, 왜 그런 중상을 받게 되

---

10) 잘 알려지지 않은 소피스트. 《파이돈》에서 그는 시인으로 취급되고 있다.
11) 1므나는 영국 화폐로 약 4파운드 1실링 3펜스에 해당. 프로타고라스는 자기의 가르침에 대해 100므나를 요구했다고 한다. 이에 비하면 5므나는 매우 싼 값이다.

었는지 여러분에게 설명해 보겠습니다. 제 말에 귀를 기울여 주십시오. 여러분 가운데 어떤 사람은 제가 농담을 하고 있다고 생각할지도 모릅니다. 그러나 지금부터 하는 이야기는 모두 진실입니다. 그러니 제 말에 귀를 기울여 주십시오.

아테네 시민 여러분!

제가 그런 이름[12]을 얻게 된 것은 다름이 아니라 어떤 종류의 지혜를 가지고 있기 때문입니다. 그것은 어떤 종류의 지혜일까요? 어쩌면 그것은 인간이 가질 수 있는 유일한 지혜일 것입니다. 사실 그런 지혜에 관하여는 저 자신을 지혜로운 자라고 생각하기 때문입니다. 그러나 앞에서 말한 사람들[13]은 인간이 가질 수 있는 지혜보다 더 큰 지혜를 가지고 있는 것 같습니다. 저는 그것을 뭐라고 불러야 할지 알 수가 없습니다. 저는 그런 지혜를 가지고 있지 않기 때문입니다. 제가 그런 지혜를 가지고 있다고 말하는 사람이 있다면, 그는 거짓말을 하는 것이며 나를 중상하는 것입니다.

아테네 시민 여러분!

설사 제가 큰소리치고 있는 것같이 보이더라도 부디 조용히 해 주시기 바랍니다. 지금부터 말씀드리려는 것은 제 말이 아니라 여러분이 신뢰할 만한 권위 있는 분에게서 나온 말이기 때문입니다. 만일 제가 지혜를 가지고 있다면 제가 가지고 있는 지혜에 대해 그것이 어떤 종류의 지혜인가에 대해 여러분이 신뢰할 수 있는 증인을 내세우려 합니다. 그 증인이란 델포이(Delphi)의 신(神)[14]입니다.

---

12) '지자'라는 이름. 앞에서 나온 역주 4)에서도 언급했듯이, 소크라테스는 당시의 사람들로부터 '지혜로운 자'라는 평판을 얻었지만, 그것은 칭송하는 말이 아니라 비난하는 말이었다.
13) 앞에 나온 세 명의 유명한 소피스트들.
14) 그 지방의 제사로 모시는 제신(祭神)인 아폴로를 가리킨다.

여러분은 카이레폰(Chairephon)[15]을 알고 계실 것입니다. 그는 저의 젊은 시절부터 친구였으며, 여러분의 민주당(民主黨)의 일원으로서 최근에 여러분과 함께 외국으로 추방당했다가 여러분과 함께 귀국한 사람입니다. 여러분은 그가 어떤 종류의 사람이었으며, 무슨 일을 하건 그 일에 얼마나 열정적이었는지 너무도 잘 아실 것입니다. 언젠가 그가 델포이 신전에 가게 되었을 때 대담하게도 다음과 같은 것에 대해 신탁(神託)*을 구하게 되었습니다. 지금부터 그 이야기를 하겠으니 제발 소란을 피워 제 말을 방해하지 말아 주십시오.

그는 신전에 저보다 더 지혜로운 사람이 있느냐고 물었습니다. 그러자 그곳의 무녀(巫女)는 소크라테스보다 지혜로운 사람은 없다고 대답했습니다. 그 일에 대해서는 카이레폰이 이미 세상을 떠났으므로 이곳에 와있는 그의 동생[16]이 여러분에게 증언을 해 줄 것입니다.

(그것에 대하여 증인의 증언이 있었다.)

여러분, 제가 왜 이런 말을 여러분에게 할까요? 그것은 나에 대한 중상이 어떻게 해서 생기게 되었는지를 설명해야 하기 때문입니다.

저는 그 신탁의 대답을 듣고 이렇게 생각했습니다. "도대체 신은 무슨 뜻으로 그런 말씀을 하신 것일까? 그 수수께끼 같은 말씀은 무슨 뜻일까? 저는

---

15) 젊은 시절부터 소크라테스의 충실한 친구였다. 《구름》에서도 소크라테스와 함께 우스꽝스러운 사람으로 묘사되고 있다. 민주파에 속해 있었으며 기원전 404년, 30인의 과두정부가 수립되었을 때 국외로 망명했다가 기원전 403년에 귀국하여 민주파의 혁명 전에 참가하여 전사한 것으로 전해진다.
16) 크세노폰의 《소크라테스의 추억》에 나오는 카이레크라테스.
*신탁(神託)-신이 사람을 매개자로 하여 그의 뜻을 나타내거나 인간의 물음에 대답하는 일.

저 자신이 결코 지혜로운 자가 아니라는 것을 잘 알고 있다. 그런데 나를 가장 지혜로운 사람이라고 말씀하시니 도대체 신은 무엇을 말씀하시려는 것일까? 거짓말을 하는 것은 신(神)의 본성에 어긋나는 일이므로 신이 거짓말을 할 리는 없을 테니까."라고.

저는 신이 의미하는 바를 이해하기 위해 오랫동안 곰곰이 생각해 보았습니다. 그리고 나서 그 수수께끼를 풀 수 있는 방법을 생각해 냈습니다. 나보다 지혜로운 사람을 찾아낼 수만 있다면 신에게 찾아가 "이 사람이 저보다 더 지혜롭습니다. 그런데 당신은 내가 가장 지혜로운 사람이라고 말씀하셨습니다."라고 반박하면서 신탁이 옳지 않음을 입증할 수 있으리라고 생각했습니다.

그래서 저는 지혜롭다는 평판을 얻고 있는 어떤 사람——그는 정치인이었습니다만 그의 이름을 밝힐 필요는 없을 것입니다——을 찾아가 그를 시험해 보았습니다.

아테네 시민 여러분, 저는 그 사람을 상대로 하여 문답(問答)을 해가면서 자세히 관찰한 결과 '많은 사람이 이 사람을 지혜로운 사람으로 생각하고 있고, 이 사람 자신도 스스로 그렇게 생각하고 있지만 사실 이 사람은 지혜로운 사람이 아니다.'라고 생각하지 않을 수 없었습니다. 그래서 그에게 "당신은 당신 자신을 지혜로운 사람이라고 생각하고 있지만, 사실 당신은 지혜로운 사람이 아니다."라는 것을 설명해 주려고 했습니다. 그 결과 그는 저를 미워하게 되었으며, 그곳에 있던 많은 사람 또한 저를 미워하게 되었습니다.

저는 그와 헤어져 혼자 돌아오면서 이렇게 생각했습니다. '그 사람과 나는 똑같이 선(善)과 미(美)에 대해 아무것도 알지 못하지만, 나는 그 사람보다 더 지혜롭다. 왜냐하면 그는 모르고 있으면서도 스스로 알고 있다고 생각하지

델포이(Delphoe) 아폴론 신전 - 기원전 366~329년 건축물.

그리스 최대의 성지. 그리스 운명을 좌우한 아폴론의 신탁이 행해졌던 성역으로, 태양신 아폴론의 신전 유적인 델포이는 그리스 중부의 포키스 지방, 코린트 만에서 약 9.65㎞쯤 떨어지고 아테네의 북서쪽으로 160㎞에 위치한 파르나소스 산의 험준한 절벽 중턱에 있다. 아폴론 신전은 폐허가 된 채 주춧돌과 몇 개의 계단과 기둥만 남아 있지만 그 터로 보아 거대한 신전의 규모를 상상해 볼 수 있다.

신전의 벽면에는 "너 자신을 알라. 무엇이든 지나침이 없어야 한다."는 격언이 적혀 있는데, 원래 피티코스가 레스보스 주민들에게 한 말이었다. 후에 이 말은 소크라테스에 의해 널리 알려지게 되었다.

만, 나는 나 자신이 모르고 있다는 것을 알고 있기 때문이다. 나는 내가 모르는 것을 알고 있는 것으로 생각하지 않는다는 점에서 그보다는 지혜롭다.' 라고.

저는 그 사람보다 지혜롭다는 평판을 얻고 있는 어떤 사람을 또 찾아갔습니다. 그러나 결과는 같았습니다. 저는 또다시 그 사람과 그곳에 있던 많은 사람들로부터 미움을 받게 되었습니다.

그 후에도 저는 여러 사람을 찾아갔습니다. 그때마다 저는 사람들로부터 미움을 받을 뿐이었습니다. 저는 그것이 슬프고 두려웠습니다. 그러나 여전히 제게는 신(神)의 말씀은 무엇보다도 소중히 여겨져야 한다고 생각되었습니다. 그래서 지혜롭다는 평판을 얻고 있는 모든 사람을 찾아다니며 신탁(神託)의 의미를 알아내는 일을 계속하지 않으면 안 된다고 생각했습니다.

아테네 시민 여러분, 개(犬)에게 맹세코 단언하지만[17]——제가 이렇게 말하는 것은 여러분에게 진실을 말하지 않으면 안 되기 때문입니다——신이 내린 사명에 의해 탐구를 계속한 결과, 저는 가장 높은 평판을 얻고 있는 사람들은 모두 가장 어리석은 자들이며, 반면에 하찮게 여겨지고 있는 사람들이 사실은 더 지혜롭고 훌륭한 사람들이라는 것을 알았습니다.

신탁은 부정할 수 없다는 사실을 알기까지 제가 겪었던 이곳저곳을 널리 돌아다닌 경험을 말씀드리겠습니다. 그것은 헤라클레스(Heracles)의 어려운 과업[18]에 비견할 만한 것이었습니다.

제가 정치가들 다음에 찾아간 것은 시인들, 즉 비극 작가와, 그들 중에서 술의 신을 찬미하는 작가와 그 밖의 많은 작가들이었습니다. 이번에야말로

---

17) 맹세할 때 경망스럽게 신의 이름을 부르는 것을 삼가기 위해 개나 거위 혹은 플라타너스 나무 등이 대용되었다고 한다.
18) 그리스 신화에 나오는 영웅 헤라클레스의 12가지 험난한 과업은 유명하다. 소크라테스는 신의 뜻을 연구하는 어려움을 헤라클레스의 과업에 비유하고 있다.

제가 그들보다 어리석다는 것을 발견하게 되리라고 기대했습니다. 저는 그들의 작품 중에서 가장 심혈을 기울여 쓴 작품이라고 생각되는 몇몇 작품들을 선택하여 그들이 거기서 무엇을 말하려고 하는가를 그 뜻을 물었습니다. 그들이 제게 무언가를 가르쳐 주리라고 생각했던 것입니다.

하지만 여러분, 지금 이 순간 그들과 나눈 대화를 여러분에게 사실대로 말씀드리자니 부끄러움을 느끼지 않을 수 없습니다. 그러나 사실대로 말씀드려야겠지요. 사실 그곳에 있던 거의 모든 사람이 그 작품을 쓴 작가 자신들보다도 그 작품들에 대해 그 의미를 더 잘 알고 있었던 것입니다.

저는 시인들이 시를 짓는 것은 그들 자신의 지혜에 의해서가 아니라, 예언자나 점쟁이들처럼 타고난 재능과 신령스런 예감이나 느낌에 의해서라는 것을 알았습니다. 왜냐하면 예언자나 점쟁이들도 훌륭한 말들을 많이 하지만 자기들이 하는 말의 의미를 이해하지 못하기 때문입니다. 시인들도 이와 매우 흡사한 상태에 있다는 것을 알았으며, 동시에 그들은 시를 짓는다는 이유만으로 그들 자신을 다른 일에서도 가장 지혜로운 인간이라고 믿고 있지만 사실은 그렇지 않다는 것을 알게 되었습니다. 그래서 저는 정치가들을 찾아갔을 때와 마찬가지로 그들보다는 제가 지혜롭다고 믿으며 그들 곁을 떠났습니다.

마지막으로 저는 예술가들을 찾아갔습니다. 저는 저 자신이 아무것도 알지 못한다는 것을 알고 있지만, 그들이 참으로 가치 있는 것들을 많이 알고 있으리라고 확신했기 때문입니다. 그 점에서 저는 속지 않았습니다. 왜냐하면 그들은 제가 알지 못하는 것들을 많이 알고 있었으며, 그러한 점에서는 분명 나보다 훨씬 지혜로웠기 때문입니다.

그러나 아테네 시민 여러분, 저는 예술가들도, 심지어 훌륭한 예술가라고 불리는 이들조차도 시인들과 똑같은 잘못을 저지르고 있다는 것을 알았습니다. 그들은 그들이 기술적인 일을 훌륭하게 할 수 있다는 이유만으로, 그 밖의 가장 중요한 일들에서도 그들 자신을 가장 지혜로운 사람으로 생각하고 있었으며, 그들의 그러한 결함이 그들의 참된 지혜를 흐려 놓고 있는 것처럼 보였기 때문입니다.

저는 신탁(神託)을 대신하여 저 자신에게 '나는 그들과 같은 지혜도 가지고 있지 않지만 그들처럼 무지하지도 않은 지금의 상태로 있는 편이 좋은가, 아니면 그들처럼 지혜와 무지를 둘 다 가지고 있는 편이 좋은가?'라고 물었습니다. 이에 대해 저는 저 자신과 신탁에게 지금의 상태로 있는 편이 낫다고 대답했습니다.

아테네 시민 여러분!

제가 이와 같은 경험을 한 까닭에 저에 대한 극히 위험한 적대하는 마음이 수없이 생겨나게 되었으며, 그로 인하여 저에 대한 많은 중상(中傷)이 생겨나게 되었고 '지자'라는 이름을 얻게 된 것입니다. 아마도 '지자'라는 이름은 제가 어떤 일에 대해 다른 사람들과 논쟁할 때마다 그곳에 있는 사람들은 그 주제만큼은 지혜를 가지고 있다고 생각했기 때문일 것입니다.

그러나 아테네 시민 여러분, 사실은 신(神)만이 지자(智者)이십니다. 그리고 신이 그런 신탁을 내리신 것은 인간의 지혜는 무가치하다는 것을 말씀하시려 하신 것입니다. 신은 여기에 있는 이 소크라테스를 가리켜 말한 것이 아니라 단지 하나의 예로서 저의 이름을 사용했을 뿐입니다.

즉 신은, '인간들이여, 소크라테스처럼 자기의 지혜는 아무런 가치도 없다는 것을 알고 있는 사람이야말로 가장 지혜로운 사람이다.'라고 말씀하시려 하신 것 같습니다.

저는 지금까지도 신의 명령에 따라 여기저기 돌아다니며 우리나라 사람이건 다른 나라 사람이건 지혜로운 사람이라고 생각되면 그를 찾아가 그의 지혜를 알아보고 있는 것입니다. 그가 지혜로운 자가 아닌 경우에는 저는 신을 도와 그가 '지자'가 아님을 증명해 주고 있습니다. 저는 이와 같은 일을 하느라 너무 바빠서 나라의 일이나 집안의 일에 관심을 기울일 시간이 없어 몹시 가난하게 살고 있지만 그것도 신을 섬기기 위한 것입니다.

게다가 몹시 한가로운 청년들, 즉 몹시 부유한 집안의 자식들은 스스로 저를 따라다니며 제가 사람들과 문답으로 논쟁하는 것을 흥미롭게 경청하고, 때로는 종종 저를 흉내 내 그들 자신도 사람들에게 지혜를 묻고 논쟁하는 것이었습니다. 그 결과 그들은 세상에는 스스로 무언가를 알고 있다고 생각하지만 사실은 조금밖에 알고 있지 못하는 사람들이 수없이 많이 있다는 것을 발견했을 것이라고 생각합니다.

결국 그들에 의해 '지혜'로 인한 시달림을 받은 사람들은 그들에게 화를 내지 않고 저에게 화를 내며, '소크라테스는 분쟁을 만드는 혐오스러운 자이고, 청년들을 타락시키고 있다.'라고 말하게 되었습니다. 하지만 누군가가 그렇게 말하는 사람들에게 '소크라테스가 무슨 나쁜 짓을 하고, 청년들에게 어떤 나쁜 것을 가르치고 있기에 혐오스럽고 청년들을 타락시키는 자란 말인가?'라고 물을 때마다 그들은 그것에 대해 알지 못하므로 아무런 대답도 하지 못합니다. 그들은 대답이 궁한 모습을 보이지 않기 위해 '하늘 위의 일과 땅속의 일을 탐구한다'느니, '신들을 믿지 않는다'느니, '약한 이론을 억지 주장한다'느니 하며 지혜를 사랑하는 사람들(Philosopher)을 비난할 때 쓰는 말을 되풀이합니다. 그것은 그들이 사실대로 말하고 싶어 하지 않기 때문이라고 저는 생각합니다. 만일 그들이 사실대로 말하게 되면 그들 자신이 아무것도 알고 있지 못하면서도 알고 있는 체하고 있다는 사실이 탄로 날 것이기 때문입니다. 그들은 명예심이 강하고 숫자도 많고 열정적이기까지 하여 저에 대한 그럴듯한 비방을 하며 예전이나 지금이나 저를 심하게 중상하는 습관적인 말로 여러분들의 귀를 채워 왔습니다.

멜레토스(Meletos)가 저를 공격한 것도, 아뉘토스(Anytos)와 뤼콘(Lycon)[19] 이 저를 공격한 것도 모두 이러한 것을 바탕으로 한 것으로, 멜레토스는 시인들을 대표하고, 아뉘토스는 예술가들과 정치가들을 대표하며, 뤼콘은 변론가들을 대표하여 저를 미워하고 있는 것입니다. 따라서 처음에 말한 바와 같이 이처럼 커진 저에 대한 중상을 이 짧은 시간 안에 여러분의 마음으로부터 없앨 수 있다면 그것이 오히려 이상하게 생각될 정도입니다.

아테네 시민 여러분, 이것이 사실의 전모입니다. 여러분에게 큰일이건 작은 일이건 숨기거나 꾸며 말한 것이 아무것도 없습니다. 제가 이처럼 숨기거나 꾸미는 일 없이 솔직하게 말하기 때문에 그들로부터 미움을 받고 있다는 것도 잘 알고 있습니다. 그들로부터 미움을 받고 있다는 것이야말로 제가 진실을 말하고 있는 것에 대한 또 하나의 증거입니다. 즉 저에 대한 중상은 거기에서 생겨났으며 그것이 곧 저에 대한 중상의 원인인 것입니다. 지금 당장 그것을 조사해 보시거나 후에 그것을 조사해 보시면 제가 말씀드린 것이 사실이라는 것을 아시게 될 것입니다.

첫 번째 오래된 고소인들에 대한 저의 변명은 이것으로 충분할 것입니다.

다음으로 저는 스스로 선량한 사람이며 애국자라고 자칭하는 멜레토스를 비롯한 두 번째 고소인에 대해 변명하고자 합니다. 이들은 앞에서 말한 사람들과는 다른 부류의 고소인들이므로 다시 한번 그들의 고소장을 읽어보기로 하겠습니다. 그들의 고소 내용은 다음과 같습니다.

"소크라테스는 악을 저지르고 있으므로 죄인이다. 소크라테스는 청년들을 부패시키고, 국가가 믿고 받드는 신(神)들[20]을 따르지 않고 자신의 다른 새로

---

19) 아뉘토스와 함께 원고인 멜레토스의 변호인. 그가 소크라테스 고소의 모든 준비를 했다고 한다.

운 신들을 믿고 받들고 있다."

이것이 그들의 고소 내용입니다. 그러면 이 고소 내용 하나하나를 검토해 보기로 하겠습니다.

첫째로, 멜레토스는 고소장에서 '소크라테스는 청년들을 부패시키고 있으므로 죄인이다.'라고 주장하고 있습니다. 그러나 아테네 시민 여러분, 저는 멜레토스야말로 죄인이라고 주장합니다. 그는 지금까지 조금도 관심을 가져본 적이 없는 일에 대해 매우 큰 관심을 가지고 있는 체하며 경솔한 행동으로 사람들을 재판에 걸고 있기 때문입니다. 그것은 장난삼아 하면서 진지한 체하는 것이 아니겠습니까? 그것이 사실임을 여러분에게 증명해 보이겠습니다.

"멜레토스, 이리 나와 나의 질문에 대답해 주게. 자네는 청년들을 가능한 한 선량한 사람으로 만드는 것을 가장 중요한 일로 생각하지 않는가?"

"그렇소."

"그렇다면 청년들을 좀 더 선량한 사람으로 만드는 것이 누구인지 재판관들에게 말해 주게. 자네는 그 일에 대해 관심을 가지고 있으니 분명 잘 알고 있을 걸세. 자네는 청년들을 부패시키는 사람을 찾아냈다고 말하며 나를 고소하여 재판관들 앞에 서게 했네. 청년들을 좀 더 선량한 사람으로 만드는 것이 누구인지 재판관들에게 말해 주게.──멜레토스, 자네는 대답을 하지 못하고 침묵만 지키고 있네. 침묵을 지키고 있는 것은 부끄러운 일일 뿐만 아니라 내가 말한 것이 사실이라는 것을, 자네는 그런 일에 대해 조금도 관

---

20) 멜레토스는 소크라테스가 고대의 신들을 받들지 않고 다른 신기한 신들을 믿고 있는 자라고 생각하고 있었다. 이 소장(訴狀)에서 '신들'이라는 표현을 사용하지 않고 '다이모니아'라는 말을 사용하고 있다. 그 말은 '다이몬'의 형용사인 '다이모니온'의 복수형으로, 제사(祭祀)와 같은 의미로 사용되며, 그는 소크라테스가 다른 신기한 신들의 제사를 행하는 죄를 범했다고 보고 있는 것이다. 여기서 '믿고 받든다'라고 해석한 그리스어는 본래 '제사를 행한다'라고 번역해야 옳지만 다른 곳과의 관련에 의해 그렇게 번역했다.

심을 가진 적이 없다는 것을 충분히 증명해 주는 것이라고 생각하지 않나? 그러니 청년들을 선량한 사람으로 만드는 것이 누구인지 어서 말해 주게."

"법률이오."

"여보게, 내가 묻고 있는 것은 그게 아닐세. 나는 사람을 묻고 있는 걸세. 법률을 가장 잘 알고 있는 사람이 누구인가를 묻고 있는 걸세."

"소크라테스, 그건 여기에 있는 재판관들이오."

"그게 무슨 말인가? 멜레토스. 여기에 있는 재판관들이 청년들을 교육시키고 청년들을 선량한 인간으로 만들 수 있단 말인가?"

"그렇소."

"여기에 있는 재판관들이 모두가 그렇게 할 수 있단 말인가?, 아니면 그들 중 어떤 사람들만이 그렇게 할 수 있단 말인가?"

"모두가 그렇게 할 수 있소."

"헤라(Hera)[21] 여신에게 맹세코 말하지만 그것은 참으로 좋은 소식일세. 청년들을 선도(善導)할 수 있는 사람이 그렇게 많다니 말일세. 그렇다면 이곳에서 우리들의 말에 귀를 기울이고 있는 시민들은 어떤가? 그들은 청년들을 선도할 수 있는가, 그렇지 않은가?"

"그들도 청년들을 선도할 수 있소."

"그렇다면 평의원(平議員)들[22]은 어떤가?"

"평의원들도 마찬가지요."

"그렇다면 멜레토스, 민회(民會)[23] 의원들은 청년들을 부패시키는가, 아니

---

21) 그리스 최고의 신인 주신(主神) 제우스의 본처. 크로노스와 레아의 장녀로서 제우스도 그들 사이에서 태어났으므로 제우스와 헤라는 남매가 되기도 한다. 그녀는 제우스 다음으로 큰 권력을 가지고 있다.
22) 아테네 국민은 10부족(部族)으로 나뉘어, 각 부족으로부터 50명씩 모두 500명이 선출되어 평의회를 구성했다. 국정은 대체로 이들에 의해 운영되었다.

면 선도하는가?"

"그들도 청년들을 선도하오."

"그렇다면 나를 제외한 모든 아테네 국민들이 청년들을 선도하고 오직 나만이 청년들을 부패시킨다는 말인가? 그것이 자네의 말이 의미하는 바인가?"

"그렇소. 그것이 바로 나의 말이 의미하는 바요."

"자네의 말이 맞다면 나는 참으로 불행한 사람일세. 하지만 한 가지 묻겠네. 자네는 말[馬]에 대해서도 그렇게 생각하는가? 즉 이 세상의 모든 사람들이 말을 좀 더 훌륭한 상태로 만드는데 오직 한 사람만이 말을 나쁜 상태로 만든다고 생각하느냐 말일세. 오히려 반대로 말을 훌륭하게 길들일 수 있는 사람은 한 사람뿐이거나 혹은 극소수이며, 대부분 사람들은 말을 다루면 말을 망치고 나쁜 상태로 만들어 버리는 것이 아니겠나?

멜레토스, 그건 말[馬]에 대해서뿐만 아니라 다른 동물들에 대해서도 마찬가지가 아니겠나? 자네와 아뉘토스(Anytos)가 이에 반대하든 동의하든 대부분의 사람은 동의할 걸세. 자네의 말대로 만일 오직 한 사람만이 청년들을 부패시키고 그 밖의 모든 사람들은 청년들에게 유익함을 준다면 그것은 청년들을 위해 참으로 다행스러운 일일 걸세.

멜레토스, 자네는 자네가 지금까지 청년들에 대해 관심을 기울인 적이 없었다는 것을 충분히 증명해 주었네. 왜냐하면 자네는 나를 고소하여 이곳에 끌어낸 바로 그 문제에 대해 아무런 관심도 가지지 않았음을 보여 줌으로써 자네 자신의 무관심을 분명히 증명했기 때문일세.

그렇지만 멜레토스, 제우스(Zeus) 신의 이름으로 한 가지 더 묻겠네. 선량한 시민들 사이에서 사는 것이 더 좋겠는가, 아니면 악한 시민들 사이에서

---

23) 민회는 20세 이상의 모든 아테네 남자로 구성되었으며, 국가의 중대 문제에 대해 토의 결정했다.

사는 것이 더 좋겠는가? 대답해 주게. 이것은 조금도 대답하기 어려운 질문이 아닐세. 악한 사람들은 그들 주위의 사람들에게 해를 끼치고, 선량한 사람들은 유익함을 주지 않겠나?"

"그렇소."

"그렇다면 자기와 함께 있는 사람들로부터 유익함을 받기보다는 해로움을 당하기를 원하는 사람이 있겠는가? 대답해 주게. 법률이 자네에게 대답할 것을 명하고 있네. 해로움을 당하기를 원하는 사람이 있겠는가?"

"그런 사람은 분명히 없습니다."

"자네는 내가 청년들을 부패시키고 타락시키는 사람이라 하여 나를 이곳에 서게 했네. 그렇다면 내가 고의로 그렇게 했다는 말인가, 아니면 고의적으로 그렇게 한 것은 아니라는 말인가?"

"나는 당신이 고의로 그렇게 했다고 단언합니다."

"오, 멜레토스. 그렇다면 나는 이렇게 나이가 들었고 자네는 그렇게 젊은데도 자네가 나보다 훨씬 지혜롭다는 말인가?

악한 사람들은 그들 주위에 있는 사람들에게 해로움을 끼치지만 선량한 사람들은 유익함을 준다는 것을 자네는 알고 있네. 그런데 내가 나와 함께 살지 않으면 안 될 어떤 사람에게 해악을 주게 되어 나는 그 사람으로부터 어떤 해로움을 당할 위험이 있다는 것조차 알지 못한다면, 더구나 자네가 주장하는 바와 같이 내가 고의로 그렇게 했다면 내가 얼마나 무지한 사람이란 말인가?

멜레토스, 이 점에서 자네의 그 말을 믿을 수가 없네. 나뿐만 아니라 이 세상의 어느 누구도 자네의 그 말을 믿지 않을 걸세. 나는 청년들을 부패시키고 있지 않네. 설사 내가 그들을 부패시키고 있다 하더라도, 그것은 고의적인 것이 아닐세. 자네는 이 두 가지 점에서 모두 거짓말을 하는 셈일세. 만일 내가 고의로 청년들을 부패시킨 것이 아니라면, 모르고 저지른 잘못 때문에 사람을 이런 곳에 서게 하는 것은 옳지 못하네.

그런 경우에는 그 사람을 개인적으로 만나 가르쳐 주고 타일러 주는 것이 옳을 걸세. 고의로 저지른 잘못이 아닌 한, 가르쳐 주고 타일러 주기만 해도 그런 짓을 그만둘 테니 말일세. 그러나 자네는 나에게 가르쳐 주거나 충고해 주려고는 하지 않고 나를 이곳에 서게 했네.

이곳은 가르침을 받아야 할 사람들이 올 곳이 아니라 벌을 받아야 할 사람들이 올 곳일세."

아테네 시민 여러분,

제가 말한 바와 같이 멜레토스가 지금까지 그런 일에 관심을 가진 적이 없다는 것은 너무도 분명해졌습니다. 저는 그에게 한 가지 더 묻고 싶습니다.

"멜레토스, 내가 청년들을 부패시키고 있다고 주장하는데, 청년들을 어떻게 부패시켰단 말인가? 자네의 고소장에 의하면 내가 청년들에게 국가가 받드는 신(神)들을 따르지 말고 다른 새로운 신들, 혹은 영적(靈的)인 것들을 믿고 따르라고 가르쳤다고 했네. 내가 청년들에게 그렇게 가르침으로써 청년들을 부패시키고 있다고 말하고 있는 것이 아닌가?"

"그렇소. 그것이야말로 내가 말하고자 하는 것이오."

"그렇다면 멜레토스, 우리가 이야기하고 있는 신들을 걸고 자네가 의미하는 바가 무엇인지 나와 여기에 있는 사람들에게 좀 더 분명하게 말해 주게. 왜냐하면 자네 말의 의미가 내가 청년들에게 어떤 신들을 신봉하라고 가르치고 있다는 것인지——이 경우엔 나는 신들의 존재를 믿기 때문에 완전한 무신론자가 아니며, 그런 의미에서는 죄인도 또한 아닐세——아니면 내가 국가가 받드는 신들을 따르지 않고 다른 신들을 믿고 있다는 것인지——이 경우엔 나의 죄는 다른 신들을 믿고 있다는 것일세——아니면, 나는 신들을 전혀 믿지 않으며 사람들에게도 어떤 신도 믿지 말라고 가르치고 있다는 것인지 이해할 수 없기 때문일세."

"내 말이 의미하는 것은 당신이 어떤 신도 믿지 않는다는 것이오."

"놀랍군, 멜레토스. 자네는 무엇 때문에 그런 말을 하는가? 그렇다면 세상의 모든 사람들이 신으로 믿고 있는 태양과 달까지도 나는 신으로 믿고 있지 않다는 말인가?"

"제우스(Zeus) 신께 맹세코 말하지만, 그렇소. 재판관 여러분, 그는 태양은 돌이고, 달은 흙이라고 주장하고 있습니다."

"오, 사랑하는 멜레토스. 그것은 아낙사고라스(Anaxagoras)[24]의 주장일세. 자네는 지금 아낙사고라스를 고소하고 있는 것이 아닐세. 자네는 여기에 있는 사람들을 무시하고 있는 것일세. 여기에 있는 사람들이 글을 모르는 문맹자(文盲者)여서 클라조메네(Clazomenae)의 위대한 아낙사고라스의 책들 속에 지금 자네가 말한 것과 같은 학설이 가득 들어 있다는 것을 알지 못한다고 생각하는가? 그런 책은 시장에 가면 기껏해야 1드라크마(drachma)[25]만 주면 얼마든지 살 수 있는데 청년들이 그런 학설을 내게서 배우리라고 생각하는가? 더구나 내가 그 학설을 나 자신의 학설이라고 말한다면 그들은 나를 비웃을 것이며, 특히 그것이 괴이한 학설일 경우에는 더욱 그러할 걸세. 제우스 신을 걸고 다시 자네에게 물어보겠네. 자네는 내가 어떤 신의 존재도 믿지 않는다고 생각하나?"

"그렇소. 제우스 신에게 맹세코 말하지만, 당신은 전혀 신을 믿지 않소."

---

24) 기원전 5세기의 자연학자. 소아시아의 클라조메네에서 태어나 아테네로 이주하여 30년 동안 머물렀다. 이 기간 동안 페리클레스 등과 친교를 맺었다. 소크라테스의 스승이라고 전해지는 아르켈라오스도 그에게서 배웠다고 한다. 여기에 적혀 있는 학설 때문에 불경죄로 몰려 아테네에서 추방당했다.

25) 1므나(muna)의 100분의 1. 당시 노동자의 하루 품삯 정도로 추정.

"멜레토스, 아무도 자네의 말을 믿지 않을 걸세. 뿐만 아니라 나는 자네조차도 자네 자신의 말을 믿지 않는다고 확신하네."

아테네 시민 여러분,

저는 멜레토스가 경솔하고 분별없는 사람이며, 그가 이 고소장을 제출한 것도 젊은 혈기의 무모함에서 나온 것이라고 생각하지 않을 수 없습니다. 그는 하나의 수수께끼를 만들어 내어 그 자신에게, "지자라고 불리는 소크라테스가 내가 앞뒤가 맞지 않는 모순된 말을 하여 장난치고 있다는 것을 알아낼 수 있을까? 아니면 나의 모순된 말을 듣고 있는 소크라테스와 그 밖의 다른 사람들을 속일 수 있을까?"라며 저를 시험하고 있는 것 같습니다. 왜냐하면 멜레토스는 고소장에서 '소크라테스는 신들을 인정하지 않기 때문에 죄인이며, 또한 신들을 인정하기 때문에 죄인이다.'라고 서로 모순되는 말을 하고 있는 것처럼 보이기 때문입니다. 이것은 장난치는 사람이나 하는 짓입니다.

아테네 시민 여러분,

그의 말이 어찌하여 이와 같은 의미가 되는지 함께 밝혀 봅시다. 여러분에게 몇 번 부탁드린 것처럼 설사 제가 평소 말하던 그런 말투로 이야기를 한다 하더라도 소란을 피워 내 말을 방해하지 말아 주십시오.

"멜레토스, 대답해 주게. 세상에 인간과 관계있는 것들을 인정하면서도 인간의 존재를 인정하지 않는 사람이 있을 수 있겠는가?"

여러분, 이 사람으로 하여금 대답하게 해 주십시오. 그래서 그가 계속해서 저의 말을 방해하지 않도록 해 주십시오.

"여보게, 말〔馬〕은 인정하지 않으면서 말과 관계있는 것들은 인정하는 사람이 있을 수 있겠는가? 또 피리 부는 사람은 인정하지 않으면서 피리 연주를 인정하는 사람이 있을 수 있겠는가? 그런 사람은 있을 수 없네. 만일 자네가 대답을 하지 않는다면 내가 자네를 대신해서 재판관들에게 대답해 주겠네. 나의 이번 질문에는 대답해 주게. 영적(靈的)인 것들은 인정하면서 영적인 존재[魂]는 인정하지 않는 사람이 있을 수 있겠는가?"

"없소."

"재판관들의 강요에 의해 어쩔 수 없이 대답한 것이겠지만, 어쨌든 대답해 줘서 정말 고맙네. 그런데 자네는 내가 영적인 것들——그것이 새로운 것인지 예부터 있어 온 것인지에 대해서는 다음으로 미루기로 하세.——을 믿고 있으며, 또 영적인 것들을 청년들에게 가르치고 있다고 주장했네. 어쨌든 자네의 말에 의하면 나는 영적인 것들을 믿고 있으며, 자네는 고소장에도 그것을 선서해 놓았네. 만일 내가 영적인 것들을 믿고 있다면, 또한 영적인 존재를 믿고 있다는 것은 필연적인 일일세. 그렇지 않은가? 자네가 대답을 하지 않으니 나의 말에 동의한 것으로 간주하겠네. 그런데 우리는 영적인 존재를 신(神), 혹은 신의 아들로 믿고 있지 않은가? 그런가, 그렇지 않은가?"

"그렇소."

"그렇다면 자네가 주장하는 바와 같이 내가 영적인 존재를 믿고 있다면, 그리고 그러한 영적 존재가 일종의 신(神)이라면 자네는 앞에서 내가 말한바와 같이 수수께끼를 만들어 낸 것일세. 자네는 처음에는 내가 신들을 믿고 있지 않다고 주장했다가 나중에는 내가 신들을 믿고 있다고 주장하는 셈이 되기 때문일세. 만일 영적인 존재가 신(神)의 사생아로, 요정이나 혹은 전해 내려오는 이야기처럼 어떤 다른 여성에게서 태어난 아들이라고 한다면, 신의 아들의 존재는 믿으면서 신을 믿지 않는 사람이 이 세상에 있을 수 있겠는가? 그것은 말과 당나귀 사이에서 태어난 새끼들의 존재는 믿으면서 말이나 당나귀의 존재는 믿지 않는 것과 마찬가지로 기이한 일일 걸세.

그러므로 멜레토스, 자네가 이러한 고소를 한 것은 우리들을 시험해 보기 위한 것이든가, 아니면 나를 고소하기 위한 참된 죄상을 발견하지 못했기 때문이든가 둘 중의 하나일세. 조금이라도 이성이 있는 사람이라면 자네가 신적이며 영적인 것들의 존재를 믿으면서 동시에 신들과 정령의 존재를 믿지 않을 수 있다고 말하더라도 결코 자네의 말에 설득당하지는 않을 걸세."

아테네 시민 여러분, 저는 제가 멜레토스의 고소장에 쓰여 있는 것과 같은 죄인이 아니라는 데 대해 충분히 해명했습니다. 그러므로 이에 관해서는 더 이상의 변명은 필요치 않으리라고 생각합니다.

앞에서도 말씀드린 바와 같이 저는 수많은 사람들로부터 미움을 받고 있으며 그것은 틀림없는 사실입니다. 만일 저를 유죄로 만드는 것이 있다면 그것은 멜레토스나 아뉘토스가 아니라 많은 사람들의 저에 대한 중상모략과 질투입니다. 많은 사람들의 중상모략과 질투는 지금까지 많은 선량한 사람들을 죄인으로 만들어 왔으며 앞으로도 그러할 것입니다. 그런 일은 결코 저에게서 끝나게 되지는 않을 것입니다.

어떤 이는 '소크라테스, 그렇다면 자네는 사형 선고를 받게 될지도 모르는 그런 삶을 살아 온 데 대해 부끄러움을 느끼지 않는가?'라고 물을 것입니다.

저는 그 질문에 대해 다음과 같이 대답할 것입니다.

"그것은 옳지 못한 견해입니다. 조금이라도 품위를 가지고 있는 사람이라면 어떤 일을 할 때 그것이 옳은 일인가 옳지 않은 일인가, 선량한 사람이 할 일인가 악한 사람이 할 일인가 하는 것만을 생각해야 하며, 그 일을 하면 살게 되느냐 죽게 되느냐 하는 것을 생각해서는 안 됩니다. 당신의 견해에 따르면 트로이 전쟁(Trojan War)에서 죽은 신의 피를 받은 영웅들은 형편없는 존재들일 것입니다. 특히 테티스(Thetis)의 아들인 아킬레우스(Achilleus)[26]는

---

26) 그리스 신화에 나오는 트로이 전쟁의 영웅 아킬레우스. 그는 바다의 여신 테티스와 펠레우스 왕의 아들로 그리스군의 무장으로서 출전했다. 트로이 전쟁에서 그의 다정한 친구인 파트로클로스가 트로이의 영웅 헥토르에게 죽자, 그는 마침내 헥토르를 죽여 친구의 원수를 갚았다.

더욱 그러할 것입니다. 왜냐하면 아킬레우스는 치욕을 참고 견디는 것보다는 위험을 당하는 것을 가볍게 여겼기 때문입니다. 그가 헥토르(Hector)[27]를 죽여 원수를 갚겠다는 생각에 불타고 있을 때, 그의 어머니인 여신이 '내 아들아, 네가 너의 친구인 파트로클로스(Patroclos)[28]의 원수를 갚기 위해 헥토르를 죽이면 너 자신도 죽게 될 것이다. 왜냐하면 헥토르의 바로 뒤에서 죽음의 신이 너를 기다리고 있기 때문이다.'라고 말했습니다. 이 말을 듣고 아킬레우스는 위험과 죽음을 가볍게 여기고 오히려 자신이 친구의 원수를 갚으려 하지 않는 겁쟁이로서 살게 될 것을 두려워했습니다. 그는 어머니인 여신에게, '나의 원수에게 복수를 한 후에는 죽어도 좋습니다. 이곳 부서진 배들 곁에 머물러 있음으로써 웃음거리가 되고 대지의 짐이 되기를 원치 않습니다.'라고 대답했습니다. 당신은 그가 위험과 죽음을 두려워했다고 생각하지 않을 것입니다."라고.

아테네 시민 여러분,

인간은 자기가 처해 있는 곳이 어디이건——자기가 스스로 선택한 곳이건 아니면 윗사람의 명령에 의해 있게 된 곳이건——그곳에 머물러 어떠한 위험도 무릅써야 하며 치욕보다 죽음이나 그 밖의 어떤 것을 먼저 생각해서는 안 된다고 생각합니다.

아테네 시민 여러분,

제가 다른 사람들과 마찬가지로 포테이다이아(Poteidaia)와 암피폴리스(Amphipolis)와 델리온(Delion)[29]에서 나를 지휘하도록 선택한 지휘관의 명

---

27) 트로이의 왕자로서 트로이 전쟁의 원인이었던 파리스의 형. 트로이 전쟁에서 트로이 제일의 명장이었다.
28) 아킬레우스의 가장 친한 친구로서 트로이의 명장 헥토르와 싸우다가 죽었다. 아킬레우스는 헥토르를 죽임으로써 친구의 죽음에 대한 복수를 했다.

령에 의해 배치된 곳에 죽음을 무릅쓰고 머물러 있었으면서도 제가 신(神)의 명령에 의해 배치된 저의 위치——신이 저에게 저 자신과 다른 사람들을 자세히 살핌으로써 지혜를 사랑하는 자(Philosopher)로서의 사명을 완수하라는 명령을 내렸다고 생각하고 있으며 그렇게 믿고 있습니다——를 죽음이나 다른 어떤 것을 두려워하여 떠나 버린다면 그러한 행위는 참으로 기이한 행위일 것입니다. 그때야말로 제가 신(神)의 존재를 인정하지 않는 자로서 법정에 끌려 나오는 것이 옳은 일일 것입니다. 그럴 경우 저는 죽음을 두려워하고 지혜가 없으면서도 지혜를 가지고 있다고 생각하여 신탁(神託)에 따르지 않음으로써 신의 존재를 인정하지 않는 것이기 때문입니다.

여러분, 죽음을 두려워한다는 것은 자신이 지혜롭지 않으면서도 자신을 지혜로운 사람이라고 생각하는 것에 지나지 않습니다. 왜냐하면 그것은 자신이 알고 있지 못한 것을 알고 있다고 생각하는 것이기 때문입니다.

죽음이 인간이 누릴 수 있는 최대의 행복인지 아닌지 아는 사람은 하나도 없습니다. 그런데도 사람들은 마치 죽음을 잘 알고 있기라도 하듯이 죽음을 최대의 불행으로 생각하여 두려워하고 있습니다. 자기가 알지 못한 것을 알고 있다고 생각하는 것은 수치스러운 무지가 아니겠습니까?

여러분, 이 점에서도 저는 저 자신이 다른 많은 사람들과 다르다고 믿고 있습니다. 만일 저 자신이 다른 사람들보다 지혜롭다고 주장한다면, 그것은 저는 저세상에 대해 잘 알지 못하기에 안다고 생각하지 않는다는 점 때문일 것입니다. 저는 옳지 못한 일을 하고 자기보다 훌륭한 존재——그것이 인간

---

29) 이상의 세 지명은 소크라테스가 참전했던 전쟁터. 그가 포테이다이아에 출정한 것은 기원전 432년, 그의 나이 약 37세 때였으며, 그 전쟁에서의 그의 행동은 《향연》에 묘사되어 있다. 그가 암피폴리스에 출정한 것은 기원전 422년, 그의 나이 약 47세 때의 일로 전해지고 있다. 델리온의 출정은 기원전 424년, 그의 나이 약 45세 때의 일로, 이때의 그의 용감한 행동은 《향연》에 묘사되어 있다.

이건 신(神)이건——에게 복종하지 않는 것은 악(惡)이며 수치스러운 일이라는 것은 알고 있습니다. 저는 악(惡)으로 알고 있는 일은 피하되 선(善)일지도 모르는 일은 결코 두려워하거나 피하지 않을 것입니다.

설사 여러분이 아뉘토스(Anytos)의 말——'만일 소크라테스에게 무죄 판결을 내려 석방시켜 주게 되면 여러분의 자식들은 소크라테스의 말에 귀를 기울이게 되어 완전히 타락해 버릴 것입니다. 소크라테스를 이곳에 서게 한 이상 그를 사형에 처하지 않으면 안 됩니다. 그렇게 하지 않는다면 처음부터 그를 법정에 세우게 해서는 안 되었을 것입니다.'라는 아뉘토스의 말——에 설득당하지 않고, '소크라테스, 우리는 이번에는 아뉘토스의 말을 받아들이지 않고 당신을 석방시켜 주겠소. 그러나 한 가지 조건이 있소. 그것은 당신이 지금까지 해 온 진리 탐구(Philosophy)의 생활을 더 이상 계속하지 말라는 것이오. 그런 생활을 계속할 경우에는 당신을 사형에 처할 것이오.'라고 말하면서 저를 석방시켜 준다 하더라도 여러분에게 이렇게 말할 것입니다.

"아테네 시민 여러분, 저는 여러분을 존경하고 사랑합니다. 그러나 저는 여러분보다는 신(神)을 따르겠습니다. 제 목숨이 붙어 있는 한, 그리고 제가 할 수 있는 한 지혜를 사랑하고 추구하는 일을 결코 중지하지 않을 것입니다. 저는 여러분에게도 그렇게 하라고 권고하며 여러분을 만날 때마다 언제나처럼 제 생각을 전할 것입니다. 여러분을 만날 때마다 '당신은 지혜와 무력으로 유명한 위대한 도시 아테네의 시민입니다. 그러면서도 당신은 어떻게 하면 가능한 한 많은 돈과 명예와 지위를 손에 넣을 수 있을까 하는 데에만 모든 관심을 기울이고 있으며, 지혜와 진리에 대해서는 거의 관심을 기울이지 않고 어떻게 하면 영혼을 가장 완전하게 만들 수 있을까 하는 데에는 전혀 관심을 기울이지 않고 있습니다. 그에 대해 당신은 부끄럽지도 않습니까?'라고 말할 것입니다. 그리하여 여러분 중 누군가가 '나는 그런 일에 관심을 기울이고 있다.'라고 주장한다면, 그를 놓아주지 않고, 묻고 또 물으며 검증할 것입니다. 그리하여 그가 덕(德)을 소유하고 있지 않으면서도 덕을 소유하고 있다고 주장하는 것으로 생각될 때에는 저는 그가 가장 중요한 일을 가장 하찮은 일로 생각하고 있으며, 가장 하찮은 일을 가장 중요한 일로 생각하고 있다는 것을 알려줌으로써 그로 하여금 부끄러움을 느끼게 할 것입니다. 저는 이런 일을 젊은이이건 늙은이이건, 우리나라 사람이건 외국 사람이건 가리지 않고 만나는 모든 사람에게 할 것이며, 우리나라 사람들에게는 그들이 저와 가까운 종족이므로 더욱 강조할 것입니다. 제가 그렇게 하는 것은 제가 신에게 받은 사명이기 때문입니다.

저는 신에 대한 봉사보다 더 큰 선(善)이 여러분을 위해 이 나라에 있었던 적은 없다고 생각합니다. 왜냐하면 제가 하는 일은 여기저기 돌아다니며 육체와 돈에 관심을 기울이기보다는, 어떻게 하면 영혼을 더욱 훌륭하고 선(善)하게 만들 수 있을까 하는 데에 더 큰 관심을 기울이도록 여러분을 설득하는 것뿐이기 때문입니다. 저는 사람들에게 '돈에서 덕이 생기는 것이 아니라 덕에서 돈뿐만 아니라 개인적으로나 공적으로나 인간에게 유익한 모든 것이 생긴다.'라는 사실을 가르칩니다. 저의 이러한 가르침이 젊은이들을 타락시키고 있다면 저는 유해한 인간일 것입니다. 만일 어떤 사람이 '소크라테스는 그런 것이 아닌 다른 것을 가르치고 있소.'라고 말한다면, 그는 사실을 말하고 있는 것이 아닙니다.

아테네 시민 여러분,

지금까지 말씀드린 것들을 검토해 보시고 아뉘토스(Anytos)의 말에 따르시든지 아니면 따르지 않든지 하십시오. 그리고 저를 석방하시든지 석방하지 않으시든지 하십시오. 설사 제가 여러 번 죽임을 당하게 되더라도 저는 제가 하고 있는 일이 아닌 다른 일은 결코 하지 않을 것입니다."

아테네 시민 여러분,

제가 무슨 말을 하더라도 소란을 피워 제 말을 방해하지 말아 주시고 조용히 끝까지 귀를 기울여 주시기 바랍니다. 왜냐하면 제 말에 귀를 기울이시면 여러분에게 이익이 될 것이기 때문입니다. 지금부터 제가 하는 말을 들으시면 여러분은 깜짝 놀라 고함을 지르시게 될지도 모릅니다. 그러나 제발 그러지는 말아 주십시오.

여러분, 만일 여러분이 나를 죽이신다면, 그것은 저를 해치는 것이라기보다는 여러분 자신을 해치는 것이 될 것입니다. 멜레토스(Meletos)나 아뉘토스(Anytos)도 저를 해치지는 못할 것입니다. 그들은 결코 저를 해칠 수 없습니다. 선(善)한 사람이 악(惡)한 사람에 의해 해코지를 당하는 일은 결코 있을 수 없기 때문입니다. 그들은 저를 죽게 할 수도 있고 추방할 수도 있으며, 시민권을 박탈할 수도 있을 것입니다. 그들은 다른 사람들과 마찬가지로 그것을 저에 대한 큰 악(惡)으로 생각할 것입니다. 그러나 저는 그것을 악으로 생각하지 않습니다. 오히려 그가 지금 하고 있는 일, 즉 다른 사람의 생명을 부당한 방법으로 빼앗으려는 것이야말로 커다란 악이라고 생각합니다.

그러므로 아테네 시민 여러분,

여러분 중에는 지금 이렇게 변명하고 있는 것이 저 자신을 위한 것이라고 생각하는 사람이 있을지 모르겠습니다만, 사실은 여러분을 위한 것입니다. 여러분이 신(神)으로부터 받은 선물인 저를 죽임으로써 신에게 죄를 짓는 일이 없도록 하기 위해 지금 이러한 변명을 하고 있는 것입니다. 왜냐하면 여러분이 나를 사형에 처해 버린다면 나와 같은 사람을 발견하기 어려울 것이기 때문입니다.

이렇게 말하면 약간 우스울지도 모르겠습니다만, 저는 신(神)에 의해 이 나라에 보내진 등에(파리와 비슷한 등엣과의 곤충)와 같은 사람입니다. 비유컨대

이 나라는 혈통이 좋고 몸집이 크기는 하지만 몸집이 크기 때문에 동작이 둔하여 깨어나기 위해서는 등에가 있어야 하는 그런 말〔馬〕이며, 저는 신에 의해 그 말에 붙어 있는 등에입니다. 즉 제가 언제 어디서든 여러분 곁에 달라붙어 있어 여러분을 일깨우고 설득하고 꾸짖게 하기 위해 신이 저를 이 나라에 보낸 것이라고 생각합니다.

여러분은 저와 같은 사람을 다시 발견하기 어려울 것입니다. 그래서 여러분에게 제 말을 믿으시라고 충고하는 것입니다. 제 말을 믿으신다면, 여러분은 오히려 저를 소중히 여기실 것입니다. 그러나 아마도 여러분은 갑자기 잠에서 깨어난 사람처럼 화를 내며 아뉘토스의 말을 믿고는 경솔하게 저를 죽일 것입니다. 그리고 나서 여러분은 여생을 잠을 자면서 보낼 것입니다. 만일 신(神)이 여러분을 염려하여 저와 같은 사람을 또다시 보내 주시지 않는다면 말입니다.

여러분은 제가 정말로 신에 의해 여러분에게 보내진 사람이라는 것을 다음과 같은 사실에 의해 쉽게 아실 수 있을 것입니다. 저는 이미 오랜 세월 동안 제 자신의 일과 집안의 일은 전혀 돌보지 않고, 마치 여러분의 아버지나 형처럼 항상 여러분 하나하나를 찾아다니며 덕(德)을 기르기에 힘쓰라고 설득하면서 여러분을 위해 힘써 왔습니다. 그것은 인간의 분별력이나 힘만으로는 할 수 없는 행위일 것입니다.

제가 그렇게 함으로써 어떤 이익을 얻었다거나 저의 충고에 대한 대가로 돈을 받았다면, 그런 행위를 한 것은 다른 이유 때문이었다고 말할 수도 있을 것입니다. 그러나 여러분이 직접 보아 아시는 바와 같이, 저를 고소한 사람들은 다른 모든 것들에 대해서는 그토록 뻔뻔스럽게 고소했지만 이 점에 대해서만은 제가 누구에게 보수를 요구했다거나 받아냈다는 것을 입증할 만한 증거를 내세울 수 없었으며, 그 정도로 뻔뻔스러울 수는 없었던 것입니

다. 그 이유는 제 말이 사실이라는 것을 입증할 만한 충분한 증거를 제시할
수 있기 때문이라고 생각합니다. 그 증거란 제가 가난하다는 사실입니다.

여러분들 중에는 '그렇다면 당신은 다른 사람들을 위해 이리저리 바쁘게
돌아다니며 개인적으로 사람들에게 충고를 하면서, 어찌하여 우리의 민회(民
會)에 나와 국가를 위해 조언하지 않는 것이오?' 하고 이상하게 생각하는 사
람도 있을 것입니다. 거기에는 이유가 있습니다. 여러분은 저에게 나타나는
신적인 것 혹은 다이몬적인 것에 대해 말하는 것을 여러 장소에서 들으셨을
것입니다. 멜레토스는 고소장 속에서 그것을 비웃고 있습니다만, 그것은 일
종의 목소리로서 제가 어릴 때부터 제게 나타나기 시작했으며 항상 제가 하
려는 일을 못 하도록 붙잡을 때만 나타났을 뿐 무엇을 하라고 강요한 적은
결코 없습니다. 바로 그 목소리에서 제가 정치에 참여하는 것에 대한 반대의
소리를 들었습니다. 저는 이 반대의 소리가 매우 훌륭했다고 생각합니다.

아테네 시민 여러분,

만일 제가 정치에 관여했다면 저는 이미 오래전에 죽었을 것이며, 여러분
을 위해서나 제 자신을 위해서나 아무런 유익한 일도 하지 못했을 것이기 때
문입니다. 제가 진실을 말하는 것에 대해 화내지 마십시오. 여러분이나 그
밖의 대중(大衆)들에게 반대하고, 많은 부정과 불법적인 행위가 국내에서 일
어나는 것을 막으려고 애쓰는 사람 중 목숨을 보전할 수 있는 사람은 한 사
람도 없을 것입니다. 진정으로 정의를 위해 싸우고자 하는 사람은, 만일 그
가 잠시나마 목숨을 보전하고자 한다면, 공인(公人)이 아닌 개인으로 행동해
야 하는 것입니다.

저는 이에 대한 확실한 증거를 여러분에게 제시하고자 합니다. 그 증거를
말로써가 아니라 여러분이 더 큰 가치로 인정하는 실천 사례로 제시하겠습
니다. 이제 귀를 기울여 주십시오. 이 이야기를 들으시면 여러분은 제가 죽

음을 두려워한 나머지 불의(不義)에 굴복하는 일이 결코 없을 것이며, 불의에 굴복하기보다는 차라리 기꺼이 그 자리에서 죽음을 택하리라는 것을 아시게 될 것입니다. 지금부터 이야기하려고 하는 것은 약간 지루할지는 모르지만 실제로 있었던 일입니다.

아테네 시민 여러분,

저는 지금까지 딱 한 번을 제외하고는 공직(公職)을 가져 본 적이 없습니다. 제가 가졌던 유일한 공직은 평의회(平議會)의 의원이었습니다. 제가 속해 있던 안티오키스(Antiochis)[30] 부족(部族)이 당번 평의원[31]이었을 때, 여러분은 해전(海戰)[32]이 끝난 후, 열 명의 장군들이 해전에서 죽은 병사들의 시체를 바다로부터 끌어올리지 않았다는 이유로 한꺼번에 재판에 회부하기로 결의한 일이 있습니다. 물론 그것은 여러분이 나중에 인정한 것처럼 불법적인 일 처리였습니다. 그때 평의원들 중에서 여러분에게 반대하여 법에 어긋나는 일을 해서는 안 된다고 주장하며 반대쪽에 투표를 한 것은 저 혼자뿐이었습니다. 그러자 의원들은 그 자리에서 저를 고발하고 체포하려고 했으며, 여러분도 그들을 지지하여 저를 체포하라고 외쳤습니다. 저는 감옥(監獄)과 사형을 두려워하여 부당한 의결을 하려는 여러분을 따르기보다는 위험을 무릅쓰고 법률과 정의의 편이 되는 것이 저의 의무라고 생각했습니다. 이것은 이

---

30) 아테네 국민은 열 개의 부족(部族)으로 나누어졌는데, 안티오키스 부족은 그중의 하나이다.

31) 각 부족은 50명의 평의원을 선출했으며 각 부족에서 선출된 50명의 평의원을 1조로 하여 차례대로 1년의 10분의 1씩(즉, 35일 내지 36일씩) 당번이 되어 특별 임무를 수행했다. 이것을 당번 평의원이라 한다.

32) 기원전 406년에 있었던 아르기누사이(Arginusai) 해전을 가리킨다. 펠로폰네소스 전쟁 말기의 해전. 아르기누사이는 소아시아와 레스보스섬 사이에 있는 세 개의 섬으로, 아테네는 최후의 힘을 다하여 싸워 승리했으나 갑자기 불어온 폭풍우로 인해 많은 피해를 당했다. 이때 난파선의 승무원들이 구조되지 못했으므로 아테네로 생환한 열 명의 장군을 재판에 회부했다. 이들 중 두 명은 당시 다른 지역에 있었으므로 직접적인 관계가 없었고, 다른 두 명은 소환에 불응했으므로 실제로 재판을 받고 처형된 것은 여섯 명이었다.

나라에 민주제(民主制)가 행해지고 있을 때 일어난 일입니다. 과두정치(寡頭政治)가 들어선 후에는 30명의 혁명 위원들이[33] 저를 다른 네 명과 함께 원당(圓堂)[34]으로 불러냈습니다. 그러고는 우리에게 살라미스(Salamis)로 가서 그곳 사람인 레온(Leon)[35]을 잡아 오라고 명령했습니다. 물론 레온을 죽이기 위해서였습니다. 그들은 그런 일을 다른 사람들에게도 명령했는데, 가능한 한 많은 사람들을 그들의 범행에 끌어들이기 위한 것이었습니다.

저는 그때에도 말이 아닌 행동으로, 죽음을 조금도 두려워하지 않으며, 저의 관심사는 오직 제가 부정과 불의를 결코 저질러서는 안 된다는 것뿐이라는 것을 보여 주었습니다. 당시의 정부는 매우 강력했지만, 저를 위협하여 옳지 못한 일을 하게 만들지는 못했습니다. 우리가 원당(圓堂)에서 나온 후, 다른 네 명은 살라미스로 가서 레온을 데려왔지만, 저는 집으로 돌아가 버렸습니다. 만일 그 정부가 그 후 곧 무너지지 않았다면,[36] 저는 그 일로 인해 사형에 처했을 것입니다. 이 사건에 대해서도 많은 증인을 여러분에게 제시할 수 있습니다.

그런데도 여러분은, 만일 제가 공직(公職)에 종사해 왔다면, 더구나 공직에 종사하면서 선량한 사람이 마땅히 해야 할 행동을 하고, 정의수호를 가장 중요한 일로 삼았다면, 제가 오늘날까지 살아 있을 수 있다고 생각하십니까? 그것은 절대로 불가능한 일입니다.

---

33) 기원전 404년 아테네가 펠로폰네소스 전쟁에서 패한 뒤 스파르타의 원조를 바탕으로 하여 크리티아스 등의 30명으로 구성된 과두정부가 수립되었다. 이 정부는 포악한 정치를 행했으므로 약 8개월 후에 무너졌다.
34) 지붕이 모자처럼 둥근 건물로서, 평의회 가까이 있어 평의원들이 공동으로 식사를 한 형태의 건물을 가리킨다. 당시 30명의 과두정부에 의해 점유되고 있던 것으로 보인다.
35) 아테네의 장군. 그는 많은 사람들과 함께 30명의 정부에 의해 죽임을 당했다.
36) 30인의 독재 정권은 처음에는 전쟁 중에 잘못을 저지른 자들을 적발하여 처벌하였지만, 이윽고 위험인물들을 제거한다는 구실 아래 많은 사람들을 죽이며 공포 정치를 행하여 8개월 만에 무너졌다.

아테네 시민 여러분,

그것은 저뿐만 아니라 이 세상 누구도 불가능한 일일 것입니다. 그러나 저는 전(全) 생애에 걸쳐 공적(公的)으로도 사적(私的)으로도 모든 행위에 서 항상 변함이 없었으며, 정의에 어긋나는 일에 대해서는 저를 중상모략하고 있는 자들이 저의 제자라고 부르는 사람들[37]뿐만 아니라 누구에게도 결코 양보한 적이 없습니다. 하지만 저는 누구의 스승이 된 적이 없습니다. 젊은이이건 나이 든 사람이건 듣고 싶어 하는 사람이 있으면 누구에게나 거절한 적이 없습니다. 그리고 돈을 받으면 문답(問答)에 응하고 돈을 받지 않으면 문답에 응하지 않는 그런 짓은 한 적이 없습니다. 부유한 사람이건 가난한 사람이건 가리지 않고 똑같이 질문을 받았으며, 저의 대답을 듣기를 원하는 사람이라면 누구에게나 대답해 주었습니다. 그리고 그들 가운데 어떤 사람이 훌륭한 사람이 되거나 악(惡)한 사람이 되더라도, 그 책임을 저에게 돌리는 것은 온당치 못한 일일 것입니다. 왜냐하면 저는 어느 누구에게도 어떤 지식을 주겠다는 약속을 한 적도 없고, 가르친 적도 없기 때문입니다. 만일 어떤 사람이 다른 모든 사람들이 배운 거나 들어본 적이 없는 어떤 것을 저에게서 개인적으로 배웠다거나 들었다고 말한다면, 그가 말하는 것은 분명 사실이 아닐 것입니다.

아마도 여러분은 저에게 '그렇다면 사람들이 오랜 시간 동안 당신과 대화를 나누며 함께 있고 싶어 하는 것은 도대체 무엇 때문이오?'라고 물으실 것입니다. 여러분, 저는 이미 그 이유와 사실을 여러분에게 말씀드렸습니다. 그것은 앞에서도 말씀드린 것처럼, 그들이 실제로는 지혜로운 자가 아니면서도 스스로 자기를 '지자'라고 생각하고 있는 사람들이 저와의 문답을 통하

---

37) 알키비아데스와 같은 전쟁 책임자나 크리티아스와 같은 독재 혁명의 범죄적 행위자를 암시하는 것으로 생각된다.

여 '지자'가 아니라는 것이 드러나는 대화를 듣기를 좋아하기 때문입니다. 그것은 사실 재미있는 일이니까요.

다른 사람들에게 묻고 논쟁하는 것은 제가 신(神)으로부터 명령받은 의무입니다. 그것은 신탁(神託)을 통해 저에게 전해지기도 했고 꿈을 통해 전해지기도 했으며, 신(神)이 인간에게 명령을 내릴 때 사용하는 모든 방법을 통해 전해지기도 했습니다.

아테네 시민 여러분,

지금 제가 말한 것은 사실이며 그 진실과 허위를 알아내는 것은 쉬운 일입니다. 왜냐하면 정말로 제가 청년들을 타락시켰거나 타락시키고 있다면, 그들 중에는 이제 성장하여 그들의 젊은 시절에 제가 나쁜 충고를 했다는 것을 발견한 사람들도 있었을 것이며, 그럴 경우 지금 이 기회에 스스로 이곳에 나타나 저를 고소하고 저에게 복수할 것이기 때문입니다. 제가 어떤 청년을 타락시켰다면, 설사 본인은 저에게 복수하기를 원치 않는다 하더라도 그의 부모나 형제나 친척들이 이 자리에서 그들의 집안이 저로 인해 이러저러한 피해를 당했다고 폭로하고 저에게 복수할 것입니다.

지금 이곳에는 그동안 저와 시간을 함께했던 사람들 중 많은 사람들이 와 있습니다. 우선 저기에 저와 동갑이며 같은 구(區)에 살고 있는 크리톤(Kriton)[38]이 있습니다. 그는 여기에 있는 크리토불로스(Critobulos)[39]의 아버지이기도 합니다. 저쪽에는 여기에 있는 아이스키네스(Aischines)[40]의 아버지인 스페토스(Sphettos) 구(區)의 뤼사니아스(Lysanias)가 와 있습니다. 그리고 저쪽에는 케피시아(Cephisia) 구(區)의 사람이며 에피게네스(Epigenes)[41]

---

38) 소크라테스의 부유하고 충실한 친구.
39) 소크라테스의 숭배자. 소크라테스의 임종을 지켜보았다.
40) 소크라테스가 죽은 후 그의 대화를 기록한 사람들 중의 한 사람.

소크라테스의 변명 47

의 아버지인 안티폰(Antiphon)이 있습니다. 그 밖에도 저와 대화를 나누었던 사람의 형제들도 와 있으며, 제가 앞에서 말한 바와 같이 저의 문답(問答) 친구였던 사람, 즉 테오조티데스(Theozotides)의 아들이며 테오도토스(Theodotos)의 형제인 니코스트라토스(Nicostratos)도 와 있습니다. 테오도토스는 이미 죽었으므로, 그의 형제인 니코스트라토스에게 저를 고소하지 말라고 당부할 수는 없을 것입니다. 그리고 이쪽에는 데모도코스(Demodocos)의 아들이며 테아게스(Theages)의 형제인 파랄로스(Paralos)도 와 있습니다. 그리고 이쪽에는 아리스톤(Ariston)의 아들인 아데이만토스(Adeimantos)[42]가 와 있으며, 저쪽에는 그의 형제인 플라톤(Platon)도 와 있습니다. 그리고 아이안토도로스(Aiantodoros)와 그의 형제인 아폴로도로스(Apollodoros)[43]도 이곳에 와 있습니다.

그 밖에도 많은 사람들을 여러분에게 말씀드릴 수 있습니다만 멜레토스(Meletos)는 자기의 변론 중에 증인으로서 그들 중 몇 사람을 내세웠어야 할 것입니다. 만일 그가 고소할 당시에 그것을 잊고 있었다면, 지금 그들을 증인으로 내세워도 좋습니다. 그렇다면 저는 그에게 발언권을 양보하겠습니다. 만일 멜레토스에게 내세울 수 있는 어떤 증인이 있다면 그로 하여금 말하게 하십시오.

그러나 여러분, 사실은 그와는 정반대라는 것을 여러분은 아시게 될 것입니다. 왜냐하면 그들은 모두 저를 도와 주기 위해 이곳에 와 있는 것이기 때문입니다. 멜레토스와 아뉘토스가 주장하는 바에 의하면, 저는 그들을 타락시킨 사람이며 그들의 가족에게 해악을 준 사람입니다. 즉 저에 의해 해악을

---

41) 소크라테스의 임종을 지켜보았던 사람.
42) 플라톤의 큰 형. 둘째 형은 글라우콘.
43) 소크라테스의 열광적인 숭배자. 소크라테스의 임종을 지켜보았다.

입은 사람들이 저를 도와 주기 위해 이곳에 왔다면, 그들 자신으로서는 그럴 만한 이유가 있을 수도 있을 것입니다. 그러나 해악을 입지 않은 사람들, 이미 나이가 많은 사람들, 그들의 친척들은 도대체 무엇 때문에 나를 도와 주기 위해 이곳에 온 것일까요? 그것은 다름이 아니라 진리와 정의를 위해서입니다. 즉 그들은 내가 진실을 말하고 있으며, 멜레토스는 거짓말을 하고 있다는 것을 알고 있기 때문입니다.

(증인의 증언이 있었다.)

아테네 시민 여러분,

이제 제가 할 수 있는 말은 거의 다 한 것 같습니다. 제가 더 많은 변명을 늘어놓는다 하더라도, 그것은 지금까지 한 변명과 비슷한 것이 될 것입니다. 여러분 중에는 지금의 저처럼 법정에 섰을 때 자기의 경우를 회상하고는 제게 화를 내시는 분도 계실 것입니다. 왜냐하면 자기는 이보다 훨씬 사소한 소송 사건으로 싸울 때도 눈물을 줄줄 흘리며 가능한 한 많은 동정을 얻기 위해 자기의 자식들과 친척들과 친구들을 많이 동원하여 재판관들에게 호소하고 탄원했는데, 저는 어쩌면 사형 판결을 받게 될지도 모르는데도 전혀 그렇게 하지 않기 때문입니다. 그리하여 저의 그런 태도 때문에 불쾌해지고 화가 나서 저에게 유죄 표를 던지는 분도 계실지 모릅니다.

만일 여러분 중에 그런 생각을 하는 분이 계시리라 생각하지는 않지만 만약 계신다면 저는 그분에게 이렇게 말하겠습니다.

"저에게도 가족이 몇 사람 있습니다. 왜냐하면 호메로스(Homer)의 말처럼 저는 나무나 돌에서 태어난 사람이 아니라 인간에게서 태어난 사람이기 때문입니다. 그러므로 제게도 가족이 있으며, 더구나 아들도 세 명[44]이 있습니다. 세 아들 중 하나는 이미 청년이 되었지만 두 명은 아직 어립니다. 저는 그들을 이곳에 데리고 와서 여러분에게 저의 무죄 쪽에 투표해 달라고 애원하지 않을 것입니다."라고 말입니다.

그렇다면 저는 왜 그렇게 하지 않을까요?

아테네 시민 여러분,

그것은 제가 고집이 세기 때문도 아니고, 여러분들을 경멸하고 있기 때문도 아닙니다. 제가 죽음을 두려워하느냐 두려워하지 않느냐 하는 것은 그것과는 다른 문제입니다. 그동안 저에 대한 여러 가지 평판이 있어 왔지만 그중에서 '지자'라고 불리는 것과 불의에 참지 않는다는 것 등 비추어 볼 때 제가 그러한 행동을 하는 것은 저 자신을 위해서도 여러분을 위해서도 국가 전체를 위해서도 부끄러운 일이 될 것입니다. 적어도 '소크라테스라는 인간은 대부분의 사람보다 무언가 뛰어나다'라는 것이 세상 사람들의 견해이기 때문입니다. 그러므로 여러분 중에서 지혜나 용기, 그 밖의 어떤 덕(德)에 서 뛰어난 사람으로 여겨지는 분이 계신다면 방금 말한 것과 같은 행동을 하려고 한다면, 그것은 수치스러운 일일 것입니다.

하지만 그렇듯 좋은 평판을 얻고 있는 사람들이 재판을 받을 때에는 어처구니없는 행동을 하는 것을 종종 보아 왔습니다. 그들은 죽는 것을 끔찍스럽게 생각하는 것 같습니다. 여러분이 그들에게 사형을 내리지 않는다면 영원히 죽지 않을 것처럼 말입니다. 저는 그런 사람들이야말로 나라를 수치스럽게 만드는 사람들이라고 생각합니다. 외국인들에게 아테네인들 중에는 덕이 높아 공직 또는 명예로운 자리에 있는 사람들조차도 사실은 아낙네들보다 조금도 낮지 않은 사람들이라는 인식을 줄 테니 말입니다.

---

44) 장남은 람프로클레스, 차남은 소프로니스코스, 3남은 메네크세노스.

아테네 시민 여러분,

명성을 얻고 있는 사람이라면 우리 중 그 누구도 그런 짓을 해서는 안 될 것입니다. 설사 누군가 그런 짓을 한다고 하더라도 여러분은 그것을 받아들여서는 안 됩니다. 만일 그런 사람이 법정에서 처량한 행동을 한다면 정당하게 재판을 받는 사람보다 훨씬 더 신속하게 유죄 판결을 내림으로써 국가를 수치스럽게 하면 반드시 결과가 좋지 않다는 것을 보여주어야만 합니다.

아테네 시민 여러분,

세상 사람들의 평판과 관계없이 재판관에게 애원하거나, 그 결과로써 무죄 판결을 받아 석방되는 것은 옳은 일이 아닙니다. 오히려 진실을 말함으로써 재판관을 설득하는 것이 옳은 일일 것입니다. 왜냐하면 재판관이 그 자리에 앉아 있는 것은 누구를 두둔하기 위한 것이 아니라 옳고 그름을 판별하기 위한 것이기 때문입니다. 그래서 재판관은 자기의 기분에 드는 사람에게 호의를 베푸는 일 없이 법률에 따라 재판을 하겠다고 신(神)에게 맹세한 것입니다. 그렇다면 우리들 스스로도 재판관 자신의 맹세를 깨뜨리는 습관을 붙여 주어서는 안 되며, 재판관 자신들도 그런 습관에 빠지게 해서는 안 됩니다. 왜냐하면 그럴 경우 어느 쪽도 신(神)을 공경하지 않는 셈이 되기 때문입니다.

그러므로 아테네 시민 여러분, 저에게는 불명예스럽고 경건치 못하고 옳지 않은 일로 생각되는 그런 행동을 여러분 앞에서 하라고 제게 요구하지 말아 주십시오. 특히 저는 지금 멜레토스에 의해 불경죄(不敬罪)로 고소되어 있으니, 제발 제가 다시 그런 불경한 짓을 하지 않도록 해 주십시오. 왜냐하면 만일 제가 여러분을 설득하고 여러분에게 애원하여 여러분으로 하여금 신(神)에 대한 맹세를 깨뜨리게 한다면, 그것은 제가 여러분에게 신(神)의 존재를 믿지 말라고 가르치는 셈이 되며, 또 저의 무죄를 변명하고 있으면서도 실은 저 자신이 신(神)을 믿지 않는 죄인이라는 것을 스스로 고발하는 셈이 되기 때문입니다. 그러나 그런 일은 결코 있을 수 없습니다. 왜냐하면 저는 저를 고소한 사람들보다도 더 신의 존재를 믿고 있기 때문입니다. 그러므로 저를 위해서나 여러분을 위해서나 최선의 판결이 내려지기를 여러분과 신(神)에게 맡기고 있습니다.

(소크라테스가 유죄냐 무죄냐에 대해 투표가 행해졌고, 그 결과 소크라테스는 유죄 280표, 무죄 220표로 유죄 판결을 받았다.)

아테네 시민 여러분,

저는 여러분이 저에게 유죄 판결을 내린 데 대해서는 화가 나지 않습니다. 여러 가지 이유가 있습니다만, 무엇보다도 저는 그런 결과가 나오리라고 짐작하고 있었기 때문입니다. 저를 놀라게 한 것은 저에 대한 유죄 판결이 아니라, 오히려 유죄 쪽 표의 수와 무죄 쪽 수의 차이가 몹시 적다는 사실입니다. 저는 그 차이가 이렇게 작으리라고는 기대하지 않았습니다. 표 차이가 크리라고 생각했기 때문입니다. 만일 유죄 쪽의 표가 30개만 반대쪽으로 던져졌다면, 저는 무죄 판결을 받게 되었을 것입니다. 그러므로 저는 지금도 멜레토스에 대해서는 무죄라고 생각합니다. 아니 무죄일 뿐만 아니라 만일 아뉘토스와 뤼콘이 나를 고소하는 데에 가세하지 않았더라면, 멜레토스는 투표수의 5분의 1도 얻지 못했을 것이며,[45] 그렇게 되면 그는 법률이 정한 바에 따라 1,000드라크마(drachma)의 벌금을 치러야 했을 것입니다.

---

45) 유죄 280표를 원고 멜레토스, 아뉘토스, 뤼콘 세 사람으로 나누면 한 사람이 얻은 표는 약 93표이므로 전체인 500표의 5분의 1에 이르지 못한다.

(유죄 결정 후 형량(刑量)을 결정하기 위해 한 번 더 피고의 진술이 행해진다.)

그러나 어쨌든 멜레토스는 저에게 사형을 내릴 것을 요구하고 있습니다. 오, 아테네 시민 여러분, 그렇다면 저는 이에 맞서 어떤 형벌을 제의해야 할까요? 물론 적당한 형벌을 제의해야겠지요? 그렇다면 어떤 것이 저에게 적당한 형벌일까요?

저는 일생 동안 게으를 정도로 분별력이 없었습니다. 그에 대해 어떤 형벌을 받는 것이, 혹은 얼마만큼의 벌금을 내는 것이 저에게 적당할까요? 저는 대부분의 사람들이 관심을 기울이고 있는 돈을 번다든가, 가정을 꾸려 간다든가, 군사위원으로서 활동을 한다든가, 민중 지도자로서 활동을 한다든가, 관직에 오른다든가, 정당에 가입한다든가, 국내에서 일어나고 있는 혁명 운동에 대해 관심을 기울인다든가 하는 일에 대해서는 관심을 기울인 적이 없습니다. 저는 그런 일을 뒤쫓아 다니기에는 너무도 솔직하고 곧은 성격이라 목숨을 보전할 수 없으리라고 생각했기 때문입니다. 저는 여러분에게나 제 자신에게나 아무런 도움도 줄 수 없는 곳에는 발을 들여놓지 않았으며, 여러분 각자에게 저 스스로 도움이 될 수 있다고 생각되는 곳에만 발을 들여놓았습니다. 저는 여러분 하나하나에 '먼저 당신 자신을 돌보시오. 당신의 개인적인 이익을 추구하기보다는 덕(德)과 지혜를 추구하시오. 국가의 이익을 돌보기보다는 국가 자체를 돌보시오. 이것이 당신이 어떤 행동을 할 때 준수해야 할 순서요.'라고 설득하려고 노력해 왔습니다. 그런 일을 해 온 사람이 받아야 할 대가는 무엇이어야겠습니까?

아테네 시민 여러분,

만일 제가 올바른 평가를 받는다면 제가 받아야 할 것은 형벌이 아니라 보상이어야 할 것이며, 그 보상은 저에게 적합한 것, 즉 선(善)한 것이어야 할 것입니다.

그렇다면 여러분의 보호자이며 여러분에게 충고해 줄 수 있는 시간을 갈망하는 이 가난한 사람에게 적합한 보상이란 무엇일까요?

아테네 시민 여러분, 저에게는 프뤼타네이온(Prytaneion)[46]에서 대접을 받는 것보다 더 적합한 보상은 없습니다. 저는 올림피아의 경마(競馬)나 두 마리 말이 끄는 마차 경기에서 우승한 사람보다 더 그런 대접을 받을 자격이 있다고 생각합니다. 왜냐하면 그는 여러분을 행복하다고 생각하게 할 뿐이지만, 저는 여러분에게 진짜 행복을 만들어 주기 때문입니다. 그리고 그는 먹을 것이 넉넉하지만, 저는 그렇지 않기 때문입니다.

그러므로 저 자신이 받아야 할 형벌을 정의롭고 올바르게 제안해야 한다면 저는 프뤼타네이온에서 음식 대접을 받는 것이라고 말할 것입니다.

아마도 여러분은 제 말을 들으시고 앞서 제가 동정을 구하기 위해 애원하는 이야기를 했을 때와 마찬가지로 제가 여러분을 무시하고 있다고 생각하실 것입니다. 그러나 여러분, 사실은 그렇지 않습니다. 저는 누구에게도 고의로 해악을 끼친 적이 없습니다. 여러분과 제가 짧은 시간 동안밖에 이야기하지 않았기 때문에 여러분에게 그것을 확신시켜 드리지 못했을 뿐입니다. 만일 아테네에도 다른 나라들처럼 사형이냐 아니냐에 대한 재판을 하루에 하지 않고 여러 날에 걸쳐 해야 하는 법률이 있다면 저는 여러분을 설득할 수 있었으리라고 생각합니다. 그러나 짧은 시간 동안에 이렇게 큰 여러 가지 현상에 대하여 해명한다는 것은 불가능한 일입니다. 어쨌든 저는 지금까지 누구에게도 악을 행한 적이 없다고 확신하고 있기 때문에 제 자신에게 대해서도 악을 행하지 않을 것입니다. 저에게 어떤 형벌을 내려 달라고 제안하지

---

46) 외국의 사절이나 자국의 공훈을 세운 사람, 올림피아의 우승자 등을 환대하는 건물.

않겠습니다. 제가 왜 그런 제안을 해야 한단 말입니까? 멜레토스가 제안한 사형을 당하지 않기 위해 그런 제의를 해야 할까요? 저는 죽음이 좋은 것인지 나쁜 것인지 알지 못하는데, 왜 제가 확실한 악인 형벌 중 하나를 선택하여 그 형벌을 저에게 내려 달라고 제의하겠습니까?

구류를 제의해야 할까요? 하지만 왜 제가 11명의 형무관[47]에게 굴복하여 감옥 속에서 살아야 한단 말입니까? 아니면 벌금형을 제의하고 제가 벌금을 낼 때까지 감옥에 갇혀 있을까요? 하지만 그것은 저에게는 앞의 있는 것과 동일한 것입니다. 왜냐하면 이미 말씀드린 바와 같이 제게는 돈이 없어 벌금을 낼 수가 없기 때문입니다.

그렇다면 추방형(追放刑)을 제의해야 할까요? 제가 추방형을 제의하면 어쩌면 여러분은 저의 제의를 받아들여 주실지도 모릅니다. 그러나 제가 삶에 애착을 느낀 나머지 장님이 되어야만 그런 제의를 할 수 있을 것입니다.

저와 같은 국민인 여러분조차도 저의 행위와 말을 견디지 못하고 몹시 귀찮아하며 제거하려고 하는데 다른 나라 사람들이 그것들을 쉽게 견디어 내리라고 생각할 정도로 분별력이 없지는 않습니다. 어느 나라 사람들이 그것들을 참고 견딜 수 있겠습니까?

만일 그렇게 된다면 저는 이 나이에 끊임없이 추방당하여 이 나라에서 저 나라로 여기저기 쫓겨 다니면서 살아가야 할 것입니다. 왜냐하면 제가 어디로 가든 그곳에서도 이곳에서와 마찬가지로 젊은이들이 저의 주위에 몰려들어 저의 이야기에 귀를 기울일 것이며, 그럴 경우에도 마찬가지로 제가 그 젊은이들을 쫓아 버리면 그들은 연장자들을 설득하여 저를 내쫓아 버릴 것

---

47) 매년 각 부족으로부터 1명씩 선출된 10명과 서기 1명을 포함하여 11명으로 구성된 위원회로, 이들은 죄수를 감독하고 사형을 집행했다.

이며, 그들을 쫓아 버리지 않고 저의 주위에 몰려들게 내버려 두면 그들의 부모와 가족들이 그 젊은이들을 위해 저를 내쫓아 버릴 것이기 때문입니다.

여러분 중에는 이렇게 말할 사람도 있을 것입니다. '그렇다면 소크라테스, 이곳에서 추방당한 다음 침묵을 지키고 조용히 살아갈 수 없겠소? 그러면 아무도 당신을 괴롭히지 않을 테니까.'라고 말입니다. 그러나 이것이야말로 무엇보다도 제가 여러분을 설득하기가 무척 어렵군요. 왜냐하면 침묵을 지키며 살아가는 것은 신(神)에 대한 불복종이므로 침묵을 지킬 수는 없다고 제가 말하더라도 여러분은 제 말을 허튼소리로 생각하여 믿지 않을 것입니다. 또 매일 덕(德)과 그 밖의 것들에 대하여 문답을 하면서 저 자신과 다른 사람을 시험하는 것이 인간에게 최대의 선(善)이며, 시험받지 않는 삶은 살 가치가 없는 것이라고 말하더라도, 여러분은 제 말을 믿지 않을 것이기 때문입니다.

여러분, 침묵을 지키기 어렵다는 사실을 여러분에게 납득시키기는 어렵지만 제가 지금 말한 것은 모두 사실입니다. 또한 저는 제 자신이 처벌을 받아야 하는 것에 조금도 익숙해 있지 않습니다. 만일 저에게 돈이 있다면 저는 제가 낼 수 있는 금액을 벌금으로 내겠다고 제의했을 것입니다. 그렇게 하면 이것은 제게 어떤 해도 끼치지 않으니까요. 그러나 저에게는 그런 돈이 없습니다. 그러므로 제가 낼 수 있을 정도의 금액을 벌금으로 내겠다고 제의할 수밖에 없습니다. 아마도 1므나라면 낼 수 있을 것이므로 은(銀) 1므나의 벌금을 제의합니다.

오! 아테네 시민 여러분, 이곳에 있는 저의 친구인 플라톤(Platon)과 크리톤(Kriton)과 크리토불로스(Critobulos)와 아폴로도로스(Apollodoros)가 30므나의 벌금을 내겠다 제의하라고 저에게 권하고 있습니다. 그들이 그에 대한 보증인이 되겠다는 것입니다. 그렇다면 저는 30므나의 벌금을 제의합니다. 그들은 그 돈에 대한 보증인이 될 것입니다. 그들은 충분히 신용할 수 있는 사람들이니까요.

(다시 투표를 실시하여 그 결과 소크라테스에게 사형 판결이 내려졌다.)[48]

아테네 시민 여러분,

여러분은 얼마 지나지 않아 남을 비난하기를 좋아하는 사람들로부터 악명(惡名)을 얻게 될 것이며, 현자(賢者)인 소크라테스를 죽였다는 비난을 받게 될 것입니다. 왜냐하면 설사 제가 현자가 아니라 할지라도 그들이 여러분을 비난하고자 할 때는 그들은 저를 현자라고 부를 것이기 때문입니다. 만일 여러분이 조금만 더 기다렸다면 여러분이 원하는 바가 자연의 흐름 속에서 저절로 이루어졌을 것입니다. 왜냐하면 여러분도 알다시피 저는 이미 이렇게 늙어 죽음이 멀지 않았기 때문입니다.

저는 이 말을 여러분 모두에게 하고 있는 것이 아니라, 사형 쪽에 표를 던진 사람들에게 하고 있는 것입니다. 그리고 저는 그들에게 또 한 가지를 말씀드리고 싶습니다. 여러분, 아마도 여러분은 제가 소송에서 패한 것은 저의 설득 논리가 부족했기 때문이라고 생각하고 계실 것입니다. 만일 제가 어떤 말이라도 하고 어떤 행동이라도 해서 무죄 석방되는 것이 옳다고 생각했다면, 제가 여러분을 설득했을지도 모르는 그런 말들을 할 수 있는 설득력이 부족했기 때문이라고 여러분은 생각하실 것입니다.

그러나 절대 그렇지 않습니다. 제가 패소(敗訴)한 것은 부족했기 때문이기는 하지만 설득 논리가 부족했기 때문이 아니라 뻔뻔스러움이나 몰염치함이 부족하여 여러분이 듣고 싶어 하는 말을 하지 않았기 때문입니다. 울고 비통

---

48) 이 투표 결과 소크라테스는 사형이 확정된다. 이때 소크라테스를 사형시키자는 표가 먼젓번 투표 때보다 80표가 많아, 소크라테스는 360표 대 140표로 사형이 확정된다.

해하고 한탄하는 등 여러분이 다른 사람늘에게서 늘 들어 온 저에게는 어울리지 않는 많은 것들을 기꺼이 하고자 하는 마음이 없었기 때문입니다. 그러나 저는 위험에 처해 있다 하여 비굴한 짓을 해서는 안 된다고 생각합니다. 제가 저의 방식대로 변명한 데 대하여 지금도 후회하지 않습니다. 저는 다른 사람들과 같은 비굴한 태도를 취함으로써 살아남기보다는 저의 방법을 선택함으로써 죽는 편이 훨씬 낫다고 생각합니다.

왜냐하면 재판에서건, 전쟁에서건, 저뿐만 아니라 누구라도 무슨 짓을 해서라도 죽음만은 면하려고 해서는 안 되기 때문입니다. 전쟁터에서 무기를 버리고 추격해 오는 적 앞에 무릎을 꿇고 애걸하면 죽음만은 면할 수도 있으며, 그 밖의 위험에 처했을 경우에도 살아남기 위해 무슨 짓이든 하려고만 한다면 죽음을 면할 방법은 얼마든지 있습니다.

이렇듯 여러분, 죽음을 피하는 것은 그다지 어렵지 않습니다. 하지만 악(惡)을 피하기는 훨씬 어려운 일입니다. 왜냐하면 악(惡)은 죽음보다 발걸음이 빠르기 때문입니다. 지금 저는 늙고 발걸음이 느리기 때문에 그 느린 것〔죽음〕에 붙잡혔지만, 저를 고소한 사람들은 영리하고 발걸음이 빠르기 때문에 그 빠른 것〔惡〕에 붙잡혔습니다. 이제 저는 지금 여러분들에 의해 사형 판결을 받고 이곳을 떠나가지만, 그들은 진리에 의해 야비하고 정의롭지 못하다는 판결을 받았습니다. 제가 저에게 내려지는 벌을 면할 수 없듯이 그들도 그들에게 내려지는 벌을 면할 수 없는 것입니다. 이러한 일들은 운명으로 정해진 일이며, 또 그것은 옳은 일이라고 생각합니다.

이제 저는 유죄를 선고한 분들에게 예언을 하고자 합니다. 왜냐하면 저는 지금 인간이 가장 훌륭하게 예언할 수 있는 시기, 즉 죽음 직전에 처해 있기 때문입니다.

여러분에게 다음과 같은 예언을 하고자 합니다. 여러분은 제가 죽은 후 곧 여러분이 제게 가한 형벌보다도 훨씬 가혹한 형벌을 받게 될 것입니다. 지금 여러분은 사람들의 비난을 피하고자 저에게 사형 판결을 내렸지만, 그 결과는 여러분이 기대하고 있는 것과는 전혀 다르게 될 것입니다. 여러분을 비난하는 사람들이 지금보다 훨씬 많아질 것이기 때문입니다. 제가 지금까지 그들을 억제하고 있었지만 여러분은 모르고 있었습니다. 그들은 젊기 때문에 그만큼 혹독하게 여러분을 대할 것이며, 여러분도 그만큼 곤혹스러울 것입니다.

만일 여러분이 사람들을 죽임으로써 여러분의 사악하고 부정한 삶에 대한 비난을 막을 수 있다고 생각한다면 그것은 잘못된 생각입니다. 그런 방법으로 비난을 막는 것은 가능한 일도 아니며 훌륭한 일도 아닙니다. 비난을 피할 수 있는 가장 쉽고 훌륭한 방법은 사람들을 억압하는 것이 아니라 여러분 자신이 가능한 한 선(善)한 사람이 되는 것입니다. 이것이 제게 사형 선고를 한 분들에게 드리는 저의 예언입니다.

그러나 저에게 무죄 선고를 해 주신 여러분!

여러분과는 지금 여기서 일어난 일들에 대해 이야기하고 싶습니다. 잠시 동안은 관리들도 사무로 바쁘고, 또 저도 형무소로 끌려가지 않을 테니까요. 그러니 여러분, 그때까지 잠시 제 곁에 머물러 주십시오. 그동안 우리가 서로 이야기하는 것을 방해할 사람은 없을 테니까요. 여러분은 저의 친구이므로 저에게 일어난 일의 참된 의미를 여러분에게 알려드리고 싶습니다.

재판관 여러분,—제가 여러분을 이렇게 부르는 것은 여러분이야말로 재판관이라고 부르기에 합당한 분들이기 때문입니다.—저에게 지금 매우 기이한 일이 일어났습니다. 즉 지금까지 저에게는 다이몬의 예언이 나타나, 제가 하려고 하는 일이 옳은 일이 아닐 경우에는 그것이 아무리 사소한 일일지라도 항상 반대해 왔습니다. 그런데 여러분도 아시는 바와 같이, 일반적으로 최악이라고 여겨지고 있는 일이 저에게 닥쳐왔습니다. 그런데도 그 다이몬의 예언은 제가 오늘 아침에 집에서 나올 때도, 제가 이곳 법정에 들어서려고 했을 때도 제가 변론을 하고 있는 동안에도, 그리고 제가 무슨 말을 하려고 할 때도, 조금도 반대하지 않았습니다. 전에는 그 다이몬의 예언은 제가 말하고 있는 동안에도 제 말을 중지시키곤 했습니다. 이번 일에서는 그 다이몬의 예언은 저의 어떤 말에 대해서도 어떤 행동에 대해서도 조금도 반대하지 않았던 것입니다. 그렇다면 다이몬의 예언이 저에게 반대하지 않고 침묵을 지키고 있었던 것은 무엇 때문일까요? 저는 그것을 여러분에게 설명하고자 합니다.

이번에 제게 일어난 일은 선(善)이며 좋은 일이라고 생각합니다. 만일 우리가 죽음을 악(惡)이라고 생각하고 있다면, 우리의 그런 생각은 결코 올바른 생각이 아닙니다. 제게 일어난 일이 그에 대한 커다란 증거입니다. 왜냐하면 만일 내가 선(善)을 향해서 가고 있는 것이 아니라 악(惡)을 향해서 가고 있는 것이라면 그 다이몬의 예언은 분명히 저에게 반대했을 것이기 때문입니다.

죽음이 선(善)이라는 것을 다른 방법으로 살펴보기로 하겠습니다. 우리는 죽음이 선이라는 희망을 품는 데에는 커다란 이유가 있음을 알게 될 것입니다. 죽음은 완전한 무(無)의 상태로 아무것도 느끼지 못하는 상태이거나, 아니면 전해지는 바와 같이[49] 영혼이 주거를 옮기듯이 이 세상에서 저 세상으로 옮겨가는 것이든가 둘 중의 하나입니다.

만일 죽음이 아무것도 느끼지 못하는 상태로서 꿈조차 꾸지 않는 잠과 같은 것이라면 죽음은 엄청난 축복일 것입니다. 왜냐하면 꿈에서조차 방해받지 않은 밤을 골라내 그것을 자기 생애의 다른 낮과 밤들을 비교하고, 그러

---

49) 오르페우스교(敎)나 피타고라스파(派)의 윤회설을 가리키는 듯하다.

한 밤보다 더 즐겁고 유쾌하게 보낸 낮과 밤들이 자신의 생애 중에서 얼마나 있었는가를 말한다면, 보통 사람들은 물론이거니와 페르시아 대왕[50]이라 할지라도 그런 낮과 밤이 그렇지 않은 낮과 밤에 비해 손꼽을 정도로 적다는 것을 발견할 것입니다. 만일 죽음이 그런 것이라면, 죽음은 하나의 축복인 것입니다. 왜냐하면 영원은 단 하룻밤에 지나지 않을 것이기 때문입니다.

그리고 죽음이라는 것이 이 세상에서 저세상으로 옮겨가는 것이 사실이라면 이보다 더 좋은 일이 어디 있겠습니까? 스스로 재판관이라고 말하는 이들을 이 세상에 남겨 두고 하데스(저승)로 가 그곳에서 판결을 하고 있다고 전해지고 있는 참된 재판관들, 즉 미노스(Minos), 라다만튀(Rhadamanthys), 아이아코스(Aiacos), 트리프톨레모스(Triptolemos)[51] 등 그 밖에 그들의 생애 동안에 정의로웠던, 신이라 불릴 만한 분들(半神)을 만날 수 있다면 이 여행(죽음)은 가치 있는 것이 아니겠습니까? 또 오르페우스(Orpheus), 무사이오스(Musaios), 헤시오도스(Hesiodos), 호메로스(Homer)[52]와 함께 살 수 있다면 여러분들은 그것을 위해서 어떤 대가라도 지불하려 하지 않겠습니까? 지금 말한 것이 사실이라면 저는 몇 번이라도 기꺼이 죽을 것입니다. 왜냐하면 팔라메데스(Palamedes)[53]나 텔라몬(Telamon)의 아들 아이아스(Aias)[54]나 그

---

50) 그리스에서는 일반적으로 페르시아의 대왕이 이 세상에서 가장 행복한 인간이라고 여겨졌다.

51) 미노스는 제우스와 에우로페 사이에서 태어난 아들로 크레타섬의 왕. 라다만튀스는 그의 동생. 아이아코스는 제우스와 아이기나 사이에서 태어난 아들로 아이기나섬의 왕. 이들은 모두 생전에 공정하고 경건한 입법자로서의 생을 보냈으므로, 죽은 후 저세상에서 재판관에 임명되었다 한다. 트리프톨레모스는 농경의 여신 데메테르에게서 농경법을 배웠으며, 인간에게 · 농경 · 법률 · 문화를 가르쳐 주었다고 한다. 그도 또한 죽은 후 저세상에서 재판관에 임명되었다고 한다.

52) 이상 네 사람은 가장 오래된 시인으로 전해지는 전설상의 인물들. 이들은 예언자로서도 존경받고 있다.

밖의 부정한 재판에 의해 죽임을 당한 옛날 영웅들을 만나 대화를 나누는 것은 즐거운 일일 것이며, 제가 겪은 일과 그들에게 일어났던 일을 서로 비교해 보면 매우 뜻깊은 일일 것입니다. 특히 무엇보다도 즐거운 일은 죽은 사람들에게 누가 진정한 '지자'이고 누가 그렇지 않은지 묻고 논쟁하며 시간을 보낼 수 있다는 점일 것입니다.

재판관 여러분, 트로이로 대군(大軍)을 이끌고 갔던 사람[55]이라든가 오디세우스(Odysseus)[56]라든가 시시포스(Sisyphos)라든가 그 밖의 무수한 남녀들을 만나 그들과 대화를 나눌 수 있다면, 그것을 위해 어떤 대가라도 지불하지 않을 사람이 어디 있겠습니까?

그들과 대화를 나누고 문답(問答)을 하며 함께 지내는 것은 무한히 즐거운 일일 것입니다. 저세상에서는 사람들과 대화를 나누고 문답을 한다고 해서 사형에 처하는 일은 결코 없을 것입니다. 왜냐하면 저세상 사람들은 이 세상 사람들보다 행복할 뿐만 아니라, 전해지는 바가 사실이라면 그들은 죽지 않기 때문입니다.

재판관 여러분,

여러분도 죽음에 대해 희망을 품어야 하며, 특히 다음의 한 가지만은 진리로 받아들이지 않으면 안 됩니다. 선(善)한 사람에게는 살아 있을 때나 죽은 후에나 나쁜 일은 결코 일어나지 않으며, 선한 사람과 그의 일은 신(神)께서

---

53) 에우보이아의 왕 나우프리오스의 아들. 트로이 원정군에 참가했다. 그의 명성을 질투한 아가멤논 등 그리스군의 장군들에 의해 내통죄의 누명을 쓰고 죽임을 당했다 한다.
54) 살라미스의 왕 텔라몬의 아들. 트로이 원정군에 참가했다. 아킬레우스가 죽은 후, 그의 유품 분배 문제로 오디세우스와 싸워 패하자 미쳐 자살했다. 그가 패한 것이 사람들의 부정한 표결 때문이었다고 믿었기 때문이다.
55) 트로이 원정의 그리스군 총대장인 아가멤논.
56) 전해지는 바에 의하면, 그는 다음에 나오는 시시포스의 자식이라 하며, 그들은 모두 교묘한 재주와 지혜를 지닌 교지(巧知)의 대표자들로서 죽은 후 영원히 계속되는 형벌을 받았다 한다.

소홀히 하지 않으실 것입니다.

　지금 저에게 일어난 일도 우연히 일어난 것은 아닙니다. 저는 저 자신이 지금 죽어 고통에서 벗어나는 것이 저를 위해 더 좋은 일이라는 것을 분명히 알고 있습니다. 그런 까닭에 신(神)의 계시도 저의 행동을 저지하지 않았던 것입니다. 그러므로 저는 제게 유죄 판결을 내린 사람들과 저를 고소한 사람들에게 조금도 화가 나지 않습니다. 그들이 저를 고소하고 저에게 유죄 판결했을 때, 그들은 저에게 선(善)을 행할 생각으로 그렇게 한 것이 아니라 저를 해칠 생각으로 그렇게 한 것이라는 것을 잘 알고 있습니다. 그 점에서 그들은 비난받지 않으면 안 될 것입니다.

　저는 여러분에게 한 가지 부탁을 하고자 합니다. 그것은 저의 자식들이 성인(成人)이 되면, 제가 여러분을 성가시게 한 것처럼 저의 자식들을 그렇게 해 달라는 것입니다. 만일 저의 자식들이 덕(德)을 쌓기보다는 돈이나 그 밖의 다른 것들에 관심을 쏟는다고 생각된다면, 또한 저의 자식들이 실제로는 가치 없는 인간이면서도 우쭐하고 뽐낸다고 생각된다면, 그들이 마땅히 관심을 쏟아야 할 것에 관심을 쏟지 않음에 대해, 그리고 그들이 가치 없는 인간이면서도 스스로 훌륭한 인간으로 생각하고 있음에 대해, 제가 여러분을 꾸짖듯이 그들을 꾸짖어 주십시오. 만일 여러분이 그렇게 해 주신다면 저와 제 자식들은 여러분에게 정당한 대접을 받은 셈이 될 것입니다.

　이제 떠나야 할 시간이 되었습니다.
　우리는 각자 우리의 길을 가야 합니다.
　저는 죽음으로, 여러분은 삶으로,
　어느 쪽이 더 좋은지는 신(神)만이 알고 계십니다.

—소크라테스의 변명 끝.

아고라(Agora)
소크라테스가 재판을 받았던 곳.

아크로폴리스 북서쪽에 있는 고대 그리스 시대의 유적지로, '시장'이라는 의미이지만 고대에는 물건을 사고 파는 일뿐 아니라 정치 이야기, 웅변가의 연설 등 갖가지 정보를 얻는 장소이기도 했다. 기원전 6세기경부터 건물과 신전이 들어서고 광장 주위엔 노점들이 벌어지기도 했으며, 고대 그리스에서는 남자들이 장을 보러 다녔는데, 그들은 아침 일찍 아고라에 나와 물건도 사고 잡담이나 토론도 했다.

소크라테스는 매일 이곳을 돌아다니며 젊은 청년들에게 "너 자신을 알라."고 무지의 지(知) 논법을 폈다.

소크라테스
 로마 주거지에서 발견된 벽화(높이 32cm 기원후 1세기)
 소크라테스 당대의 그림으로 추정된다.

크리톤

Kriton

해 설

소크라테스는 사형 판결을 받고도 약 1개월 동안 감옥에 갇혀 있다가 처형을 당했다. 소크라테스의 사형 판결과 처형 사이에 1개월의 기간이 있었던 것은 그때가 마침 델로스(Delos)섬의 아폴로 신에게 제사(祭司)를 보내는 때였는데, 그 제사가 델로스섬으로부터 돌아올 때까지는 더러움과 흉한 것을 꺼려 모든 사형 집행이 연기되었기 때문이다.

그러나 그 제사(祭司)가 아테네로 돌아오는 날이 임박한 어느 날 아침, 어린 시절부터 소크라테스의 친구인 크리톤이 혼자서 감옥으로 소크라테스를 찾아와 여러 가지 이유를 들어 감옥에서 탈출하여 외국으로 갈 것을 설득하려고 한다. 그것은 어렵지 않은 일이며 자기와 다른 많은 사람이 그를 도와 탈출시켜 줄 수 있다는 것이다.

그러나 소크라테스에게 있어서 중요한 것은 사는 것이 아니라 훌륭하게 사는 것이었다. 이 원칙은 그에게는 죽음에 직면한 상황에서도 평상시와 똑같은 의미를 가지고 있었다. 따라서 그는 탈출하는 것이 옳지 않음에 대해 크리톤을 설득한다.

그는 먼저 법(法)과 정의의 의미에 관해 설명하고, 이어 의인화된 국법(國法)과 자기 자신과의 대화를 통해 크리톤을 설득한다.

　《크리톤》은 소크라테스가 죽음으로써 지키지 않으면 안 되는 것이 무엇인가를 말해 주고 있다.

소크라테스(Socrates) : 사형 판결을 받은 지 1개월이 지난 후.

크리톤(Kriton) : 소크라테스의 어릴 적부터의 친구.
소크라테스와 나이가 같다. 부유하고 강직한 농민으로 《소크라테스의 변명》
에서는 소크라테스의 재판에 출석하여 그에게 벌금형을 제안하도록 권한 사
람으로 등장한다. 《파이돈》에서는 소크라테스의 임종 직전까지 소크라테스
를 돌보아 주는 친구로 묘사되어 있다.

소크라테스 : 이 시간에 어쩐 일인가, 크리톤. 아직 이른 시각 아닌가?

크리톤 : 좀 이른 시각이지?

소크라테스 : 대체 몇 시나 되었나?

크리톤 : 동틀 무렵일세.[1]

소크라테스 : 간수가 어떻게 자네를 들여보내 주었는지 모르겠군.

크리톤 : 하도 자주 드나들어 이젠 나를 잘 안다네, 소크라테스. 그리고 사례도 좀 했고.

소크라테스 : 자넨 방금 왔나, 아니면 한참 되었나?

크리톤 : 꽤 오래되었네.

소크라테스 : 그렇다면 왜 바로 나를 깨우지 않고 가만히 앉아 있기만 하였나?

크리톤 : 차마 깨울 수가 없더군. 내가 자네처럼 이렇게 큰 괴로움을 당하고도 자네처럼 태평스럽게 잠을 잘 수 있으면 좋겠네. 난 자네가 평화롭게 잠들어 있는 모습을 감탄하며 바라보고 있었네. 그래서 자네의 괴로움을 줄여 주기 위해 깨우지 않았네. 나는 자네가 평생 행복한 마음가짐을 하고 있다고 항상 생각해 왔지만 이러한 고통 속에서도 그토록 평온한 마음을 잃지 않고 있다니.

소크라테스 : 크리톤, 이 나이에 죽음이 가까웠다고 해서 안절부절못해서야 되겠는가?

---

1) 그리스에서는 밤의 마지막 부분에 해당한다.

크리톤 : 그렇지만 소크라테스, 다른 사람들이 자네 같은 나이에 이런 처지에 놓여 보게. 그들도 과연 자네처럼 죽음에 초연할 수 있겠나? 그렇지 못할 걸세.

소크라테스 : 그렇겠지. 그런데 이렇게 이른 시각에 어쩐 일인가?

크리톤 : 소식을 전하러 왔네, 소크라테스. 슬픈 소식일세. 자네에게는 그렇지 않겠지만 나와 자네 친구들 모두에게는 괴롭고 가슴 아픈 소식이라네. 누구보다도 내게는 견딜 수 없는 일일세.

소크라테스 : 대체 무슨 소식인데 그러나? 델로스(Delos)에서 그 배²⁾가 돌아왔단 말인가? 그 배가 도착하면 나는 사형을 받게 되어 있지.

크리톤 : 아직 도착하지는 않았지만, 수니온(Sunion)³⁾에서 그 배에서 내린 사람들이 하는 말을 들었네. 그 사람들의 말에 의하면 아마도 그 배는 오늘 중으로 도착할 것 같네. 그렇게 되면 소크라테스, 자네는 내일로써 생애를 마치게 될 게 아닌가?

소크라테스 : 이보게, 크리톤. 그 배와 함께 나에게 행운이 찾아오는 것일세. 그것이 신의 뜻이라면 그건 행운이 아니겠나? 그렇지만 나는 하루 늦어질 것이라고 생각하네.

크리톤 : 어떻게 그렇다고 단정할 수 있나?

소크라테스 : 그건 말일세, 나는 그 배가 돌아온 다음 날에야 사형받기로 되

---

2) 매년 델로스섬의 아폴로 신에게 감사를 드리기 위해 제사(祭司)를 싣고 파견된 배. 이 제례(祭禮)기간 동안에는 더럽고 흉한 일을 꺼려, 그 배가 돌아올 때까지 사형 집행이 법률에 의해 연기되었다. 소크라테스의 재판 결정 전일에 이 제례가 시작되었으므로, 사형 집행은 그 배가 돌아온 다음 날로 연기되었던 것이다. 이때 바람의 상태로 인해 그 배가 돌아오기까지 30일이 걸렸다. 상세한 것은 《파이돈》 참고.

3) 아티카 최남단의 작은 갑(岬). 그 동쪽에는 역풍이 불 때 배가 그곳에 머무를 수 있도록 작은 항구가 있었다. 이때에도 역풍으로 인해 그 배가 잠시 그곳에 정박했던 것으로 생각된다.

델로스(Delos) 섬

그리스 키클라데스 제도 가운데 작은 섬. 면적 3.6㎢.
1873년 프랑스 고고학자에 의해 섬의 발굴이 시작되어 현재까지 계속되고 있다. 아폴
론·아르테미스·이시스·세라피스 등의 각 신전과, <낙소스인의 주랑(柱廊)>과 <이탈리
아인 시장>, <성스러운 연못>, 그밖에 극장과 저택, 보고(寶庫)·상관·체육관·경기장
등의 자취가 밝혀졌다.

어 있기 때문일세.

크리톤 : 그렇지. 관계자들이[4] 그렇게 말하더군.

소크라테스 : 나는 그 배가 분명히 오늘이 아니고 내일 도착하리라고 생각하
네. 그것은 내가 지난밤에, 아니 바로 조금 전에 꾼 꿈으로 미루어 추측하
는 것일세. 자네가 날 깨우지 않은 것은 참 잘한 일이었네.

크리톤 : 대체 어떤 꿈을 꾸었길래?

소크라테스 : 아름답고 늘씬한 여인이 눈부신 옷을 입고 나타나서 내게 다가
와서 나를 부르며 이렇게 말하였네. '소크라테스 3일 후면 당신은 행복한
나라 프티아(Phthia)[5]에 이를 것이오.'라고.

크리톤 : 참 이상한 꿈이군 그래, 소크라테스.

소크라테스 : 조금도 이상할 게 없네. 나는 그 뜻이 아주 분명하다고 생각을
하네.

크리톤 : 그렇군. 그 꿈의 뜻이 너무도 분명하군, 소크라테스. 이제라도 늦지
않으니 내 말을 듣고 이곳에서 탈출해 목숨을 건지도록 하게. 자네가 죽는
다는 것은 나에게는 한 가지 불행이 아닐세. 내가 결코 다시는 얻을 수 없
는 친구를 잃게 된다는 것은 제쳐 놓고라도 자네와 나 사이를 잘 모르는
사람들은 흔히 내가 돈을 쓰면 자네 목숨을 구할 수 있을 텐데 내가 친구
에 대해 무관심하다고 생각할 게 아닌가. 친구보다도 돈을 소중히 여기는
놈이라고 손가락질받는 것보다 더 부끄러운 일이 어디 있겠나? 대부분의
사람들은 우리가 자네에게 간곡히 권했지만 자네 자신이 거부하고 이곳을

---

4) 11명의 형무위원(刑務委員)을 가리킴.《소크라테스의 변명》역주 47 참조.
5)《일리아스》제9권 참조. 프티아는 테살리아에 있는 아킬레우스의 고향. 트로이 전쟁 때
화가 난 아킬레우스는 이 말을 함으로써 아가멤논에게 트로이 원정군으로부터 탈퇴하여
고향으로 돌아가겠다는 자기의 결심을 알렸지만, 소크라테스는 이 시 구절을 자신이 3일
후에 처형되어 본래의 고향으로 돌아가게 될 것이라는 의미로 사용하고 있는 것이다.

빠져나가려 하지 않았다고는 절대 믿지 않을 걸세.

소크라테스 : 크리톤, 어찌하여 우리가 대다수 사람의 견해에 얽매여야 한단 말인가? 우리가 가장 관심을 기울여야 할 것은 지혜로운 사람들일세. 그들은 이번 일에 대해 사실을 사실대로 인정할 걸세.

크리톤 : 그러나 소크라테스, 자네도 알다시피 대중의 여론도 무시할 수 없는 것일세. 이번 사건만 하더라도 그것을 분명히 드러내지 않았나? 대중들은 자기들에게서 좋은 평판을 얻지 못하는 사람에게는 최악의 재앙을 가져다줄 수 있다는 것을 말일세.

소크라테스 : 오, 크리톤. 나는 대중이 최대의 재앙을 가져다줄 수 있었으면 하네. 그렇다면 그들은 최대의 선(善)도 가져다줄 수 있을 게 아닌가. 그렇게 되면 얼마나 좋겠나. 그러나 그들은 그 어느 것도 할 수 없네. 그들은 인간을 현명하게 할 수도 어리석게 할 수도 없다네. 그들이 하는 것은 무엇이건 우연의 결과일세.

크리톤 : 그건 그렇다 치고 소크라테스, 솔직히 말해 주게. 자네는 나와 그 밖의 다른 친구들의 신상에 무슨 일이 일어나지 않을까 염려해서 탈출을 주저하고 있는 것이 아닌가? 자네는 이곳에서 탈출할 경우, 밀고자(密告者)들이 나타나 우리가 자네를 몰래 탈출하게 하였다고 떠들어 대어 우리를 괴롭히고, 우리의 재산을 빼앗고, 나아가 우리가 그보다도 더 큰 피해를 보게 되지 않을까 염려하고 있는 것이 아닌가? 만일 자네가 그런 염려로 탈출을 주저하고 있다면 제발 그런 걱정은 하지 말게. 우리는 자네를 이 감옥에서 구출해 내기 위해서라면 그 정도의 위험은 기꺼이 감수하겠네. 그러니 제발 내 말을 듣고 시키는 대로 해야 하네.

소크라테스 : 하긴 그것도 염려가 되기는 하네. 그러나 그것 때문만은 아닐세.

크리톤 : 아무튼 그런 걱정은 일절 하지 말게. 자네를 이곳에서 빠져나가도

록 주선해 주겠다는 사람이 그렇게 많은 돈을 요구하고 있는 것도 아닐세. 그리고 밀고자(密告者)도 간단히 매수할 수 있네. 그들에게 많은 돈을 주지 않고도 해 낼 수 있네. 그리고 자네를 위해서라면 나의 돈을 전부 써도 상관없네. 자네가 나한테 미안하다는 생각에서 내 돈을 쓰지 않으려고 한다면 이곳에 와 있는 저 외국 친구들이 언제든지 자기들의 돈으로 비용을 대어 자네 일을 도우려고 하고 있네. 바로 이 일을 위해 많은 돈을 마련해 가지고 온 사람이 한 분 있는데 그는 바로 테베 사람 심미아스(Simmias)[6]라네. 그리고 케베스(Kebes)를 비롯하여 그 밖의 많은 사람들이 자네를 감옥에서 구출하는 일이라면 아낌없이 돈을 내려고 하네.

그러니 그런 것을 염려하여 자네 자신을 구하는 것을 단념해서는 안 되네. 그리고 자네가 법정에서 말한 것처럼[7] 이곳에서 탈출해 나가도 별 수가 없다고 생각해서는 안 되네. 자네가 어디를 가나 주위에 자네를 좋아하여 힘이 되어 줄 사람은 얼마든지 있으니까. 자네가 테살리아(Thessalia)로 가기를 원한다면 그곳에 내 친구들이 많이 살고 있으니까 자네를 잘 대접하고, 또 기꺼이 보호해 줄 걸세. 텟살리아에서는 아무도 자네를 해칠 수 없을 걸세. 그러니 소크라테스, 자네가 자유의 몸이 될 수 있는데도 왜 구태여 자기 자신을 버리려고 하나? 그건 아무리 생각해 보아도 옳은 일 같지 않네. 자네의 적들이 자네에게 바라는 일, 다시 말해 자네를 파멸로 몰아넣으려는 자들이 자네에게 가하려는 일을 자네는 자신에게 가하고 있다는 것을 알아야 하네.

뿐만 아니라 내가 보기엔 자네는 자식들마저 버리려고 하네. 즉 자네는

---

6) 심미아스와 다음에 나오는 케베스는 《파이돈》에서 소크라테스와의 주요 대화자로 등장한다. 그들은 피타고라스학파인 피롤라오스의 제자였지만 소크라테스를 흠모하여 친교가 있었다.
7) 《소크라테스의 변명》 참조.

자네의 자식들을 기르고 가르칠 수 있는데도 그들을 버리려고 하고 있단 말일세. 그렇게 되면 그들은 고아나 다름없이 될 수밖에 없네. 자네는 자식들이 어찌 되든 상관이 없다는 것인가? 자네가 아예 자식을 갖지 않았다면 모르되 일단 자식을 낳았다면 그 자식들을 끝까지 기르고 가르치는 책임을 져야 하지 않겠나? 내게는 자네가 가장 안이한 길을 택하려고 하는 것처럼 생각되네.

모름지기 선택할 때 사나이다운 훌륭한 길을 가야 하지 않겠나? 그것이 유덕한 자의 태도라고 생각하네. 더구나 자네는 평생토록 덕에 대해 관심을 갖고 애써 덕을 길러 왔다고 말하지 않았나. 나 자신과 우리 친구들은 이번 일을 부끄럽게 생각하고 있네. 자네 신상에 일어난 모든 일이 우리가 비겁한 까닭에 비롯된 것으로 생각되기 때문이네. 처음부터 자네를 제소(提訴)당하지 않게 할 수도 있었는데 결국 제소당했으며, 또 재판의 진행과 결과가 그렇게 되어 세상의 웃음거리가 되었네. 그것은 무엇보다도 우리 자신이 무능하고 비겁하여 좋은 기회를 놓쳤기 때문이라고 생각되네.[8] 우리에게 조금이라도 지혜로운 면이 있었다면 우리는 자네를 구해낼 수 있었을 텐데, 사실은 우리도 그렇게 하지 못했고 자네는 자네대로 자신을 구하려 하지 않네. 그러니 소크라테스, 이것은 자네와 우리 모두에게 한결같이 부끄러운 일이 아니겠나. 한번 곰곰이 생각해 보게. 어떻게 하는 것이 옳은지 말일세. 아니지, 지금은 그럴 시간이 없네. 이제는 결심을 해야 할 때가 아닌가. 이제 한 가지 계획만이 남아 있을 뿐일세. 오늘 밤 안으로 일을 마쳐야 하네. 우리가 우물쭈물하고 있다가는 계획을 성사할 수가 없을 걸세. 소크라테스, 내 말을 들어 주게. 제발 거절하지 말게.

---

8) 크리톤은 소크라테스의 사형 판결과 사형 집행 사이의 감옥 생활 및 그동안에 탈옥시킬 기회를 이용하지 않았음을 말하고 있다.

소크라테스 : 오, 사랑하는 크리톤, 자네의 열의는 매우 값진 것일세. 그것이 정의로운 것이라면 말일세. 그렇지만 그것이 정의롭지 않은 것일 경우에는 그 열의가 클수록 그만큼 위험한 걸세.

그러니 자네의 말을 따라야 할 것인지 검토해 보세. 본래 누구의 말에도 따르지 않고 언제나 내 이성이 옳다고 판단하는 것만을 따르는 것이 나의 방식일세. 그러니 내가 지금 이런 처지에 놓여 있다고 해서 나의 원칙을 어길 수야 없지 않은가. 내게는 나의 원칙이 역시 가장 합리적인 것으로 생각될 뿐 아니라 나는 그 원칙을 전과 다름없이 존중하고 있으니 말일세. 만일 우리가 더 나은 원칙을 발견하지 못한다면 나는 자네 말을 듣지 않으려네. 설사 나를 모함하는 자들의 세력이 지금보다 더 확대되어 우리를 가두고, 사형에 처하고, 재산을 몰수하며 전보다 더 심하게 우리를 위협할지라도 나는 조금도 물러서지 않겠네.

그렇다면 이 문제를 어떻게 생각하는 것이 가장 온당할까? 앞에서 자네가 세상 사람들의 견해에 대하여 말한 것을 검토해 보기로 하세. 우리는 어떤 견해에는 귀를 기울여야 하지만 모든 견해에 귀를 기울여야 하는 것은 아니라는 말이 언제나 옳은 말인지 그렇지 않았는지 생각해 보세. 다시 말해 그 말은 내가 사형 선고를 받기 전에는 옳았지만 지금에 와서는 다만 공론(空論)에 지나지 않으며, 농담이나 쓸데없는 객담에 지나지 않는단 말인가? 크리톤, 내가 이와 같은 처지에 있기 때문에 그것이 변한 것인지, 그렇지 않으면 전과 다름없이 옳은 것인지, 우리가 대중의 견해를 묵살해야 할 것인지, 또는 그것에 추종(追從)해야 할 것인지를 나는 자네와 함께 검토해 보고 싶단 말일세. 올바른 견해를 가진 사람들은 항상 다른 사람들이 가지고 있는 견해 가운데서 어떤 것은 존중해야 하겠지만 어떤 것은 존중할 필요는 없다고 말하네. 방금 내가 말한 것도 바로 그런 의미일세. 신에게 맹세코 자네는 내일 죽을 사람도 아니니 지금의 이 상황으로 마음이 어지럽지는 않을 줄 아네.

그러니 곰곰이 생각해 보게. 남들의 의견은 무조건 존중할 것이 아니라, 그중에 존중할 만하다고 생각되는 몇몇 가지만 존중해야 한다고 말하는 것이 옳지 않겠는가? 그리고 사람의 의견을 다 존중할 것이 아니라 몇몇 사람의 의견만을 존중해야 하지 않겠는가? 자네는 어떻게 생각하나? 이와 같은 견해를 옳다고 생각하지 않나, 크리톤?

크리톤 : 그야 물론이지.

소크라테스 : 그렇다면 옳다고 생각되는 의견은 존중해야겠지만, 옳지 못하다고 생각되는 의견은 존중할 필요가 없지 않은가?

크리톤 : 그렇네.

소크라테스 : 지혜로운 사람의 견해는 유익하지만 어리석은 자들의 견해는 해로운 것이 아닌가?

크리톤 : 그야 물론이지.

소크라테스 : 그렇다면 이런 경우는 어떤가? 즉 운동 연습을 하면서 장차 그것을 자기의 직업으로 삼으려는 사람은 모든 사람의 칭찬과 비난, 견해를 존중해야 하겠나, 아니면 의사나 트레이너의 의견을 존중해야 하겠나?

크리톤 : 그야 의사나 트레이너의 견해를 따라야겠지.

소크라테스 : 그렇다면 그는 의사나 트레이너의 비난을 두려워하고 그들의 칭찬만을 기뻐해야 할 게 아닌가. 그리고 그 밖의 사람들의 비난이나 칭찬은 개의치 말아야겠지?

크리톤 : 그야 물론이지.

소크라테스 : 그렇다면 그는 다른 많은 사람보다도 전문가 한 사람의 견해를 따르고 행동하며 음식도 그의 충고에 따라 먹어야 할 게 아닌가?

크리톤 : 그야 당연하지.

소크라테스 : 좋네. 그렇다면 그가 전문가의 말을 듣지 않고 그의 의견이나 칭찬을 전혀 무시하며, 오히려 전문가가 아닌 여러 사람의 견해를 따른다면 그는 큰 피해를 볼 게 아닌가?

크리톤 : 그야 그럴 테지.

소크라테스 : 그 피해란 대체 어떤 것이겠나? 그것은 복종하지 않는 그 사람을 어떻게 만들며, 또 그 사람의 어떤 부분에 화가 미치게 될까?

크리톤 : 물론 신체에 관계되겠지. 신체를 해치게 될 테니까.

소크라테스 : 그렇네. 그렇다면 다른 모든 일에 대해서도 하나하나 예를 들수는 없지만, 특히 옳은 것과 옳지 못한 것, 아름다운 것과 추한 것, 선한 것과 악한 것에 대하여도 마찬가지가 아니겠나? 우리는 그런 것들에 대해 대중의 생각에 따라야 하는가, 아니면 모든 사람의 의견을 합친 것보다도 더 존중하고 두려워해야 할 전문가가 있다면 그의 견해를 존중하고 따라야 하는가? 만일 우리가 그의 견해를 따르지 않는다면 우리는 정의에 의해 더욱 훌륭해지고 불의에 의해 파멸되는 것⁹⁾을 학대하고 파괴하는 것이 아닐까, 아니면 그런 것은 아무것도 아니란 말인가?

크리톤 : 소크라테스, 나는 그러리라고 생각하네.

소크라테스 : 그렇다면 건강에 관계되는 것에 의해 개선되고 병적인 것에 의해 파괴되는 그것을 전문가가 아닌 사람의 견해를 따름으로써 우리가 망친다면 그것이 파괴되는 경우에도 살 만한 가치가 있겠는가? 그것이 가장 중요한 것일세. 그렇지 않나?

크리톤 : 자네 말이 맞네.

---

9) 정신 · 영혼을 가리킨다. 소크라테스는 영혼에 대해 말하고 있다.

소크라테스 : 가장 중요한 부분이 비참해지고 파괴되었을 때도 살 가치가 있겠는가?

크리톤 : 그럴 수는 없겠지.

소크라테스 : 그렇다면 불의가 배격되고 정의가 혜택받는 일이 없게 되었을 때, 우리는 과연 살 가치가 있겠는가? 그렇지 않으면 우리는 그것보다 몸이 더 소중하다고 생각하는가? 그것이 우리 몸의 어떤 부분이건 간에 정의와 불의에 관계되는 것인데 말일세.

크리톤 : 그런 경우엔 살 가치가 없겠지.

소크라테스 : 그것이 육체보다 더 소중하겠지?

크리톤 : 훨씬 더 소중하지.

소크라테스 : 친구여, 대중이 우리에 관해 말하는 것에 신경을 곤두세울 것이 아니라, 우리가 염려해야 할 것은 정의와 불의에 관한 전문가의 견해를 존중하는 것이 아니겠나? 그 사람이 한 사람뿐일지라도 말일세. 진리 자체가 말하는 것을 존중해야 한다는 것일세. 그러므로 자네가 처음에 말한 것, 즉 아름다운 것과 추한 것, 선한 것과 악한 것에 관하여 대중들의 의견을 좇아야 한다는 자네의 견해는 틀린 것이 아니겠나? 어떤 사람은 '그렇지만 여보게, 대중은 우리를 죽일 수도 있다네.'라고 말할지도 모르네.

크리톤 : 물론이지 소크라테스. 그렇게 말할 사람도 있을 걸세.

소크라테스 : 여보게, 자네는 나를 어리둥절하게 하는군. 우리가 방금 이야기한 것은 결국 앞에서 말한 것과 조금도 다름이 없는 것 같네. 또 한 가지가 있네. 이것도 우리에게 움직일 수 없는 진리인지 잘 생각해 보게. 우리는 단순히 사는 것을 소중히 여길 것이 아니라 잘 사는 것을 가장 가치 있는 것으로 여겨야 한다는 사실 말일세.

크리톤 : 그야 움직일 수 없는 진리이지.

소크라테스 : 그런데 '잘'이라는 말을 '아름답게'라든가 '옳게'라는 말로 바꾸어 놓는다면 어떻겠나? 그것도 움직일 수 없는 진리이겠지?

크리톤 : 그렇겠지.

소크라테스 : 그렇다면 이제까지 우리가 의견의 일치를 본 것들을 근거로 하여 이제 내가 아테네 사람들의 허락도 받지 않고 이곳에서 탈출하는 것이 옳은 일인지 옳지 않은 일인지 생각해 보기로 하세. 그리고 탈출하는 것이 옳다는 분명한 근거가 있다면 탈출하기로 하세. 그렇지만 옳지 않은 일로 결정이 내려진다면 탈출하지 않겠네.

　그러나 자네가 말한 그 밖의 여러 가지 염려, 금전의 소비라든가 대중의 견해라든가, 또는 자녀 양육 문제라든가 하는 것들은 지성을 전혀 사용하지 않고 아무런 합당한 이유도 없이 가볍게 사람을 죽게 할 수도 있고, 그들이 할 수 있다면 마찬가지로 가볍게 다시 살릴 수도 있는 대중들이나 고려하는 것들일 걸세. 그러나 이제까지의 우리의 논법에는 선택의 여지가 없었으므로 우리에게 검토할 문제로 남은 것은 방금 우리가 말한 것, 즉 내가 탈출하여 나를 탈출시켜 준 사람들을 고통받게 하고 그들에게 돈으로 사례를 하는 것이 옳은 일인가 아니면 내가 탈출하지 않는 것이 옳은 일인가 하는 것뿐일세. 탈출하는 것이 분명히 옳지 못한 일이라는 것이 밝혀진다면 우리는 여기에 그대로 있으면서 사형이나 그 밖의 끔찍스러운 일을 당하지 않을까 하고 초조해하여서는 안 되네. 오히려 그로 말미암아 옳지 못한 짓을 저지르는 일이 없도록 명심해야 하네.

크리톤 : 소크라테스, 자네의 생각은 훌륭하네. 그렇다면 우리는 어떻게 해야 한단 말인가?

소크라테스 : 함께 생각해 보세. 그리고 내 말을 듣고 합당한 반론이 있거든 말해 보게. 그러면 자네의 말을 따르겠네. 그러나 그렇지 않다면 아테네

사람들의 의지를 무시하고 내가 이곳에서 탈출해야 한다고 같은 말을 되풀이하지는 말게. 가능하면 자네의 동의를 얻고서 행동에 옮기고 싶네. 자네가 반대하는데 구태여 행동으로 옮길 생각까지는 없네. 그러니 자네는 곰곰이 생각해 보게. 우리 생각의 출발점을 돌이켜 보세. 내 질문이 올바른 것이라고 생각된다면 질문에 대하여 자네가 가장 옳다고 생각되는 대답을 해 주게.

크리톤 : 그러지.

소크라테스 : 우리는 누구를 막론하고 어떤 경우에나 고의로 부정을 행해서는 안 된다고 주장해야 하는가, 아니면 어떤 경우에는 부정을 행하여도 좋으며 어떤 경우에는 행해서는 안 된다고 주장해야 하는가? 우리가 과거에도 여러 번 의견이 일치한 것처럼 부정을 행하는 것은 선한 일이 아니며 아름다운 일도 아니라고 주장해야 하는가, 아니면 우리가 평생토록 진지한 논의를 통해 동의했던 그 모든 것들을 이 나이의 우리가 마치 어린아이들처럼 이 며칠 동안에 내동댕이쳐 버려야 하는가? 대중의 견해가 어떠하든 간에 그리고 우리가 지금보다 더 큰 고난을 겪거나 견디기 쉬운 고난을 당한다고 할지라도 우리는 그때 우리가 말한 진리, 악을 행한다는 것은 항상 그 행위를 하는 사람에게 해롭고 추악한 것이라고 주장해야 하지 않겠나?

크리톤 : 옳은 말일세.

소크라테스 : 그렇다면 우리는 어떤 경우에도 불의를 행하여서는 안 되는 걸세.

크리톤 : 물론 안 되지.

소크라테스 : 우리가 억울한 일을 당하더라도 우리는 대다수 사람처럼 악으로써 보복해서는 안 되네. 어떤 경우에도 악을 행해서는 안 되니까 말일세.

크리톤 : 그렇겠지.

소크라테스 : 크리톤, 그렇다면 우리가 남을 해쳐도 될까, 안 될까?

크리톤 : 그야 안 되지.

소크라테스 : 그러면 세상 사람들이 주장하는 것처럼 내가 남으로부터 피해를 입었을 때, 그 보복으로 그에게 피해를 주는 것이 옳다고 생각하나 옳지 않다고 생각하나?

크리톤 : 그건 옳다고 할 수 없네.

소크라테스 : 남에게 해를 입히는 것은 악을 행하는 것과 마찬가지라고 생각하네.

크리톤 : 옳은 말일세.

소크라테스 : 그렇다면 우리가 남으로부터 어떤 해악을 당하더라도 우리는 그것을 악으로 갚아서도 안 되고 피해를 줘서도 안 되네.

크리톤, 자네가 내 말에 동의할 때 마음에 없는 동의를 해서는 안 되네. 나의 이 말은 극소수만이 믿고 있으며 앞으로도 몇몇 사람만이 긍정할 것임을 내가 알고 있기 때문일세. 그러므로 이것을 믿는 사람과 그렇지 않은 사람은 언제나 공통되는 견해를 가질 수 없으며, 또한 서로가 상대방의 견해를 경멸하게 마련일세. 그러니 자네도 신중하게 생각해서 대답해야 하네. 자네가 나의 견해에 동의하고 나와 같은 생각을 하고 있는지 말일세. 그리고 무엇보다도 먼저 어떤 경우를 막론하고 불의를 행하는 것은 옳지 않으며 또 악에 대해 악으로 보복하는 것도 옳지 않다는 것을 잊지 말게. 남이 나에게 피해를 줬다고 해서 그 보복으로 그에게 해를 입힌다는 것은, 자기를 방어하는 올바른 자세가 아님을 우리의 논의의 전제로 삼아야할 걸세. 자네는 이런 견해에 동의하고 이 지점에서 출발할 자세가 되어 있는가? 나는 지금까지 언제나 이처럼 생각해 왔으며 지금도 마찬가지일세. 그렇지만 자네가 다른 생각을 하고 있다면 그것을 이야기하고 자네의 견해를 들려주게.

크리톤 : 내 생각은 전과 마찬가지로 자네와 같네. 그러니 어서 이야기를 계속하게.

소크라테스 : 그렇다면 다음 이야기를 계속하겠네. 아니, 먼저 자네에게 한 가지 물어보겠네. 어떤 사람이 어떤 것을 옳다고 인정했다면 그것을 실천에 옮겨야 하는가 아니면 그 생각을 번복해도 되는 것인가?

크리톤 : 자기가 옳다고 생각한 것은 실천에 옮겨야 하네.

소크라테스 : 그렇다면 내 말을 들어 보게. 지금 우리가 당국의 승낙을 받지 않고 여기서 빠져나간다면 우리는 누군가에게 해를 끼치게 되지 않겠나? 그것도 절대 해를 끼쳐서는 안 될 사람들에게 해를 끼치는 결과가 되지 않겠나?

크리톤 : 오, 소크라테스, 나는 자네의 그 질문에 대답할 수가 없네. 도무지 이해할 수가 없네.

소크라테스 : 그렇다면 이렇게 생각해 보세. 지금 내가 이곳에서 탈출하여 도망치려고 하였을 때 국법(國法)이나 국가가,

소크라테스, 말해 보게. 자네는 무슨 짓을 하려는가? 자네는 우리를 전복시키려는 것이 아닌가? 자네는 한 나라에서 일단 내려진 판결이 아무 효력도 거두지 못하고 한 개인의 임의대로 무효가 되고 파괴될 경우, 그 나라가 전복되지 않고 존속할 수 있다고 생각하는가?'

라고 묻는다든가 이와 비슷한 질문을 한다면 나는 어떻게 대답해야 한단 말인가? 다시 말해 일단 내려진 판결은 집행되어야 한다고 규정되어 있는 법률이 파괴되어서는 안 된다고 주장하는 사람들로서는 할 말이 많을 걸세. 특히 변론가들은 이론이 구구할 걸세. 이 경우에 나는 국법의 질문에

다음과 같이 대답해도 상관이 없다고 생각하는가?

'그거야 나라가 나를 무고(誣告)하여 올바른 판결을 하지 않았기 때문입니다.'라고 말일세. 우리는 이렇게 대답해야 하는가? 아니면 뭐라고 대답해야 하는가?

크리톤 : 마땅히 그렇게 말해야 할 걸세, 소크라테스.

소크라테스 : 그러면 국법이 다음과 같이 말한다면 어떻게 하겠나?

'소크라테스, 그것이[10] 자네와 나 사이의 약속이란 말인가? 국가가 내린 판결은 충실히 지키기로 되어 있는 것이 아닌가?'

내가 국법의 이 말을 듣고 놀라면 국법은 아마 다음과 같이 말할 걸세. '소크라테스, 내 말에 놀라지 말고 대답해 보게. 자네는 문답법(問答法)을 활용하는 일에 능숙하지 않은가? 자네는 무슨 불만이 있길래 나와 국가를 파괴하려는 것인가? 첫째로 자네를 태어나게 한 것은 우리가 아니겠나? 즉 우리의 도움[11]을 받아 자네 아버지는 자네 어머니인 아내를 얻게 되었고, 자네를 낳은 것이 아닌가? 우리에게는 결혼에 관한 법률이 있는데, 그것에 결함이 있다고 해서 자네는 이의를 제기할 수 있겠는가? 어서 대답해 보게.'

그렇게 되면 나는 이렇게 대답할 걸세.

'아닙니다, 이의가 없습니다.'

그러면 국법은 또 이렇게 물을 걸세.

'자네는 이 나라에서 태어나 법률에 따라서 양육되고 교육되었는데 그렇다면 자네를 기르고 교육하는 것에 관한 법률[12]에 부족함이 있단 말인가?

---

10) 국가가 내린 판결이 옳지 않다고 생각될 때는 그 판결에 따르지 않아도 좋다는 것.
11) 결혼의 합법성과 태어난 자식의 지위에 관한 결혼법을 말하고 있다.

이와 같은 일을 위하여 제정된 법률이 자네 부친에게, 자네를 음악과 체육을 교육하도록 명했다면 이것은 선한 일이 아닌가?'

그러면 나는 '그렇습니다.'라고 대답할 걸세.

그러면 국법은 또 이렇게 말할 걸세.

'그렇다면 자네는 이 나라에서 태어나고 양육되었으며 교육받았는데, 자네나 자네 조상이 다 같이 이 나라의 아들이라는 것을 부정할 수 있겠는가? 그것이 부정할 수 없는 사실이라고 한다면 자네는 우리와 평등한 권리를 가지고 있다고 생각해서는 안 되네. 다시 말하면 우리가 자네에게 무엇을 하려고 하였을 때 그것이 어떤 일이든 자네도 그와 똑같은 일을 하여 우리에게 대항할 권리가 있다고 생각해서는 안 되네.

자네 아버지에 대해서나 또는 자네에게 주인이 있다고 한다면 그 주인에 대해서 똑같은 권리를 가지고 있는 것은 아닐세. 그들이 자네에게 하듯이 자네도 그들에게 똑같은 행동을 할 수는 없는 것일세. 자네가 아버지나 주인에게 욕을 먹었다고 해서 그들에게 똑같이 욕설을 퍼부을 수는 없을 것이며, 매를 맞았다고 해서 아버지나 주인을 같이 때릴 수는 없을 걸세. 이밖에도 비슷한 예가 얼마든지 있네. 그런데 자네는 조국이나 국법에 대하여 이처럼 거역해도 옳단 말인가? 그리고 우리가 자네를 처형하는 것이 옳다고 생각했기 때문에 자네를 처형하려고 할 경우, 자네도 국법과 조국을 죽이려고 하는 것이 옳다고 생각하는가?

무엇보다도 덕(德)에 마음을 기울이고 있는 자네가 그렇게 주장할 수 있단 말인가? 그렇게 현명하다고 하는 자네가 아버지나 어머니나 모든 조상

---

12) 아테네에서는 자식의 교육은 부모의 의무가 아니었지만 부모에 대한 자식의 부양 의무는 법률적으로는 부모가 자식에게 보통 교육을 했느냐 아니냐에 달려 있었다. 다음에 나오는 음악과 체육은 이 보통 교육의 모든 과정을 의미한다. 음악은 넓은 의미에서는 독서 · 산수 · 시 · 회화 등을 포함하고 있다.

들보다도 더 소중한 것이 있다는 것을 알지 못한단 말인가? 자네의 조국은 부모나 조상보다도 더 귀하고 신성하여 신이나 사려 깊은 사람들이 그 무엇보다도 훨씬 가치 있는 것으로 간주한다는 것을 자네는 모른단 말인가?

자네는 조국에 대하여 더 존경하고 더 순종하며 나라가 노여워할 때는 아버지의 노여움보다 더 두렵게 생각하고 복종해야 하네. 자네는 조국의 명령이 어떤 것이든 그것을 따라야 하네. 조국이 자네에게 견디라고 명령을 내린다면 매질하거나 옥에 가두거나 자네는 참고 견디어야 하네. 그리고 조국이 자네에게 싸움터로 나가라고 한다면 자네는 부상을 당하거나 전사하게 될지라도 싸움터에 나가야 하며 그렇게 하는 것이 옳은 일일세. 자네는 이를 기피해서는 안 되며 후퇴해서도 안 되고 자네의 위치를 떠나서도 안 되네. 자네는 싸움터에서나 법정에서나 그 밖의 어느 곳에서도 나라와 국법이 명령하는 것을 수행해야 하네. 그렇게 하지 않으려면 자네는 그 정당성에 대하여 조국을 설득해야 하는 걸세. 부모에 대하여 횡포를 부려서는 안 되는 것과 마찬가지로 조국의 명령에 거역하면 안 되네.'

이와 같은 물음에 대하여 우리는 어떻게 대답해야 하겠는가? 크리톤, 우리는 국법이 옳은 말을 했다고 인정해야 하겠는가? 그렇지 않다고 말해야 하겠는가?

크리톤 : 옳은 말을 하고 있다고 생각하네.

소크라테스 : 국법은 또 이렇게 말할 걸세.

'소크라테스, 그렇다면 자네가 지금 계획하고 있는 것이 우리〔국가와 법률〕에게 해가 된다고 말하는 것은 진리라고 생각하는가, 그렇지 않다고 생각하는가? 우리는 자네를 태어나게 하였고, 길렀으며, 가르쳤고, 나아가 자네나 그 밖의 모든 국민들에게 우리가 할 수 있는 최선을 다하지 않았는가? 그리고 아테네 사람이라면 누구나 성인[13]이 된 후에는 국가가 마음에 들지 않으면 자기의 모든 소유물을 가지고 어디든지 가고 싶은 곳으로 갈 자유가 있다고 공고하지 않았는가? 우리 국법 중 어떤 조항도 그것이 마음에 들지 않을 경우 다른 나라로 가서 살지 못하게 가로막는 일이 없네. 누구든지 법률과 국가를 싫어하여 식민지나 그 밖의 어느 곳이라도 옮겨 가고 싶다면 아무 데고 자기가 가고 싶은 곳으로 갈 수 있으며, 자기의 소유물을 모두 가져갈 수 있도록 되어 있지 않은가?

그렇지만 우리가 재판하는 방법이나 그 밖의 나랏 일을 처리하는 것을 보고서도 이곳에 머물러 살고 있다면 그는 이미 나라가 명하는 것은 무엇이나 따르겠다고 동의한 것이라고 우리는 주장할 수 있지 않겠나?

그러므로 이에 따르지 않는 사람은 세 가지 면에서 옳지 않은 일을 하고 있다고 말할 수 있네. 첫째는, 자기를 낳아 준 우리〔국가와 법률〕에게 순종하지 않는 것이고, 둘째는 자기를 길러 준 우리에게 순종하지 않는 것이며, 셋째는 우리에게 복종하기로 동의(同意)하고서도 그것을 지키지도 않고, 그렇다고 해서 우리의 부족함을 지적해 주지도 않는 것일세. 우리는 그에게 선택의 자유를 주어 우리의 명령을 무조건 따르라고 난폭한 방법으로 강요하는 것이 아니라 그것을 준수하거나 우리를 설득하도록 선택의 자유를 주었지만 그는 그 어느 것도 택하지 않고 있는 것일세. 만일 자네가 계획을 행동에 옮긴다면 소크라테스, 자네는 이처럼 여러 가지 죄를 짓게 되는 것일세. 그리하여 자네는 아테네의 시민 중 누구보다도 큰 죄를 짓게 되는 걸세.'

내가 '어찌하여 그렇게 됩니까?'라고 질문한다면 그들은 내가 이 나라에서 누구보다도 더 분명하게 국법을 따르겠다고 동의하지 않았느냐고 다음

---

13) 18세에 달하면 성인이 되는 자격 검사를 받아 거기에 합격하면 구민부(區民簿)에 등록되었다.

과 같이 말할 걸세.

'소크라테스, 자네가 우리와 우리나라를 흡족하게 생각하고 있다는 여러 가지 충분한 증거가 있네. 만일 우리가 자네 마음에 들지 않았다면 자네는 아마도 다른 어느 아테네 사람보다 여기에서 살기를 원치 않았을 걸세. 자네는 오직 한 번 이스트모스(Isthmos)[14]에 간 것을 빼놓고는 성제(聖祭)에 참석하기 위해 국외로 나간 일은 없지 않은가. 자네는 출정(出征)[15]을 위해서 아테네를 떠난 일 이외에는 어디에도 간 일이 없네. 그리고 다른 사람들처럼 외국을 돌아다닌 일도 없고, 다른 나라 구경을 하고 싶어 하지도 않았으며, 다른 나라의 법률을 알려고도 하지 않고 오직 우리나라에 만족하고 있지 않았는가. 자네는 우리를 전적으로 지지하고, 이 나라 법률 밑에서 살기를 동의하였던 것일세. 그리고 이 나라 안에서 가정을 이루었네. 이것은 이 나라가 자네 마음에 들었기 때문이 아니겠나. 그뿐 아니라 이번 재판에서도 지금 자네가 원했다면 사형 대신에 국외 추방의 형벌을 받을 수도 있었을 것이며, 자네가 지금 이 나라의 동의 없이 행하려는 것을 허락받고 행할 수도 있었을 걸세.

그러나 자네는 그때 사형을 받아도 무방하다고 태연스럽게 말하면서 자네 스스로 국외 추방보다도 사형을 택하지 않았는가?[16] 그런데 이제 와서 자네는 그때 한 말을 잊어버리고 파렴치하게 탈출하여 국법을 파괴하려 하는 것이 아닌가. 그처럼 탈주를 계획하다니 그것은 가장 비천한 사람이나 할 짓인데 자네가 그런 짓을 한단 말인가. 그와 같은 행위는 자네가 이

---

14) 그리스 본토와 펠로폰네소스 반도를 연결하는 협지(峽地). 이곳에 바다의 신 포세이돈의 신사(神祠)가 있어 그 제사를 위해 성대한 경기가 행해졌다. 소크라테스도 그 축제에 참석하기 위해 갔었을 것이다.
15) 《소크라테스의 변명》 역주 29 참조.
16) 《소크라테스의 변명》 참조.

국법을 따라 살기로 한 약속을 어기는 것일세. 그러니 바로 이 점에 대하여 먼저 대답해 보게. 자네는 우리를 따라 생활해 나가겠다는 것을 동의하였다고 우리는 주장하네. 이것은 사실인가 아닌가?'

아, 크리톤. 우리는 이 질문에 대하여 어떻게 답변해야 하겠나? 우리는 국법이 진실을 말하고 있다고 대답해야 하겠나, 아니라고 해야 하겠나?

크리톤 : 진실을 말하고 있다고 대답해야겠지, 소크라테스.

소크라테스 : 그러면 국법은 또다시 이렇게 말할 걸세.

'그런데도 자네는 우리에게 동의하고 약속한 것을 파괴하려 하지 않는가? 그 동의나 약속은 강요된 것이 아니며 자네가 속아서 한 것도 아닌데 말일세. 자네는 짧은 시간에 결정을 내리도록 강요당한 것은 아니잖나. 만일 자네가 우리를 싫어하거나, 그 약속이 자네에게 옳지 않은 것으로 생각되었다면 70년 동안이나[17] 신중하게 검토할 수 있는 시간의 여유가 있었네. 자네는 그동안에 이 나라를 떠날 수도 있지 않았나. 그러나 자네는 라케다이몬이나 크레테의 법률을 훌륭하다고 칭찬한 일은 있지만 자네는 그곳을 택하지는 않았네. 자네는 오히려 절름발이나 소경이나 그 밖의 어느 불구자보다도 더 아테네를 떠나지 않고 여기에 머물러 있지 않았나. 그처럼 자네는 어느 다른 아테네 사람보다도 이 나라와 국법을 사랑한 것이 아닌가. 나는 분명히 그렇다고 생각하네. 왜냐하면 국법은 못마땅한데 나라만 마음에 든다는 것은 있을 수 없을 테니 말일세. 그러한 자네가 지금은 자네 자신이 동의한 것을 지킬 의향이 없단 말인가. 소크라테스, 우리에게 복종하기를 바라네. 만일 자네가 이 나라를 버리고 달아난다면 자네는 모

---

17) 그렇게 판단할 수 있는 능력은 18세 이후의 성인이 되어서이므로 엄밀하게 말하면 70년 동안이 아니다.

든 사람의 비웃음거리가 될 걸세. 그리고 또한 자네가 그처럼 국법을 조금이라도 어기고 깨뜨렸을 경우, 자네 자신이나 친구들에게 어떤 영향을 주게 될까도 생각해야 할 걸세. 그렇게 되면 자네 친구들마저도 국외로 추방이 되어 나라도 빼앗기고 재산을 몰수당하는 재난을 겪어야 할 게 아닌가.

그리고 자네 자신이 이곳에서 가장 가까운 나라인 테베(Thebes)나 메가라(Megara)로 간다고 하더라도——두 나라 모두 좋은 법률을 가지고 있으므로——소크라테스, 그 나라에서는 자네를 국가의 역적으로밖에 대해 주지 않을 걸세. 그리고 자기 나라를 걱정하는 사람이라면 누구나 자네를 국법의 파괴자로 간주하고 불신의 눈초리로 자네를 감시할 걸세. 그리고 자네는 자네를 재판한 사람들의 견해가 옳다는 것을 입증해 주는 셈이 되고, 그들이 그러한 판결을 한 것이 정당했다고 생각하도록 만들게 될 걸세. 왜냐하면 누구를 막론하고 국법을 파괴하는 자는 젊은이들과 무지한 사람들을 파멸로 이끄는 자로 간주할 것이기 때문일세. 그런데도 자네는 훌륭한 법률을 가지고 있는 나라와 선한 사람들로부터 도망치려 하는가. 자네가 그렇게 한다면 자네의 인생이 과연 가치 있는 것이 될까? 또는 그 사람들과 가깝게 사귀며 부끄러운 줄도 모르고 이야기를 주고받을 셈인가? 소크라테스, 그래도 여전히 인간에게 소중한 것은 덕과 정의와 법률과 질서라고 말할 수 있겠는가? 그리하여 자네는 아는 것과 행하는 것이 다르다는 말을 듣고 싶은가? 분명 그렇지는 않을 걸세.

그러나 자네가 이곳을 떠나 테실리아로 가서 크리톤의 친구에게 의탁한다고 가정해 보세. 그곳은 무질서와 방탕이 극에 달한 곳이므로 그곳 사람들은 자네가 어떻게 탈주하였는지 그 이야기를 듣고 싶어 할 걸세. 그들은 동물의 가죽이나 혹은 탈주자들이 흔히 입는 옷을 입고 해괴한 모습으로 변장을 한 자네가 지껄이는 탈주 이야기에 귀를 기울일 걸세. 어떤 사람은 이렇게 말할지도 모르지. '당신은 이미 노령으로 여생도 얼마 남지 않았는데 어찌하여 가장 소중한 국법을 어기고 목숨을 건지는 데만 급급하였는가.'라고. 자네가 사람들의 감정을 상하게 하지만 않는다면 그렇게 말할 사람은 없을지도 모르네. 그렇지만 만일 남의 비위를 거스르게 되면 자네는 치욕스러운 말을 많이 들을 걸세. 소크라테스, 그러므로 자네는 모든 사람들의 비위를 맞추면서 노예처럼 비굴하게 여생을 살아가야 할 걸세. 그리고 자네는 테살리아에서 대체 무슨 일을 하겠나? 마치 자네는 먹을 것을 얻기 위해 외국으로 간 사람처럼 테살리아에서 음식이나 먹고 마시며 지낼 게 아닌가? 그밖에 거기서 할 일이 무어란 말인가? 거기에서도 지금처럼 정의나 덕에 관해 이야기할 수 있을 것 같은가?

자네가 자녀를 위하여, 즉 자녀를 올바로 기르고 가르치기 위하여 살기를 원한다고 가정해 보세. 그렇다면 자네는 그들을 테살리아로 데리고 가서 거기서 그들을 기르고 가르치며 그들을 외국 사람으로 만들려는 것인가? 그것이 자네가 자식들에게 가르치려는 교육이란 말인가? 아니면 자네는 살아 있기만 하면 자식들이 자네와 떨어져 이곳에서 성장한다 할지라도 더 잘 성장하고 교육된다고 생각하는 것인가? 자네 친구들이 그들을 돌봐 줄 테니까? 자네가 테살리아로 가게 되면 친구들이 자네의 자식들을 보살펴 주고 자네가 저세상으로 가게 되면 보살펴 주지 않을 것이라고 생각하는가? 자네 친구라는 사람들이 진정한 친구라면 자네가 어디를 가거나 그 아이들을 돌봐 줄 걸세.

소크라테스, 자네를 길러 준 우리의 말에 귀를 기울이게. 자네의 자식이나 목숨 또는 그 밖의 어떤 것도 정의보다 소중히 여겨서는 안 되네. 그래야만 저세상에 가서도 그곳의 지배자들 앞에서 자신의 결백함을 증명할 수 있는 것이 아닌가. 자네가 지금 계획하고 있는 탈출을 실행에 옮긴다면 그것은 이 세상에서 자네를 위해서도 자네에 속해 있는 누구를 위해서도 좋은 일도 옳은 일도 경건한 일도 아니며, 자네가 저세상에 갔을 때에도 자네를 위해 좋은 일은 아닐 걸세.

만일 자네가 이 세상을 떠난다면 자네는 악을 행한 자로서가 아니라 고난을 당한 자로써, 법률의 희생물로서가 아니라 인간의 희생물로서 순결하게 죽는 것일세. 자네는 이 세상을 떠난다면 우리〔국가와 법률〕에 의해서가 아니라 인간들에 의한 누명을 쓰고 떠나는 걸세. 그렇지만 자네가 그처럼 옳지 못한 방법으로 누명을 쓰게 된 부정(不正)에 대해 보복하고 우리에게 약속하고 동의한 것을 깨뜨리고, 결코 해를 끼쳐서는 안 되는 자네 자신과 친구들과 국가와 법률에게 해를 끼치고 도망쳐 간다면 자네가 살아 있는 동안 자네에 대한 우리의 노여움은 가시지 않을 것이며, 저세상에서도 우리의 형제인 저승의 법률이 자네를 호의로 맞아들이지는 않을 걸세. 그들은 자네가 자신의 국가와 법률을 파괴하는 일에 최선을 다했다는 것을 알고 있을 테니까. 그러니 크리톤의 설득에 따라 행동해서는 안 되네. 오히려 우리의 말을 들어야 하네.'

이보게 나의 친구 크리톤, 내 귀에는 이와 같은 말이 들려오는 것 같네. 마치 제사 때에 미친 듯이 춤추는 코뤼반테스(Korybantes)[18]의 귀에 피리 소리가 들려오는 것처럼 말일세. 내 귀에는 지금도 이와 같은 말들이 줄곧 윙윙거리며 울려와 다른 소리는 하나도 듣지 못하게 하네. 그러니 자네가 어떤 반론을 제기해도 아무 소용이 없을 걸세. 그러나 더 좋은 생각이 있다면 말해 보게.

---

18) 소(小)아시아의 대지의 여신 퀴벨레의 사제들. 그들은 산림 속에서 피리와 북 등의 소리에 맞춰 열광적인 춤을 추며 신에게 제사를 올렸다.

크리톤 : 아! 소크라테스. 나는 더 이상 할 말이 없네.

소크라테스 : 그렇다면 크리톤. 신의 뜻에 따르고 신이 인도하는 곳으로 따라가도록 나를 내버려 두게.

-크리톤 끝.

페리클레스
　아테네 정치가. 기원전. 5세기말 아테네의 민주주의와 아테네 제국의 발전
에 크게 기여하여 아테네를 그리스 정치·문화의 중심으로 만들었다.

파르테논 신전(기원전 449년경 건축)
수천 년간 웅장한 자태로 아테네 시가지를 내려다보고 있는 파르테논 신전.
전쟁과 지혜의 신이자 아테네의 수호신이기도 한 아테네 여신을 모시던 곳.
세계에서 가장 균형잡힌 건축물로 불리우며 도리아 양식의 건축물 중 최고봉으로 꼽히는 이
신전은 규모면에서 아크로폴리스에서 최대규모이다.

향 연

Symposion

해 설

　기원전 416년경 아테네의 비극 작가인 아가톤(Agathon)의 작품이 경연 대회에서 우승을 차지했는데, 이것을 축하하기 위해 어느 날 밤 아가톤의 집에서 축하연이 벌어졌다.

　그 축하연에는 소크라테스를 비롯하여 희극 작가인 아리스토파네스 (Aristophanes), 알키비아데스(Alcibiades) 등등 많은 사람들이 참석했다. 향연이 무르익자 그들은 한 사람씩 차례대로 에로스(Eros)를 찬미하는 연설을 하기로 했다. 그리하여 그들은 각기 나름대로 에로스론(Eros 論)을 전개한다.

　소크라테스는 맨 마지막으로 연설했는데 그는 먼저 연설한 다른 연설자들의 화려한 에로스 찬가와는 대조적으로, 먼저 에로스의 본질을 규정하고 나서 신들에 관한 대가(大家)인 디오티마(Diotima)에게서 들었다는 에로스 론(Eros 論)을 이야기한다. 육체적인 사랑으로부터 정신적인 사랑으로 전개해 가고, 아름다움의 본질을 탐구해 가는 소크라테스의 연설은 깊은 철학적 진실을 극히 아름답게 표현하고 있다.

그리하여 향연이 최고조에 달했을 때 갑자기 술에 취한 알키비아데스(Alcibiades)가 그곳에 나타나 자기가 평소의 소크라테스에 대해 품고 있던 생각을 솔직하게 고백한다. 우리는 알키비아데스의 이야기를 통해 소크라테스의 참모습을 알게 된다.

플라톤(Platon)의 '생의 찬가'라고도 할 수 있는 이 《향연》은 플라톤의 초기 작품으로, 《소크라테스의 변명》, 《크리톤》, 《파이돈》과 함께 '소크라테스의 4대 복음서'라고 불리며 플라톤의 문학적 재능과 철학적 탐구가 하나가 되어 낳은 불후의 걸작이다.

주요 등장 인물

소크라테스(Socrates) : 54세경. 신비한 면을 지니고 있는 뛰어난 철인(哲人)으로 묘사되고 있다.

아폴로도로스(Apollodoros) : 소크라테스의 열렬한 숭배자로 격정적인 성격을 가지고 있다.

글라우콘(Glaucon) : 잘 알려지지 않은 인물.

아리스토데모스(Aristodemos) : 단순 소박하여 항상 소크라테스의 흉내를 냈으며 맨발로 다녔다.

아리스토파네스(Aristophanes) : 고대 그리스 최고의 희극 작가.

알키비아데스(Alcibiades) : 부(富)·재능·뛰어난 용모를 모두 지닌 사람으로, 한때 소크라테스의 제자였지만 후에 군인, 정치가가 되어 펠로폰네소스 전쟁 말기에 시켈리아 원정을 주장하여 아테네 패전의 책임자가 되었다. 전쟁이 끝난 후 크리티아스 등과 함께 시민들의 원망 대상이 되어 소크라테스에게 누를 끼치게 된다.

아가톤(Agathon) : 아테네의 비극 작가. 이때는 젊은이였으며 파우사니아스의 애인이었다.

에뤼크시마코스(Eryximachos) : 아크메노스의 아들로서 의사. 여기서는 이야기의 주제를 제안하고 대화를 진행하고 있다.

파우사니아스(Pausanias) : 소피스트에 심취했으며 아가톤을 사랑했다.

파이드로스(Phaedros) : 변론술을 좋아했다.

디오티마(Diotima) : 펠로폰네소스 반도의 도시 만티네이아의 여성으로 신(神)들에 관한 대가(大家). 그러나 그녀는 가공인물로 생각된다.

아폴로도로스 : 자네들이 묻고 있는 일에 관해서는 대답할 준비가 되어 있다고 생각하네. 왜냐하면 다음과 같은 일이 있었기 때문일세. 그저께 내가 팔레론(Phaleron)[1]에 있는 우리 집에서 문안으로 올라오고 있노라니까 내 친구 한 사람이 뒤에서 나를 알아보고는 멀찍이서 장난기가 어린 말투로, '오, 팔레론 친구. 여보게, 아폴로도로스(Apollodoros). 거기 좀 서게.' 하더군. 그래서 나는 걸음을 멈추고 섰지. 그랬더니 그 친구는 '아폴로도로스, 난 자네를 찾고 있었는데 마침 잘됐네. 다름이 아니라 소크라테스와 알키비아데스(Alcibiades)와 그 밖의 여러 사람이 아가톤(Agathon)의 집에서 가졌던 모임과 사랑에 관해서 나눈 대화에 관하여 물어보고 싶었기 때문일세. 필리포스(Philipos)의 아들 포이니코스(Phoinicos)한테서 그 이야기를 들은 사람이 나에게 말해 주긴 했지만 그 사람은 자세한 이야기는 하지 않더군. 그 사람 말이 자네도 알고 있다더군. 그러니 자네가 그것에 관해서 좀 더 구체적으로 말해 주었으면 하네. 자네야말로 자네 친구[2]의 연설을 가장 잘 설명해 줄 수 있을 테니까. 그런데 무엇보다 먼저 자네가 그 모임에 참석했는지 안 했는지 그것부터 말해 주게.' 하더군.

그래서 나는 이렇게 말했지. '글라우콘(Glaucon)[3], 정말 그 사람은 자네에게 정확한 사실을 말해 주지 않은 것 같군. 만일 자네가 그 모임이 최근에 있었다고 생각하거나, 내가 거기 참석할 수 있었다고 생각한다면 말일

---

1) 아테네로부터 남서쪽으로 약 4km 떨어진 곳에 있던 옛날의 외항(外港).
2) 소크라테스를 가리킨다. 아폴로도로스는 그의 열렬한 숭배자 중 한 사람으로 알려져 있다.
3) 어떤 인물인지 확실치 않다.

세.'

그는 '난 그렇게 생각했는데.'라고 대답하더군.

그래서 나는 '글라우콘, 자네는 아가톤(Agathon)[4]이 벌써 여러 해 전부터 아테네에 살고 있지 않다는 것을 모르나? 또 내가 소크라테스를 알게 되고 그가 말하고 행하는 모든 것을 알고 싶어 날마다 애쓰게 된 지 아직 3년이 채 못 된다는 것도 모르나? 그때까지 나는 사방으로 돌아다니면서 스스로 대단한 인물인 것처럼 행동했으나 사실은 지금의 자네와 마찬가지로 누구보다도 못난 사람이었지. 무슨 일을 하든지 철학을 하는 것보다는 낫다고 생각했으니까 말일세.'라고 말했네.

그랬더니 그 친구는, '농담 말고 우선 그 모임이 언제 있었는지 말 좀 해 주게나.'라고 하더군.

나는 '그건 우리가 어렸을 때의 일로, 아가톤이 그의 첫 번째 비극 작품[5]으로 당선하여 그와 그의 합창단이 감사의 축하연[6]을 베푼 다음 날이었지.'라고 대답했네.

'그렇다면 오래전의 일이로군. 그런데 누가 자네에게 그 이야기를 해 주었나? 소크라테스 자신이 해 주었나?'라고 그가 묻더군.

'천만에, 내게 이야기해 준 사람은 포이니코스에게 이야기해 준 바로 그 사람일세. 그 사람은 퀴다테나이아(Kydathenaia)[7]의 아리스토데모스(Aristodemos)란 사람인데, 키가 작고 신발을 신는 법이 없지. 그 사람은 그 모임에 참석했었어. 내가 보기엔 그 당시 그는 누구보다도 소크라테스를

---

4) 초대자인 아가톤은 기원전 445년경에 태어난 비극 시인으로 매우 미남자였다.
5) 아테네에서는 매년 디오니소스의 제사 때 비극이 상연되어 경쟁을 벌였는데, 거기에는 3명의 비극 작가가 각기 비극 3편과 희극 1편, 모두 4편을 가지고 경쟁했다. 아가톤이 여기서 우승한 것은 기원전 416년의 일이었으므로 향연이 개최된 것도 같은 해이다.
6) 감사의 축하연은 신들에게 공물(供物)을 바친 다음에 행해졌다.
7) 퀴다테나이아는 아테네 시내에서 아크로폴리스의 남쪽에 위치한 구(區)이다.

경애하고 숭배한 사람이었지. 그 사람한테서 내가 들은 것 중 몇 가지에 관해서 나는 소크라테스에게도 직접 물어보았는데 그것이 다 사실이라고 하더군.' 하고 나는 대답했네.

　그러니까 그는, '자, 나에게 한 번 더 말해 주게. 문 안으로 들어가는 길은 걸으면서 대화를 나누기에 안성맞춤이 아닌가?'라고 하더군.

　그래서 우리는 걸어가면서 그것에 관하여 이야기하였네. 그러므로 처음에 내가 말한 것처럼 나는 자네들의 질문에 대답할 준비가 되어 있네. 만일 자네들이 원한다면 그 이야기를 다시 하겠네. 철학에 관해서 이야기하는 것은 나 자신이 말하건 남의 말을 듣건 거기서 얻는 이익은 차치하더라도 나에게 큰 기쁨을 주기 때문일세. 그러나 그 밖의 다른 이야기, 특히 자네와 같은 부자들과 장사꾼들이 하는 이야기를 들으면 나는 불쾌해지네. 그리고 사실은 아무것도 하는 일이 없으면서도 스스로 굉장한 일을 하고 있다고 생각하고 있는 걸 보면 내 친구인 자네들이 불쌍해서 못 견디겠네. 물론 자네들은 자네들대로 나를 불쌍한 놈이라 생각할 테지. 어쩌면 자네들의 생각이 옳을지도 모르지. 그러나 나는 자네들을 불쌍하다고 생각하고 있을 뿐만 아니라 분명히 그것을 알고 있네.

친구 : 여전하군 그래, 아폴로도로스. 늘 자기 자신과 남을 비난하는 것 말일세. 자네는 소크라테스만 빼놓고는 누구나 다 불쌍하다고 생각하는 것 같군. 자네 자신부터 말일세! 난 자네가 어떻게 해서 '미친놈'이란 별명을 듣게 되었는지 모르지만 그것은 자네에게 어울리는 별명일세. 자네는 항상 소크라테스를 제외한 모든 사람(자네 자신을 포함해서)에 대해 화를 내니 말일세.

아폴로도로스 : 오! 친애하는 벗이여. 내가 미쳤다든가 제정신이 아니라는 말을 듣는 이유는 간단하네. 그것은 내가 나 자신에 대해서도, 그리고 자

네들에 대해서도 그런 감정을 가지고 있기 때문일세.

친구 : 아폴로도로스, 그런 얘기는 그만두고 그때 여러 사람들의 연설이 어떠했는지 얘기해 주게.

아폴로도로스 : 좋아, 아리스토데모스가 내게 이야기해 준 것처럼 나도 처음부터 이야기해 보겠네.

아리스토데모스는 목욕을 막 마치고 나오는 소크라테스를 만났는데 평소와는 달리 신발을 신고 있었다는군. 그래서 그렇게 말쑥하게 차리고 어딜 가시느냐고 물었다네. 그랬더니 소크라테스는 '아가톤의 집으로 가네. 어제는 당선 축하연에 오라는 청을 받았으나 사람이 너무 많을 것 같아 거절했기에 그 대신 오늘 가 보기로 했지. 그래 아름다운 사람의 집에는 아름답게 차리고 가는 것이 좋겠다고 생각하여 좋은 옷을 꺼내 입었네. 어때, 자네도 초대는 안 받았지만 함께 가 볼 생각이 없나?'라고 했다네.

그래서 그는 '선생님 말씀대로 하지요.' 하고 말했다네.

그러자 소크라테스는 이렇게 말했네. "그러면 나를 따라오게. 그리고 '선한 사람들은 선하지 않은 사람들의 잔치에 불청객으로 가도 괜찮으니라.'라는 속담을 조금 고쳐, '선한 사람들은 선한 사람들의 잔치에 불청객으로 가도 괜찮으니라.'로 하기로 하지. 호메로스 자신도 이 속담을 악용했을뿐더러 그것을 속되게 만들기까지 했으니 이쯤 고치는 것은 괜찮을 거야. 그는 아가멤논(Agamemnon)[8]을 아주 훌륭한 기사(騎士)로, 그리고 메넬라오스(Menelaus)[9]를 '겁쟁이 창병(槍兵)'으로 묘사해 놓고는, 아가멤논이 잔치를 베풀고 제물을 바칠 때 메넬라오스를 불청객으로 끌어들이고 있으니 말일세. 즉 못난 자를 잘난 자의 잔치에 참석시키고 있단 말일세."

---

8) 아르고스의 왕으로 트로이 원정의 그리스군 총대장.
9) 아가멤논의 동생으로 스파르타의 왕. 트로이 전쟁의 원인이었던 헬레네의 남편.

이 말을 듣고 아리스토데모스는 말했네.

"그럼 가 보기로 하지요. 그러나 소크라테스, 제가 가는 것은 선생님의 말씀처럼이 아니라, 호메로스(Homer)의 글에서처럼 지혜로운 자의 잔치에 못난 사람이 초대도 받지 않고 가는 격이 되겠지요. 저는 불청객으로 왔노라고는 말하지 않고 선생님이 청하셔서 함께 왔다고 말할 테니 그때는 선생님이 변명해 주세요." 그러자 소크라테스가 말했네.

"어떻게 하면 좋을지 생각해 보세. 두 사람의 지혜가 한 사람의 지혜보다는 나을 테니. 자, 가세."

이런 얘기를 주고받은 후 그들 두 사람은 길을 걷기 시작했네. 도중에 소크라테스는 혼자 생각에 잠기곤 하며 뒤에 떨어지게 됐네. 아리스토데모스가 기다리고 있노라니까 소크라테스가 그에게 먼저 가라고 말했다네. 그가 아가톤의 집에 다가가 보니 문이 열려 있는데 거기서 우스운 일이 일어났네. 한 하인이 안에서 나와 그를 맞이하여 다른 손님들이 비스듬히 누워 있는[10] 잔치 자리로 안내해 들어갔는데 그들은 마침 식사를 시작하려는 참이었네. 아가톤은 그를 보자마자 이렇게 말했네.

"오, 아리스토데모스, 마침 잘 왔네. 저녁이나 함께하세. 무슨 다른 용무가 있어서 온 것이라면 그건 다음 날로 미루세. 어제도 자네를 초대하려고 사방으로 찾았으나 결국 찾지 못했네. 그런데 왜 소크라테스를 모시고 오지 않았나?"

그래서 그는 뒤돌아보았으나 소크라테스가 따라오는 것이 보이지 않았네.

그래서 그는,

"난 소크라테스하고 함께 왔네. 그분이 나를 초대했는걸."

---

10) 당시 그리스에서 손님은 식탁 주위에 소파 모양의 의자에 비스듬히 누워 식사했다.

하고 대답했네.

"어쨌거나 참 잘 왔네. 그런데 그분은 어디 계시는가?"

"방금 내 뒤에 왔었는데, 글쎄 어디 계실까?"

아가톤이 하인 아이에게,

"얘야, 가서 소크라테스 선생님을 찾아서 모시고 오너라."

하고 말하고는 그에게,

"아리스토데모스, 자네는 여기 에뤼크시마코스(Eryximachos)[11] 옆에 자리 잡게."라고 했다네.

그러자 하인 아이가 발을 씻어 주어[12] 그는 자리에 몸을 기댈 수가 있었네. 얼마 지나지 않아 다른 하인 아이가 들어와 이렇게 보고하더군.

"소크라테스는 옆집 현관으로 들어가셔서 그곳에 그냥 서 계세요. 제가 불러도 들어오시려 하지 않습니다."

"이상하군. 다시 가서 들어오시라 하고, 그냥 가시게 하지 말아라."

라고 아가톤이 말했네.

"그러지 말고 그냥 내버려 두게. 그게 그분 버릇이야. 그분은 가끔 아무런 이유도 없이 엉뚱한 데로 가서 넋을 잃고 오래 서 계시곤 한다네. 곧 오실 걸세. 그분을 방해하지 말고 내버려 두게."

라고 아리스토데모스는 말했지. 그러자 아가톤이 이렇게 말했네.

"좋아, 자네가 그렇게 생각한다면 그렇게 해야지. 얘들아, 그러면 기다릴 것 없이 상을 올려라. 그리고 상차림을 지시하는 사람이 없으니——나는 지시해 본 적이 한 번도 없으니까——너희 마음대로 상을 차려 보아라. 자, 그러면 나나 여기 계신 여러분이나 너희들의 초대로 만찬에 온 것으로 하고 칭

---

11) 의사 집안에서 태어난 에뤼크시마코스는 파이돈의 친구로 알려져 있다.
12) 구두를 신고 있지 않았기 때문에.

찬을 받도록 한번 잘 차려 보아라."

그리고 나서 식사가 시작되었는데 그래도 소크라테스는 나타나지 않았네. 아가톤은 여러 차례 그를 불러오게 하려 했으나 아리스토데모스는 말렸네. 마침내 그가 왔는데 이번에는 여느 때처럼 오래 있다가 오지 않고 식사를 반쯤 한 무렵에 오셨다네.

아가톤은 맨 끝자리에 혼자 기대고 있다가 이렇게 말했네.

"소크라테스, 여기 제 곁으로 오세요. 선생님의 몸을 제 몸에 닿게 하여 저집 현관에서 선생님의 머리에 떠오른 지혜로운 생각을 나누어 주세요. 선생님은 찾고 있던 지혜를 발견하셨음에 틀림없습니다. 그렇지 않았으면 그냥 거기를 떠나지 않으셨을 테니까요."

그러자 소크라테스는 자리에 앉아서 말했네.

"만일 지혜란 것이 우리들 가운데서 그것이 충만한 사람으로부터 그것이 없는 쪽으로 흘러간다면 얼마나 좋겠나. 마치 잔이 두 개 나란히 있을 때 물이 많이 든 잔의 물이 적은 잔 쪽으로 흐르는 것처럼 말일세. 지혜가 그렇게 흐를 수 있다면 내가 자네 곁에 있는 것이 매우 유익하다고 생각하네. 내가 자네의 훌륭한 지혜로 채워질 수 있을 테니 말일세. 내 지혜는 보잘것없고 신통하지 않네. 꿈이나 다름없지. 그러나 자네의 지혜는 찬란하고 또 급속히 자라고 있어. 얼마나 환하게 그것이 아직 젊은 자네한테서 솟아 나왔는가! 그래서 그저께는 3만 명 이상의 헬라스 사람들 앞에서 과시되지 않았는가!"

"저를 놀리시는군요. 오, 소크라테스. 선생님과 저의 지혜의 우열에 대해서는 잠시 후에 디오니소스(Dionysus)가 심판자가 되겠지요.[13] 지금은 우선 저녁이나 드십시오." 이런 대화가 있은 후 소크라테스는 자리에 기대어 다른

---

13) 술을 마시고 있는 동안에 이 논쟁은 결정될 것이라는 뜻. 디오니소스는 주신(酒神)이며 음악·연극 등 예술의 신이기도 하다.

사람들과 더불어 식사하였고, 식사 후 그들은 술 몇 방울을 땅에 떨어뜨려 신께 드린 후 신을 찬미하는 노래를 부른 다음, 이런 경우에 흔히 하는 여러 가지 의식을 행하고 나서 술을 마시기 시작하였네.

그때 파우사니아스(Pausanias)[14]가 다음과 같은 말을 하였네.

"이것 보세요, 여러분. 어떻게 하면 가장 건강을 해치지 않고 술을 마실 수 있을까요? 사실 나는 어제 너무 많이 마셔서 지금은 좀 쉬고 싶습니다. 여러분도 대부분이 그러리라 봅니다. 여러분도 어제의 축하연에 참석했으니까요. 그러니까 어떻게 하면 건강을 해치지 않고 마실 수 있겠는지 생각해 주시기를 바랍니다."

이 말에 대하여 아리스토파네스(Aristophanes)[15]가 말했네.

" 파우사니아스, 지나친 음주를 피하자는 데 대해선 나도 동감일세. 나도 어제는 너무 많이 마셨어."

아쿠메노스(Acumenus)의 아들 에뤽시마코스(Eryximachus)[16]가 이 말을 듣고 말했네.

"자네들 말이 다 옳으이. 그러나 나는 여러분 중 한 사람, 즉 아가톤이 어떻게 생각하는지 알고 싶네. 어때 아가톤, 자네는 더 마실 수 있나?"

"아닐세, 난 이제 더 못 하겠네."

"이쪽에 있는 우리 세 사람, 나와 아리스토데모스(Aristodemos)와 파이드로스(Phaedros)에 비하면 술고래인 자네들이 더 이상 못하겠다고 하니 다행

---

14) 플라톤의 《프로타고라스》에도 등장한다. 그는 항상 아가톤을 사랑하는 사람으로 묘사되고 있다.
15) 기원전 5세기~4세기 초의 사람으로 그리스 최대의 희극 시인. 그는 《구름》이라는 작품에서 소크라테스를 비웃고 있다.
16) 이들 부자(父子)는 아테네의 유명한 의사이며 자연철학자로서 모두 소크라테스와 교제했다.

한 일이야. 우린 언제나 술이 약하니까. 물론 소크라테스는 다르지. 이분은 마실 수도 있고 안 마실 수도 있지. 이분은 우리가 어느 쪽을 택하든 상관 안 할 거야. 그러고 보니 여기 있는 사람들 가운데 많이 마시고 싶어 하는 사람이 아무도 없어 보이니, 내가 숙취(宿醉)의 피해에 관하여 진실을 말한다 해서 비위를 상하게 할 것까지는 없을 것 같네. 술에 취하는 것이 아주 해롭다는 것은 의학상 매우 분명하다고 나는 생각하네. 그래서 나 자신도 많이 마시려 하지 않고 또 남에게 권할 생각도 없네. 특히 어제부터 숙취로 머리가 아픈 사람에게는 말일세."

그러자 미리누스(Myrrhinus)[17]의 파이드로스가 말했네.

"옳은 말이야. 난 언제나 자네의 주장을 따르네. 특히 의학에서는 말일세. 다른 분들도 깊이 생각하면 자네의 견해에 따를 것일세."

이 말을 듣고 모두 그날의 모임에서는 술을 많이 마시지 말고 알맞을 정도로만 마시기로 합의했네. 그런 후에 에뤼크시마코스가 말했네.

"각자가 마실 만큼 마시고 강제로 권하지 않기로 했으니 잘됐네. 지금 막 들어온 피리 부는 여자는 밖으로 내보내서 혼자 불거나 안에 들어가 부인들에게 불어 주게 하고, 우리는 오늘만큼은 이야기하며 즐겨 보는 것이 어떨까 하는 제안을 하고 싶네. 또 자네들이 찬성한다면 무엇에 관한 이야기를 할 것인가에 대해서도 제의하겠네."

모두 그의 말에 찬성하고는 그에게 제의해 보라고 했네. 그래서 에뤼크시마코스가 말했네.

"나는 먼저 에우리피데스(Euripides)의 《멜라니페(Melanippe)》[18]에 있는

---

17) 아티카의 하나의 행정구(行政區).
18) 에우리피데스(기원전 480년?~406년?)는 그리스의 3대 비극 시인 중의 한 사람. 그의 작품인 《멜라니페》는 현존하지 않는다.

말을 인용함으로써 이야기를 시작하려네. 그건 '이 이야기는 나 자신의 것이 아니오.'라는 말인데, 내가 이제 말하려는 것은 내 것이 아니고 파이드로스의 것일세.

파이드로스는 나에게 이런 말을 하면서 분개하곤 했네.

'이거 되겠나, 에뤼크시마코스. 다른 신들에 대해서는 시인들이 시도 짓고 찬가도 지으면서, 저렇게 오래되고 위대한 사랑의 신 에로스(Eros)에 대해서는 그 많은 시인 가운데 한 사람도 찬가를 지은 이가 없으니 말일세. 저 지혜의 교사들을 보게. 저들은 산문으로 헤라클레스(Heracles)[19]와 그 밖의 영웅들에 대한 찬사를 지었지. 예컨대, 저 탁월한 프로디코스(Prodicos)가 한 것처럼 말일세. 그보다 더욱 놀라운 일은 나는 얼마 전에 어떤 현인이 저술한 책을 우연히 읽은 일이 있는데, 거기에는 소금을 유익한 물질이라 하여 굉장히 찬양하고 있더란 말일세. 이 밖에도 이러한 비슷한 것들이 많이 찬미되고 있는 것을 볼 수 있을 걸세. 그런 것들에 대해서는 그렇게도 야단스럽게 찬미하면서 사랑의 신에 대해서는 지금까지 아무도 찬미의 노래를 올리지 않았으니 말이 되는가 말일세. 그렇게도 위대한 신을 소홀히 하다니!'라고 말일세.

나는 파이드로스의 말이 아주 옳다고 생각해. 그래서 나는 조금이라도 파이드로스에게 도움을 주어 그를 만족시켜 주고 싶네. 그래서 지금 이 기회에 여기 모인 우리가 그 신을 찬미하는 것이 좋다고 생각하네. 자네들이 내 생각에 동의한다면 재미있는 이야기가 많이 나올 걸세. 왼편에서 바른편으로 돌아가면서 한 사람씩 사랑의 신을 찬미하는 연설을 할 것을 나는 제안하네. 각기 최선을 다해야 하네. 파이드로스가 왼편의 제일 윗자리에 앉아 있고 또

---

[19] 제우스와 알크메네 사이의 아들로, 제우스의 본처인 헤라의 미움을 받아 12가지 고행(苦行)을 완수한 영웅.

변론의 아버지(Father of Speech)이기도 하니 그부터 시작하는 것이 좋겠네."

그러자 소크라테스가 말했네.

"에뤼크시마코스, 아무도 자네 의견에 반대하지 않을 걸세. 나도 평소에 사랑에 관한 것 말고는 알아야 할 것이 없다고 말해 왔으니 마다할 수 없고, 또 아가톤이나 파우사니아스도 반대하지 않을 줄 아네. 밤낮 디오니소스와 아프로디테(Aphrodite)[20]를 다루고 있는 아리스토파네스야 물론 반대할 리가 없겠지. 내 생각에 여기서 반대할 사람은 한 사람도 없는 것 같군. 다만 그 제안은 끝자리에 있는 우리에게는 공평치가 못하네. 그러나 우리보다 먼저 말하는 사람들이 아주 좋은 연설을 한다면 우리로선 그것으로 만족하겠네. 그러면 파이드로스가 맨 먼저 시작하여 신을 찬미하게. 잘 해 보게."

다른 사람들도 모두 이에 동의하여 소크라테스가 말한 대로 그에게 맨 먼저 이야기하라고 청했네. 그러나 그 사람들 전부가 각자 무슨 말을 했는지 아리스토데모스는 다 기억할 수 없었고, 나도 그가 나에게 말한 모든 것을 기억하지는 못하네. 그러나 가장 기억할 만하다고 내가 생각한 것을 이야기 하겠네. 파이드로스가 맨 먼저 이야기했는데 그의 말은 이러했네.

"에로스는 위대한 신이어서 인간들 가운데서나 신들 가운데서나 높이 존경받는 신입니다. 특히 출생에 있어서 그러하지요. 신들 가운데서 그가 가장 오래된 신으로서 존경받고 있습니다. 그가 가장 오래된 신이라고 하는 데 대한 증거는 그에게는 부모가 없다는 것입니다. 시인이건 아니건 그의 부모에 대해서 말한 이가 한 사람도 없지요. 헤시오도스(Hesiodos)[21]는

처음에 카오스(Khaos)가 생기고 그다음에 만물의 보금자리인 넓은 가슴

---

20) 미(美)와 사랑의 여신. 비너스.
21) 기원전 8세기경의 서사시인.

의 대지와 에로스가 생겼도다.

라고 말하고 있습니다. 아쿠실레오스(Akousileos)[22]도 헤시오도스와 같은 의
견으로서 카오스 다음에 저 두 신, 즉 가이아[大地]와 에로스가 생겼다고 말
하고 있고, 또 파르메니데스(Parmenides)[23]는 천지창조에 관해서 이렇게 노
래하고 있습니다.

　모든 신 가운데 맨 먼저 에로스를 지으셨도다.

　이처럼 많은 사람이 에로스를 신들 가운데 가장 오래된 신으로 인정하고
있지요. 가장 오래된 이 신은 우리에게는 또한 최대 행복의 근원이에요. 나
는 인생을 시작하는 젊은 사람에게는 자기를 진실하게 사랑해 주는 자를 얻
는 것보다 행복한 일은 없으며, 또 사랑하는 자에게 사랑스러운 소년을 얻는
것보다 행복한 일은 없다고 생각합니다. 훌륭하게 살려는 사람들에게 지침
이 되어야 하는 원리는 좋은 가문이나 높은 지위나 부귀나 그 밖의 어떤 것
도 아니고 오직 사랑입니다.
　그러면 지침이 되는 그 원리란 무엇일까요? 그것은 다름 아니라 추악한
일에 대한 수치심과 훌륭한 일에 대한 야심입니다. 이 두 가지, 즉 수치심과
야심이 없으면 국가나 개인이나 위대하고 훌륭한 일을 성취할 수 없습니다.
　그래서 나는 이렇게 주장합니다.――사랑하는 자가 어떤 추악한 일을 하다
가 들키거나 또는 남에게 모욕당하면서도 비겁하여 그것에 대항하지 못하는
경우, 그는 자기의 부친이나 친구나 그 밖의 다른 어떤 사람이 그것을 보는 것

---

22) 기원전 6세기경의 초기 역사가.
23) 기원전 5세기의 남이탈리아의 엘레아학파 철학자.

보다 자기가 사랑하는 소년이 그걸 보는 것을 가장 괴로워하는 거라고. 이와 마찬가지로 사랑받는 소년은 어떤 추악한 꼴을 당할 때, 특히 자기를 사랑하는 사람이 그걸 보는 것을 가장 부끄러워합니다.

그러므로 어떤 국가나 군대가 오직 아이들과 소년들로만 구성되는 어떤 방법을 발견할 수만 있다면 그보다 더 좋은 통치 방법은 없을 것입니다. 왜냐하면 그들은 온갖 너절하고 더러운 짓을 멀리하고 서로 아름답고 훌륭한 일을 하려고 경쟁할 테니까요.

그리고 전쟁에 임해서는 그들은 경쟁적으로 싸움에 임할 것이므로 그런 사람들의 군대는 비록 병정의 수는 적을지라도 온 세계를 정복하고도 남음이 있을 것입니다. 왜냐하면 사랑하는 사람은 부대의 대열(隊列)을 이탈하거나 무기를 버리는 것을 자기의 연인이 보는 것을 이 세상의 어떤 사람이 보는 것보다도 더 싫어하며, 또 그에게 그런 꼴을 보이기보다는 차라리 백 번이라도 죽는 쪽을 택할 것이기 때문이지요. 세상에 자기가 사랑하는 사람을 버리고 도망치는 자가 어디 있으며, 위험한 때에 그를 그냥 내버려 두는 자가 어디 있겠습니까? 그럴 때는 아무리 겁이 많은 자라 할지라도 가장 용감한 자에 못지않을 만큼 용감하게 될 거예요. 에로스 자체가 그에게 힘을 줄테니까요. 이것이야말로 호메로스가 말한 대로, 신이 영웅들의 가슴속에 '용기를 불어넣어 주셨다.'라고 한 것은 바로 에로스가 사랑하는 사람들에게 주는 선물입니다. 그리고 남을 위해서 죽는 일, 이것은 오직 사랑하는 사람들만이 기꺼이 할 수 있는 일입니다. 이런 사람들 가운데는 남자도 있고 여자도 있지요. 이에 대해서는 펠리아스(Pelias)의 딸 알케스티스(Alkestis)[24]가 모

---

24) 알케스티스는 펠리아의 딸로, 동(東) 텟살리아의 훼라이시의 왕 아드메토스의 아내였다. 그런데 아드메토스가 병에 걸려 죽게 되자, 아폴로는 운명의 신을 설득하여 아드메토스 대신에 다른 사람을 죽게 하기로 했다. 그러나 왕인 아드메토스를 대신하여 죽겠다고 나서는 사람이 없었다. 그리하여 알케스티스가 남편을 대신하여 죽겠다고 자청했다.

에로스(Eros) Chiaramonti, 1509년 작품

　사랑의 신으로서 로마 신화의 큐피드(Cupid)에 해당한다. 에로스는 정열의 신일 뿐 아니
라 풍요의 신이기도 하다. 에로스는 두 종류의 화살을 가지고 있는데, 이중 화살촉이 황금
인 화살에 맞은 사람은 불타는 사랑의 마음을, 화살촉이 납인 화살에 맞은 사람은 차갑고
냉담한 마음을 갖게 된다. 에로스의 이 두 종류의 화살로 인하여 올림푸스에 수많은 사건
이 일어난다.

든 헬라스인들에게 충분히 증거를 제공해 줍니다. 그녀의 남편에게는 아버지도 어머니도 있었지만 오직 그녀만이 남편을 위하여 기꺼이 자기 목숨을 버렸던 것입니다. 남편에 대한 그녀의 깊은 사랑은 자식에 대한 그들의 사랑을 훨씬 능가하였기에 그녀는 그들 자기 아들에 대해서 남이요, 이름만의 어버이임을 증명한 것입니다.

이와 같은 일을 행하였기에 그녀는 사람들에게뿐만 아니라 신들에게도 아주 고귀한 일을 한 것으로 여겨졌던 거지요. 그러기에 고귀한 일을 한 사람은 많이 있지만 그 가운데서 그 영혼을 신들이 하데스(Hades)로부터 다시 돌려보내 주는 사람은 많지 않은데, 신들은 그녀의 행위에 감탄한 나머지 그녀의 영혼을 다시 이 지상으로 돌려보내 주었던 것입니다. 이렇듯 신들도 사랑에서 우러나는 헌신과 용기를 특별히 소중하게 여기는 것입니다.

그러나 오이아그로스(Oiagros)의 아들 오르페우스(Orpheus)에 대해서는 신들은 그가 찾으러 온 그의 아내를 내어 주지 않고 그녀의 환영(幻影)만을 그에게 보여 주고는 그를 하데스로부터 되돌려 보냈습니다.[25] 이건 그가 리라를 타는 연주자인지라 유약하여 알케스티스처럼 자기의 사랑을 위하여 기꺼이 죽으려 하지 않고 살아 있는 채로 하데스에 들어가려고 하는 것으로 신들에게는 생각되었기 때문이지요. 그러므로 그 후 신들은 그의 비겁함에 대해 그를 벌하여 여자들의 손에 죽게 했지요.

---

25) 오르페우스는 오이아그로스(또는 아폴로)와 뮤즈인 칼리오페 사이에서 태어난 아들로 뛰어난 음악가였다. 그가 리라를 타는 소리를 들으면 동물들뿐만 아니라 나무나 돌들까지도 감동했다. 그의 아내 에우뤼디케가 뱀에게 물려 죽자, 그는 아내를 다시 데려오기 위해 하데스[下界]로 내려갔다. 그가 리라를 타며 하계의 신들에게 아내를 돌려달라고 애원하자 하계의 신들은 감동하여 마침내 아내를 그에게 내주었다. 그러나 지상으로 오는 도중 뒤를 돌아보아서는 안 된다는 하계 신들의 명령을 잊고 오르페우스는 아내를 보려고 뒤를 돌아다보았다. 순간 에우뤼디케는 다시 하계로 끌려 내려갔다.

이와 반대로 신들은 테티스(Thetis)의 아들 아킬레우스(Achilleus)[26]에게는 영예를 주어 축복받은 자들의 섬으로 보냈지요. 왜냐하면 아킬레우스는 자기가 헥토르(Hector)[27]를 죽이면 자기도 죽으려니와, 그를 죽이지 않으면 고향으로 돌아와 오래도록 죽지 않고 살 수 있다는 것을 어머니로부터 들어 잘 알고 있었음에도 자기를 사랑해 주는 친구 파트로클로스(Patroclos)를 도와주러 갔고, 파트로클로스가 전사하자 그 복수를 하였으며, 그의 뒤를 따라 최후를 마칠 것을 용감히 선택했기 때문이지요. 자기를 사랑하는 친구를 그렇게도 깊이 사랑하고 소중히 여긴 까닭에 신들도 그를 지극히 우러러보아 특별히 영광스럽게 해 준 거예요.

그런데 아이스킬로스(Aeschylus)[28]는 아킬레우스가 파트로클로스를 사랑하고 있었고, 파트로클로스가 사랑받는 쪽이었다고 말하고 있지만 그것은 황당한 이야기이지요.[29] 왜냐하면 아킬레우스는 파트로클로스뿐만 아니라 다른 모든 영웅보다 더 아름다웠고 수염도 아직 나지 않은 젊은이였으며, 호메로스가 말하고 있는 바와 같이 파트로클로스보다 나이가 훨씬 아래였으니까요.

어쨌든 신들은 사랑의 덕을 가장 귀하게 여기지만 사랑받고 있는 사람이 자기를 사랑해 주는 그 사람을 사랑할 때는 그 반대의 경우보다 더욱 찬란하고 귀하게 여기는 것입니다. 사랑하고 있는 사람은 사랑받고 있는 사람보다

---

26) 아킬레우스는 바다의 여신 테티스의 아들로 그리스 신화의 영웅. 그는 트로이 원정에 참가한 그리스군의 명장으로, 전쟁에서 자기의 친구인 파트로클로스가 트로이의 왕자이며 영웅인 헥토르에게 죽자, 그에 대한 복수로서 헥토르를 죽였다.

27) 트로이군의 제1의 명장. 트로이 전쟁의 원인이었던 파리스의 형으로 트로이의 왕자이기도 하다.

28) 그리스 3대 비극 시인의 한 사람. 기원전 525년?~기원전 456년.

29) 아킬레우스와 파트로클로스의 연애 관계는 호메로스 이후의 시대에 만들어진 이야기이다. 호메로스는 그들이 단순히 깊은 우정 관계에 있었던 것으로 보고 있다.

더 신에 가까우며 신들을 기쁘게 하기 때문입니다. 그런 까닭에 신들은 아킬레우스에게, 알케스티스에게 준 영예보다 더 큰 영예를 주고 축복받은 자들의 섬으로 보낸 것입니다.

이상의 여러 이유로 나는 에로스가 신들 가운데서 가장 오래되고 가장 고귀하며, 또 우리가 살아 있는 동안에는 우리에게 덕을 주고, 우리가 죽은 후에는 우리에게 행복을 주는 가장 강력한 존재라고 주장합니다.”

아리스토데모스가 전해 준 바에 의하면 파이드로스는 대강 이와 같은 말을 했다고 하네. 파이드로스 다음에 몇 사람이 이야기했지만 거기에 대해서는 그가 잘 기억하고 있지 않았네. 그래서 그는 그것들은 그냥 넘겨 버리고 파우사니아스(Pausanias)의 연설을 나에게 전해 주었네. 그것은 다음과 같은 것이었네.

“파이드로스, 그렇게 덮어놓고 에로스를 한 묶음으로 다루어서 찬미하는 것은 옳지 않다고 나는 생각합니다. 만일 오직 하나의 에로스밖에 없다고 하면 그렇게 하는 것도 괜찮을 거예요. 그러나 사실 에로스는 오직 하나만 있는 게 아니지요. 또 그것이 하나만 있는 것이 아닌 이상 그중 어느 에로스를 찬미하는 것인지 먼저 정하는 것이 옳아요. 그러니 나는 이것부터 시정해 보려고 합니다. 먼저 어느 에로스를 우리가 찬미해야 할 것인지를 말하고 그 다음에 그 신에 합당하게 그를 찬미하여 보겠습니다. 에로스 없는 아프로디테가 있을 수 없다는 것은 우리들 누구나 다 아는 사실입니다. 만일 아프로디테가 하나뿐이라면 에로스도 하나뿐일 거예요. 그러나 만일 그 여신이 둘있다면 에로스도 둘 있어야만 하지요. 그런데 사실 아프로디테 여신은 둘이 있습니다.

그중에서 나이가 많은 쪽은 우라노스(Ouranos)[30]의 딸로서, 그녀에게는 어머니가 없으며 우리가 '우라니아(Urania)'라고 부르는 여신이요, 나이가 어린 쪽은 제우스와 디오네(Dione)의 딸로서, 아시는 바와 같이 우리가 '판데모스(Pandemos)'[31]라 부르고 있습니다. 그러므로 우리는 앞의 아프로디테 여신에게 협력하는 에로스를 '우라니오스'라고 부르고, 뒤의 아프로디테 여신에게 협력하는 에로스를 '판데모스'라 불러야만 할 거예요.

물론 우리는 그 두 에로스 신을 찬미해야 되겠지만 그들 각각의 본성을 분간하고 이 두 신의 성격을 구별해야 됩니다.

무릇 모든 행위는 그 자체로서는 아름다운 것도 아니요 추한 것도 아니지요. 가령 우리가 지금 여기서 하고 있는 것, 즉 술을 마시는 것이나 노래하는 것이나 이야기하는 것은 그 자체가 아름다운 것이 되기도 하고 추한 것이 되기도 하는 거지요. 아름답고 바르게 행해지면 아름다운 것이요, 바르게 행해지지 않으면 추한 것이 되는 거예요.

사랑에서도 이와 마찬가지로 모든 에로스가 다 아름답다고 찬미할 만한 것이 아니고, 오직 올바르고 아름답게 사랑하도록 이끄는 에로스만이 아름답다고 찬미할 만한 것이지요.

그런데 '판데모스 아프로디테'에 속하는 에로스는 그야말로 저속하고 분별력이 없이 멋대로 행동하지요. 그것은 바로 저속한 사람들의 사랑이예요.

그런 사람들은 첫째로 소년을 사랑하기도 하지만 그에 못지않게 여자도 사랑합니다. 그들은 영혼보다 육체를 더 사랑하지요. 그리고 그들은 사랑의 대상으로 가능한 한 어리석은 사람을 택하지요. 그건 그들이 그저 목적의 달

---

30) 우라노스는 '하늘'의 뜻. 그는 크로노스의 아버지이다. 우라니오스, 우라니아는 우라노스의 형용사형으로 우라니오스는 남성형, 우라니아는 여성형.
31) '만인을 향한', '저속한'의 뜻. 에로스를 '천상적'인 것과 '만인을 향한' 것으로 구분한 것은 플라톤으로부터 시작되었다.

성만을 원하고 그 방법이 훌륭한가 그렇지 않은가 하는 것은 문제시하지 않기 때문이예요. 그래서 그들은 좋은 일이건 좋지 않은 일이건 무턱대고 마구 행하게 되는 겁니다. 이것은 이 에로스가 나이가 훨씬 어린 쪽의 아프로디테 여신에게서 태어났으며, 또 여성과 남성의 결합에서 생긴 여신에게서 태어났기 때문이지요.

그러나 '우라니아 아프로디테'에 속하는 에로스는 여성과 남성의 결합에 의해 생긴 여신이 아니라 오직 남성에게서 나온 여신에게서 태어났습니다. 그런데 이 여신은 나이가 많아 방종에 흐르는 법이 없습니다. 따라서 이 에로스에 의해 고무된 사람들은 남성에게로 향하지요. 이것이 곧 소년에 대한 사랑입니다. 이 사람들은 더 강하고 더 지력이 뛰어난 자를 좋아하니까요.

소년을 사랑하는 데에서조차 우리는 완전히 이 에로스에 의해 움직여져서 행동하는 사람들을 식별할 수 있지요. 그들은 철없는 어린 소년을 사랑하지는 않습니다. 그들은 이성(理性)이 발달하기 시작한 소년을 사랑하게 되는데, 그것은 수염이 나기 시작할 즈음이지요. 이때쯤부터 소년을 사랑하기 시작하는 사람들은 일생을 통하여 항상 그와 함께 있으며, 또 그와 함께 생활할 각오를 하고 있다고 나는 생각합니다. 그들은 어린 소년을 아직 철들지 않았을 때에 얻었다가 그 후 그를 속이고 조롱하고 후에 그를 버리고 다른 소년한테로 가는 일을 하지 않을 겁니다.

그러나 어린 소년들에 대한 사랑은 법률에 따라 금지되어야 할 것입니다. 그들의 장래는 불확실하며 불확실한 것에 많은 정력을 소비하는 것은 옳은 일이 아니니까요. 어린 소년은 그 영혼이나 육체가 장차 훌륭하게 될 것인지 신통치 못한 것이 되는지 알 수 없으니 말입니다. 그런데 선량한 사람들은 자진해서 이런 법률을 자기 자신에게 제정해 놓고 그것을 지킵니다. 그러나 저속한 사랑을 하는 사람들은 법률에 따라 강제되어야 합니다. 이들이 자유로운 신분의 부인들과 사랑을 맺지 못하도록 우리가 그들을 억제하듯이 말입니다. 사실 이들 때문에 사랑 전체가 욕을 먹으며, 자기에게 사랑을 바치고 있는 사람의 뜻에 따르는 것은 추한 일이라고까지 말하는 사람이 생기는 것입니다. 사람들이 이런 말을 하는 것은 그런 자들의 무분별과 부정함을 그들이 알고 있기 때문입니다. 무릇 이 세상에 법에 따라 품위 있게 한 일이라면 비난받는 일이란 있을 수 없으니까요.

대부분의 다른 나라에서는 사랑에 관한 관습이 간결하게 규정되어 있어서 이해하기가 쉬운데 우리 아테네와 라케다이몬(Lacedaemon)에서는 그것이 복잡합니다. 엘리스(Elis)나 라케다이몬이나 보에오티아(Boeotia)32)나 그밖에 주민의 말주변이 좋지 못한 곳에서는 자기에게 사랑을 바치고 있는 사람의 뜻에 따르는 것이 아름다운 일로 정해져 있고, 노소(老少)를 불문하고 아무도 그것을 추하다고 하지 않아요. 내 생각엔 그들이 변론에 능하지 못하니까 젊은이들을 설득하려 하지 않는 거예요.

그러나 이오니아(Ionia)의 모든 지방과 그 밖의 야만인들의 지배하에 있는 곳에서는 어디서나 이런 일이 추한 것으로 여겨지고 있어요. 즉 이러한 일은 저 야만인들 사이에서는 전제정치의 입장에서 지혜에 대한 사랑(Philosophy)이나 체육 애호와 마찬가지로 추악한 일로 여겨지고 있습니다.

내 생각엔 피지배 민족의 사람들이 고귀한 영혼을 가지게 되거나 강한 우정과 단결을 가지는 일이 없는 것이 그 통치자들에게는 유리하기 때문입니다. 그런데 그런 일은 다른 무엇보다도 사랑에 의해 이루어지거든요. 이것은 우리나라의 전제군주들도 실제로 경험한 일입니다. 즉 아리스토게이톤

---

32) 엘리스는 펠레폰네소스 반도의 북서부. 라케다이몬은 펠레폰네소스 반도의 남부에 위치, 수도는 스파르타. 보에오티아는 그리스의 중앙부로, 이곳에 오이디푸스의 전설로 유명한 도시인 테베가 있다.

(Aristogeiton)의 사랑과 하르모디오스(Harmodios)[33]의 굳은 우정은 마침내 저들의 주권을 뒤집어엎어 버렸으니까요.

그러므로 자기에게 사랑을 바치고 있는 사람의 뜻에 따르는 것이 추악한 일로 규정되는 것은 그런 법을 만들어 낸 사람들의 좋지 못한 습성, 즉 통치자들의 권력욕과 피지배자의 비겁한 성품 때문이지요. 반면에 그것을 덮어 놓고 아름다운 일로 여기는 것은 그런 법률을 제정한 사람들의 정신이 게을러서 그렇게 된 겁니다.

그러나 우리나라에서는 좋은 법률과 관습이 행해지고 있지만 앞서 말한 것처럼 그걸 잘 이해하기가 쉽지 않습니다.

또한 다음과 같은 점을 생각해 보십시오. 이곳의 사람들은 공공연하게 사랑하는 것이 은밀히 사랑하는 것보다 나으며, 특히 용모가 남보다 좀 못해도 가장 고귀하고 가장 우수한 사람을 사랑하는 것이 좋은 일이라고 말하고 있습니다. 그리고 사랑하고 있는 사람에게 모든 사람이 보내는 성원은 실로 놀라운 것입니다. 이 경우 물론 그는 추악한 일을 하는 것으로 여겨지지 않아요. 그가 사랑에 성공하면 찬양받고 성공하지 못하면 비난받습니다. 또한 관습은 그가 사랑을 위해서 한 일이라면 훌륭하지 않은 행위도 허용하며 심지어 칭찬받게 하고 있어요.——사랑 이외의 다른 동기에서 한다면 맹렬한 비난받을 행위인데도 말입니다.

가령 어떤 사람한테서 돈을 얻거나 감투를 쓰거나 권력을 얻으려는 욕망에서 사랑하는 사람이 자기가 사랑하는 소년에게 하듯 애걸하고, 맹세하고, 상대방의 집 문간에서 자며, 또 어떤 노예도 싫어하는 천한 일을 자진해서

---

33) 아리스토게이톤과 하르모디오스는 협력하여 참주 페이시스토라토스의 후계자인 히파루코스를 암살했지만 그들 자신도 살해되었다(기원전 514년). 그들은 후에 아테네인들로부터 자유의 전사로서 존경받았다.

하려 한다면 그의 친구나 그의 적(敵)이 다 같이 그런 행위를 못 하게 할 거예요. 그의 친구는 그런 행위를 부끄럽게 여겨 그에게 충고할 것이며, 그의 적은 그의 아부 근성과 야비한 태도를 욕할 거예요.

그러나 사랑하고 있는 사람이 그런 행위를 할 때는 오히려 사람들의 호감을 사며, 관습은 그가 마치 그런 행위를 아주 아름다운 것인 양 아무 비난도 받지 않고 할 수 있게 해 주고 있지요. 그리고 무엇보다도 놀라운 일은 사람들의 말에 의하면 그가 자기가 한 맹세를 깨뜨렸을 때도 신들은 사랑하고 있는 사람에 대해서는 용서해 준다는 것입니다. 사랑의 맹세는 맹세가 아니라는 거지요. 이렇듯 신들도 인간도 모두 사랑하고 있는 사람에게 완전한 자유를 주고 있는 것이 우리나라의 법입니다.

그러므로 우리나라에서는 사랑하는 것과 사랑을 받는 것이 전적으로 아름다운 일로 여겨지고 있다고 생각해도 잘못이 아닐 거예요.

그러나 부모들이 어떤 사람의 사랑을 받고있는 자기의 아들에게 감시자를 붙여 자기의 아들이 상대 남자와 이야기하지 못하게 하고 동년배들이나 친구들도 그러한 광경을 목격하면 그에게 비난을 퍼붓는 경우, 그리고 연장자들도 이처럼 비난하는 자들을 꾸짖지 않는 경우, 이러한 사실들을 누군가가 목격했다면 전과는 반대로 이러한 일들은 이곳에서는 가장 큰 치욕으로 인정되고 있다고 생각할 것입니다.

그러나 그러한 일(자기에게 사랑을 바치고 있는 사람의 뜻에 따르는 일)이 영예로운 일이냐 수치스러운 일이냐 하는 것은 간단한 문제가 아니라고 나는 생각합니다. 서두에도 한 말이지만 그 자체가 아름답거나 추한 것이 있는 것이 아니요, 아름답게 행해지면 아름다운 것이 되고 추하게 행해지면 추한 것이 되는 거지요. 추하게 행해진다는 것은 악한 자의 뜻에 악한 방법으로 따르는 것이며, 아름답게 행해진다는 것은 선한 사람의 뜻에 선한 방법으로 따르는 것입니다. 그런데 악한 사람이란 영혼보다도 육체를 더 사랑하는 저속한 사람입니다. 그 사람은 오래 가지 못하는 것을 사랑하기 때문에 그 자신도 오래 가지 못하지요. 그가 사랑하던 육체의 꽃이 시들자마자 그는 날개를 달고 날아가 버리지요. 자기의 모든 약속과 맹세를 팽개치고 말입니다. 이에 반하여 훌륭한 인품을 사랑하는 자는 평생을 두고 변치 않습니다. 그것은 그가 영속하는 것과 하나로 묶여 있기 때문입니다.

그러므로 우리나라의 관습은 자기에게 사랑을 바치는 사람들을 충분히 알아본 다음 상대에 따라 그의 뜻을 따르거나 따르지 말 것을 요구하고 있습니다. 그리고 사랑하는 자들과 소년들이 자신들이 각각 어떤 부류의 사랑하는 자와 소년인가를 검토하여 결정짓게 합니다.

이런 여러 가지 근거에서 첫째로, 너무 빨리 사랑에 빠지는 것은 좋지 않다고 생각됩니다. 그것은 모든 것의 가장 좋은 시금석(試金石)이라 할 수 있는 시간의 경과를 기다리기 위한 것이지요. 둘째로는, 돈이나 정치적 권력으로 말미암아 사랑을 허락하는 것 또한 좋지 않습니다. 돈이나 정치적 권력을 얻지 못함으로써 생기게 되는 고통을 참고 견디어 그것을 이기지 못하는 것이나, 또 돈이나 정치적 권력에서 생기는 여러 가지 이익을 멸시하지 못하는 것이나 다 나쁜 거예요. 재력(財力)이나 권력으로부터는 진정한 애정이 절대로 싹터 나올 수 없다는 것은 더 말할 것도 없거니와 그것들 가운데 어느 하나도 확고하고 영원히 계속되는 것은 없으니 말입니다.

그렇기 때문에 우리나라 법에 따르면 사랑받는 소년이 아름다운 방법으로 사랑하는 자의 뜻에 따르려 할 때 남은 길은 오직 하나뿐입니다. 즉 우리나라 법에는 사랑을 바치는 사람의 경우, 상대 소년에 대해 어떠한 굴욕적인 일을 해도 아첨이나 비굴한 것으로 간주하지 않는 것처럼, 사랑을 받고 있는 소년의 경우에도 상대에게 바치는 자발적인 봉사도 부끄러운 일이 아닌 것이 꼭 하나 있어요. 그것은 다름 아니라 덕(德)을 위해 하는 것입니다.

실제로 우리나라의 관습에서는 어떤 사람이 지혜나 그 밖의 어떤 다른 덕으로 나를 더욱 훌륭한 사람이 되게 하리라고 생각하여 그 사람을 섬기려 한다면, 이러한 자발적인 헌신적 봉사는 추한 것도 아니요 아첨도 아닌 것입니다. 그리고 이 두 가지 관습, 즉 소년을 사랑하는 데에 관한 지혜 및 이 밖의 다른 덕에 관한 관습이 결부되어야만 비로소 사랑을 받는 소년이 상대의 뜻에 따르는 것이 아름다운 일로 될 수 있는 것입니다.

사실 사랑을 바치고 있는 사람과 그 사랑을 받고 있는 소년이 각기 자기의 법도를 가지고 함께 모여 뜻을 같이하게 될 때, 사랑을 바치는 사람은 자기의 사랑을 받아 주는 소년에게 옳은 일이라면 무엇이든 서슴지 않고 해 주며 소년은 소년대로 자기를 현명하고 훌륭한 사람이 되게 해 주는 사람에게 어떠한 봉사라도 해서 잘 받들 때, 다시 말하면 사랑을 바치는 사람은 지혜나 그 밖의 다른 덕을 증진해 줄 수 있고, 소년은 그것을 자기의 교육과 지혜를 위하여 얻고자 할 때, 이렇게 두 개의 법도가 서로 맞아떨어질 때——오직 이때에만 소년이 상대의 뜻을 따르는 것이 아름다운 일이며, 이밖에는 절대로 아름다운 것일 수 없어요.

이런 경우에는 속는 것도 추하지 않습니다만, 다른 모든 경우에는 속는 거나 속지 않는 거나 모두 추하지요. 가령 사랑을 받는 소년이 자기가 사랑하는 사람을 부자라고 생각하여 그의 뜻을 따랐는데 그가 사실은 부자가 아닌 것이 나중에 드러나 그 소년이 속고 돈도 얻지 못한다고 하면 이런 일은 다른 어떤 일 못지않게 추한 일일 거예요. 그런 사람은 자기의 본성을 드러내어 돈을 위해서라면 누구에게든 그리고 어떠한 봉사라도 할 용의가 있음을 보여 준 거예요. 이런 일은 결코 아름다운 일일 수 없지요.

이와 같은 이치로 또 이렇게도 말할 수 있지요——즉 어떤 사람이 다른 어떤 사람을 훌륭한 사람이라 믿고 그 사람을 사랑함으로써 자기 자신도 더욱 훌륭한 사람이 되리라 기대하고 그의 뜻을 따랐을 경우, 나중에 그 사람이 좋지 못한 사람이요 덕 없는 사람임이 드러나 그가 속는다고 할지라도 그 속은 사람은 훌륭한 사람이라고 말이에요. 그는 덕을 위해서라면, 그리고 더 좋은 사람이 되기 위해서라면 누구에게든지 무슨 일이라도 해 주려는 성품이 있음을 보여 주었으니까요. 그리고 이런 일이야말로 모든 일 가운데 가장 아름다운 일이지요. 결국 어느 면으로 보나 덕을 위해서 상대방을 받아들이는 것은 아름다운 일입니다.

이것은 하늘 위의 우라니아 아프로디테에게 속하는 에로스로서 끝없이 높고 거룩하여 나라를 위해서나 개인을 위해서나 매우 귀중한 것입니다. 그것은 사랑을 바치는 자에게나 사랑을 받는 자에게나 다 같이 자기의 덕을 증진시키기 위해 온갖 힘을 기울이게 하니까요. 그러나 그 밖의 다른 모든 사랑은 다른 여신 즉, 저속한 판데모스 아프로디테에게 속하는 것입니다.

파이드로스, 이상이 에로스 신에 대해 내가 당장 여기서 할 수 있는 변변치 못한 찬사입니다."

여기서 파우사니아스(Pausanias)가 말을 멈추자——내가 이렇게 말하는 것은 소피스트들에게서 배운 걸세——그다음엔 아리스토파네스가 말할 차례였다고 아리스토데모스가 말했네. 그러나 그는 너무 많이 먹었기 때문인지, 아니면 다른 원인 때문인지 딸꾹질을 하게 되어 연설할 수가 없었다네. 다만 가까스로 바로 자기 아랫자리에 기대고 있던 의사 에뤼크시마코스에게 이렇게 말했다네.

"에뤼크시마코스, 내 딸꾹질을 멈추게 해 주든지 저절로 멎을 때까지 내 대신 연설해 주게. 그렇게 해 주지 않겠나?"

그러자 에뤼크시마코스가 이렇게 말했다네.

"좋네, 아리스토파테스. 두 가지 일을 다 해 드리지. 내가 자네 대신 연설을 하기로 하고 딸꾹질이 멎거든 자네가 내 차례에 연설하기로 하세. 내가 연설하고 있는 동안 한참 숨을 죽이고 딸꾹질이 멎나 보게. 그래도 멎지 않거든 양치질을 좀 하게. 그래도 멎지 않고 더 심해지면 무엇으로든 콧구멍을 간지럽게 해서 재채기를 하게. 그렇게 한 번이나 두 번 하면 아무리 심한 딸꾹질이라도 멎을 걸세."

그러자 아리스토파네스가 "그렇게 해 보지. 그럼 자네 말을 시작하게." 라고 말했다네.

그래서 에뤼크시마코스가 연설을 시작했다네.

"내가 말할 수밖에 없을 것 같군. 파우사니아스의 연설은 처음은 좋았으나 마지막이 신통치 않았어요. 그래서 나로서는 그의 연설을 훌륭하게 결론지어 줘야겠다고 생각합니다.

그는 에로스에 두 가지가 있다고 했는데, 그렇게 에로스를 둘로 나눈 것은 옳았다고 보아요. 그러나 나는 내 직업인 의술(醫術)을 통해 에로스 신이 얼마나 위대하며 놀라운 신인가 하는 것과, 그 신이 인간이나 다른 신들의 모든 일에 얼마나 영향을 미치고 있나 하는 것을 알게 되었습니다. 에로스는 단지 아름다운 소년에 대한 사랑으로서 인간의 영혼 속에만 존재하는 것이 아니라 그 밖의 많은 것들에 대한 사랑으로 다른 사물 속에도 존재하며, 생명 있는 모든 동물의 체내(體內)에도, 땅 위에 자라는 모든 식물 속에도 존재합니다. 아니 존재하는 모든 것 속에 있다고 하겠습니다. 나는 내가 종사하는 기술에 특별히 영광을 돌리기 위해 의학과 관련지어 얘기하겠습니다.

육체는 그 본질상 두 가지 종류의 에로스를 가지고 있습니다. 좀 더 자세히 말하면 건강한 부분과 병약한 부분은 누구나가 인정하듯이 같은 상태가 아니라 서로 다른 상태입니다. 그것들은 서로 다른 것을 욕구하고 사랑하는 대상도 다릅니다. 즉 건강한 부분에 발동하는 욕구와, 병적인 부분에 발동하는 욕구는 서로 다른 것입니다.

그런데 방금 파우사니아스는 말하기를, '훌륭한 사람의 뜻을 따르는 것은 아름다운 일이요, 방탕한 사람의 뜻을 따르는 것은 좋지 않은 일'이라 했어요.

육체의 경우도 이와 마찬가지로 육체의 건강하고 좋은 부분이 가지고 있는 욕구(사랑)를 만족시키는 것은 아름다운 일이요, 마땅히 그래야만 되는 일로 이처럼 하는 것이 다름 아닌 의술이라고 불리는 것입니다. 이에 반하여 병들고 나쁜 부분의 욕구를 만족시키는 것은 추악한 일이요, 의술을 업으로 하는 사람이라면 해서는 안 될 일이지요. 요컨대 의학이란 충족과 배설에 대한 육체적 욕구(사랑) 현상을 다루는 학문이기 때문입니다.

그러므로 이런 여러 가지 현상 가운데서 아름다운 욕구(사랑)와 추한 욕구(사랑)를 잘 구별하는 사람이 완전한 의사지요. 또 체내에 변화를 일으켜 그 결과 한쪽의 욕구(사랑)를 버리고 다른 쪽의 욕구(사랑)를 획득하게 해 줄 줄 아는 사람, 욕구(사랑)를 가지고 있지는 않지만 욕구(사랑)를 가질 필요가 있는 육체에 욕구(사랑)를 심어 줄 수 있는 사람, 내재하는 것(나쁜 사랑)을 배출시킬 수 있는 사람, 그런 사람은 진정한 명의(名醫)라 하겠습니다. 사실 이런 사람은 체내에서 서로 가장 조화롭지 못한 것들을 서로 사랑하게 만들고야 마는 것입니다.

그런데 가장 조화롭지 못한 것들이란 서로 가장 반대되는 것들, 즉 더운 것과 찬 것, 쓴 것과 단 것, 마른 것과 젖은 것 등등이지요. 그리고 이런 것들 속에 욕구(사랑)와 화합을 불어넣는 방법을 알고, 그렇게 함으로써 우리가 전문으로 하고 있는 의학을 세운 분이 바로 우리의 조상 아스클레피오스(Asclepios)[34]입니다. 이것은 여기 계시는 시인들도 주장하는 바이며, 저 또

한 그것을 믿고 있습니다. 그러니 제가 말한 바와 같이 의학은 전적으로 에로스 신의 지배를 받으며, 또 체육과 농사도 그러합니다. 음악도 분명히 그러하다는 것은 음악을 조금이라도 아는 사람이라면 누구에게나 명백한 일이지요. 헤라클레이토스(Heracleitus)[35]가 한 말이 아주 명료하지 못해서 잘 알수는 없지만 아마 이와 비슷한 것을 말하려 한 것이 아닌가 생각합니다.

그는 이렇게 말하고 있어요. "하나인 것(이 세계)은 자기 자신과 어울리지 못하다가 다시 하나가 된다. 마치 활과 칠현금의 화음처럼."

화음이 분열하고 있다거나 불협화음들로 되어 있다고 말하는 것은 이치에 맞지 않는 일이지요. 그러나 아마 그가 말하려 한 것은 분열하고 있던 높은음과 낮은음이 음악적 기술에 의해 조화를 이룰 때 거기에서 화음이 생긴다는 것일 거예요. 높은음과 낮은음이 언제나 불화하면 화음이란 게 있을 수없으니 말이에요. 무릇 화음이란 협화음(協和音)이요, 협화음은 일종의 조화입니다. 그런데 조화란 사물들이 서로 분열하고 있는 동안에는 그 사물들로부터 생겨날 수가 없는 거예요. 요컨대 분열을 계속함으로써 불화를 일으키고 있는 것으로부터는 조화가 생겨날 수가 없는 것입니다.

이와 마찬가지로 리듬이란 음의 빠른 것과 느린 것으로 구성되는데, 처음에는 이것들이 서로 어울리지 않다가 나중에 어울리게 되는 거지요. 그러나위의 경우에는 의학이 이런 모든 것 속에 조화를 생기게 한 것처럼 여기서는음악이 그것들 상호 간에 화합과 사랑을 불어넣음으로써 그 모든 것 속에 조화를 생기게 하는 것이지요. 그러므로 음악도 역시 화음과 리듬에 관한 사랑의 현상을 다루는 학문입니다.

---

34) 아폴로의 아들로서 의술의 신.
35) 기원전 500년경의 소아시아 지방 에페소스의 철학자. 난해한 사상을 표현한 것으로 유명하다.

그리고 화음과 리듬의 본질적 성질을 통해 사랑의 현상을 판별하는 것은 어려운 일이 아닙니다. 거기서는 아직 사랑이 두 가지로 나뉘어 있지 않으니까요.

그러나 리듬과 화음을 인간에게 적용할 때는 새로 작곡하는 데서나 혹은 남이 작곡한 곡이나 운율을 올바로 연주하는 데에서——이것이 교양이라 불리는 것인데——여러 가지 어려운 점이 생기며 능숙한 기교를 가진 사람이 필요하게 되는 거지요. 여기서 우리는 앞서 전개한 논점으로 되돌아가게 됩니다. 즉 품위 있는 사람, 그리고 아직 완전한 품위를 갖추지는 못했어도 그렇게 될 가망이 있는 사람의 뜻은 받들어 주고 그런 사람들의 사랑은 보호해 주어야 한다는 겁니다.

이들의 사랑이야말로 아름다운 사랑이요, 하늘의 사랑이요 뮤즈 우라니아(Muse Urania)36)의 사랑입니다.

그러나 뮤즈 폴림니아(Polymnia)37)의 사랑은 저속한 사랑인데, 이것이 사람들에게 주어질 때는 거기서 쾌락을 얻을 수 있도록 그리고 무절제로 흐르지 않도록 언제나 아주 신중하게 주어져야 합니다. 이와 마찬가지로 요리 기술에서도 맛있는 음식에 대한 여러 가지 욕망을 잘 이용하여 병에 걸리지 않고 쾌락을 얻게 하는 것이 중요한 일입니다.

이리하여 음악이나 의학에나 그리고 이 이외에 지상의 모든 일에 우리의 힘이 미치는 데까지 두 가지 에로스를 다 같이 잘 살펴보지 않으면 안 되는 것입니다. 두 가지가 다 있으니까요.

계절의 변화 속에도 이 두 가지 에로스가 들어 있기 때문에 내가 방금 말한 것들, 더운 것과 찬 것, 건조한 것과 젖은 것이 상호 간에 절도 있는 욕구

---

36) 예술의 여신. 그중에서도 특히 천문학과 천문시(天文詩)를 관장한다.
37) 찬가와 무용을 관장하는 여신.

(사랑)를 가져, 조화와 적절한 융합을 얻으면 좋은 계절이 찾아와서 사람들과 다른 동물들, 그리고 채소와 식물에 건강을 주며 아무런 해도 끼치지 않지요.

반면에 난폭한 에로스가 네 계절에 더 많은 힘을 미치면 큰 피해와 파괴를 당하게 되지요. 그 결과 인간에게 가끔 전염병이 생기고 짐승과 식물에게도 이 밖의 여러 가지 좋지 못한 질병이 생깁니다. 또 서리와 우박과 그리고 식물을 말라죽게 하는 병도 이러한 사랑의 탐욕과 방종에서 오는 겁니다.

이런 것들을 천체(天體)의 운행과 계절에 비추어 아는 것이 다름 아닌 천문학이에요.

그리고 희생의 제물을 바치는 모든 제사나 점치는 일들도——그것은 결국 신들과 인간이 서로 교류하는 것인데——따지고 보면 모두가 에로스의 보호와 치료에 관련된 것일 따름이에요. 왜냐하면 사람이 절도 있는 에로스의 뜻을 받들고 그에게 영광을 돌리며, 또 만사에 그를 따르지 않고 다른 에로스의 뜻을 받들 때, 부모에 대해서 그 생전과 사후에 또 신들에 대해서 온갖 불경(不敬)이 생기기 쉬우니까요. 이런 까닭에 점치는 일이 해야 할 일은 이 두 가지 에로스를 관리하고 그것들을 통해 병을 고치는 겁니다. 그리고 점치는 일은 또한 좋은 관습과 경건함을 지향하는 인간 사이의 애정 문제를 잘 알고서 신들과 인간 사이에 우애 관계를 세우는 일인 것입니다.

그러므로 모든 에로스는 위대하고 강력한 힘, 아니 전능의 힘을 가지고 있습니다.

우리 가운데나 신들 가운데서 절제와 정의로 좋은 일에 마음을 쓰는 에로스야말로 가장 위대한 힘을 가지고 있고, 우리에게 온갖 행복을 마련해 주며 우리가 평화스러운 사회를 가질 수 있게 해 줄 뿐만 아니라, 또한 우리보다 높은 신들과도 잘 사귈 수 있게 해 주는 것입니다.

에로스를 찬미하는 데 내가 빠뜨린 것이 적지 않을 줄 압니다. 할 수 없지요. 빠뜨린 것이 있거든, 아리스토파네스. 자네가 메꾸어 주게. 혹은 달리 그 신을 찬미하려거든 그것도 좋겠지. 하여간 시작하게. 이제 딸꾹질도 멎었으니."

그러자 아리스토파네스가 다음과 같이 말했다네.

"그러지, 딸꾹질도 아주 멎었으니. 그러나 재채기가 나기 전까지는 멎지 않더군. 품위 있는 인체가 어째서 재채기 같은 소란과 콧구멍 간지럽히는 것을 요구하는지 참 이상해. 재채기하자 금방 멎었으니 말일세."

그러자 에뤼크시마코스가 말했다네.

"여보게, 아리스토파네스. 정신 좀 차리게. 연설해야지 농담만 해서야 되겠나. 어쩔 수 없이 내가 자네 연설을 감독해야겠군. 진지하게 말해야 할 때 우스운 말을 하지나 않나 살펴보기도 하고 말일세."

그러자 아리스토파네스가 웃으면서 말했다네.

"옳은 말이야, 에뤼크시마코스. 그럼 내가 말한 것은 취소하기로 하지. 그 대신 나를 감시하지는 말게. 그리고 내가 이제부터 얘기하려는 것 가운데는 우스운 얘기도 있을 테지만 그건 오히려 바람직한 일일세. 뮤즈(Muse) 신에 대해서는 그건 분명히 하나의 소득이기도 하고 자연스럽기도 한 일이니까. 그러나 내가 말하는 것들이 남의 조롱거리가 되지 않을까 적이 염려되네."

그러자 에뤼크시마코스가 말했다네.

"자네 꽁무니부터 뺄 텐가, 아리스토파네스. 그러나 조심하게. 그리고 변명할 것도 잘 생각해 놓고. 그러나 나도 형편을 보아서는 너무 따지고만 들지는 않겠네."

그러자 아리스토파네스가 말했다네.

"좋아, 에뤼크시마코스. 나는 자네나 파우사니아스와는 다른 방법으로 이야기하겠네. 내가 보기엔 인간들이 에로스 신의 위력을 전혀 모르고 있으니 말이야. 만일 저들이 그 신의 힘을 알아챘다면 그를 위하여 최대의 신전과 제단을 지었을 것이며 최대의 재물을 바쳤을 것일세. 그러나 반드시 그렇게 해야 했을 텐데도 그런 일이 아직도 행해지지 않고 있단 말이야.

사실 그는 신들 가운데 가장 인간을 사랑하는 신으로서 인간을 도와주며 인간의 온갖 고뇌를 치유해 주어 그들에게 최대의 행복을 가져다주는 의사 일세. 나는 자네에게 이 신의 힘을 알게 해 주려네. 자네는 자네대로 이것을 다른 사람들에게 가르쳐 주게.

그리고 여러분, 여러분은 먼저 인간 본래의 형태와 그 내력을 알아야 합니 다. 예전에는 인간의 자연적 형태가 지금과 같지 않았습니다.

처음에 인간의 성(性)에는 세 가지가 있었지요. 지금은 남성과 여성의 두 가지 성만 있으나 이 둘을 다 가지고 있는 제3의 성이 있었던 것입니다. 지 금은 그런 것이 없습니다만 그 명칭만은 아직도 남아 있지요. 옛날에는 양성 (兩性), 즉 형태로 보거나 이름으로 보거나 남성과 여성이 결합한 하나의 성 (性)이 있었습니다. 그러나 지금은 그 명칭이 욕하는 말로 남아 있을 뿐입니 다. 그런데 이 세 종류의 인간은 모양이 아주 둥글었는데 등과 갈비뼈가 둥 그렇게 빙 둘러 있었지요. 그리고 팔이 넷, 다리가 넷 있었고, 둥근 목 위에 똑같이 생긴 얼굴이 둘 있었어요. 머리는 하나 있었는데 그 머리에는 서로 반대 방향으로 향하고 있는 얼굴이 둘 있었고, 귀가 넷, 성기(性器)가 둘 있었 지요. 나머지는 이것들로 미루어 짐작이 갈 줄 압니다.

그들은 지금처럼 똑바로 서서 걸었는데, 어느 방향으로든지 가고 싶은 대 로 걸어갈 수 있었습니다. 그리고 빨리 뛰고 싶을 때는 마치 오늘날 공중제 비하는 곡예사가 두 다리를 공중으로 쳐들었다가 저쪽으로 넘어가듯 그 당 시 그들이 가지고 있던 여덟 개의 손발로 연거푸 번갈아 땅을 짚어 가면서 아주 빠른 속도로 굴러갈 수 있었지요.

인간의 성(性)이 세 가지였고 인간의 모양이 이러했던 까닭은 남성은 태양에서 태어났고 여성은 대지에서 태어났으며, 양성(兩性)은 남성과 여성을 다 가지고 있는 달에서 태어났기 때문이지요. 저들의 모양이 둥글고 걸음걸이가 둥글었던 것은 저들이 그 조상(태양·대지·달)을 닮았기 때문이지요.

저들은 무서운 힘과 기운을 가지고 있었고 또 그들의 야심은 대단했습니다. 저들은 신들을 공격했던 것입니다. 호메로스가 에피알테스(Ephialtes)와 오토스(Otos)[38]가 신들과 싸우려고 하늘에 올라가려 했다고 한 것은 실은 저들을 두고 한 말이지요.

그래서 제우스와 다른 신들은 어떻게 하면 좋을까 하고 회의를 열었지만 좋은 방도가 생각나지 않았습니다. 거인족에게 한 것처럼 번갯불로 저들을 쳐서 인류를 전멸시키는 것도 안 되겠고——그렇게 하면 인류가 자기들에게 바치던 예배도 제물도 없어지게 될 테니까요.——그렇다고 해서 저들이 이렇게 난폭한 짓을 계속하도록 내버려 둘 수도 없었어요. 한참 만에 제우스가 좋은 생각을 하여 이렇게 말했습니다.

"이것 보세요. 내게 좋은 계교가 하나 생각났소. 우리는 인간을 그대로 생존하게 하면서도 그들을 지금보다 약하게 만들어 난폭한 짓을 그만두게 할 수 있소. 내 계략을 말할 테니 잘 들어 보시오. 나는 모든 인간을 두 동강이로 쪼개려 하오. 그렇게 하면 그야말로 일거양득이오. 그렇게 되면 그들은 지금보다 약하게 될 것이고 또 그 수가 늘어나 우리에게 더 유익하게 될 테니까요. 그렇게 되면 또한 그들은 두 다리로 똑바로 서서 걷게 될 것이오. 그런데도 만일 그들이 앞으로도 계속해서 난폭한 짓을 하며 시끄럽게 굴면 나

---

38) 거인족의 형제로 포세이돈의 아들. 그들은 올림퍼스로부터 옷사 산으로, 옷사 산으로부터 최고봉인 페리온 산으로 올라가 신들이 살고 있는 천상의 신전을 공격했다.

는 그들을 다시 두 쪽으로 쪼개겠소. 즉 그들의 몸뚱이를 다시 양단하겠단 말이요. 그렇게 하면 그들은 한 다리로 깡충깡충 뛰어다니게 될 것이요. 마치 디오니소스 축제 때에 포도주를 넣는 미끄러운 가죽 부대 위를 깡충깡충 뛰는 소년들처럼 말이요."

이렇게 말하고서 그는 마치 마가목 열매를 절여서 저장하려 할 때 두 쪽으로 쪼개듯, 혹은 삶은 달걀을 머리카락으로 가르듯 사람들을 한 가운데서 갈라 두 조각으로 쪼개었던 것입니다. 한 사람 한 사람 이렇게 쪼개어 가면서 그는 아폴로에게 명령하여 그 얼굴과 반쪽이 된 머리를 절단된 쪽으로 향하도록 했습니다. 그것은 인간이 자기 자신의 상처를 보고 전보다 온순하게 되도록 하기 위해서였습니다. 그러고는 그 상처를 아물게 해 주라고 일렀던 것입니다.

그래서 아폴로는 사람의 얼굴을 돌려서 지금 배라고 불리고 있는 부분 쪽으로 살가죽을 잡아당겨 모아 합쳤지요. 마치 끈을 쭉 잡아당겨 닫게 되어 있는 돈지갑처럼 말이에요. 그리고 조그마한 입을 하나 만들어 배의 한 가운데다가 붙였지요. 이걸 사람들은 배꼽이라고 부르는 거예요. 그리고 그는 구두 깁는 직공이 구두 골 위에 가죽을 대고 그 주름을 펼 때 쓰는 것과 비슷한 연장을 써서 거기에 생긴 주름살 대부분을 펴 주었고, 또 가슴을 반듯하게 만들어 주었습니다. 다만 배꼽과 배 주변에 있는 주름살 몇 개만은 그냥 남겨두어 과거에 있었던 일을 기억하게 했지요.

그래서 인간은 본래의 몸이 둘로 갈라져 버렸으므로 모든 반쪽은 각기 자기의 다른 반쪽을 그리워하고 다시 한 몸이 되려고 하였습니다. 그래서 그것들은 다시 몸을 하나가 되게 하려는 욕망에 불타 서로 목을 끌어안고 꼭 붙어 있으려 했으며, 또 서로 떠나서는 아무 일도 하려 하지 않았기 때문에 결국 아무 일도 하지 않은 탓으로 굶어 죽고 말았습니다. 두 반쪽 중 하나가 죽고 다른 하나가 남게 될 때는, 남게 된 반쪽은 다른 또 하나의 반쪽을 찾아 헤매었고 찾으면 끌어안았던 거예요. 이런 경우 그는 본래 여성이었던 사람의 반쪽——이걸 우리는 지금 여자라고 부르고 있는 거지요.——을 만나는 수도 있었고, 혹은 본래 남성이었던 사람의 반쪽을 만나는 수도 있었어요. 이렇게 해서 그들은 결국 멸망해 갔던 것입니다.

그래서 제우스는 그들을 가엾게 여겨 또 한 가지 방안을 생각해 냈지요. 즉 그는 그들의 성기(性器)를 앞에다가 옮겨 놓았던 것입니다. 전에는 성기가 뒤쪽에 있었으므로 그들은 서로의 결합으로 자식을 낳은 것이 아니라 매미처럼 땅속에 정자(精子)를 넣어 자식을 낳았던 겁니다. 그래서 제우스는 성기를 앞에다가 옮겨 놓아주어서 저희끼리 자식을 낳되 남자가 한 여자를 만나면 서로 포옹함으로써 자식을 낳아 자손이 이어질 수 있게 했고, 또 남자와 남자가 만나면 서로 만나는 것만으로 만족하여 욕망을 진정시켜 일하는 데 정신을 쓰며 생업에 종사할 수 있게 한 거예요.

이렇듯 서로 사랑한다는 것은 먼 옛날부터 인간 속에 깃들어 있는 것입니다. 그건 본래 몸뚱이의 부분을 다시 한데 모아 둘이 하나가 되게 하여 인간의 본연의 모습을 회복하려는 거지요.

그러므로 우리 각자는 한 인간의 반쪽입니다. 우리는 마치 넙치처럼 쪼개져서 하나에서 둘로 생겨나온 거지요. 그래서 사람마다 자기의 반쪽을 찾는 것입니다. 그런데 양성이라 불린 성을 가진 사람을 쪼개서 생긴 남자는 모두 여자를 좋아합니다. 간부(姦夫)들은 대개 이 성에서 나오지요. 또 사내들한테 미친 모든 여자와 간부(姦婦)들도 여기서 나오고요.

또 여성이었던 사람을 쪼개서 나온 여자들은 남자들에 관한 관심은 별로 없고 오히려 여자들에게 마음이 끌립니다. 여자끼리 동성 연애(同性戀愛)하는 사람들은 여기서 나오는 겁니다. 그러나 남성이었던 사람을 쪼개서 나온 사람들은 남자를 찾아 얻으려 하며, 소년인 동안에는 남성의 반쪽인 까닭에 어른 남자들을 좋아하여 그들과 함께 눕고 그들을 끌어안기 좋아하지요. 이런 소년들은 천성이 강한 용감한 자들인 까닭에 청소년들 가운데 가장 우수한 자들이지요.

어떤 이는 그들을 파렴치(破廉恥)하다고 하지만 그것은 당치 않은 말입니다. 그들이 이런 일을 하게 하는 것은 파렴치가 아니라 오히려 대담과 용기와 사내다움이에요. 이런 것들이 그들에게 자기를 닮은 사람들을 사랑하게 하는 겁니다.

이에 대한 유력한 증거로는 장성해서 당당하게 정치계(政治界)에 등장하는 것은 오직 이런 사람들뿐이라는 사실을 들 수 있지요. 어른이 되면 그들은 소년들을 사랑하며 결혼이라든가 자식이라든가 하는 것들에 대해서는 그들의 본질상 관심을 기울이지 않으며 다만 관습이 그들을 결혼하고 가정을 이루도록 강요하는 거지요. 그들은 결혼하지 않고 저희끼리 평생을 함께 살 수 있다면 그것으로 만족하는 겁니다. 그런 사람은 언제나 소년을 사랑하는 어른이 되고 자기에게 사랑을 바치는 남성을 사랑하는 소년이 되기 쉽습니다. 그는 언제나 자기와 닮은 자를 좋아하니까요.

그래서 그들은 자기에게 꼭 맞는 반쪽을 만나게 되면 우정과 친밀감과 사랑에 완전히 사로잡혀 잠시도 그와 떨어져 있을 수 없을 정도로 됩니다. 전 생애를 통하여 친교를 계속 유지할 수 있는 것은 이러한 종류의 사람들입니다. 그러나 그들은 서로 자기가 상대방에게서 무엇을 원하고 있는가를 설명할 수 없습니다. 사실 아무도 그것이 성욕을 위한 결합이요, 성욕 때문에 그들이 이토록 열렬하게 짝짓기를 원한다고는 생각할 수 없을 거예요. 분명히 그들 각자의 영혼은 무엇인가 다른 것을 찾고 있어요. 그게 무엇인지 그들의 영혼은 말로 표현할 수는 없으나 자기가 원하는 것을 스스로 예감하며 또 수수께끼 같은 말로 할 뿐입니다.

그러므로 그들이 함께 누워 있을 때 헤파이스토스(Hephaistos)[39]가 그의 연장을 가지고 그들 곁에 서서

"인간들이여, 너희들은 도대체 상대방에게서 바라는 것이 무엇인가?"라고 묻는다고 가정합시다. 그들이 대답을 못 하고 당황하고 있는 것을 보고 다시 그가 이렇게 물었다고 가정합시다.

"너희가 원하는 것은 그저 될 수 있는 대로 밀접하게 붙어서 살며 밤이나 낮이나 떨어져서 살지 않는 것인가? 그것이 너희의 소원이라면 나는 너희를 녹여 용접시켜 줄 용의가 있다. 그렇게 되면 너희는 두 몸이 한 몸으로 될 것이요 생전에는 한 몸으로 살고, 죽을 때에도 두 몸이 아니라 한 몸으로 죽고, 또 죽은 후에는 한 몸으로 하데스〔下界〕로 가게 될 거야. 그것이 너희들의 희망인지, 또 그렇게 되면 너희가 만족하겠는지 생각해 보아라."

이 말을 들으면 저들은 아무도 이에 대해서 반대하지 않을 것이며, 또 그 밖의 다른 아무것도 원치 않을 겁니다. 그들은 누구나 자기가 오래전부터 바라던 것, 즉 사랑하는 사람과 하나가 되고 융합하여 두 몸이 한 몸으로 되고 싶다고 생각할 거예요. 그 이유는 그것이 우리의 옛날, 본래의 모습이었으며 그 당시에는 우리가 온전한 하나였기 때문이지요. 그래서 온전한 것에 대한 욕망과 그것에 대한 추구가 에로스(Eros)라고 불리는 겁니다.

이미 말한 바와 같이 옛날에는 우리 인간은 온전히 하나였지만 지금은 부정한 짓을 한 죄로 신에 의하여 분열된 겁니다. 마치 아르카디아(Arcadia)[40] 사람들이 라케다이몬(Lacedaemon) 사람들에 의해 분열된 것처럼 말이에요. 그러므로 만일 우리가 신들께 순종하지 않으면 다시 반쪽으로 쪼개질 염려가

---

39) 제우스와 헤라의 아들로서 대장간의 신.
40) 펠로폰네소스 반도의 중앙 산지. 라케다이몬(스파르타)의 북쪽에 인접해 있었다.

있어요. 그렇게 되면 코 한복판이 쪼개진 반쪽 모양으로, 마치 묘비(墓碑)에 조각된 반쪽의 조각상과 같은 모습으로 돌아다니게 될지도 몰라요. 이런 까닭에 우리는 모든 사람에게 만사에 신을 경외(敬畏)하도록 권하지 않으면 안 되는 겁니다.

그리하여 우리는 이 운명(다시 쪼개지는 운명)을 피하고 다른 운명(다시 합쳐지는 운명)을 얻지 않으면 안 됩니다. 여기에서 에로스는 우리의 지도자요 통솔자인 것입니다. 아무도 이 신에 거역해서는 안 됩니다. 이 신에 적대하는 자는 누구나 신들의 적입니다.

사실 우리가 이 신과 친구가 되고 잘 사귀면 본래 우리 자신의 분신(分身)이었던 애인을 발견하며 또 그와 더불어 즐겁게 지내게 될 겁니다. 이것은 현재 극소수 사람만이 누리고 있는 일입니다.

그러므로 에뤼크시마코스가 내 연설을 가로막고 조롱하면서 내 이야기가 파우사니아스와 아가톤을 두고 하는 것이라고 말하지 못하도록 해 주세요. 이 두 사람이 정말 그런 극소수의 사람에 속하며 두 사람 다 본원적인 남성인지도 모릅니다. 그러나 나는 모든 남자와 여자를 두고 말하는 겁니다. 즉 모든 사람이 각기 사랑을 완성하여 자기의 분신이었던 애인을 되찾아 옛날 자기 본연의 모습으로 되돌아갈 때, 그때에야 비로소 인류는 행복해질 수 있는 것입니다.

자기 본연의 모습으로 되돌아가는 것이 최선의 것이라면 현재 상황 아래서는 그것에 가장 가까운 것이 최선의 것일 것입니다. 그런데 그것은 우리의 마음에 맞는 애인을 얻는 것입니다.

그러므로 만일 우리가 그런 일을 성취하도록 해 주는 신을 찬미하려 한다면 우리는 당연히 에로스를 찬미해야 할 것입니다. 그 신은 현재에도 우리를 우리의 분신인 애인에게 인도해 줌으로써 가장 큰 축복을 주지만 미래에 대해서도 우리가 가장 큰 희망을 품게 해 줍니다. 즉 우리가 그 신을 잘 경배하면 그 신은 우리에게 우리 본연의 모습을 회복시켜 주며 우리를 치유하여 행복하게 해 줄 것입니다.

에뤼크시마코스, 이것이 에로스에 관한 나의 생각일세. 자네의 연설과는 매우 다르지만 말일세. 그러니 처음에 내가 간청한 것처럼 제발 조롱하지 말게. 그 대신 다른 분들의 말씀을 듣기로 하세. 다른 분이래야 이제 아가톤과 소크라테스밖에 남지 않았지만."

그러자 에뤼크시마코스가 말했다네. "자네 연설을 아주 재미있게 들었으니 자네 원하는 대로 하지. 만일 소크라테스와 아가톤이 사랑의 문제에 관한 대가(大家)임을 내가 몰랐다면 이미 이만큼 여러 가지 설이 나온 지금 그들이 무슨 말을 해야 할지 매우 난처하리라고 나로서는 염려하지 않을 수 없을 걸세. 그러나 사실은 그렇지 않으니 나는 조금도 염려하지 않네."

그러자 소크라테스가 말했다네.

"에뤼크시마코스, 자네는 자네가 맡은 임무를 잘 해내었네. 그러나 만일 자네가 지금 내 자리에 있거나 아가톤이 연설을 마친 다음에 내가 처하게 될 처지에 있다면 아마도 자네는 몹시 두려워할 것이며 지금의 나처럼 어찌할 바를 모를 걸세."

그러자 아가톤이 말했네.

"오, 소크라테스, 나한테 마술을 걸려 하시는군요. 그리하여 선생님은 나로 하여금 청중이 나에게서 훌륭한 연설을 들으리라는 큰 기대를 하고 있다고 생각하게 하여 나를 난처하게 만들려고 하시는군요."

소크라테스가 말했네.

"아가톤, 자네가 배우들을 거느리고 무대로 올라가 그 많은 청중을 앞에 놓고 조금도 당황하는 빛이 없이 자네의 작품을 발표하려 했을 때의 그 용기와 도량을 내가 보고서도, 지금 우리와 같은 소수의 사람 앞에서 자네가 곤혹스러워하리라고 내가 생각한다면 나는 분명 기억력이 몹시 나쁜 사람일 걸세."

아가톤이 말했네.

"무슨 말씀이세요? 소크라테스. 분별 있는 사람에게는 훌륭한 판단력을 지닌 소수의 사람이 어리석은 다수의 사람보다 더 두렵다는 것을 제가 미처 깨닫지 못할 만큼, 제 머리가 연극의 무대(舞臺) 일로 꽉 차 있다고는 생각하시지 않으시겠죠?"

"아가톤, 만일 자네에게 저속한 어떤 점이라도 있다고 생각한다면 나는 잘못을 저지른 것일세. 오히려 나는 자네가 지혜로운 자라고 생각되는 사람들을 만날 때 그들의 견해를 저 다수의 견해보다 높이 평가한다는 것을 잘 알고 있네. 하지만 우리 같은 사람이야 그런 지자(智者)가 못 되지——우리도 그 관중 틈에 끼어 있었고, 따라서 그 다수에 들어가니까. 그러나 만일 자네가 우리와는 다른 지자 같은 사람들을 만났을 때 자네 생각에 추하다고 생각되는 일을 자네가 그들 앞에서 했다고 하면 자네는 그들에 대해 부끄러운 생각을 품을 것이 아닌가? 어떻게 생각하나?"

"말씀하시는 대로입니다."

"그러나 자네는 일반 사람들에 대해서는 자네가 그들 앞에서 어떤 추한 일을 하고 있다고 생각되더라도 부끄러워하지 않을 걸세. 그렇지 않은가?"

그러자 파이드로스가 그들의 말을 막으면서 말했다네.

" 친애하는 아가톤, 자네가 소크라테스에게 대답하면 그는 여기서 우리가 하는 일이 어떻게 되든 상관하지 않을 걸세. 그는 함께 이야기할 사람이 있기만 하면 만사를 제쳐놓는단 말일세. 아름다운 사람과 이야기하는 경우에는 더욱 그렇지. 나 자신은 소크라테스가 대화하는 것을 듣고 싶지만 지금 내 의무는 에로스 신을 찬미하는 우리들의 일에 마음을 쓰고, 여기 있는 한 사람 한 사람에게 꼭 연설하도록 하는 것이야. 그러니 두 분 다 먼저 에로스 신에게 찬미를 바치고 그 후에 서로 대화하는 것이 좋겠네."

아가톤이 말했네.

"옳은 말이야, 파이드로스. 소크라테스와는 앞으로도 이야기할 기회가 많을 테니 곧 연설에 들어가기로 하겠네. 먼저 나는 내가 어떻게 연설할 것인지를 말씀드리고 그다음에 연설하렵니다.

내 생각엔 지금까지 말씀한 분들은 모두 에로스 신을 찬미한 것이 아니라, 그 신이 인간에게 준 여러 가지 은혜를 보고 그 은혜를 입은 인간의 행복을 찬미한 데 지나지 않았던 것 같습니다. 그런 여러 가지 선물을 준 그 신이 어떤 성격의 존재인지는 아무도 설명하지 않았단 말이에요. 그러나 무엇을 찬미하든 간에 그것을 찬미하는 유일한 옳은 길은 그것이 어떤 성질의 것인지, 그리고 그것이 가져오는 결과가 어떤 것인지를 밝히는 것이지요.

에로스를 찬미하는 데도 마찬가지입니다. 우리는 먼저 그 신의 본성을 찬미하고 그다음에 그가 주는 여러 가지 선물을 찬미해야 합니다.

이렇게 말하는 것이 주제넘은 일이 아니고 신을 모독하는 일이 아니라면, 나는 신들은 모두 행복하지만 그중에서도 에로스 신이 가장 아름답고, 가장 훌륭하고, 따라서 가장 행복한 신이라고 주장합니다. 그 신이 가장 아름답다는 것은 그가 다음과 같은 성질을 가지고 있기 때문입니다.

첫째로, 그는 신들 가운데 가장 젊은 신입니다. 그에 대한 하나의 유력한 증거를 그 자신이 제공하고 있어요. 왜냐하면 그는 저 노년——우리 모두에게 그렇게도 빨리 들이닥치기 때문에 아주 발걸음이 빠르다는 것이 분명한——으로부터 전속력으로 도망치고 있기 때문입니다. 에로스는 본질상 노년을 싫어하며 거기에 가까이 가려 하지 않습니다. 오히려 그는 언제나 청년과 사귀며 짝이 됩니다. 사실 '비슷한 것끼리 언제나 모인다.'라고 한 속담이 맞는 겁니다.

나는 다른 많은 점에서 파이드로스의 말에 동의할 생각이 있습니다만 오직 한 가지, 에로스가 크로노스(Kronos)[41]와 이아페토스(Iapetos)[42]보다 나이가 많다는 것에 대해서는 동의할 수 없습니다. 그렇지 않아요. 나는 에로스가 신들 가운데 가장 나이가 어리고 또 영원히 젊은 신이라고 주장합니다.

옛날에 신들 사이에서 일어났었다고 헤시오도스(Hesiodos)와 파르메니데스(Parmenides)[43]가 전하는 사건들이 사실이라면, 그것들은 아낭케(Ananke)[44]로 말미암아 생긴 것이지 에로스로 말미암아 생긴 것이 아닙니다. 만일 에로스가 그때 이미 신들 가운데 있었다면 서로 거세(去勢)하며[45] 결박짓는 일과, 그 밖의 모든 난폭한 짓은 없었을 것이며, 오히려 지금처럼 그리고 에로스가 신들 위에 군림한 이후로 쭈욱 그랬듯이 그곳은 우정과 평화가 지배했을 것입니다.

그토록 그는 젊고 또한 부드럽습니다. 이 신의 부드러움을 묘사하려면 호메로스와 같은 시인의 재주가 있어야 하지요.

호메로스는 아테(Ate)[46]에 대해 그가 여신이며 부드럽다는 것을——적어도 그의 발이 부드럽다는 것을——말하고 있습니다. 그는 이렇게 말하고 있어요.

---

41) 거인족으로 우라노스의 아들이며, 제우스의 아버지.
42) 거인족으로 아틀라스와 프로메테우스의 아버지.
43) 헤시오도스는 기원전 700년경의 그리스의 서사시인. 파르메니데스는 기원전 6세기 말 ~5세기 사람으로 엘레아학파의 시조.
44) '필연' '운명'의 신격화된 여신.
45) 통치자의 지위에 있을 때, 제우스는 아버지인 크로노스를 거세하여 그 음부를 바다에 던졌다. 후에 그로부터 생겨난 것이 곧 아프로디테이다.
46) 재앙·파멸·미혹의 여신.

부드럽도다. 그녀의 발은,
그녀는 땅에 닿는 일 없이
사람들의 머리 위를 걸어 다니도다.

그녀가 딱딱한 것 위를 걷지 않고 부드러운 것 위를 걷는다는 것은 그녀의 부드러움에 대한 좋은 증거가 된다고 나는 생각합니다. 그러면 이와 같은 증거를 에로스에게 찾아 그가 부드럽다는 것을 설명해 보기로 합시다.

사실 그는 땅 위를 걷지도 않고 또 머리 위를 걷지도 않습니다. 그런 것들은 진정으로 부드러운 것이 못 되지요. 그는 만물 가운데 가장 부드러운 것 위를 걸으며 또 그 속에 살고 있습니다. 그가 깃들어 있는 곳은 신들과 사람들의 마음과 영혼 속이니 말이에요. 더구나 그 신은 어느 영혼 속에나 예외 없이 깃드는 것은 아닙니다. 에로스 신은 굳은 마음을 가진 영혼으로부터 곧 떠나며 부드러운 영혼 속에 만 자리 잡는 겁니다. 이렇듯 그는 언제나 그 발이나 그 밖의 신체의 모든 부분으로써 부드러운 것 가운데서도 가장 부드러운 것을 매만지기 때문에 그 자신 또한 부드럽지 않을 수 없습니다.

이리하여 그는 가장 젊고 가장 부드러우며 뿐만 아니라 몸도 유연합니다. 만일 그의 몸이 뻣뻣하다면 그는 자기의 몸을 굽힐 수가 없을 것이며, 또 조금도 눈에 띄지 않게 뭇사람의 영혼 속을 드나들 수 없을 테니까요.

그의 몸이 균형이 잘 잡혔고 맵시가 있다는 것은 그의 우아함을 보면 잘 알 수 있는 일입니다. 누구나 인정하는 바와 같이 특히 우아함은 에로스의 두드러진 특징입니다. 그래서 우아하지 못한 것과 에로스 사이에는 언제나 전쟁이 있는 거지요.

그의 혈색이 아름다운 것은 그 신이 꽃들 사이에서 살고 있음을 보여 주는 겁니다. 왜냐하면 꽃이 없는 곳에나 꽃이 시든 곳에는——그것이 육체의 내부이건 영혼의 내부이건 혹은 그 밖의 어느 곳이건——에로스가 머물지 않으며 오로지 꽃이 있고 향기로운 곳에만 머물기 때문입니다.

이 신의 아름다움에 대해서는 이외에도 말할 것이 많이 있습니다만 그것만으로도 충분할 것입니다.

그다음엔 이 에로스 신의 덕에 관해서 이야기하겠습니다. 에로스 신의 덕(德) 중에서 제일 중요한 것은 에로스가 부정한 일을 하지도 않고, 부정한 일을 당하지도 않는다는 것입니다. 즉 그는 어떤 신에게도 부정한 일을 행하지도 않고 또 어떤 신으로부터도 부정한 일을 당하지도 않으며, 또 어떤 사람에게도 부정하지 않고 어떤 사람으로부터도 부정한 일을 당하지 않는 것입니다. 그는 무슨 일이나 폭력에 의하여 강제되는 일이 없습니다. 폭력은 결코 에로스에 접근할 수가 없는 것입니다. 또 그는 무슨 일이나 폭력에 의지하는 법이 없지요. 누구나 무슨 일이든지 자진해서 에로스에 봉사하니까요. 그리고 당사자들이 서로 자진해서 동의한 것은 '국가의 군주인 국법'도 이를 정의롭다고 선언하는 것입니다.

이 신은 정의의 덕뿐만 아니라 절제의 덕 또한 가지고 있습니다.
절제란 쾌락과 욕망을 지배하는 것을 의미한다는 것과, 어떤 쾌락도 에로스보다 강하지는 못하다는 것은 누구나 인정하고 있는 사실입니다. 그런데 다른 쾌락들이 에로스보다 약하다고 하면 그것들은 당연히 에로스의 지배를 받게 되고 에로스는 그들의 지배자가 될 것입니다. 그러니 쾌락과 욕망을 지배하는 에로스는 특별히 절제심이 강하다고 할 수밖에 없어요.

게다가 용기는 에로스에게 아레스(Ares)[47]도 상대가 못 됩니다. 왜냐하면 아레스가 에로스를 붙드는 것이 아니라 에로스가 아레스를 붙들기 때문입니

---

47) 전쟁 · 싸움의 신.

다. 전해오는 바에 의하면 에로스——아프로디테에 대한 사랑——는 아레스를 사로잡았지요. 본래 붙드는 자가 붙들리는 자보다 강한 법이요, 또 모든 사람 가운데 가장 용감한 자를 지배하는 에로스 신이야말로 가장 용감한 자임이 틀림없습니다. 이상으로 이 신의 공정성과 절제심과 용기에 관해서 말했으니, 이제 이 신의 지혜의 덕에 대해 말해야 하겠습니다. 그러나 지혜에 대해서는 신중히 말해야 합니다.

에뤼크시마코스가 자기의 전문 분야와 관련지어 표현한 것처럼 나도 내 전문 분야와 관련지어 말하겠습니다.

첫째로, 이 신은 아주 현명한 시인으로서 사람들을 시인이 되게 할 수 있는 것입니다. 누구나 에로스의 손이 한 번 닿기만 하면 '전에는 예술과 아무 상관도 없던' 사람도 시인이 되는 것입니다. 이것은 에로스가 훌륭한 시인이자 모든 예술적 창작에 뛰어난 창조자임을 충분히 증명해 주는 겁니다. 왜냐하면 자기가 가지고 있지 않거나 알지 못하거나 하는 것은 남에게 줄 수도 없고 가르쳐 줄 수도 없으니까요. 더구나 에로스가 모든 생물을 창조해 내는 일을 생각해 보세요. 모든 생물이 에로스의 지혜로 말미암아 태어나며 길러진다는 사실을 부정하는 사람은 하나도 없습니다. 그리고 모든 예술 작품을 만드는 기술에도 이 신의 가르침을 받으면 그 기술이 영예롭고 빛나는 것이 되지만, 에로스의 손길이 닿지 않으면 완전히 암흑 속에 파묻히게 된다는 것을 우리는 알지 않습니까?

또 궁술이나 의술이나 점치는 일도 아폴로가 욕망과 사랑에 이끌려서 발명해 낸 것인 만큼, 결국 아폴로도 에로스의 제자입니다. 이와 마찬가지로 뮤즈 신들은 음악에서, 헤파이스토스는 야금술(冶金術)에서, 아테네(Athene)[48]는 직조술(織造術)에서, 제우스는 신들과 인간들을 조종하는 기술에서 에로스의 제자입니다.

이러한 까닭으로 신들의 세계에 에로스——물론 그것은 아름다움에 대한 사랑입니다. 왜냐하면 에로스는 추한 것 속에는 머물지 않기 때문입니다.——가 태어나자 신들의 세계는 비로소 질서가 잡히었습니다. 처음에 내가 말한 것처럼 이 신이 태어나기 전에는 그곳은 아낭케가 지배하고 있었기 때문에 신들 간에도 끔찍스러운 일이 많이 일어났었습니다. 그래서 그것에 관한 이야기가 지금도 전해 내려오고 있지 않습니까? 그러나 이 에로스 신이 탄생한 후로는 아름다운 것들에 대한 사랑으로 인하여 신들에게나 인간들에게나 온갖 좋은 것이 생기게 된 것입니다.

그러므로 파이드로스, 에로스는 그 자신이 가장 아름답고 가장 뛰어난 신인 동시에 다른 것들에게도 그러한 장점을 부여해 주는 신입니다. 나 자신도 감동되어 그 신에 대해 다음과 같은 시(詩)를 읊고 싶군요. 즉

> 에로스는 인간들에겐 평화를,
> 깊은 바다에는 고요를,
> 폭풍에는 멎음을,
> 피곤하고 어려움에는 단잠을 주는 신이다.

라고 말이에요. 그는 우리 사이에 서먹서먹한 감정을 없애 주고 따뜻한 우애를 우리 속에 가득히 넣어 줍니다. 즉 그는 지금의 이 모임과 같은 모든 모임을 마련하여 사람들을 서로 모이게 하고서는 잔치에서나 무도회(舞蹈會)에서나 제물을 바치는 일에서나 그들의 안내자가 되는 겁니다.

---

48) 제우스의 딸로 지혜·농업의 신. 그리스 로마 신화의 미네르바 여신과 동일시된다. 아테네의 아크로폴리스에 있는 파르테논 신전은 이 여신에게 바쳐진 것이다.

그는 부드러움을 주고 난폭함을 물리칩니다. 그는 선의를 베풀기를 좋아하고 악의를 싫어합니다. 그는 우아하고 유순하며, 현인에게는 우러러 받들 만한 존재이며 신들에게는 감탄스러운 존재입니다. 그를 전혀 갖지 못한 사람들에게는 그는 부러운 존재가 되며 그를 조금이라도 가진 자에게는 소중히 간직됩니다. 그는 화려하고 고우며 섬세와 우아와 동경과 갈망의 아버지이며, 선한 것을 돌보며 악한 것은 돌보지 않습니다. 그는 모든 고난과 공포와 소망과 일에서 구원자이며 안내자이며 동료이며 도와 주는 자입니다. 그는 신과 인간의 영광이며 가장 훌륭하고 가장 빛나는 인도자입니다. 모든 사람들은 신들과 인간들의 마음을 매혹하는 그의 노래를 함께 부르며 그를 따라가지 않으면 안 되는 것입니다.

파이드로스, 이것이 내가 이 신에게 바치는 연설이오. 그 신께서 이것을 기쁜 마음으로 받아들여 주시기를 원합니다. 나는 우스갯소리와 진지함을 적당히 섞어 가며 말했습니다만 하여간 이것이 내가 할 수 있는 최선의 것이오."

아가톤이 연설을 마치자 모두 박수 갈채를 보냈지. 그 젊은이는 그 자신에게도 어울리고 그 신에게도 어울리는 말을 했기 때문일세.

그러자 소크라테스가 에뤼크시마코스에게 이렇게 말했네.

"오오, 아쿠메노스의 아들이여. 이래도 자네는 내가 두려워한 것이 기우(杞憂)였다고 생각하나? 내가 뭐라고 했나? 아가톤이 아주 훌륭한 연설을 할 것이므로 나는 할 이야기가 없어 난처해질 것이라고 예언하지 않았나?"

그러자 에뤼크시마코스가 말했네.

"아가톤이 훌륭한 연설을 하리라는 예언은 들어맞았습니다. 그러나 에로스에 관해 할 이야기가 조금도 남아 있지 않다고요? 전 그렇게 생각하지 않습니다."

그러자 소크라테스가 말했네.

"여보게, 모든 것이 담겨 있는 아가톤의 아름다운 연설을 듣고 난 지금 말할 차례인 내가 어찌 곤경에 처하지 않을 수 있겠는가? 그건 나뿐만 아니라 누구라도 마찬가지일 걸세. 연설의 앞부분도 훌륭했지만 맨 나중 부분은 그야말로 아름다웠어. 그 어휘들과 어구가 얼마나 아름다웠던지 듣는 사람은 누구나 감탄하지 않을 수 없었을 걸세.

나는 흉내도 낼 수 없을 정도여서 어찌나 부끄러운 생각이 들었는지 모르네. 도망갈 곳이 있기만 했다면 나는 당장 도망쳤을 걸세. 그 연설은 나에게 고르기아스(Gorgias)[49]를 생각나게 했네. 그래서 나는 마치 호메로스의 이야기 속에 나오는 것과 똑같은 일을 당하는 것처럼 느꼈네. 즉 아가톤이 그 연설의 마지막에, 대 웅변가 고르기아스를 고르곤의 머리로 삼아 내 연설 앞에 내보임으로써 나를 돌로 변하게 하여 벙어리가 되게 하는 것이 아닌가 하고 두려웠네.

그래서 나는 내 차례가 오면 그대들과 함께 에로스를 찬미하겠다고 약속한 것과, 도대체 에로스 신을 어떻게 예찬해야 할지 알지도 못하면서 사랑에 관한 일에 내가 정확하고 자세히 안다고 말한 것이 얼마나 어리석은 일이었던가를 절실히 깨달았네.

나는 어리석게도 우리가 무엇을 예찬하든 진실을 말해야 하며, 그것을 전제로 하여 그 진실 중에서 가장 아름다운 말들을 골라내어 그것들을 멋지게 배열해야 한다고 생각했던 것일세. 그래서 나는 내가 사물을 찬미하는 참된 방법을 알고 있다고 믿었기 때문에 아주 훌륭한 연설을 할 수 있으리라고 자부하고 있었지.

---

49) 고르기아스는 대표적인 소피스트이지만, 여기에서 고르기아스를 등장시킨 것은 그리스 신화에 나오는 괴물(머리카락이 뱀으로 되어 있는) 고르곤과 발음이 유사하기 때문이다. 고르곤의 머리를 보는 사람은 누구나 돌로 변해 버리기 때문이다.

그러나 아름답게 찬미한다는 것은 그런 것이 아니라, 무엇을 찬미하든 그것에다가 가장 위대하고 가장 아름다운 찬사를 모조리 갖다 붙이는 것인 듯 싶네. 진실이건 거짓이건 상관하지 않고 말일세. 왜냐하면 우리에게 주어진 과제는 우리 각자가 정말 에로스를 찬미하는 것이 아니라 그를 찬미하는 체하는 것이었다고 생각되기 때문일세. 그런 까닭에 그대들은 끌어댈 수 있는 온갖 찬사를 에로스에다가 갖다 붙이면서, 그는 이러이러한 성질의 존재요 또 이러이러한 모든 좋은 것의 원인이라고 말함으로써 그를 가장 아름답고 가장 훌륭한 신인 것처럼 보이려고 하고 있다고 나는 생각하네. 그러나 그것은 에로스 신을 모르는 사람들에게나 통할 일이지, 그 신을 아는 사람들에게는 통할 리가 없지.

어쨌거나 그대들은 아름답고 장엄한 예찬 연설을 했네. 그러나 나는 그런 식으로 에로스 신을 예찬할 것은 예상하지 못하고 내 차례가 오면 나도 찬미를 하겠다고 말한 걸세. 그러므로 나의 약속은 나의 혀가 한 것이지 나의 마음이 한 것은 아닐세. 그러므로 나는 그 말과는 이제 작별하겠네. 즉 나는 그 말을 취소하겠네. 나는 그런 식으로 찬미 연설을 할 생각은 없네. 나에게는 그런 연설을 할 능력도 없네. 하지만 진실을 듣고 싶다면 말하겠네. 나는 그대들과 연설 경쟁을 하여 웃음거리가 되고 싶지는 않지만 내 생각대로 진실을 말하라면 구태여 사양하지 않겠네.

어떤가 파이드로스, 그렇게 해도 괜찮겠나? 에로스에 관해서 진실을 말하는 것을 들을 용의가 있는가? 그렇다면 나는 그때그때 생각나는 대로 즉흥적으로 언어와 어구를 배열해 가면서 말할 걸세."

파이드로스와 그 밖의 사람들은 소크라테스에게 원하는 대로 이야기해 보라고 말했네.

소크라테스가 말했네.

"그렇다면 파이드로스, 먼저 아가톤에게 몇 마디 묻게 해 주게. 이야기하기 전에 그의 동의를 얻어 둘 것이 있으니 말일세."

"좋습니다, 물어보시지요."라고 파이드로스가 말했네.

이 말을 듣고 소크라테스는 다음과 같이 이야기했네.

"친애하는 아가톤, 자네가 연설을 시작할 때 자네는 먼저 에로스가 어떤 성질을 가지고 있는 존재인지를 밝히고, 그다음에 그가 하는 여러 가지 일을 논하겠다고 말한 것은 아주 잘한 일이었다고 생각하네. 연설을 그렇게 시작한 것을 나는 매우 훌륭하다고 생각하네. 자네는 에로스 신이 어떤 성질을 가지고 있는가에 대해 매우 훌륭하게 말했네.

그러나 에로스는 어떤 대상에 대한 사랑인가 아니면 대상이 없는 사랑인가? 내가 묻는 것은 에로스는 어머니에 대한 사랑인가 아니면 아버지에 대한 사랑인가 하는 따위를 묻는 것이 아닐세. 왜냐하면 그런 질문은 어리석은 질문이기 때문일세. 내가 묻는 것은, '아버지는 어떤 사람의 아버지인가, 아무의 아버지도 아닌가?'라고 묻는 것과 같은 것일세. 이 질문에 대해 자네가 옳은 대답을 하고자 한다면, '아버지는 아들이나 딸의 아버지'라고 대답할 것으로 나는 짐작하네. 그렇지 않겠나?"

"물론 그렇습니다."라고 아가톤이 대답했네.

"그렇다면 어머니도 그와 마찬가지겠지?"

여기에 대해서도 그는 동의했네.

소크라테스가 말했네.

"한두 가지만 더 대답해 주게. 그러면 내가 말하고자 하는 것을 좀 더 잘 이해할 수 있을 줄 아네. 내가 다음과 같이 물으면 어떻게 대답하겠나? '본질적 의미에서 형제는 어떤 사람의 형제인가 아니면 어떤 사람의 형제도 아닌 것인가?'"

이에 대해 아가톤은 어떤 사람의 형제라고 대답했네.

"그렇다면 형제나 자매의 형제라는 뜻이겠지?"

여기에 대해서도 그는 동의했네.

"자, 그렇다면 이번에는 에로스에 대해서도 똑같이 묻겠네. 에로스가 어떤 대상에 대한 사랑인가 아니면 아무것도 향하지 않는 사랑인가?"

"물론 어떤 대상에 대한 사랑이지요."

소크라테스가 말했네.

"그렇다면 사랑의 대상이 무엇인가에 대해서 자네가 말한 것을 잘 기억해 두게. 그리고 이제 한 가지만 대답해 주게. 에로스는 자기 사랑의 대상을 욕구하는가 욕구하지 않는가?"

"그야 물론 에로스는 자기 사랑의 대상을 욕구하지요."

"그가 그 대상을 욕구하고 사랑하는 것은 그가 그것을 소유하고 있을 때인가 소유하고 있지 않을 때인가?"

"대체로 소유하고 있지 않을 때입니다."

"대체로가 아니라 반드시 그런 경우가 아닐까? 왜냐하면 욕구하는 자가 자기에게 없는 것을 욕구하는 것은 필연적이며, 또 빠져 있지 않은 것은 구태여 욕구하지 않게 마련일 테니까. 오! 아가톤. 나 자신은 이것이 아주 필연적인 이치라고 확신하네. 자넨 어떻게 생각하나?"

"저도 그렇게 생각합니다."

"좋아, 그렇다면 몸집이 큰 사람이 몸집이 커지기를 원하며 힘이 강한 사람이 강하게 되기를 원하겠는가?"

"지금까지 동의해 온 바에 의하면 그럴 수 없지요."

"자기가 가지고 있는 것을, 모자라거나 빠져서 없다고 말할 수는 없을 테니 말이지?"

"그렇지요."

"어떤 사람이 현재 강하면서도 강해지기를 원하고, 동작이 민첩하면서도 민첩해지기를 원하고, 건강하면서도 건강해지기를 원한다면 자네는 그가 이미 소유하고 있는 것을 원하고 있는 거로 생각할 걸세. 내가 이런 말을 하는 것은 우리가 오류를 범하는 일이 없도록 하기 위해서일세.

아가톤, 자네도 생각해 보면 잘 알겠지만 그런 사람들은 자기가 원하건 원하지 않던 그들이 그것을 현재 소유하고 있는 것은 명백한 일이지. 그런데도 자기가 소유하고 있는 것을 원하는 사람이 어디 있단 말인가? 그러므로 만일 어떤 사람이, '나는 건강한데 그래도 건강해지기를 원해.'라든가, '나는 부유한데 그래도 부유해지기를 원해.'라든가, '나는 내가 소유하고 있는 것을 욕구해.'라고 말한다면 우리는, '여보게, 자네는 부와 건강과 힘을 현재 가지고 있는데 앞으로도 오래오래 그것을 소유하고 싶단 말이지? 자네가 그것을 원하건 원하지 않건 지금은 자네가 그것을 소유하고 있으니 말일세. 자네가 지금 소유하고 있는 것을 원한다고 말하는 것은 자네가 지금 가지고 있는 것을 앞으로도 계속해서 소유하고 싶다는 것을 의미하는 것일 뿐 아닌가?'라고 대답할 걸세. 그러면 그 사람도 우리의 말에 동의하지 않겠는가?"

"동의하겠지요." 아가톤이 대답했네.

그러자 소크라테스가 말했네.

"그러니 자기가 지금 가지고 있는 것이 앞으로도 자기에게 보존되기를 원한다는 것은 결국 아직은 자기에게 모자라거나 없는 것을 원한다는 것과 같은 이야기가 아닌가?"

"물론이지요."

"그렇다면 어떤 사람이라도 무엇을 욕구하는 경우 그가 욕구하는 것은 그

가 현재 누리고 있지 못한 것들과 실제로 가지고 있지 않은 것들일 걸세. 왜
냐하면 자기가 아직 이르지 못한 상태와 자기에게 모자라거나 없는 것들이
욕구와 사랑의 대상이 될 테니까."

"물론입니다."

소크라테스가 말했네.

"자, 그럼 지금까지 말한 것을 요약해 보세. 에로스는, 첫째로 어떤 것에
대한 사랑이요, 둘째로 자기에게 모자라거나 없는 것에 대한 사랑이지?"

"그렇습니다."

"그다음엔 자네는 연설에서 에로스의 대상이 무엇이라고 말했는지 상기해
주게. 자네가 원한다면 내가 상기시켜 줄 수도 있네. 내 기억으로는 자네가
대체로 이렇게 말한 것 같네. 즉 신들은 아름다운 것들에 대한 사랑을 통해
서 그들의 세계의 질서를 세웠으며, 추한 것에 대한 사랑이란 있을 수 없다
고 말일세. 어떤가 대체로 이런 말을 하지 않았나?"

"네, 그런 말을 했습니다."

"오, 나의 친구여. 그건 참 옳은 말이었네. 그렇다면 에로스는 아름다움에
대한 사랑이지 추함에 대한 사랑은 아니겠지?"

여기에 대해서도 그는 동의했네.

"그런데 자기에게 모자라고 없는 것을 사랑한다는 데 대해서 우리는 이미
의견의 일치를 보지 않았나?"

"그렇습니다."

"그렇다면 에로스는 아름다움이 모자라며 아름다움을 가지고 있지 않은
것일세."

"그렇게 되겠지요."

"그런데도 자네는 아름다움이 모자라며 아름다움을 가지고 있지 않은 것

을 아름답다고 말하겠는가?"

"그렇지 않습니다."

"그렇다면 자네는 아직도 에로스가 아름답다고 말하겠는가?"

그러자 아가톤이 말했네.

"오, 소크라테스. 저는 제가 한 이야기가 무슨 이야기인지 저도 모르는 소리가 아니었나 하는 생각이 드는군요."

"아닐세, 아가톤. 자네 연설은 참 훌륭했어. 그러나 한 가지만 더 대답해 주게. 좋은 것은 또한 아름답기도 하다고 자네는 생각하나?"

"그렇게 생각합니다."

"그렇다면 에로스가 아름다운 것이 모자라며 좋은 것은 아름다운 것이니 에로스는 또한 좋은 것들도 모자라겠군."

"오, 소크라테스. 저는 도저히 선생님의 말씀에 반대할 수 없습니다. 선생님의 말씀이 옳다고 생각합니다."

"자네는 소크라테스의 말에 반대할 수 없다고 말한 것이 아니라 진리에 반대할 수 없다고 말해야 하네. 친애하는 아가톤, 왜냐하면 소크라테스에게 반대하기는 쉬운 일이지만 진리에 반대할 수는 없기 때문일세."

자, 여러분. 그러면 따지는 건 이 정도로 하고, 내가 전에 만티네이아(Mantineia)의 디오티마(Diotima)[50]에게서 에로스에 관해 들은 이야기를 해 보겠소.

그녀는 이 문제와 그 밖의 여러 가지 방면에 통달한 사람이었소. 그녀는 아테네 사람들로 하여금 전염병이 돌기 전에 희생물을 바치게 함으로써 그

---

50) 설사 디오티마가 역사상의 인물이었다 하더라도 이곳의 디오티마는 깊은 의미에서는 플라톤이 만들어 낸 인물이라고 생각해야 할 것이다. 우리는 플라톤이 이 인물을 도입함으로써 다음에 나오는 설명들이 소크라테스의 것이라기보다는 오히려 자기 것임을 암시하고 있다는 것을 상상할 수 있다.

병마(病魔)[51]를 10년간이나 늦게 오게 할 수도 있었던 사람이오.

나에게 사랑을 가르쳐 준 것은 바로 그녀였소. 이제 나는 그녀가 나에게 이야기한 것을 여러분에게 이야기하겠소. 나는 나와 아가톤이 견해의 일치를 본 곳에서부터 시작하기로 하겠소. 내 힘이 미치는 데까지 그녀의 이야기를 충실히 전해 보려 하오.

나는 먼저 아가톤이 한 것처럼 에로스가 어떤 존재이며 어떤 성질을 가지고 있는가를 말하고, 그다음에 그가 행하는 여러 가지 일을 설명해 보기로 하겠소. 그렇게 하기 위해서는 나는 그녀와 내가 대화를 한 방식대로 하는 것이 가장 쉬운 방법이라고 생각하오.

나도 아가톤이 지금 나에게 한 말과 거의 같은 말을 그녀에게 했소. 즉 에로스는 위대한 신이요, 아름다운 것들에 대한 사랑이라고 말이오. 그랬더니 그녀는 내가 지금 아가톤을 설득한 것과 같은 말로, 에로스는 아름답지도 않고, 또 내가 전개한 바와 같은 논리에 따라 선(善)하지도 않다는 것을 나에게 설득했소. 그래서 나는 이렇게 말했소.

"디오티마, 그렇다면 에로스는 추하고 악하단 말인가요?"

그랬더니 그녀는,

"그렇진 않아요. 그렇다면 당신은 아름답지 않은 것은 반드시 추하다고 생각합니까?"

라고 말하더군. 그래서 나는 대답했소.

"네, 나는 그렇게 생각합니다."

"그렇다면 지혜롭지 못한 사람은 무지한 사람이겠군요? 지혜와 무지 사이에 중간에 있는 무엇이 있다는 사실은 모르시오?"

---

51) 기원전 430년경에 유행했던 전염병.

디오티마(Diotima)
전설상의 인물, 고대 그리스 만티네이아(아르카디아 남동부)의 무녀(巫女).

"그게 뭔가요?"

"근거는 알지 못하면서 올바른 견해를 가지는 것은 지식이 아니겠지요. 근거를 모르는 견해가 어떻게 지식이 되겠어요? 또 그렇다고 그건 무지도 아니지요. 실제로 있는 것에 근접한 것을 어떻게 무지라 하겠어요? 그러니 올바른 견해는 분명 지식과 무지의 중간에 있는 것이라고 할 수 있습니다."

"그렇겠군요."

"그러니, 아름답지 못한 것은 추한 것이며, 좋지 못한 것은 곧 나쁜 것이라는 주장은 잘못이지요. 에로스도 그렇습니다. 당신이 이제 인정한 바와 같이 에로스는 선하지도 않고 아름답지도 않지요. 그렇다고 해서 에로스를 추하거나 악하다고 생각해서는 안 되지요. 오히려 이 두 가지 상태의 중간에 있는 거라고 봐야 할 겁니다."

그래서 나는 이렇게 말했소.

"어쨌든 에로스는 누구에게나 위대한 신으로 인정되고 있지 않습니까?"

"누구나 인정하다니 그건 무식한 사람들 누구나가 인정한다는 말인가요, 그렇지 않으면 유식한 사람 누구나가 인정한다는 말인가요?"

"예외 없이 누구나가 그렇단 말입니다."

이렇게 말하니까 그녀는 웃으면서,

"소크라테스, 에로스가 신이라는 것을 인정하지 않는 사람들이 어떻게 에로스를 위대한 신으로 인정할 수 있겠어요?"

라고 말하더군. 그래서 나는 물었소.

"그게 어떤 사람들입니까?"

"첫째로 당신이오, 둘째로는 나 자신이지요."

"어째서 그렇습니까?"

"잘 생각해 보세요. 당신은 신들이 모두 행복하고 아름답다는 것을 인정하고 있지요? 그렇지 않나요? 당신은 신 중에서 어떤 한 신이라도 행복하지도 않고 아름답지도 않다고 감히 말할 수 있나요?"

"나는 감히 그렇게 말할 수 없습니다."

"그런데 당신은 선하고 아름다운 것들을 소유한 사람은 행복하다고 하지 않나요?"

"그야 그렇지요."

"그런데 에로스는 선하고 아름다운 것들이 모자라기 때문에 그에게 없는 그 선하고 아름다운 것들을 욕구한다는 것을 당신은 인정하지 않았던가요?"

"네, 인정했습니다."

"그러면 아름답고 선한 것들을 전혀 가지지 못한 그가 어떻게 신일 수 있단 말인가요?"

"결코 신일 수 없습니다."

"그것 보세요. 당신은 에로스가 신이라는 것을 부정하고 있지 않습니까?"

"그러면 도대체 에로스는 어떤 존재입니까? 그것은 생명이 있는 유한(有限)한 존재인가요?"

"천만에요."

"그러면 대체 어떤 존재입니까?"

"아까 말한 대로지요. 즉 죽는다는 것과 죽지 않는다는 것의 중간자(中間者)이지요."

"그건 대체 뭔가요? 디오티마."

"위대한 다이몬[52]이에요. 소크라테스. 왜냐하면 다이몬적인 것은 모두 신

---

52) 고대인들은 인간이 직접 신에게 접근할 수 없다고 생각했다. 따라서 신과 인간의 중간자가 필요했다. 다이몬은 신과 인간의 중간에 있는 영적인 것을 말한다.

적인 것과 인간적인 것의 중간에 있는 것이니까요."

"그것은 어떤 능력을 갖추고 있습니까?"

"그것은 인간에게서 나온 것을 신들에게 전달하고 보내며, 또 신들로부터 온 것을 인간에게 전달하고 보냅니다. 인간으로부터는 기원과 희생을 받아 신들에게 전달하고 신들로부터는 명령과 보상을 받아 인간에게 전달합니다. 신과 인간의 중간에 있어서 이들 사이의 간격을 메우고 만물을 묶어 하나가 되게 하는 겁니다. 모든 점술(占術)과 제물과 제사와 기도, 성직자의 모든 기술, 그리고 모든 예언과 마술은 다이몬을 통해 행해지는 겁니다. 그것은 신이 인간과 직접 교제하는 일은 없으며 신들과 인간과의 교제와 대화는—— 깨어 있을 때나 잠들고 있을 때나—— 모두 다이몬을 통해 행해지고 있기 때문이지요. 이런 일에 능통한 사람이야말로 다이몬적인 사람입니다. 이 이외에는 어떤 것에 능통한 사람도 모두 세속적인 사람에 불과하지요. 이러한 다이몬은 물론 그 수가 많고 또 그 종류도 여러 가지 있는데 그중의 하나가 에로스입니다."

"그렇다면 그의 아버지는 누구이며, 그의 어머니는 누구입니까?"

하고 내가 말했소. 그러자 그녀는 이렇게 대답했소.

"그걸 얘기하자면 길지만 이야기해 드리죠. 아프로디테(Aphrodite)가 태어나자 신들이 잔치를 베풀었는데 그 자리에는 메티스(Metis)의 아들 포로스 (Poros)[53]도 있었어요. 식사가 끝날 무렵에 페니아(Penia)[54]가 구걸하러 와서 거지들이 으레 하는 것처럼 요란스럽게 떠들면서 문간에 서 있었습니다. 포로스는 이때 벌써 신주(神酒)를 많이 마시고——그 당시는 아직 포도주가

---

53) 메티스는 '교묘한 지혜', '책략'의 신격화. 포로스는 '풍요', '부족한 것이 없는 것'을 의미한다.
54) 페니아는 '궁핍', '빈곤'을 의미한다.

없었지요——취하여 제우스 신의 정원에 들어가 아주 깊이 잠들어 있었습니다. 그러자 그녀(페니아)는 너무 가난했기 때문에 포로스에게서 자식을 하나 얻을 계획을 세우고 그 곁에 누워 결국 에로스를 잉태한 것입니다. 이렇게 해서 에로스는 아프로디테의 종이 되었습니다. 그것은 그가 이 여신의 생일 잔치 때에 출생하게 되었고, 동시에 그가 선천적으로 아름다움을 사랑하는 데다가 아프로디테가 아름다웠기 때문이었습니다.

또한 에로스는 포로스와 페니아의 아들인 까닭에 그 운명도 그들에게서 얻게 된 것입니다. 첫째로 그는 항상 가난합니다. 그리고 그는 많은 사람이 생각하는 것처럼 부드럽고 아름답기는커녕 도리어 딱딱하고 거칠고 신발도 없고 집도 없지요. 그래서 그는 늘 이부자리도 없이 문간이나 길거리의 땅바닥에 누워 잡니다. 그건 그의 어머니의 본성을 물려받아 항상 궁핍과 함께 살기 때문이에요.

그러나 그는 아버지를 닮은 데도 있어서 아름다운 것과 좋은 것을 차지하려고 획책하며, 용감하고 저돌적이고 열렬하며, 뛰어난 사냥꾼이요, 늘 모략을 꾸미고 지혜를 열심히 추구하며, 온 생애를 통하여 지혜를 사랑하는 애지자(愛智者)이며, 또 놀라운 마술사·독약 조제사·궤변가입니다.

그는 죽는 것도 아니요 죽지 않는 것도 아닙니다. 그러나 그는 하루에도 몇 번씩 때로는 풍요롭게 꽃피고 생기가 돌으며, 때로는 죽어 가기도 하지요. 그러다가는 그는 아버지에게 받은 본성을 따라 새로운 힘을 얻기도 합니다. 그러나 풍요한 가운데 얻은 것은 늘 사라져 버리고 맙니다. 그래서 에로스는 빈궁하지도 않고 부유하지도 않습니다. 그리고 그는 또한 지혜와 무지의 중간에 있습니다.

그 까닭은 이러하지요. 즉 어떤 신도 지혜를 추구하거나 지혜로운 자가 되고 싶어 하지는 않습니다. 그들은 이미 지자이니까요. 신들이 아니라도 누구든 이미 지혜 있는 사람치고 지혜를 사모하고 추구할 사람은 없지요. 그리고 무식한 사람도 지혜를 추구하지 않으며 지자가 되고 싶어 하지도 않습니다. 무지의 가장 나쁜 점은 아름답지도 선하지도 않고 총명하지도 못하면서 스스로 만족하고 있는 거지요. 그래서 그는 이런 것들을 욕구하지 않습니다. 자기에게 부족하다고 생각되지 않는 것을 추구할 리는 없으니까요."

"지혜를 추구하는 사람들이 지자도 무지자도 아니라면 도대체 지혜를 사랑하는 사람들이란 어떤 사람들인가요?"

"그건 어린이조차도 알 수 있는 일이에요. 지혜를 사랑하는 사람들이란 지혜로운 자와 지혜롭지 못한 자의 중간에 있는 사람들이지요. 그리고 에로스도 그들 가운데 하나입니다.

지혜란 가장 아름다운 것들 가운데 하나이며 에로스는 아름다운 것에 대한 사랑입니다. 그러므로 에로스는 필연적으로 애지자요, 또 애지자이니까 당연히 지자와 무지자의 중간에 있는 거예요.

그가 이렇게 된 것은 그의 출생의 내력 때문입니다. 즉 그가 지혜롭고 부유한 아버지와 가난하고 무지한 어머니 사이에서 태어났기 때문이에요.

친애하는 소크라테스. 이것이 이 다이몬의 본성입니다. 그러나 당신이 처음의 에로스에 대하여 그렇게 생각했던 것은 이상한 일이 아닙니다. 당신이 말한 것으로 미루어 생각건대 당신은 에로스가 사랑받는 자이지 사랑하는 자가 아니라고 생각했던 것 같아요. 그건 에로스가 당신에게 아주 아름다운 것으로 보였기 때문이라고 나는 생각해요. 사실 사랑받는 자는 아름답고 고상하고 완전하고 행복하지만, 사랑하는 자는 그와는 달리 지금까지 내가 이야기한 바와 같이 아주 다른 모습을 하고 있으니까요."

그래서 나는 말했소.

"그렇습니다, 당신 말씀이 옳습니다. 그런데 에로스가 그러한 성질을 가진 존재라면 그가 인간들에게 무슨 이익을 줄 수 있습니까?"

그러자 그녀는 이렇게 대답했소.

"그게 바로 지금부터 내가 당신한테 가르쳐 주려고 하는 거예요. 소크라테스, 에로스가 그런 존재이며 그렇게 태어났고, 또 에로스가 아름다운 것들에 대한 사랑이라는 것은 당신도 인정하고 있습니다. 그런데 누가 우리에게 '소크라테스와 디오티마, 아름다운 것들에 대한 사랑이란 도대체 어떤 것인가?'라고 묻는다고 가정해 보세요. 다시 말해 '아름다운 것들을 사랑하는 자들은 결국 무엇을 원하는가?'라고 묻는다고 가정해 보세요."

그래서 나는,

"아름다운 것들을 손에 넣기를 원하겠지요."

라고 대답했소.

그러자 그녀는 이렇게 말했소.

"그러나 그 대답에는 당연히 '그렇다면 아름다운 것을 손에 넣는 자는 결국 무엇을 얻게 되는가?'라는 질문이 따르게 됩니다."

나는 이 물음에 대해 얼른 '뭐라고 대답할 수 없소.'라고 말했소.

그랬더니 그녀가 말했소.

"누가 '아름다운'이란 말 대신에 '좋은'이란 말을 써서 '소크라테스, 좋은 것을 사랑하는 사람은 결국 무엇을 원할까요?'라고 물으면 어떻게 대답하겠어요?"

그래서 나는,

"그 좋은 것을 손에 넣기를 원하겠지요."

라고 대답했소.

"그럼 좋은 것을 손에 넣는 사람은 무엇을 얻게 됩니까?"

"그건 아까 물음보다 쉬운 질문이로군요. 그 사람은 행복을 얻게 될 거라고 나는 대답할 수 있습니다.”

“그러니 행복한 사람이 행복한 것은 좋은 것을 얻음으로 인해서입니다. 다시 여기서 ‘행복하게 되기를 원하는 사람은 왜 그렇게 되기를 원하는가?’라고 물을 필요는 없겠지요. 그에 대한 답은 여기서 끝나는 것 같군요.”

“그렇습니다.”

“그러면 당신은 이 욕구와 이 사랑이 만인에게 공통되는 것이며, 또 모든 사람이 언제나 좋은 것을 소유하기를 원한다고 생각합니까? 그렇지 않다고 생각합니까?”

“만인에게 공통되는 거로 생각합니다.”

“그러면 소크라테스, 모든 사람이 같은 것을 사랑하며 영원히 사랑하고 싶어 한다면 왜 만인이 사랑한다고 하지 않고 어떤 이는 사랑하지만 어떤 이는 그렇지 않다고 말하는 걸까요?”

“글쎄요, 잘 모르겠는데요.”

“모를 것 없어요. 그건 우리가 여러 가지 사랑 가운데 한 가지 종류만을 취하여 그것에다가 사랑이라고 하는 전체의 이름을 붙여 놓고 또 다른 사랑에는 다른 엉뚱한 이름을 붙이고 있기 때문이지요.”

“가령 어떤 것이 그런가요?”

“가령 이런 거예요. 창작에는 여러 종류가 있다는 것은 당신도 아시죠? 어떤 사물이 무(無)에서 유(有)로 옮아갈 때 그 원인이 되는 것은 창작 활동입니다. 따라서 모든 예술에는 그 과정이 창작이요, 그러한 것을 만드는 일에 종사하는 사람은 모두 창작자이지요.”

“그렇습니다.”

“그런데도 이러한 사람들은 ‘창작자’라고는 불리지 않고 다른 이름으로 불리고 있지요. 인간은 창작의 전(全) 영역 가운데서 그 일부, 즉 음악과 시(詩)

에 관계있는 것만을 따로 떼어 그것에다가 전체의 이름을 붙이고 있어요. 즉 이것만이 창작이라고 불리며, 또 이런 종류의 창작에 종사하는 사람만이 창작자라고 불리고 있는 거예요."

"옳은 말씀입니다."

"사랑에서도 그와 같습니다. 일반적 의미에서는 좋은 것과 행복에 대한 모든 욕구가 사랑, 즉 '강대하고 간교한 에로스'인 것이에요. 그런데 다른 어떤 길을 통해서, 가령 재산을 모으거나 운동 경기나 철학 같은 방면에서 활동하는 사람들은 사랑하고 있다든가 사랑하는 자라고 불리지 않고, 여러 가지 사랑 중 한 가지를 추구하고 그것에 대해서 열렬한 사람들만이 사랑이라는 명칭을 온통 독차지하고 사랑하고 있다느니 사랑하는 자라느니 하고 불리는 거예요."

"옳은 말씀이라고 생각합니다."

"또 이런 말을 하는 사람도 있더군요. 즉, 사랑하고 있는 사람들은 자기의 반쪽을 찾고 있는 거라고 말이에요. 그러나 나는 그렇게 생각하지 않습니다. 사랑은 자기의 반쪽을 찾는 것도 아니요 전체를 찾는 것도 아니에요.── 그 반쪽이니 전체니 하는 것이 어떤 좋은 것이면 또 모르겠습니다만 사실 인간은 자기의 손이나 발도 그것이 유해하다고 생각되면 기꺼이 잘라버릴 것입니다. 자기 것이라고 해서 덮어놓고 좋아하는 사람은 한 사람도 없다고 나는 생각해요. 물론 자기의 것은 좋은 것이요, 남의 것은 나쁜 거라고 생각하는 사람이 있으면 또 말이 달라지겠지만 말이에요. 사실 좋은 것 이외에 사람들이 사랑하는 것이란 아무것도 없습니다. 당신은 그렇게 생각하지 않습니까?"

"네, 그렇게 생각합니다."

그러자 그녀는 이렇게 말했소.

"그렇다면 우리는 간단히 이렇게 말할 수 있지 않을까요? '인간은 좋은 것을 사랑한다.'라고."

"그럴 수 있을 거예요."

"그렇다면 거기에 한마디 더 붙여 '인간은 좋은 것을 소유하기를 사랑한다.'고 할 수 있지 않을까요?"

"그렇다고 할 수 있겠지요."

"그렇다면 거기에 '인간은 좋은 것을 소유하기를 사랑할 뿐만 아니라 영원히 소유하기를 사랑한다.'라는 말을 덧붙이면 어떨까요?"

"그것 역시 덧붙여도 좋습니다."

"그럼 지금까지 말한 것을 종합해서 말한다면 '사랑이란, 좋은 것을 영원히 자기의 것으로 소유하기를 원하는 것'이 되겠군요."

"옳은 말씀입니다."

"사랑이 좋은 것을 영원히 소유하기를 원하는 것이라면 인간은 어떤 방법으로 그것을 추구해야 할까요? 그리고 인간의 열정이 사랑이라고 불리기 위해서는 어떤 행위 속에 나타나야 할까요? 대답할 수 있으세요?"

"대답할 수 없어요, 디오티마. 그것에 대답할 수 있었다면 내가 당신의 지혜에 경탄하여 바로 이 문제에 대해서 가르침을 받으려고 당신을 찾아올 리가 있겠어요?"

"좋아요. 가르쳐 드리지요. 그것은 곧 육체적으로나 정신적으로 아름다운 것 속에서 생산하는 것입니다."

"무슨 말씀이신지 이해하기 위해서는 점술이라도 풀듯해야겠군요. 나로서는 도무지 이해가 안 가는데요."

"그럼 좀 더 분명하게 말해 드리지요, 소크라테스. 모든 사람은 육체적으로나 정신적으로나 태반(胎盤)을 가지고 있어 생산을 할 수 있습니다. 그래서 때가 되면 우리의 본성은 생식(生殖)을 요구하는 거예요. 그러나 추한 것 속에서는 자식을 낳을 수 없고 오직 아름다운 것 속에서만 자식을 낳을 수 있는 거예요. 사실 남자와 여자의 결합이라는 것도 결국 일종의 생산입니다. 그것은 신적(神的)인 일이며, 죽는다는 것 속에 깃들어 있는 죽지 않는다는 어떤 것이에요. 임신과 출산은 조화를 이루지 못하는 것 속에서는 이루어질 수 없는 일이에요. 그런데 추한 것은 모든 신적인 것과 조화를 이루지 못하며, 아름다운 것은 신적인 것과 조화를 이루고 있습니다. 그러므로 출산에서 운명의 여신과 생산(生産)의 여신 역할을 하는 것은 미(美)의 여신입니다.

그러기에 생식욕에 넘쳐 있는 자가 아름다운 것에게로 가까이 가면 다정하게 되고 기쁨에 넘쳐 이윽고 임신·출산합니다. 그러나 추한 자에게 가까이 갈 때는 우울하게 되고 불쾌하게 되어, 오그라들고 뒷걸음치며 물러가 괴로워하면서 임신하기를 거절하고 출산하지 않습니다.

이런 까닭에 임신한 자가 만삭이 되면 아름다운 것으로 인하여 크게 흥분하여 황홀해지는 것입니다. 그것은 아름다운 것이 격렬한 고통으로 괴로워하는 자를 그 고통으로부터 해방해 주기 때문입니다. 소크라테스, 결국 사랑은 당신이 생각하듯이 단지 아름다운 것을 목표로 하는 것만은 아닙니다."

"그럼, 도대체 무엇을 목표로 합니까?"

"아름다운 것 속에서 생식하고 출산하는 것을 목표로 합니다."

"그럴지도 모르겠군요."

"그렇고말고요."

"그렇다면 왜 출산을 목표로 합니까?"

"그것은 출산이 죽음이 있는 자에게는 영원히 죽지 않고 산다는 어떤 것이기 때문이죠. 우리가 앞에서 인정한 바와 같이, 만일 사랑이 좋은 것을 영원히 소유하고자 하는 것이라면 우리는 죽지 않는 것을 좋은 것과 더불어 요구해야 합니다. 지금까지 말해 온 것에서 필연적으로 나오는 결론은 '사랑은 또한 죽지 않음을 목표로 한다.'라는 거예요."

이 모든 것을 그녀는 여러 기회에, 사랑에 관해서 이야기할 때마다 나에게 가르쳐 주었소. 한번은 그녀가 이렇게 묻더군.

"소크라테스, 당신은 이 사랑과 욕구의 원인이 무엇이라고 생각합니까? 어느 동물을 막론하고 그들이 생식하고 싶어 할 때는 굉장히 흥분된 상태에 빠진다는 것은 당신도 잘 아시죠? 이 점에서는 새들이나 짐승들이나 다를 바 없지요. 그들은 모두 미친 듯이 애욕에 사로잡혀 처음에는 교접하려 하고, 그다음엔 어떻게 하면 새끼들을 위하여 먹을 것을 얻을까 염려하는 것입니다. 그리고 새끼들을 위해서는 가장 약한 자조차도 가장 강한 자를 상대로 하여 죽음을 무릅쓰고 기꺼이 싸우려 하며, 또 새끼들을 먹여 살리기 위해서라면 자기들 자신이 굶주리는 것을 참고 견디며, 또 그 밖의 어떠한 일이든지 하려 하는 것입니다.

인간의 경우에는 이성(理性)을 가지고 있으므로 이러한 행동들을 한다고 생각할 수도 있겠지요. 하지만 동물의 경우 앞에서 말한 그러한 격렬한 사랑의 상태에 빠지는 원인은 무엇일까요? 대답하실 수 있어요?"

나는 이때에도 모른다고 대답했소. 그러니까 그녀는

"그것도 모르면서 어떻게 사랑의 문제에 관한 대가(大家)가 되려고 합니까?"라고 하더군. 그래서 나는 말했소.

"그러기에 디오티마, 아까도 말한 바와 같이 당신을 찾아온 게 아닙니까? 저는 저에게 스승이 필요하다는 것을 알았기 때문에 당신을 찾아온 겁니다. 제발 그 원인이 뭔지 그리고 그밖에 사랑에 관한 모든 것을 제게 가르쳐 주십시오."

그러자 그녀는 이렇게 말했소.

"만일 당신이 사랑은 본질상 우리가 앞에서 여러 번 인정했던 것들을 목표로 하고 있다는 것을 믿고 있다면 그 원인을 알기는 별로 어려울 것 없어요. 인간의 경우와 마찬가지로 동물의 경우에도 죽는다는 것의 본성은 항상 가능한 한 죽지 않고 영원히 살기를 원하는 것이니까요. 그런데 그것은 오직 출산에 의해서만 가능한 것입니다. 왜냐하면 출산이란 낡고 늙은 것 대신에 새롭고 젊은 것을 남겨 두고 가는 것이니까요. 그것은 각각의 생명체가 생존해 있는 동안 항상 동일한 존재라고 불리는 것과 마찬가지입니다.

예를 들면, 한 사람을 두고 볼 때 그는 어렸을 때부터 늙은 후에까지 동일한 사람이라고 불리지요. 하지만 그는 자기 자신 속에 결코 동일한 것들을 가지고 있는 것은 아니에요. 그런데도 그는 동일한 사람으로 여겨지는 거예요. 그는 끊임없이 새로워지고 있는 겁니다. 그는 끊임없이 자기의 여러 부분, 가령 머리털이나 살과 뼈와 피, 또 온 신체를 잃고 있습니다. 사실 육체뿐만 아니라 영혼, 기질이나 견해나, 욕구나 쾌락이나, 슬픔과 공포 등 어떤 것 하나도 그대로 있는 것은 없습니다. 그중의 어떤 것이 없어지면 다른 것이 새로 생기는 겁니다.

이보다 더 신기한 것은 이런 일이 지식에도 생긴다는 것입니다.

즉 어떤 지식이 우리들 속에서 사라지고 어떤 지식이 생겨남으로써 지식에서조차도 우리는 언제나 동일한 존재가 아닐뿐더러, 또한 그 지식 하나하나를 두고 보더라도 그와 똑같은 일이 각각의 지식 속에서 생기고 있는 거예요. 그러므로 학습이라는 것도 지식이 도망쳐 버린다는 것을 전제하고 있는 겁니다. 잊어버린다는 것은 지식이 우리에게서 떠나는 것이요, 학습이란 도망쳐 버리는 것 대신에 새로운 지식을 집어넣어 보전하는 것이며, 그 결과 우리의 지식이 전과 똑같은 것처럼 보이는 거지요.

이런 방법에 의해 모든 죽음이 있는 것은 보존되어 가는 것입니다. 그러나 그것은 신적인 것의 경우처럼 완전히 변하지 않는 것으로서 영원히 존재하는 것이 아니라 늙어 사라져 버리는 자가 자기와 같은 성질의 새로운 자를 뒤에 남기고 감으로써 보존되는 것입니다. 이런 방법에 의해 죽는 것은 육체에서나 그 밖의 다른 모든 면에서나 죽지 않는 것을 얻게 되는 것입니다. 물론 죽지 않는 자는 이와는 다른 방법에 의존합니다.

이런 까닭에 만물이 본성상 자기의 지식을 소중히 여기는 것은 조금도 이상한 일이 아닙니다. 죽지 않는 것이야말로 그 모든 정열과 사랑이 추구하는 것이니까요."

나는 이 말을 듣고 경탄해 마지않았소. 그래서 나는 이렇게 말했소.

"오오! 지극히 지혜로운 디오티마여. 그게 정말 그렇습니까?"

그랬더니 그녀는 마치 완전히 소피스트와 같은 말투로 다음과 같이 대답하더군.

"분명히 그렇습니다, 소크라테스. 인간의 명예심에 대해 잠깐 생각해 보세요. 내가 지금까지 당신에게 얘기한 것을 기억하지 않는다면 아마 당신은 그 무모함에 놀랄 것입니다. 그들이 유명하게 되고자 하여 '그리하여 불후의 명성을 영구히 쌓아 올리기 위하여' 얼마나 지독한 노력을 기울이며, 또 이를 위하여 자기의 자녀들을 위해서 하는 경우보다 얼마나 더 온갖 위험을 무릅쓸 각오가 되어 있으며, 또 얼마든지 돈을 쓰며 고난을 견디며 심지어는 죽음까지도 마다하지 않는가를 똑똑히 보세요.

만일 저들이 우리가 지금까지도 간직하고 있는 그들의 덕에 대한 기억이 영원히 남으리라는 것을 믿지 않았다면 알케스티스(Alcestis)가 아드메토스(Admetos)를 위해서 죽은 것이나, 아킬레우스가 파트로클로스(Patroclos)를 뒤따라 죽은 것이나, 또 코드로스(Codros)[55]가 그 아들의 왕위를 확보하기 위해서 죽은 것과 같은 일이 있을 수 있다고 당신은 생각하세요? 어림도 없는 일입니다. 그와 같은 사라지지 않는 덕과 영광스러운 명성 때문에 모든 사람은 무슨 일이든지 하는 것이며, 또 우수한 사람일수록 더욱 그러하다고 나는 생각합니다. 죽지 않는 것이야말로 그들이 사랑하는 것이니까요.

그러므로 육체적으로 생식 능력이 있는 사람들은 여자에게로 다가가 거기서 성적 본능을 불태워 자식을 낳아 이로써 죽지 않음과 기억과 행복을 영원히 확보하려고 하는 것입니다.

그러나 정신적으로 생식 능력이 있는 사람들도 또한 있습니다.

즉 육체적으로 보다 오히려 정신적으로 더 잉태하기를 잘하는 사람들이 있는 거예요.

그러면 정신이 잉태하고 출산하기에 마땅한 것은 무엇입니까? 무엇이 정신에 어울리는 겁니까? 그건 지혜와 온갖 덕이에요. 모든 창조적 시인, 그리고 독창적이라는 평을 듣는 예술가들이 이 부류에 속하는 것입니다. 그러나 가장 위대하고 아름다운 지혜는 나라와 가정을 다스리는 일에 관계되는 것으로서 우리가 자제*와 정의라 부르고 있는 것입니다.

내부에 신적인 특별한 기질이 있고, 어렸을 때부터 그 영혼이 이런 덕을 잉태하고 있는 사람도 장성하면 출산하기를 원합니다. 그리하여 그는 그 속에서 자기의 자식을 낳을 수 있는 아름다운 것을 찾아 헤매는 것입니다. 그는 추한 것 속에는 절대로 자식을 낳으려 하지 않으니까요. 생식 능력이 왕성한 그는 추한 육체보다는 아름다운 육체를 좋아하며, 또 아름답고 고상하고 잘 자란 영혼을 만나게 되면 그 육체의 아름다움과 영혼의 아름다움을 모두 반갑게 맞이하여, 또 그와 같은 사람에 대해서는 덕에 관해서 그리고 훌륭한 사람이 어떻게 말해야 하며 어떻게 행동해야 하는가에 관해 많은 것을

---

55) 아테네의 전설적인 왕.

*자제 : 자기의 감정이나 욕망을 스스로 억제함.

이야기하여 그를 교육해 보려 하는 거예요.

아름다운 사람을 가까이하여 함께 지냄으로써 그는 오랫동안 잉태해 오던 것을 출산하게 되는 거라고 나는 생각해요. 그 사람이 곁에 있거나 없거나 그는 그 사람을 기억하며 그 사람과 더불어 그들이 출산한 것을 양육하며, 그 결과 이 두 사람은 육체적 결합으로 낳은 자식들이 있는 경우보다도 훨씬 더 밀접하게 사귀며 더 굳은 우정을 가지는 것입니다.

이건 그들이 낳은 자식보다도 더 아름답고 더 무한한 자식들을 함께 소유하고 있기 때문이지요. 누구나 육체적으로 낳은 자식들보다 오히려 이러한 자식들을 갖기를 원할 겁니다. 그리고 호메로스나 헤시오도스나 그 밖의 훌륭한 시인들을 바라보고는 그들이 그토록 훌륭한 자식들을 남겼음을 부러워할 것입니다. 그들이 남긴 자식들은 그 자신에게 불멸의 명성을 주지만 그에 못지않은 불멸의 명성과 기억을 자신의 부모들에게도 줍니다.

또 뤼쿠르고스(Lycurgos)[56]가 어떠한 자식들을 라케다이몬에 남기고 갔는가를 생각해 보십시오. 그는 라케다이몬, 아니 온 헬라스의 구세주를 남기고 갔다 해도 과언이 아닐 겁니다. 또한 당신의 나라에서는 솔론(Solon)이 그의 법률을 만들어 냄으로써 존귀하게 여겨지게 된 겁니다. 이 밖에도 여러 나라와 여러 시대에 그리고 헬라스 사람으로서나 외국 사람으로서 훌륭한 업적을 많이 이룩하고 온갖 덕을 낳은 사람이 많습니다. 그리하여 그들의 이름으로 많은 전당이 세워졌지요. 그것은 그들이 그와 같은 훌륭한 자식들을 낳았기 때문이지요. 그러나 육체적으로 낳은 자식들로 인하여 이렇게 존경을 받은 사람은 지금까지 한 사람도 없습니다.

소크라테스, 이상은 사랑의 신비 가운데 몇 가지인데 아마 여기까지는 당

---

56) 라케다이몬(스파르타)의 유명한 입법자.

신도 따라올 수 있을 겁니다. 그러나 여기서 다시 옳은 길을 따라가야만 올라갈 수 있는 궁극, 최고의 신비에까지 당신이 도달할 수 있을는지 나로서는 잘 모르겠군요. 그러나 힘이 닿는 데까지 가르쳐는 드리지요. 쉬운 일은 아닐 테지만. 그러니 가능한 한 나를 따라오도록 노력하세요.

이 목표를 향해 올바른 길로 나아가고자 하는 자는 반드시 이 일을 어려서부터 시작해야 하며 또 아름다운 육체에 접근하지 않으면 안 됩니다. 그의 지도자가 바르게 지도한다면 그는 한 육체를 사랑해야 하며 거기서 아름다운 사상을 낳아야 합니다.

그다음에는 한 육체의 아름다움이 다른 육체의 아름다움과 비슷하다는 것과, 또 아름다움을 본질적으로 추구해 보면 모든 육체의 아름다움이 결국 동일한 한 가지 것임을 믿지 않는 것이 매우 어리석은 일이라는 것을 깨달아야 합니다. 이것을 깨달았다면 그는 모든 아름다운 육체를 사랑해야 하며 한 육체에 대해서 가볍게 생각하여 그것을 하찮은 것이라고 믿음으로써 그 한 육체에 대한 강렬한 정욕에서 해방되지 않으면 안 됩니다.

그다음에는 정신의 아름다움이 육체의 아름다움보다 더 소중하다는 것을 믿지 않으면 안 됩니다. 그리하여 누구든 정신이 아름다운 사람이 있으면 설사 그 용모가 그다지 훌륭하지 못할지라도 그것에 만족하여 그를 사랑하고 보살펴 주며 젊은이들을 훌륭하게 해 줄 만한 사상을 끄집어내고 연구해야 합니다. 이처럼 하면 그는 더욱 우리의 여러 가지 제도와 법률 속에서도 그 아름다움을 찾아보게 되며, 또 모든 아름다움이 결국 하나이며 같은 것임을 이해하게 되며, 따라서 육체의 아름다움이란 것이 보잘것없는 것임을 믿게 될 것입니다.

그다음에 그는 제도나 법률 같은 것으로부터 지식으로 나아가 여러 가지 다른 종류의 지식 속에 있는 아름다움을 보아야 하며, 아름다움을 하나의 전체로서 바라보도록 하여 다시는 노예처럼 한 가지 것에 얽매인 한 소년이나 한 인간이나, 혹은 어떤 한 가지 일에 집착함으로써 그 하나의 아름다움에만 빠져드는 좁고 너그럽지 못한 인간이 되어서는 안 됩니다. 오히려 그는 아름다움의 큰 바다로 나아가 그 바다를 바라보면서 지혜가 풍부한 아름답고 숭고한 사상을 낳아 마침내 이런 가운데서 힘을 얻고 성장하여 하나의 지식, 즉 이제 내가 말하려는 바와 같은 아름다움에 관한 지식을 터득하여야 하는 것입니다.

되도록 주의를 기울여 나의 말을 들어 주세요.

아름다운 것들을 올바른 순서에 따라 올바른 방법으로 바라보면서 여기까지 사랑의 길로 인도되어 온 사람은 이제 그 마지막 목표를 향하여 나아가게 되는데 갑자기 그는 본질에서 놀라운 하나의 아름다움을 보게 될 것입니다. 소크라테스, 그것 때문에 지금까지의 모든 고난을 참고 견디어 온 바로 그 아름다움입니다.

첫째로, 그것은 영원히 존재하는 것으로 생겨나거나 소멸하는 일도 없고, 증가하거나 감소하는 일도 없는 것입니다. 둘째로, 그것은 어떤 데서는 아름답고 어떤 데서는 추한 그런 것이 아니요, 때로는 아름답고 때로는 추한 그런 것도 아니요, 또 어떤 방향에서 보면 아름답고 다른 방향에서 보면 추한 그런 것도 아니요, 또 어떤 사람에게는 아름답고 어떤 사람에게는 추한 그런 것이 아닙니다.

또 이 아름다움은 아까 말한 그런 사람에게는 얼굴이나 손이나 그 밖의 어떤 신체적인 부분처럼 나타나는 것이 아니며, 또 어떤 이론이나 지식의 형태로 나타나는 것도 아니며, 또 생물 속이나 지상에나 혹은 하늘 위에나 그 밖의 그 어떤 것 속에 있는 것도 아닙니다. 그것은 완전히 독립적으로 유일한 모습으로 항상 스스로 존재하는 것입니다. 한편 그 밖의 모든 아름다운 것들은 이 아름다움에 참여하는데 그 참여의 방식은 이러합니다. 즉 그 밖의 모든 아름다움들은 생성되기도 하고 소멸하기도 하지만, 그 아름다움(절대적 아름다움)은 그로 인해 증가하거나 감소하지 않으며 아무런 변화도 받지 않고 항상 그대로 있는 것입니다.

그러므로 누구든지 올바른 소년에 대한 사랑을 통하여 이 여러 아름다운 것들로부터 저 아름다움으로 올라가 그것을 바라보기 시작하면 그는 거의 그 마지막 목표에 도달한 것입니다. 왜냐하면 자신의 힘에 의해서건 타인의 인도에 의해서건 사랑의 오묘한 진리로 나아가는 올바른 길은 다음과 같기 때문입니다. 즉 이 세상의 개개의 아름다운 것들로부터 출발하여 저 최고의 아름다움을 향하여 위로 올라가되, 마치 사다리를 올라가듯 하나의 아름다운 육체로부터 두 개의 아름다운 육체로, 또 두 개의 아름다운 육체로부터 모든 아름다운 육체로, 그리고 아름다운 육체들로부터 아름다운 일과 활동에로, 아름다운 일과 활동으로부터 아름다운 학문으로, 그리고 마지막으로 저 아름다움(절대적 아름다움)만을 대상으로 하는 완전한 학문으로 나아가 마침내 아름다움의 완성체(아름다움의 본질)를 알게 될 수 있는 것입니다.

인생은 여기 이르러, 그리고 오로지 여기에서만, 오오! 소크라테스. 그 아름다움(저 최고의 아름다움)을 보게 되었을 때 비로소 살 가치가 있는 것입니다. 만일 당신도 그것을 한번 보게 되면 황금이나 화려한 의복이나 아름다운 소년이나 청년 따위는 그것에 비하면 너무도 보잘것없는 것으로 여겨질 것입니다. 이런 것들의 아름다움을 보고 당신은 금방 황홀해지며, 또 당신이나 많은 사람은 사랑하는 이를 바라보고 그와 함께 있기만 하면 먹지도 마시지도 않고 그저 그를 쳐다보고 함께 있으려고만 하니 말이에요.

그러므로 만일 우리 가운데 누가 저 아름다움 자체를——조금도 더럽혀지지 않은 순수한 인간의 살과 여러 가지 빛깔과, 이 밖에 여러 가지 죽음에 의

한 것들에 의해 더럽혀지지 않은 상태의 저 아름다움 자체를——볼 수 있다면, 만일 그가 항상 동일한 모습을 하고 있는 저 신적인 아름다움 그 자체를 볼 수 있다면 우리는 그것을 어떻게 생각해야 하겠습니까? 그 아름다움을 바라보고 깊이 있게 생각하며 그 아름다움과 함께 사는 사람의 생활이 시시한 거라고 당신은 생각하세요? 그 아름다움을 볼 수 있는 유일한 기관인 마음으로 그것을 바라보는 사람만이 덕의 그림자가 아니라 참된 덕을 꼭 붙잡고, 덕의 그림자가 아니라 참된 덕을 빼낼 수 있다고 생각하지 않으세요? 그리고 참된 덕을 빼내고 그것을 기르는 사람은 신의 사랑을 받는 자가 되며 또 인간에게 영원이라는 게 있을 수 있다면 그 사람이야말로 영원한 인간이 되지 않겠어요?"

"파이드로스, 그리고 여러분. 이것이 디오티마가 한 말일세. 나는 그 말이 아주 옳다고 믿네. 그렇기 때문에 나는 다른 사람들에게도 이런 보물을 얻는 데 에로스보다 인간의 본성을 더 잘 도와주는 것은 쉽사리 찾을 수 없다는 것을 납득시키려고 노력할 생각일세. 그래서 나는 누구나 에로스를 귀하게 여겨야 한다고 주장하는 것이며, 또 나 자신도 사랑의 길을 귀중하게 여겨 그 방면에 특히 힘쓰며 남에게도 권장하고 있네. 그리고 지금도 그렇지만 또 언제나 내 힘이 미치는 데까지 에로스의 위력과 용기를 찬미하는 것일세.

오, 파이드로스. 괜찮다면 이것을 에로스에 대한 나의 찬사로 생각해 주게. 이것을 찬사라고 부를 수 없다면 자네가 부르고 싶은 이름으로 불러 주게."

소크라테스가 말을 마치자 다른 사람들은 모두 박수갈채를 보냈지만 아리스토파네스만은 무슨 말을 하려 했네. 소크라테스의 말 가운데 그의 연설을 풍자해서 한 말이 있었기 때문이었네.

그때 마침 현관문을 두드리는 소리와 주정꾼들의 떠들썩한 소리가 들려왔

고, 또 피리 부는 여자의 피리 소리도 들려왔네. 그러자 아가톤이 하인들에게,

"얘들아, 무슨 일인지 좀 나가 보고 오너라. 혹시 우리 친구거든 들어오시라 하고, 그렇지 않거든 우리는 지금 술을 마시고 있는 게 아니라 막 자려는 참이라고 말해라."

하고 이르더군.

얼마 있으니까 알키비아데스(Alkibiades)의 목소리가 마당에서 들려왔네. 그는 몹시 취해서 아가톤이 어디 있느냐고 큰 소리를 지르며 아가톤이 있는 데로 데려다 달라고 했네. 그래서 그를 부축하고 있던 피리 부는 여자와 하인 몇 사람이 그를 잔치 자리로 인도해 왔다네. 그는 담쟁이와 오랑캐 꽃으로 엮은 두툼한 관을 머리에 쓰고, 또 아주 많은 리본을 머리에 달고 문 앞에 서서 이렇게 말했다네.

"여러분, 안녕하십니까? 여러분은 몹시 취한 이 사람을 여러분의 잔치에 한몫 끼워 주시지 않겠어요? 아니면 우리가 이곳에 온 목적이 아가톤의 머리에 관을 씌우려는 것이니까 그저 그렇게만 하고 돌아갈까요? 어제는 올 수가 없었습니다. 그래서 오늘 이렇게 내 머리에 리본을 달고 온 거예요. 관을 내 머리에서 벗어서 가장 영리하고 가장 아름다운 사람의 머리에 씌워 주려고 말이에요. 내가 취했다고 웃으시려는 겁니까? 웃어도 좋습니다. 그러나 내가 한 말에 거짓이 없으며 나는 그걸 알고 있습니다. 자, 즉시 대답해 주십시오. 지금 내가 말한 조건으로 안으로 들어가도 괜찮은지 그렇지 않은지, 나와 함께 마시렵니까? 안 마시렵니까?"

앉아 있던 사람들은 모두 박수갈채를 보내며 들어와서 자리에 앉으라고 했고, 아가톤은 그에게 정식으로 초대한다는 말했다네.

그러자 그는 함께 온 사람들에게 부축되어 들어와서는 자기의 머리에서

리본을 벗어 아가톤의 머리에 씌워 주려 했다네. 그런데 그 리본이 그의 눈을 가렸으므로 그는 소크라테스를 보지 못하고 소크라테스와 아가톤 사이에 앉았다네. 소크라테스가 자리를 비켜 주었기 때문일세. 그는 자리에 앉아서 아가톤을 껴안고 그에게 관을 씌워 주었네.

그러자 아가톤은 하인들에게,

"얘들아, 알키비아데스의 신발을 벗겨 드려라. 그리고 우리의 좌석에 세 번째 자리를 마련해 드려라."[57]

하고 말했다네.

"좋아, 그런데 우리의 세 번째 술 상대란 대체 누구야!"

하고 알키비아데스가 말했네. 그러고는 주위를 돌아보고 소크라테스가 있는 것을 알았네. 소크라테스를 보자마자 그는 펄쩍 뛰면서 소리 질렀네.

"오! 헤라클레스![58] 이게 어떻게 된 겁니까? 소크라테스가 여기 있다니! 선생님은 언제나 내가 선생님을 만나리라고는 꿈에도 생각하지 못하는 곳에 불쑥 나타나곤 하시더니 여기서도 나를 기다리고 계셨군요! 도대체 여기는 뭘 하러 오신 겁니까? 게다가 아리스토파네스나 익살꾼이나 유머를 좋아하는 사람 곁에 자리 잡지 않고 어찌하여 이 중에서도 가장 아름다운 사람 곁에 자리를 잡고 계신 겁니까?"

그러자 소크라테스가 말했다네.

"오! 아가톤. 나를 보호해 주게. 이 사람이 또 질투하고 있으니 말일세. 내가 이 사람을 사랑하게 된 후로 나는 아름다운 사람을 쳐다보아서도 안 되고, 아름다운 사람과 이야기해서도 안 되었네. 그렇게 하는 날이면 이 질투

---

57) 소크라테스와 아가톤 사이에 자리를 마련해 드리라는 뜻.
58) 감탄사로 위험에 빠졌을 때 헤라클레스의 이름을 부름으로써 그의 강한 정신의 도움을 구하는 마음으로 부른 것이다.

심이 강하고 시기심이 많은 인간이 나에게 몹시 화를 내고 욕지거리하며 나를 그냥 두지 않을 걸세. 그러니 지금 그가 그런 짓을 못 하게 좀 말려주고 또 우리를 화해시켜 주게. 그리고 만일 그가 폭력을 쓰면 말려주게. 난 이 사람의 미친 듯한 성미와 열정적인 성화에 몸을 떨고 있다네."

알키비아데스가 말했다네.

"아니요. 선생님과 저 사이엔 화해가 있을 수 없어요! 지금 말씀하신 것에 대해서는 언젠가 훗날 복수를 하겠어요.

이보게, 아가톤. 그 리본 몇 개를 나에게 되돌려 주게. 이분의 놀라운 머리를 장식해 드리도록 말일세. 그렇게 하면 이분은 내가 자네의 머리를 장식해 주었으면서도 대화로써 모든 사람을 정복한——그것도 엊그제 자네가 그렇게 했듯이 하루 동안이 아니라 항상 모든 사람을 정복해 온—— 이분의 머리를 장식해 주지 않았다고 나를 비난하지는 못할 테니까."

이렇게 말하면서 그는 리본 몇 개를 떼어 소크라테스의 머리에 씌우고는 다시 몸을 기대었네.

그리고 나서 그는 말했네.

"여러분! 여러분은 취하지 않으신 것처럼 보이는군요. 그러시면 안 됩니다. 여러분은 마셔야 해요. 우리는 이미 그렇게 하기로 약속했으니 말이에요. 그러면 여러분이 아주 취하게 될 때까지 나 자신이 이 술좌석의 우두머리가 되겠소. 자, 아가톤. 이 집에 있는 가장 큰 잔을 가져오라 하게. 아니야, 그 정도로는 안 되지. 애들아, 저 대접을 가져오너라."

그 그릇은 보통 잔 여덟 개 이상은 되리라고 그가 본 때문이었네. 그는 먼저 그 그릇에 술을 철철 넘치게 부어서 혼자 다 들이키고 나서, 하인 아이에게 그 그릇에 가득 부어 소크라테스에게 드리라고 이르고는 이렇게 말했네.

"여러분, 소크라테스에게는 나의 이 교묘한 술책도 소용없어요. 소크라테스는 권하는 대로 술을 마시고도 조금도 취하는 법이 없으니까요."

그래서 하인 아이가 소크라테스에게 술을 부어 드리고 소크라테스는 그것을 마셨네. 그러자 에뤼크시마코스가 말했네.

"그런데 알키비아데스, 도대체 우리는 이게 뭐란 말인가? 우리는 잔을 들고 아무 말도 하지 않고, 노래도 부르지 않고 그저 목마른 자처럼 들이키기만 하란 말인가?"

알키비아데스가 대꾸했다네.

"에뤼크시마코스, 가장 훌륭하고 가장 현명한 아버지의 훌륭한 아들이여!59) 잘 있었는가?"

에뤼크시마코스가 말했다네.

"자네는 어떤가? 그런데 무얼 하는 게 좋겠는가?"

"그건 자네에게 맡기겠네. 무엇이건 명령만 내리게. 우리는 자네의 말에 복종할 테니까. '의사 한 사람이 문외한 백 명보다 나으니라.'라는 말도 있지 않은가. 무엇을 하면 좋겠는지 명령만 하게."

이 말을 듣고 에뤼크시마코스가 말했다네.

"그럼 내가 말하겠네. 자네가 들어오기 전에 우리는 왼편에서 오른편으로 돌아가면서 각자 자기가 할 수 있는 가장 훌륭한 연설로 에로스를 찬미하기로 했었네. 물론 우리는 모두 연설했네. 하지만 자넨 아직 하지 않았고, 또 실컷 마셨으니 이젠 자네가 할 차례일세. 자네 이야기가 끝나면 자네가 원하는 제목으로 소크라테스에게 이야기시키게. 그다음엔 그가 또 오른편 옆에 있는 사람에게 시키고 해서 쭈욱 돌아가면서 나머지 사람이 다 이야기를 하

---

59) 에뤼크시마코스는 절제가로, 알키비아데스와는 정반대이다.

기로 하세."

알키비아데스가 말했네.

"좋아, 에뤼크시마코스. 그렇지만 이것 보게. 취한 사람에게 연설하게 하여 정신이 말똥말똥한 사람들의 연설과 비교한다는 것은 공평하다고 할 수 없네. 그리고 여보게! 자넨 방금 소크라테스께서 한 말을 사실이라고 생각하나? 사실은 이분이 말한 것과 정반대라는 걸 자네는 모르나? 오히려 내가 이분 앞에서 이분 이외의 누구를——그것이 신이든 사람이든——찬양하면 이분은 나를 그냥 두지 않을 걸세."

그러자 소크라테스가 말했네.

"그런 소리 말게."

알키비아데스가 말했네.

"아니라고 하셔도 소용없습니다. 포세이돈을 두고 맹세합니다만 나는 선생님 앞에서는 다른 누구도 절대로 칭찬하지 않을 테니까요."

에뤼크시마코스가 말했네.

"좋아, 그렇다면 소크라테스를 찬양해 보게."

알키비아데스가 말했네.

"뭐라고? 에뤼크시마코스. 내가 자네들 앞에서 이분을 공격하고 벌해야 한단 말인가?"

소크라테스가 말했네.

"여보게, 자네 도대체 무슨 말을 하려는 건가? 나를 웃음거리로 만들려는 건가? 그것이 자네의 칭찬 의도가 아닌가?"

"허락해 주신다면 저는 진실을 말하려는 겁니다."

"자네가 진실을 말한다면 나는 허락뿐만 아니라 청하기까지 하겠네."

알키비아데스가 말했네.

"그럼 지금부터 시작하겠습니다. 그리고 선생님은 이렇게 해 주셨으면 좋 겠습니다. 만일 제가 진실이 아닌 말을 한마디라도 하면 이야기 도중에 제 말을 중지시키고 제가 거짓말을 하고 있다고 말씀해 주세요. 거짓말을 할 생 각은 조금도 없으니까요. 그러나 제가 머리에 떠오르는 대로 순서 없이 이야 기하더라도 놀라지 마세요. 지금과 같은 상태에서는 저는 선생님의 그 모든 특이한 점을 질서 정연하게 열거하기는 쉬운 일이 아니니까요.

그러면 여러분! 지금부터 소크라테스를 찬양하는 연설을 시작하겠습니다. 나는 비유를 써 가면서 말하려 합니다만, 혹시 이분은 그것을 자신을 웃음거 리로 만들기 위한 것으로 생각할는지 모르겠어요. 그러나 내 비유는 진실을 위한 것이지 결코 이분을 웃음거리로 만들기 위한 것이 아닙니다.

우선 내 주장은 이렇습니다. 즉 소크라테스는 조각가의 작업실에 앉아 있 는 저 실레노스(Silenos)[60]의 흉상(胸像)들과 흡사합니다. 조각가들은 그 흉상 들을 만들 때 그것들이 목양신*의 피리나 플루트를 손에 들고 있게 하고, 또 그 한복판을 열어젖히면 그 안에 신들의 상(象)이 드러나 보이게 하고 있지 요. 그리고 그다음의 내 주장은 이렇습니다. 즉 이분은 사튀로스(Satyros)의 하나인 마르쉬아스(Marsyas)[61]를 닮았습니다. 하여튼 소크라테스 선생님의 얼굴은 이런 것들을 닮았어요. 그렇지 않다고는 말씀하실 수 없을 겁니다. 그 밖에 다른 점에서도 선생님은 그들을 닮았습니다. 예컨대 선생님은 사람 들을 골려 주는 짓궂은 분이니까요. 안 그렇습니까? 선생님이 이것을 인정 하지 않는다면 저는 그 증거를 여러 가지 댈 수 있습니다.

---

60) 산양(山羊)의 다리를 가진 실레노스는 디오니소스의 교육자인 동시에 동료로서 예언 능
   력을 가지고 있었다.
61) 사튀로스도 또한 디오니소스의 동반자들로 반신은 인간이고 반신은 산양(山羊)이었다.
   마르쉬아스는 그들 중의 하나.
*목양신 : 목신(牧神). 숲, 사냥, 목축을 맡아보는 신.

선생님은 탁월한 피리꾼이 아닙니까? 그렇고말고요. 저 마르쉬아스보다도 더 뛰어난 피리꾼이죠! 그는 입의 힘으로 사람들의 영혼을 매혹시키곤 했지만 그의 입이 그렇게 한 것은 피리를 통해서였습니다. 그리고 그의 음악을 연주하는 사람들은 아직도 그렇게 합니다. 올림포스(Olympus)[62]가 불었던 곡들도 그의 스승인 마르쉬아스에게서 배운 것이니까요. 사실 그가 지은 곡들은 능숙한 피리꾼이 불건 서투른 여자가 불건 다른 곡들이 지니지 못한 힘을 지니고 있어요. 그 곡들만이 우리를 황홀케 하며, 신들과 그 신비를 동경하는 사람들이 경건한 마음을 갖게 하여 어떤 계시를 주는 것입니다. 그 곡들은 그야말로 신적인 것이니까요.

그러나 선생님은 아무런 악기도 사용하지 않고 말씀만으로 그와 똑같은 효과를 나타내십니다. 그것이 마르쉬아스와 선생님의 차이입니다. 다른 사람이 여러 연설을 할 때는 그가 아무리 훌륭한 웅변가라 할지라도 우리는 그 연설에서 조금도 감동하지 않습니다. 그러나 선생님의 말씀은 직접 들을 때뿐만 아니라 다른 사람을 통해서 전해 들을 때에도——언변이 매우 나쁜 사람을 통해서 전해 들을 때조차도——그 말씀은 듣는 사람(그것이 부녀자이건 성인 남자이건 어린아이건)의 영혼을 사로잡습니다. 여러분께서 내가 아주 취한 것이 아니라고 생각하신다면 이분의 말씀이 나를 얼마나 크게 감동시켰으며, 또 지금도 감동하게 하고 있는가에 대해 여러분들 앞에 엄숙하게 맹세하고 사실 그대로를 말씀드리겠습니다. 그분의 말을 들으면 내 심장은 미친 듯 춤추는 코뤼바스(Korybas)들[63]의 심장보다도 더 격렬하게 뛰며 내 눈에서는 눈물이 마구 쏟아져 흐릅니다. 그리고 나 이외에도 무수히 많은 사람들이

---

62) 올림포스는 그의 스승 마르쉬아스와 마찬가지로 전설상의 피리의 명인.
63) 프리기아의 대지의 여신인 퀴벨레의 사제(司祭)들. 그들의 열광적이고 광폭한 예배는 유명하다.

이와 똑같은 상태에 빠지는 것을 나는 봅니다.

페리클레스나 그 밖의 뛰어난 웅변가들의 연설을 들었을 때, 나는 그들을 훌륭한 연설가라고는 생각했지만 지금 말한 것과 같은 감동은 한 번도 느껴보지 못했으며, 또 내 영혼이 뒤흔들린 적도 없고 내가 그의 노예가 된 것처럼 생각되어 화가 난 적도 없습니다. 그런데 여기 있는 이 마르쉬아스(소크라테스를 말함.)는 빈번히 나를 그런 상태에 빠지게 했으므로 나는 지금의 내 생활이 살 만한 가치가 없다고 생각했습니다.

오! 소크라테스. 설마 이것이 사실이 아니라고는 하시지 않겠지요?

그리고 지금 이 순간에도 나는 귀를 막지 않고 그의 말을 듣는다면 어쩔 수 없이 그와 똑같은 상태에 빠지리라는 것을 잘 알고 있습니다. 왜냐하면 그는 나에게 내가 아주 게을러 나 자신의 영혼의 모자람은 돌보지 않고 아테네의 나랏일을 위해 이리 뛰고 저리 뛰고 있다는 것을 인정하게 하기 때문입니다. 그래서 나는 마치 항해자들이 세이렌(Seiren)들[64]로부터 도망치는 것처럼 일부러 내 귀를 막고 그로부터 멀리 달음박질하여 도망치는 겁니다. 만일 그렇게 하지 않는다면 나는 그의 곁을 떠나지 못하고 늙어 죽을 때까지 그를 따라다니게 될 테니 말이에요. 나는 그에 대해서 아무도 내가 그러리라고 생각하지 못하는 느낌, 즉 부끄러운 마음을 가지고 있습니다.

사실 나는 다른 어떤 사람 앞에서도 부끄러워할 줄 모르지만 그의 앞에서만은 부끄러움을 느낍니다. 왜냐하면 나는 내가 그에게 반박할 수 없으며, 그가 내게 말하는 대로 행하는 것이 내 의무가 아니라고 말할 수 없다는 것을 내 양심으로 잘 알고 있기 때문입니다. 하지만 나는 그를 떠나면 대중의 존경받고 싶은 욕망에 굴복해 버린다는 것도 또한 알고 있어요. 그래서 나는

---

64) 지중해의 한 섬에 살고 있던 두 명의 요녀(妖女)로, 그들은 마술적인 노래를 불러 그 근처를 지나가는 항해자들을 유혹하여 죽였다 한다.

그에게서 도망치곤 하지만 그 후 그를 만나게 될 때마다 나는 그에게 고백했던 것을 부끄럽게 여기게 됩니다.

이러한 까닭으로 나는 그가 이 세상에서 없어졌으면 좋겠다고 종종 생각했습니다. 그러나 정말로 그런 일이 일어나게 되면 더욱 슬퍼지리라는 것도 잘 알고 있습니다. 그래서 나는 그를 어떻게 대하여야 할는지 전혀 알 수가 없어요.

이 사튀로스의 피리 소리(소크라테스의 연설)는 나 이외에도 많은 사람을 나와 똑같은 상태에 빠지게 했습니다. 그러나 이제 그 이야기는 그만하고 그가 내가 앞에서 든 비유에 얼마나 잘 들어맞는지, 그리고 그의 힘이 얼마나 놀라운지를 밝히기 위해서 다른 이야기를 좀 하기로 하지요. 나는 여러분 가운데 그를 이해하는 사람이 한 명도 없다고 확신합니다. 기왕 이야기를 시작했으니 한번 그의 정체를 폭로해 보기로 하겠어요.

여러분도 아시다시피 소크라테스는 아름다움을 사랑하는 눈을 가지고 있으며, 늘 용모가 아름다운 소년들에게 흥미를 느끼고 그들에게 정신이 팔려 다른 것들에 대해서는 전혀 알지 못합니다. 이것이 바로 실레노스와 같은 점이 아니겠어요? 그렇습니다. 이점에서는 분명 실레노스를 닮았습니다. 그러나 그건 마치 저 조각된 실레노스의 모습처럼 그가 걸친 겉모습에 지나지 않는 겁니다. 그걸 열어젖히면 그 속에 무엇이 있는지 여러분, 짐작이 가세요? 그 속에는 자제심이 살고 있습니다.

사실 그는 아름다움이나 부(富)나 명예 등 세상 사람들이 아주 소중하게 여기는 것에는 조금도 관심이 없습니다. 아니 그는 그것들을 아주 경멸합니다. 그는 이런 것들을 소유하고 있는 사람들을 조금도 존중하지 않습니다. 그에게는 세상 사람들은 무(無)와 같은 존재입니다. 그는 세상 사람들을 조롱하고 비웃으며 일생을 보내고 있습니다.

그러나 그가 자신의 내부에 있는 것을 열어 내보이고 있을 때 그 속에 있는 여러 상(象)을 본 사람이 있는지 자못 의심스럽습니다. 그러나 나는 언젠가 그것들을 보았습니다. 그리고 나는 그것들이 매우 성스럽고 황금처럼 빛나는, 한없이 아름답고 놀라운 것으로 생각했지요. 그 결과 나는 소크라테스가 명령하는 일이면 무엇이든지 선뜻 해야 한다고 생각할 정도였어요.

나는 그가 진정으로 나의 아름다움에 반했다고 생각했으며, 따라서 나는 그가 알고 있는 모든 것을 들을 수 있는 기회를 얻게 될 것이라고 생각했습니다. 왜냐하면 나는 나 자신의 아름다움에 자신을 가지고 있었기 때문입니다. 전에는 내가 하인을 거느리지 않고 혼자서 그를 방문한 일은 한 번도 없었습니다마는 그 후로는 하인을 돌려보내고 언제나 혼자서 그를 만났어요. 나는 모두 있는 그대로의 진실을 말씀드리는 겁니다.

소크라테스, 자세히 듣고 혹시 내가 거짓말을 하거든 지적해 주십시오.

여러분, 이렇게 나는 그를 방문하여 단둘이 있곤 하였습니다. 그리고 이와 같이 단둘이 있으면 연인들이 자기들끼리 있을 때 속삭이듯이 나에게 이야기해 주겠다고 생각하고는 나는 혼자 좋아했어요. 하지만 그런 일은 전혀 일어나지 않았습니다. 그는 그저 다른 때와 다름없이 이야기하면서 나와 함께 하루를 보내고는 그냥 돌아가곤 했어요.

그 후 나는 그에게 씨름을 하자고 유인했지요. 그리고 아무도 보지 않는 데서 그와 나는 씨름을 몇 번 했어요. 나는 그런 방법을 사용하면 성공할 것이라고 생각했던 것입니다. 그러나 그 방법도 아무런 효과를 거두지 못했습니다. 이 모든 것이 아무 효과도 없었기 때문에 나는 마침내 더 강하고 대담한 방법을 강구하여 그를 공격해 봐야 하겠다고 마음 먹었어요. 그리고 나는 일단 착수한 일을 단념하지 않고 끝까지 추적하여 그의 정체를 알아보기로 결심했습니다.

그래서 나는 그분을 식사에 초대했습니다. 사랑하는 사람이 자기의 연인을 초대할 때의 의도와 똑같은 의도에서였지요. 그는 좀처럼 나의 청에 응하지 않았지만 마침내 나는 그를 설득했어요. 처음으로 그가 내게 왔을 때는 식사를 마치자마자 돌아가려고 했습니다. 그때는 나도 부끄러운 생각이 들어 그를 그냥 가게 했죠.

  그러나 나는 얼마 후 다시 이 계교를 썼습니다. 그래서 식사가 끝나자마자 나는 밤늦게까지 끊임없이 그와 이야기했으며 마침내 그가 돌아가려 했을 때, 나는 밤이 깊었음을 구실 삼아 억지로 그를 머무르게 했어요. 그래서 그는 식사한 자리에서 나와 함께 누워 쉬었지요. 그 방에서 자는 사람이라고는 우리 두 사람밖에 없었지요.

  나는 이제까지의 이야기는 아무런 부끄러움도 느끼지 않고 누구에게나 할수 있어요. 그러나 이제부터 하는 이야기는 술에 취하지 않은 맨정신으로는 거의 이야기할 수 없을 거예요. 그러나 속담에 '술은 정직했다.'라고 했고, 또 내가 소크라테스를 찬미하기 시작한 이상 그의 고매한 행적을 숨기는 것은 옳지 못하다고 생각하기 때문에 나는 그 이야기를 하지 않으면 안 됩니다.

  더욱이 나는 독사에게 물린 것과 같은 고통을 맛보았어요. 사람들은 이렇게들 말합니다. '뱀에게 물린 고통을 맛본 사람은 뱀에 물려 본 일이 있는 사람 이외에는 그 고통이 어떠한 것인지를 말하고 싶어 하지 않는다.'고 말이에요. 그것은 이런 사람들만이 그 사람이 고통을 못 이겨서 한 행위나 말을 이해해 주기 때문이지요. 그런데 나는 독사의 이빨보다도 더 심한 고통을 주는 어떤 것에게 물렸습니다. 그것도 제일 아픈 곳을 말입니다.

  즉 심장을, 아니 영혼을 물렸어요. 그것을 무엇이라 부르든 상관없습니다. 나를 문 것은 바로 철학(哲學:Philosohy)이었습니다. 그놈은 재주 있는 젊은 이의 영혼을 한번 움켜잡는 날이면 독사보다도 더 지독하게 물고 늘어져 그로 하여금 무엇이든지 행동하고 말하게 하지요.

지금 여기에 있는 파이드로스 · 아가톤 · 에뤼크시마코스 · 파우사니아스 · 아리스토데모스, 그리고 아리스토파네스 같은 분들은——소크라테스는 말할 것도 없고 말이에요.——모두 지혜를 추구하는 광기와 열정에 빠져 본 경험이 있습니다. 그러므로 나는 여러분들에게 이 모든 이야기를 들려 드리고 싶은 것입니다. 여러분들은 그때 내가 한 행동, 지금부터 이야기하는 것을 이해해 주실 것이기 때문입니다.

그런데 여러분, 등불이 꺼지고 하인들이 물러갔을 때 나는 내 마음을 털어 놓아야겠다고 생각했어요. 그래서 나는 이분을 흔들며

"주무세요? 소크라테스."

라고 말했지요. 그는 아직 잠들지 않았다고 대답하더군요. 그래서 나는 다시 물었습니다.

"지금 제가 무엇을 생각하고 있는지 아세요?"

"글쎄, 뭔데?"

"선생님은 저를 사랑할 자격이 있는 유일한 사람입니다. 그런데 지금 선생님은 저한테 한마디 말씀도 하시려 하지 않는군요.

제가 어떻게 느끼고 있는지 좀 들어 보세요. 저는 지금 이 일에서 선생님의 뜻을 따르지 않는 것은 선생님이 제 모든 재산과 제 친구들의 재산을 필요로 하는 경우 선생님의 요구를 거절하는 것과 마찬가지로 어리석은 일이라고 생각하고 있어요. 왜냐하면 저는 가능한 한 높은 덕을 얻는 것보다 더 귀중한 일은 없으며, 그것을 위해서는 선생님보다 더 훌륭한 도움을 주시는 분은 없다고 생각하기 때문입니다. 그러므로 제가 그런 분의 뜻에 따르지 않는다면 저는 현명한 사람들에 대해 부끄러울 것이며, 그 부끄러움은 제가 그런 분의 뜻에 따랐을 경우 어리석은 대중들에 대해 느끼는 부끄러움보다 훨

씬 클 것입니다."

이 말을 듣더니 그는 늘 하는 버릇대로 빈정거리는 어조로 이렇게 말하더군요.

"오! 친애하는 알키비아데스. 자네는 흥정하는 솜씨가 보통이 아닐세. 만일 자네가 나에 관해서 말한 것이 사실이고, 또 내게 자네를 좀 더 훌륭하게 할 수 있는 어떤 힘이 정말 있다면 말일세. 자네는 나의 내부에 자네 자신의 아름다움보다 훨씬 더 굉장한 형언할 수 없는 아름다움이 있다고 생각하는 모양일세그려. 그래서 만일 자네가 나의 그 아름다움과 자네의 아름다움을 교환하려 한다면 자네는 나보다 훨씬 더 많은 이득을 보려고 하는 것일세. 왜냐하면 그것은 가짜 아름다움을 주고 진짜 아름다움을 받으려는 것이며 디오메데(Diomede)처럼 '청동과 황금을 바꾸려는' 것이기 때문일세.

그러나 여보게, 좀 더 잘 살펴보게. 그러면 내가 하찮은 인물임을 알 걸세. 육신의 눈이 둔해져야만 마음의 눈이 예리해지는 법일세. 그러나 자네는 아직 거기까지 이르기는 멀었네."

이 말을 듣고 나는 이렇게 말했지요.

"제가 말씀드리고 싶은 것은 그것뿐입니다. 지금 제가 말씀드린 것에는 저의 평소 생각과 다른 점이 하나도 없습니다. 그러니 선생님을 위해서나 저를 위해서 어떻게 하면 제일 좋겠는지 좀 생각해 주세요."

그러자 그는 말했어요.

"좋은 말이야. 그럼 훗날 이 문제와 다른 여러 가지 문제에 대해서 생각해 보고 우리 두 사람에게 제일 좋다고 여겨지는 것들을 실행해 보기로 하세."

이런 말을 주고받고는 나는 내가 그분에게 홀딱 반한 것처럼 그분도 나에게 홀딱 반했다고 생각했습니다. 그래서 나는 그가 한마디 말할 사이도 없이 벌떡 일어나 내 외투를 벗어 그에게 덮어 주고——그때는 겨울이었으니까요.──그의 낡아빠진 외투 속으로 기어들어 갔지요. 그러고는 내 두 팔로 그분, 정말 놀랍고 신비로운 그를 껴안고 그대로 하룻밤을 지냈습니다.

오! 소크라테스. 설마 이것이 거짓말이라고는 하시지 않을 테지요?

내가 이렇듯 온갖 노력을 기울였음에도 불구하고 그는 나보다 너무도 고귀하여 나의 아름다움──내가 정말로 나 자신에게 갖추어져 있다고 생각했던 아름다움──을 경멸하고 비웃고 모욕했습니다.

여러분, 심판관들이여!──여러분은 소크라테스의 고귀한 덕에 대해 판결을 내려야 할 위치에 있으므로 나는 여러분을 그렇게 부르는 것입니다.──나는 신들과 여신들께 맹세코 다음과 같이 확실하게 말합니다. 나는 그날 밤을 소크라테스와 함께 지냈지만, 아침에 일어나 보니 아버지나 형과 함께 잤을 때와 마찬가지로 아무 일도 일어나지 않았습니다.

이 일이 있고 난 뒤 내가 어떻게 느꼈는지 아십니까? 나는 굴욕을 당했다고 생각했습니다. 그러면서도 한편으로는 그의 사람됨과 그 자제력과 용기에 놀라지 않을 수 없었습니다. 나는 이 세상에서 그토록 지혜롭고 자제력이 강한 사람을 만날 수 있으리라고는 결코 생각하지 못했던 것입니다.

그래서 나는 그에게 화를 낼 수도 없고, 그와 교제하기를 그만둘 수도 없었으며, 또 그의 마음을 나에게 붙들어 두기를 기대할 수도 없었습니다. 왜냐하면 나는 아이아스(Aias)[65]가 창과 검 앞에서 끄떡도 하지 않았던 것 이상으로 그가 돈 앞에서 끄떡도 하지 않는 것을 잘 알고 있었고, 또 내가 그를 사로잡을 수 있으리라 생각했던 유일한 수단을 썼는데도 그는 나에게서 빠져나갔기 때문입니다.

이 모든 일은 그분과 내가 포테이다이아(Poteidaia)[66]로 원정을 가기 전에

─────────

65) 트로이 원정의 그리스군의 용장.

66) 포테이다이아 전쟁은 기원전 433년부터 2년 동안 계속되었다. 이 도시는 전쟁 후 결국 아테네인들의 손에 돌아갔다.

있었던 일입니다. 그 전쟁에 우리는 함께 출정하여 한솥밥을 먹었습니다. 그런데 거기서 여러 가지 고통을 참고 견디는 데 나는 물론이고 아무도 그를 앞서는 자가 없었습니다.

전쟁터에서 흔히 있는 일입니다만 어떤 곳에서 우리가 포위되어 식량 없이 지내지 않으면 안 되었을 때 누구나 이분만큼 잘 참는 사람이 없었습니다. 그러다가도 음식이 넉넉할 때는 그걸 참으로 즐길 수 있는 사람도 또한 이분뿐이었습니다. 특히 그는 술을 좋아하지는 않았으나 술을 마셔야만 할 때는 아무도 그분을 당하지 못했습니다. 그리고 무엇보다도 놀라운 일은 이세상에서 소크라테스가 술에 취한 것을 본 사람은 아무도 없다는 사실입니다. 그것은 이 자리에서 곧 증명이 되겠다고 생각합니다.

그뿐만이 아닙니다. 그곳의 겨울은 끔찍이 추웠는데 추위를 견디어내는 데도 그는 참으로 놀라웠습니다. 예를 하나 들어 보기로 하지요. 어느 날 추위가 지독하여 아무도 문밖에 나가려 하지 않았고, 혹 나가는 사람은 굉장히 두툼하게 옷을 입고 털모자를 쓰고 양가죽으로 다리와 발을 싸매고서야 밖으로 나갔는데, 그는 그 추운 날에도 늘 입고 다니던 외투만을 걸치고 밖으로 나갔으며 맨발로 얼음 위를 걸어갔는데 신발을 신고 걷는 다른 병사들보다도 더 잘 걸어갔어요. 병사들은 그가 자기들을 무시하는 것으로 생각하여 성이 난 눈초리로 그를 노려보기까지 하였습니다.

이제 나는 여러분들에게 그분에 관한 또 하나의 이야기를 해 드려야겠습니다. 이것은 들을 만한 가치가 있는 이야기로서, 그 원정에서 '그 강한 사람이 한 행위'에 대한 이야기입니다.

어느 이른 새벽에 그는 풀 수 없는 어떤 문제에 대해 깊은 생각에 잠긴 채서 있었습니다. 정오가 되었을 때까지도 그는 꼼짝도 하지 않고 서 있었기 때문에 병사들도 그것을 보고 이상하게 여기며, '소크라테스가 새벽부터 무엇을 생각하면서 저렇게 줄곧 서 있는 것일까?' 하고들 수군거렸지요. 마침내 저녁 때가 되어 몇몇 이오니아 출신의 병사들이 식사를 마치고——그때는 여름이었으므로——침구를 밖으로 가지고 나와 밖에서 자기로 했습니다. 그가 밤새도록 그렇게 꼼짝도 하지 않고 서 있는지 지켜보기 위해서였지요. 그는 새벽이 지나 태양이 떠오를 때까지 꼼짝하지 않고 그렇게 서 있었어요. 그리고 그는 태양을 향해서 기도를 드린 후 어디론가 사라져 버렸습니다.

또 전쟁터에서 그의 용기에 대해서도 말씀드리지요. 나의 생명을 구해 준 것은 다름 아닌 바로 그분이었으니까요. 이것은 나의 무공에 대한 상을 받았던 그 전쟁터에서의 일입니다. 그때 나는 부상을 당했었는데 아무도 나를 구해 주려 하지 않았습니다. 그런데 그분만이 나를 버리지 않고 나와 나의 무기를 구해 주었습니다. 그래서 나는 무공에 대한 상을 받아야 할 사람은 내가 아니라 소크라테스라고 생각하고는 소크라테스에게 상을 줄 것을 장군들에게 간청했습니다. 사실 장군들은 나의 가문을 보고. 나에게 그 상을 주려고 했던 것입니다. 소크라테스. 내가 거짓말을 하고 있다고 말하지는 않겠지요?

그런데 소크라테스는 상을 받아야 할 사람은 자기가 아니라 나라고 장군들보다도 더 강력하게 주장했습니다.

또 여러분, 우리 군대가 델리온(Delion)[67]에서 패전하여 후퇴하고 있을 때의 소크라테스의 행동은 참으로 놀라웠습니다. 그때에도 나는 그의 곁에 있었지만, 나는 말을 타고 가고 있었으며 그는 중무장을 한 채 걸어가고 있었습니다. 그는 라케스(Laches)[68]와 함께 퇴각하고 있었는데 나는 우연히 그들

---

67) 보이오티아 동쪽 끝의 작은 곳. 이곳에서의 싸움은 기원전 424년에 있었다. 이 전쟁에서 아테네군은 테베군에게 대패했다.
68) 아테네의 장군. 그러나 그는 이 전쟁에서는 일개 병사로서 참가했다.

을 만나게 된 것입니다. 나는 그들의 모습을 보고 용기를 잃지 말라고 그들을 격려하고 그들을 버리고 가지 않겠다고 말했습니다.

거기서 나는 포테이다이아에서보다도 소크라테스를 더 잘 관찰할 수 있었습니다. 왜냐하면 나는 말을 타고 있었으므로 공포심이 비교적 적었기 때문입니다. 그때 나는 그가 라케스보다 훨씬 태연스러운 태도를 취하고 있었음을 보았습니다. 그는 그곳에서도 이곳 아테네에서와 똑같이. 아리스토파네스의 말을 인용하자면 '오만한 걸음걸이로 눈을 사방으로 돌리며' 조용히 적군과 아군을 둘러보며 사람들 사이를 유유히 활보해 가는 것이었습니다. 그 모습은 누가 그에게 손을 대기라도 하면 단호하게 자신을 방어하리라는 것을 멀리서 보더라도 누구나 뚜렷이 알 수 있는 그런 모습이었습니다.

그 덕택에 그분과 그의 친구는 모두 무사하게 퇴각할 수 있었습니다. 왜냐하면 전투에서는 그러한 태도를 취하는 사람에게 손을 대는 일은 거의 없으며 추격당하는 것은 꽁지 빠지게 도망치는 자들뿐이기 때문입니다.

소크라테스를 찬양하려면 이 밖에도 많은 놀라운 일들을 말할 수 있습니다. 그러나 그러한 수많은 것들은 소크라테스가 아닌 다른 사람들에 대해서도 행하여질 수 있습니다. 오히려 그가 옛날 사람들과 요즈음 사람 중 어느 누구와도 비슷하지 않다는 것, 그것이야말로 가장 놀라운 일이지요. 가령 아킬레우스(Achilleus)와 비슷한 사람으로는 브라시다스(Brasidas)[69]와 그 밖의 몇몇 사람을 들 수 있고, 페리클레스(Pericles)[70]와 비슷한 사람으로는 네스토르(Nestor)나 안테노르(Antenor)[71] 등을 들 수 있습니다. 그 밖의 다른 인물

---

69) 스파르타의 뛰어난 장군이며 정치가.

70) 기원전 495년~429년. 아테네의 대정치가.

71) 사려 깊은 웅변가이며 장군.

에 대해서도 이처럼 적절한 비교는 얼마든지 할 수 있어요.

그러나 소크라테스는 그 사람됨이나 대화술이 너무도 기이하여 요즈음 사람이나 옛사람을 막론하고 누구나 그와 비교될 수 없습니다. 내가 이미 그를 비교한 바 있는 실레노스와 사튀로스를 제외하면 말입니다.

내가 처음에 빠뜨리고 말하지 않았지만 소크라테스의 대화술은 문이 양쪽으로 열리는 실레노스를 무척 닮았습니다. 소크라테스의 이야기를 들으면 처음엔 아주 우스꽝스러운 소리로 들릴 것입니다. 그것은 오만한 사튀로스의 털가죽을 닮은 말들이 그 이야기의 겉을 감싸고 있기 때문입니다. 예컨대 그의 이야기는 짐 싣는 당나귀와 대장장이와 구두 깁는 사람과 제혁공에 관한 것들뿐입니다. 그는 늘 똑같은 말로써 똑같은 이야기를 반복하므로 무지하고 어리석은 사람은 모두 그의 이야기를 비웃습니다. 그러나 문을 열어 젖히고 그 내부를 보는 사람은 그의 이야기가 깊은 의미로 가득 차 있다는 것을 발견하게 될 것이며, 또한 그의 이야기는 더할 나위 없이 성스러운 이야기이며 덕의 가장 훌륭한 모양을 가지고 있으며 고상하고 선해지고자 하는 사람이 지향해야 할 많은 것들을, 아니 모든 것들을 가지고 있음을 발견하게 될 것입니다.

여러분, 이상이 내가 소크라테스에게 올리는 찬사입니다. 나는 이분이 나를 어떻게 모욕했는가를 여러분에게 말씀드림으로써 이분을 비난하는 말도 했습니다.

이분이 그런 식으로 대한 사람은 나뿐만이 아닙니다. 이분은 글라우콘(Glaucon)의 아들 카르미데스(Charmides)[72]와, 디오클레스(Diocles)의 아들 에우튀데모스(Euthydemos), 그리고 이 밖의 많은 사람들에게도 그런 식으로

---

72) '30인의 혁명위원' 중의 한 사람.

대했습니다. 즉 이분은 처음에는 자기가 그들을 사랑한 것처럼 꾸몄지만 나중에는 오히려 그들에게 자기를 사랑하게 했습니다. 결국 자기 자신이 사랑받는 자가 된 것이지요. 그는 이런 식으로 그들을 속였습니다.

그러므로 아가톤! 경고해 두지만, 이분에게 속아 넘어가지 않도록 주의하게. 나의 경고를 받아들이게. 우리의 경험으로부터 배우게. 그리하여 속담에 있듯이 '자기 자신이 직접 경험을 해야만 비로소 배우는 어리석은 자'가 되지 않도록 하게.

알키비아데스가 말을 마치자 그의 솔직한 말에 폭소가 터져 나왔네. 그가 아직도 소크라테스를 사랑하고 있는 것처럼 보였기 때문일세. 이때 소크라테스가 말했네.

"오! 알키비아데스. 자네는 취한 것 같지 않군 그래. 만일 취했다면 그렇게 빙빙 돌리면서 교묘하게 말을 꾸며, 자네가 한 그 모든 말의 진짜 목적은 은폐하고 맨 마지막에 그걸 슬쩍 꺼내지는 않았을 테니까 말일세.

자네의 진정한 목적은 나와 아가톤 사이를 갈라놓는 것일세.

내가 자네만을 사랑해야 하고 그 밖의 누구도 사랑해서는 안 되며, 또 아가톤은 자네의 사랑만 받아야 하고, 다른 어떤 사람에게도 사랑을 받아서는 안 된다고 생각하고 있지. 하지만 나는 자네 속을 들여다보고 있네. 사튀로스(Satyros)와 실레노스(Silenos)를 등장시킨 자네의 그 연극은 이미 들켜 버렸네 그려.

자, 친애하는 아가톤! 저 친구에게 이용당하지 않도록 조심하게. 그리고 아무도 자네와 나 사이를 갈라놓지 못하도록 조심해야 하네."

그러자 아가톤이 말했네.

"오! 소크라테스, 옳은 말씀입니다. 그가 우리 두 사람 사이에 자리를 잡은 것도 지금 생각해 보니 우리 두 사람을 갈라놓기 위한 것이었군요. 그러나 그가 아무리 그래 봐야 아무 소용도 없을 거예요. 저는 선생님의 옆에 가서 자리 잡기로 하겠어요."

소크라테스가 말했네.

"그렇게 하게. 내 이쪽에 자리 잡게."

그러자 알키비아데스가 말했네.

"오! 제우스여. 이분이 또 나를 조롱하고 있습니다. 이분은 항상 나한테 이기지 않으면 안 된다고 생각하고 있습니다. 그렇다면 소크라테스여! 제발 아가톤을 우리 두 사람 사이에 자리 잡게 하세요."

소크라테스가 말했네.

"그건 안 되지. 자넨 이미 나를 칭찬하지 않았나? 이번엔 내가 나의 바른 편 옆에 있는 사람을 칭찬할 차례일세. 그러니 만일 아가톤이 자네 다음 자리로 간다면 이번엔 내가 그를 칭찬할 차례인데도 그가 다시 한번 나를 칭찬해야 하지 않겠나? 그러니 가만히 있게. 그리고 내가 이 젊은이를 칭찬하는 것을 심술 사납게 질투하지 말게. 왜냐하면 나는 이 젊은이를 몹시 칭찬하고 싶기 때문일세."

아가톤이 말했네.

"그렇다면 나는 여기 그냥 있을 수가 없네, 알키비아데스. 나는 즉시 일어나 자리를 옮기겠네. 소크라테스의 칭찬을 받을 수 있도록 말일세."

"언제나 이 모양이란 말이야. 소크라테스가 있는 곳에선 다른 사람은 아무도 아름다운 자를 차지하지 못한단 말이야! 자, 지금도 이분은 아가톤이 자기 곁에 있어야 한다는 데 대한 그럴듯한 핑계를 얼마나 교묘하게 끌어댔는지 좀 보게."

이리하여 아가톤은 소크라테스의 곁에 가서 앉으려고 일어났다네.

그런데 그때 갑자기 한 무리의 술 취한 사람들이 문 앞에 나타났고, 그때

마침 누군가가 그 방에서 밖으로 나갔기 때문에 문이 열렸네.

그러자 그 술에 취한 무리들은 방 안으로 들어와 잔치 자리에 끼어들어 자리잡고 앉았다네. 그렇게 되면서 집안이 온통 혼란에 빠져 버렸으며 질서는 이미 사라졌다네. 결국 그들은 모두 어쩔 수 없이 술을 많이 마시게 되었다네.

아리스토데모스의 말에 의하면 에뤼크시마코스와 파이드로스와 다른 몇 사람은 가 버렸고, 아리스토데모스 자신은 잠이 들었는데 그때는 밤이 긴 때였으므로 오랫동안 실컷 잤다네.

그가 새벽녘에 닭의 울음소리에 깨어 일어나 보니까 다른 사람들은 잠들어 있거나 가 버리고 없는데, 아가톤과 아리스토파네스와 소크라테스만이 아직도 그대로 앉아 왼편에서 바른편으로 돌려가면서 큰 사발로 술을 마시고 있었더라네.

그때 소크라테스는 그들 두 사람에게 설교하고 있었다는군.

그런데 아리스토데모스는 아직 잠을 덜 깬 상태였고 그 설교를 처음부터 듣지 않았기 때문에 설교의 내용을 잘 기억하지 못하겠다더군. 그러나 그 설교의 요점은 한 사람이 희극과 비극을 모두 지을 수 있으며, 비극 시인의 재능을 가진 사람은 희극 시인의 재능도 또한 가지고 있다는 것으로서 소크라테스는 그들 두 사람이 그것을 인정하도록 설득하고 있었다네.

그러나 그들은 잠이 쏟아졌으므로 그것을 잘 이해하지 못하면서도 할 수 없이 고개를 끄덕이기 시작했다더군. 그러고는 아리스토파네스가 먼저 잠들어 버렸고 날이 환하게 밝은 후에 아가톤도 잠들었다더군.

소크라테스는 그들을 편안하게 눕혀 주고는 일어나서 그곳을 나왔다네. 아리스토데모스는 평소와 마찬가지로 그의 뒤를 따랐다네.

소크라테스는 뤼케이온(Lyceion)[73)]으로 가서 목욕하고 평소와 같이 그 날

하루를 보내고는 저녁에 집으로 가서 잠을 잤다더군.

-향연 끝.

---

73) 아테네의 동쪽 교외에 위치한 곳에 있어서 소크라테스는 즐겨 이곳에 오곤 하
    였다.

아테네(Athene) 학당

산치오 라파엘로(Sanzio Raffaello:1483~1520) 1509~1510년경 작품.
철학자, 천문학자, 수학자 등 54명의 인물이 표현되어 있으며 배경건물은 베드로 성당을
연상시킨다.
중앙의 아리스토텔레스와 플라톤이 책을 끼고 토론하며 걸어가는 모습이 그림의 핵심을
이룬다. 중앙 아래 사색에 깊이 잠겨있는 헤라클레이토스가 대리석 탁자에 몸을 의지하고
앉아서 바닥을 응시하면서, 한 손으로 얼굴을 괴고 백지 위에 글자를 적고 있다.
중앙 왼쪽으로 소크라테스가 진지하게 무엇인가 설명하고 있는 모습이 보인다. 들창코와
대머리의 모습으로 소크라테스임을 알 수 있게 한다.

소크라테스와 티오티마

소크라테스와 음악의 신 뮤즈

파이돈

Phaidon

해 설

　기원전 399년 소크라테스는 사형 판결을 받은 지 약 1개월 후 감옥에서 독배를 마시고 죽었다.

　《파이돈》은 그의 죽음을 목격한 소크라테스의 젊은 친구 파이돈이 그 후 펠로폰네소스 반도의 플리우스라는 작은 도시를 방문했을 때, 그곳에 있는 친구의 요청에 따라 소크라테스의 최후의 날에 대해 이야기해 주는 형식으로 되어 있다.

　그날 아침 일찍 친구들이 소크라테스가 갇혀 있는 감옥에 모였다.

　사형 집행은 해 질 무렵으로 정해져 있었다. 소크라테스는 비통해하는 아내 크산티페를 돌려보낸 다음 그곳에 모인 친구들과 여느 때와 마찬가지로 철학적인 담론을 한다.

대화의 주제는 철학자와 죽음, '육체'를 떠나는 '영혼'의 문제로 집약된다. 그리하여 영혼의 영원함과 순수성 및 영원한 참된 실재인 이데아라는, 플라톤 철학의 근간을 이루는 두 개의 사상이 소크라테스의 죽음 직전이라는 특수한 중요성을 가진 시간 속에 설정된 대화와 고찰 속에서 선명하게 제시된다.

　　슬퍼하는 친구들을 질책하며 몸을 깨끗이 하고, 침착하게 독배를 마시는 소크라테스의 모습은 예로부터 오늘날까지의 문학 작품 속에서도 가장 감동적인 광경의 하나로, 이것을 묘사한 플라톤뿐만 아니라 오늘날의 우리의 가슴속에도 영원히 살아 있을 것이다.

소크라테스(Socrates)

파이돈(Phaidon) 엘리스 사람이며 전쟁 포로로 아테네에 잡혀 와 노예로 팔렸지만, 그의 재능을 안 소크라테스가 어떤 사람에게 그를 사들이도록 권유하여 사게 했다고 한다. 그 후 자유로운 생활을 할 수 있게 된 파이돈은 메가라 학파(Megara 學派)의 철학에 가까운 사상을 세웠다.

에케크라테스(Echecrates) 피타고라스학파 철학자의 한 사람.

케베스(Cebes) 테베 출신으로 피타고라스학파인 피로라오스의 제자. 《크리톤》에 의하면 심미아스와 함께 소크라테스의 탈옥을 위해 돈을 마련하여 테베로부터 왔다고 한다.

심미아스(Simmias) 케베스와 마찬가지로 테베 출신으로 피로라오스의 제자. 멤피스에서 플라톤의 학우였다고도 전해진다.

크리톤(Kriton) 소크라테스의 어릴 적부터의 친구로서 소크라테스와 동갑. 《크리톤》에서 소크라테스의 대화 상대.

크산티페(Xanthippe) 소크라테스의 아내.

형무원(刑務員)**의 하인**

에케크라테스 : 파이돈, 소크라테스가 감옥에서 독약을 마시던 날 당신은 그 곁에 있었나요?, 아니면 그때의 일을 누구한테서 전해 들었나요?

파이돈 : 나 자신이 그곳에 있었습니다.

에케크라테스 : 그렇다면 그분이 돌아가시기 바로 전에 무슨 말씀을 하셨는 지, 또 그분의 최후는 어떠했는지 듣고 싶군요. 독약을 마시고 돌아가셨다 는 이야기는 들었지만, 그 이상 더 자세한 것은 모릅니다.

지금은 플리우스(Phlius)[1]로부터 아테네로 오는 사람은 하나도 없고, 아 테네에서 이곳으로 오는 나그네도 오랫동안 없어서 소식을 잘 알지 못하 고 있습니다.

파이돈 : 그렇다면 재판이 어떤 식으로 진행되었는지도 못 들으셨나요?

에케크라테스 : 그건 들었어요. 재판에 대해서는 전해 주는 사람이 있었습니 다. 그러나 사형 판결을 받고 왜 곧 집행당하지 않고 오래 있다가 형을 받 게 되었는지 이해할 수 없습니다. 무슨 까닭이라도 있었나요?

파이돈 : 에케크라테스, 그건 정말 우연한 사건 때문이었습니다. 그것은 다 름이 아니라 아테네 사람들이 델로스섬에 보내는 배의 고물*이 우연하게 도 그분이 판결받기 전날에 꽃으로 장식되었기 때문이에요.

에케크라테스 : 그 배는 무슨 배인데요?

파이돈 : 아테네 사람들의 말에 의하면 그 배는 옛날 테세우스(Theseus)가 제 물로 바칠 열네 명의 소년 소녀를 데리고 크레테 섬에 갔다가 그들을 구출

---

1) 펠로폰네소스 반도 동부에 있는 작은 도시로, 피타고라스학파의 중심지의 하나.
*고물 : 배의 뒷부분.

하고 자기 자신도 살아서 돌아올 때 탔던 배라 합니다.[2] 그때 아테네 사람들은 만일 저들이 무사히 살아 돌아오면 해마다 제사 지내는 사절*을 델로스섬으로 보내기로 아폴로 신에게 맹세했다고 합니다. 그래서 그 이후 매년 사절을 델로스섬으로 보내는 전통이 지금까지도 계속되고 있습니다. 그런데 아폴로의 사제가 그 배의 고물을 꽃으로 장식한 날부터 배가 델로스에 갔다가 다시 돌아오는 기간에는, 나라를 더럽히지 않게 하려고 국법에 의한 사형도 집행하지 못하게 되어 있습니다. 그 배가 역풍을 만나 항해가 더디게 되면 갔다 오는 데 상당한 시간이 걸리게 되지요. 이 사절 파견(使節派遣) 행사는 아폴로의 신관(神官)**이 배의 고물을 장식한 때로부터 시작되는 것입니다.

그런데 방금 말한 것처럼 그 배는 재판 전날, 꽃으로 장식되었기 때문에 소크라테스는 사형 판결을 받고도 감옥에 오래 계시다가 돌아가시게 된 것입니다.

에케크라테스 : 파이돈, 그분이 죽음에 임하는 태도는 어떠했습니까? 무슨 말씀이나 행동하셨나요? 또 그때 그분과 함께 있던 그분의 친구는 누구였던가요? 형집행인(刑執行人)들이 그분의 친구들을 곁에 있지 못하게 하여 돌보는 친구 하나 없이 혼자서 죽어 가시지는 않았는지요?

파이돈 : 아니에요. 꽤 많은 사람이 그분과 함께 있었습니다.

---

2) 크레테 섬의 왕 미노스(Minos)는 신(神)이 보낸 아름다운 소[牛]를 포세이돈에게 바치지 않았으므로, 화가 난 포세이돈은 미노스의 아내가 소와 사랑하게 하여 우두인신(牛頭人身)의 괴물 미노타우로스(Minotauros)를 낳게 했다. 그러고는 포세이돈은 아테네에서 해마다 젊은 남녀들을 데려다가 이 괴물에게 먹였다. 그래서 아테네인들은 매년 7명의 젊은 남자와 젊은 여자들을 크레테 섬에 있는 이 괴물의 먹이로 바치지 않으면 안 되었다. 아테네의 영웅 테세우스가 미노타우로스를 퇴치했다.

*사절(使節) : 일정한 사명을 띠고 외국에 파견되는 사람.

**신관(神官) : 신을 받들어 모시는 일을 맡은 사람.

에케크라테스 : 바쁜 일이 없으시다면 그때의 일을 가능한 한 자세히 말씀해 주세요.

파이돈 : 그러지요, 별로 바쁜 일도 없으니 가능한 한 자세히 말씀드리겠습니다. 소크라테스에 대해 회상하는 것은 저에게는 항상 더할 수 없는 기쁨이니까요. 나 자신이 그분에 대해 이야기할 때나 다른 사람들이 그분에 대해 이야기하는 것을 들을 때나 항상 그러하니까요.

에케크라테스 : 지금 당신의 이야기를 듣고 있는 사람들도 당신과 똑같은 생각을 가지고 있을 겁니다. 그러니 될 수 있는 대로 자세히 말씀해 주세요.

파이돈 : 나는 그분과 함께 있는 동안 참으로 이상한 기분에 사로잡혔습니다. 나는 사랑하는 친구의 죽음에 임하여 으레 느끼기 마련인 비애를 조금도 느끼지 않았습니다. 왜냐하면 그분은 말씀이나 몸가짐이 아주 행복해 보였으니까요. 그분은 참으로 두려움 없이 고귀하게 죽음을 맞이하셨습니다. 그래서 나는 그분이 하데스(Hades)[3]로 가는 길에 신께서 그분과 함께하고 있다고 생각하지 않을 수 없었습니다. 또 신이 그곳에까지 그분을 찾아왔다면 하데스에서도 영원히 그분과 함께하리라고 생각되었습니다. 이런 까닭에 나는 그런 일을 당하면 당연히 느끼기 마련인 슬픔을 느끼지 않았습니다. 그때도 우리는 철학에 관하여 담론(談論)*했습니다만, 철학적 담론을 할 때면 으레 우리가 느끼곤 하던 유쾌한 기분은 일어나지 않았습니다. 그러나 그때 나는 즐거움과 고통이 혼합된 아주 이상한 기분을 느꼈습니다. 조금만 있으면 그분이 돌아가시리라는 생각이 머리에서 떠나지 않았으니까요.

---

3) 그리스 신화의 명부(冥府—사람이 죽은 뒤에 심판받는 곳.)의 신(神). 그는 플루토라고도 불리며 사계(死界)를 지배했다. 또한 명부(冥府) 그 자체도 하데스라고 불린다. 여기서는 명부를 가리킨다.

*담론(談論) : 이야기를 주고받으며 논의함.

그곳에 있던 우리가 모두 이런 이중(二重)의 감정을 가지고 있었으므로 우리는 웃다가 울다가 하였습니다. 특히 우리의 동료 아폴로도로스 (Apollodoros)[4]가 그랬지요. 그 사람이 어떤 사람인지 당신도 아시지요?

에케크라테스 : 네, 잘 압니다.

파이돈 : 그러나 소크라테스는 평상시와 똑같이 행동하셨어요. 나도 다른 사람도 모두 마음에 큰 감동을 받았어요.

에케크라테스 : 파이돈, 그 자리에 있던 사람은 누구누구였나요?

파이돈 : 아테네 사람으로는 아폴로도로스 외에 크리토불로스(Critobulos)와 그의 부친 크리톤 · 헤르모게네스(Hermogenes) · 에피게네스(Epigenes) · 아이스키네스(Aischines) · 안티스테네스(Antisthenes),[5] 그리고 파이아니아 (Paeania) 사람 크테시포스(Ctesippos) · 메네크세노스(Menexenos), 그리고 그 밖에 우리 고장의 몇 사람이었어요. 그런데 플라톤은 그때 병중이었다고 기억됩니다.

에케크라테스 : 다른 나라 사람도 있었나요?

파이돈 : 테베 사람 심미아스(Simmias)와 케베스(Cebes), 그리고 파이돈데스 (Phaidondes), 또 메가라(Megara)에서 온 에우클레이데스(Eucleides)[6]와 테르프시온(Terpsion)이 있었지요.

에케크라테스 : 아리스티포스(Aristippos)와 클레옴브로토스(Cleombrotos)도 그 자리에 있지 않았나요?

파이돈 : 아닙니다, 그 사람들은 아에기나(Aegina)에 있었다더군요.

에케크라테스 : 그 밖에 또 누가 있었나요?

---

4) 격정적인 아폴로도로스에 대해서는 《향연》 참조.
5) 안티스테네스는 키니코스 파의 시조.
6) 메가라 파의 시조.

파이돈 : 위에서 말한 사람이 거의 전부였던 것으로 기억됩니다.

에케크라테스 : 자, 그러면 그때 그 자리에 있던 사람들이 무슨 말을 주고 받았는지 말씀해 주세요.

파이돈 : 처음부터 모두 말해 보기로 하지요. 그분이 돌아가시기 전의 여러 날 동안 우리는 아침 일찍이 그 판결이 있었던 재판소에 모여 소크라테스한테 가곤 했어요. 감옥은 거기서 가까웠으니까요.

　감옥 문은 아주 일찍부터 열리지 않았기 때문에 우리는 감옥 문이 열릴 때까지 서로 이야기하면서 기다리곤 했어요. 그러다가 감옥 문이 열리면 우리는 곧 들어가 소크라테스와 함께 온종일 지내곤 했지요.

　마지막 날 아침에 우리는 다른 날보다 일찍 모였습니다. 그 전날 밤 감옥에서 나왔을 때 우리는 그 제삿배가 델로스로부터 돌아왔다는 소식을 들었기 때문입니다. 우리는 늘 모이던 장소에 아주 일찍 모이기로 서로 약속했던 거예요. 감옥에 이르니 문을 열어 우리를 들어가게 해 주던 간수가 그날따라 우리를 들여보내지 않고 자기가 부를 때까지 기다리라고 하더군요. 그러면서 '지금 11인의 집행위원이 소크라테스와 함께 있는데 소크라테스의 사슬을 풀어 주고 오늘 형이 집행된다는 말을 소크라테스에게 하는 중이기 때문이오.'라고 하더군요.

　얼마 안 있어 그가 돌아와서 우리를 들여보내 주었습니다. 들어가 보니 소크라테스는 막 사슬에서 풀린 참이었고, 그의 아내 크산티페(Xanthippe)는 아이를 팔에 안은 채 그분 곁에 앉아 있었습니다. 그녀는 우리를 보자 울부짖었습니다. "오, 소크라테스, 이제 친구분들이 당신과 이야기하는 것도 이것이 마지막이군요."

　소크라테스는 크리톤을 돌아다보며 말했습니다.

　"크리톤, 사람을 시켜 저 사람을 집에 데려다주게."

그러자 크리톤의 하인 몇 명이 그녀를 데리고 나갔는데 그녀는 소리를 지르고 가슴을 치고 하였습니다. 소크라테스는 이윽고 잠자리 위에 일어나 앉아 다리를 굽히고 주무르면서 말을 꺼냈습니다.

"쾌락이란 참 이상야릇한 거야. 쾌락은 그 반대의 것으로 여겨지고 있는 고통과 교묘하게 연결되어 있으니 말이야. 이 두 가지 감정은 동시에 한 사람에게 일어나는 일은 없으면서도 그중 하나를 추구해서 얻으면 반드시 다른 하나도 얻게 마련이거든. 몸뚱이는 두 개인데 머리는 하나밖에 없는 것처럼 말일세. 아이소포스(Aisopos)[7]가 이것을 알았더라면 우화를 하나 지었을 것일세. 가령 신이 이 양자의 싸움을 화해시키려 했는데, 그게 안 되니까 그 두 머리를 한 데 붙여 버렸기 때문에 그중의 하나가 오면 다른 하나가 뒤따른다고 말이야. 지금 내가 경험해 보니 쇠사슬에 묶여 발이 아프더니 그 고통이 가시자 쾌감이 뒤따르는군."

이 말을 듣고 케베스가 말하더군요.

"오! 소크라테스. 그 말씀을 하시니 생각납니다마는 여러 사람이 저에게 질문한 것이 있습니다. 며칠 전에는 에우에노스(Euenos)[8]도 똑같은 질문을 했고 그는 저를 보면 다시 질문할 것입니다. 그러니 제가 그에게 대답할 수 있도록 저한테 이 의문을 풀어 주실 수는 없을까요? 그의 질문은 선생님이 지금까지는 시를 쓰신 적이 없는데 어째서 감옥에 들어오고부터는 아이소포스의 여러 우화를 시로 옮기고 또 아폴로 신을 찬미하는 노래를 짓고 계신가 하는 거예요."

그분이 말했습니다.

---

7) 보통 '이솝'이라고 불리는 사람으로 그는 기원전 6세기경 사모스섬의 노예였다. 그가 지었다고 전해지는 우화집은 유명하다.
8) 팔로스 사람으로 소피스트. 변론술의 교사. 《소크라테스의 변명》에도 등장한다.

"오! 케베스. 그에게 사실대로 전해 주게. 그건 내가 아이소포스나 그의 시와 겨루어 볼 생각으로 한 것은 아닐세. 그건 쉬운 일이 아니라는 것을 나는 잘 아네. 나는 내가 꾼 꿈의 의미에 관해 품었던 의아심을 씻어 버릴 수 있을까 하여 시를 지었네.

나는 이 세상을 살아오는 동안 꿈에서 내가 음악을 만들어야 한다는 계시를 종종 듣곤 했네. 똑같은 꿈이 여러 가지 다른 모습으로 나에게 나타나서는 늘 똑같은 말로 '오! 소크라테스. 음악에 힘쓰고 작품을 지어라.'라고 하더군.

나는 그것을 이미 내가 하고 있는 철학 연구에 더욱 힘을 기울이라고 권하고 격려하는 의미로 받아들였네. 마치 경기장에서 달리고 있는 선수에게 구경꾼들이 더 빨리 달리라고 소리치며 격려하는 것처럼 말일세. 철학은 내가 일생동안 추구해 온 것으로, 가장 고귀하고 가장 훌륭한 음악이기 때문일세.

그러나 나는 델로스섬의 제사로 인해 나의 사형 집행이 연기되는 동안 이런 생각을 했네. 그 꿈이 내게 명령하는 것이 일반적 의미의 시를 지으라는 것이 아닐까? 그렇다면 나는 그 꿈의 계시에 따라 저세상에 가기 전에 몇 편의 시를 짓는 것이 좋지 않을까?

그래서 처음에는 이번 제사를 위한 신을 찬미하는 찬가를 지었고, 그 다음에는 참된 시인이라면 그저 사실만을 이야기할 것이 아니라 모름지기 이야기를 꾸며야 하는 것인데, 내게는 그런 재능이 없어서 이미 있는 것으로서 내가 알고 있는 아이소포스의 우화 가운데 몇 개를 응용하여 시로 옮겨 본 것일세.

자, 케베스. 내가 말한 것을 에우에노스에게 전해 주게. 또 내가 작별 인사를 하더라고 전해 주게. 그리고 그가 현명한 사람이라면 될 수 있는 대로 빨리 내 뒤를 따를 것을 내가 원하고 있다고 말해 주게. 또 나는 오늘 죽게 될 것 같다고도 전해 주게. 아테네 사람들이 그것을 요구하고 있으니 말일세."

심미아스가 말했습니다.

"그런 사람에게 그런 충고를 해 줄 필요가 어디 있겠어요? 자주 그 사람을 대해 보았지만 그는 결코 선생님의 뒤를 따르라는 충고를 받아들일 사람이 아닙니다."

"어째서? 에우에노스는 철학자가 아닌가?"

"제 생각에는 철학자가 분명합니다."

"그렇다면 에우에노스건 다른 누구건 철학적 정신을 가진 사람이라면 누구나 기꺼이 죽음을 따를 걸세. 그렇다고 해서 철학자라면 누구나 자기의 목숨을 스스로 끊어야 한다는 말은 아닐세. 세상에서는 자살을 가장 옳지 않은 일 중의 하나로 보니까."

이 말을 마치고 그는 두 다리를 침상 밑으로 늘어뜨렸습니다. 그리고 대화가 끝날 때까지 그는 그런 자세를 유지했습니다.

그러자 케베스가 물었습니다.

"사람이 자살을 해서는 안 되지만 철학자는 기꺼이 죽음을 따라야 한다는 것은 무슨 까닭인가요?"

"케베스, 그리고 심미아스. 자네들은 필롤라오스(Philolaos)[9]의 제자이면서 그에게서 그 이유에 관해 듣지 못했단 말인가?"

"듣기는 했지만 그의 말은 애매모호한 것뿐이었습니다."

"나도 거기에 대해서는 남이 한 말을 옮기는 것뿐일세. 그러나 남에게서 우연히 들은 이야기를 자네들에게 해서는 안 될 이유가 어디 있는가. 저세상으로 떠나려 하고 있는 이 마당에 저승에서의 삶이 어떤 것인지 생각하면서 그것에 대해서 이야기하는 것은 아주 어울리는 일이야. 지금부터 해가 질 때까지 죽기 전에 내가 할 수 있는 더 좋은 일이 무엇이겠나?"

---

9) 기원전 5세기의 피타고라스학파의 철학자로 테베에 머물고 있었다.

"소크라테스, 그런데 왜 자살이 옳지 않은 일이라고 생각되고 있는 겁니까? 필롤라오스도 우리와 함께 테베에 머물고 있을 때 분명히 자살해서는 안 된다고 말씀하셨으며, 또 저는 다른 사람들에게서도 그런 말을 들었습니다. 그러나 그들은 자살해서는 안 된다고만 말할 뿐이었습니다. 저는 그 이유에 대해 분명한 것은 전혀 듣지 못했습니다."

그러자 그분이 말했습니다.

"알려고 노력해 보게. 그러면 이해하게 될 날이 올 테니까. 악(惡)은 어떤 경우에 어떤 사람에게는 선(善)일 수도 있는데 왜 죽음만은 예외일까, 또 차라리 죽는 것이 나을 경우, 왜 스스로 자신의 목숨을 끊어서는 안 되고 남의 손을 기다려야 하는 것인가 하고 자네는 이상하게 생각할 걸세."

케베스가 조용히 웃으면서 자기 고향 사투리로 말했습니다.

"사실 그래요."

소크라테스가 말했습니다.

"내 말이 좀 이치에 맞지 않는 것처럼 보이겠지만 전혀 이치에 맞지 않는 것은 아니라고 생각하네. 밀교(密敎)에서는 이런 것을 몰래 가르치네.[10] 그것은 인간은 죄인이므로 감옥 문을 열고 도망칠 권리가 없다고 말일세. 이것은 너무도 신비한 말이어서 나로서도 그 의미를 잘 알 수 없네. 하지만 나는 신들이 우리의 보호자요, 우리 인간은 신들의 소유물이라는 말은 옳다고 생각하네. 자넨 어떻게 생각하나?"

"저도 그렇게 생각합니다."

"만일 자네의 소유물 중의 하나가, 가령 자네의 소나 당나귀가 그것이 죽기를 바란다는 자네의 의사 표시가 있기 전에 마음대로 자살한다면, 자넨 그

---

10) '육체는 영혼의 감옥'이라는 오르페우스교(Orpheus 敎)의 가르침을 말하는 것으로 생각된다. 기원전 7세기 무렵, 고대 그리스에 퍼져 비밀의식을 행하던 종교이다.

짐승에 대해 노여워하고 또 가능하다면 그 짐승에게 벌을 주지 않겠나?"

"그렇습니다."

"그렇다면 인간의 경우는 어떠하겠나? 신이 지금 나를 부르고 있듯이 신이 자기를 부를 때까지 자살해서는 안된다는 것은 이치에 맞는 말이 아닌가?"

케베스가 말했습니다.

"그렇겠지요. 선생님 말씀이 옳은 것 같습니다. 그런데 신이 우리의 보호자요 우리는 그의 소유물이라고 선생님이 방금 말씀하신 것과, 철학자는 모름지기 기꺼이 죽기를 원해야 한다고 하신 말씀은 서로 모순되는 것 같은데요.

인간 중에서 가장 현명한 인간이 가장 훌륭한 주인인 신들의 보살핌을 기꺼이 떠나고자 해야 한다는 것은 이치에 맞지 않습니다. 왜냐하면 현명한 인간은 신들이 자기를 보살펴 주는 것보다도 자기가 자기 자신을 더 잘 보살필 수 있다고는 절대 생각하지 않을 것이기 때문입니다. 어리석은 사람이나 그렇게 생각할 거예요. 어리석은 사람은 자기의 선량한 주인으로부터 도망치지 않고 끝까지 자기의 주인 곁에 머물러 있어야 한다는 것을 생각하지 못하기 때문에 자기의 주인으로부터 도망치는 것이 낫다고 생각하는 것입니다. 그러나 현명한 사람은 자기보다 나은 자기의 주인과 항상 함께 있기를 원할 거예요.

오! 소크라테스. 그렇다면 이것은 아까 말씀하신 것과 정반대가 되는 것이 아닐까요? 이런 견지에서 보면 죽음에 임할 때 현명한 사람은 슬퍼할 것이고 어리석은 사람은 기뻐할 테니까요."

이 말을 듣고 소크라테스는 케베스의 논법에 흥미를 느끼는 것 같더군요. 그분은 우리 쪽을 돌아다보시고 말씀하셨습니다.

"케베스는 언제나 이치를 따진단 말이야. 남의 말을 그대로 믿는 일이 없지."

그러자 심미아스가 끼어들었습니다.

"하지만 케베스의 말에도 일리가 있다고 저는 생각합니다. 정말 지혜로운 사람이라면 어떻게 자기 자신보다 나은 주인에게서 도망치기를 원하며 또 쉽게 자기의 주인을 떠나 버릴 수 있겠습니까?

케베스가 지금 말한 것은 바로 선생님을 두고 한 말인 것 같습니다. 왜냐하면 선생님은 너무도 쉽게 우리와 신들을, 선생님 자신이 우리의 선량한 주인이라고 인정하신 신들을 떠나려 하시기 때문입니다."

"자네들의 말에도 일리가 있네. 자네들은 내가 재판정에서 한 것처럼 그것에 대해 자네들 앞에서 변명해 보란 말이군 그래."

그러자 심미아스가 말했습니다.

"네, 그렇게 해 주셨으면 좋겠습니다."

"그럼 재판관들 앞에서 했던 변명보다 더 나은 변명을 자네들 앞에서 해 보겠네. 심미아스와 케베스, 만일 내가 현명하고 선한 신들에게로 가는 것이라는 신념이 없다면, 그리고 이 세상 사람들보다 더 훌륭한 저세상 사람들에게로 간다는 신념이 없다면 나는 죽음에 임하여 슬퍼할 걸세. 그러나 내가 선한 사람들에게로 간다는 것에 대해서는 확신할 수는 없지만 나는 그렇게 되기를 바라고 있네. 그리고 내가 아주 좋은 주인인 신들에게로 간다는 것에 대해서는 굳은 확신을 가지고 있네. 그러니 나는 슬퍼할 까닭이 없지 않겠나. 오히려 나는 옛날부터 전해 오는 바와 같이 죽은 사람들에게는 보상이 주어지며, 선인에게는 악인에게보다 훨씬 더 좋은 보상이 주어진다는 것에 대해 큰 희망을 품고 있네."

심미아스가 말했습니다.

"선생님은 그런 선생님의 생각을 혼자서만 가지고서 떠나실 작정입니까? 그것을 우리에게도 알려 주시면 어떻습니까? 그건 우리도 알아야 할 유익한 것처럼 생각되는데요. 게다가 그것에 대하여 선생님이 우리를 이해시킬 수 있게 되면 그것은 선생님에게는 훌륭한 변명도 될 것입니다."

"어디 최선을 다해 보기로 하세. 하지만 크리톤의 말을 먼저 듣기로 하세. 저 친구 아까부터 나한테 무슨 말을 하고 싶어 하는 것 같으니까."

그러자 크리톤이 말했습니다.

"다름이 아니라 자네에게 독약을 주기로 되어 있는 간수가 아까부터 나에게 말하고 있다네. 자네에게 말을 너무 많이 하지 말도록 충고해 주라고 말이야. 말을 많이 하면 흥분되고 그렇게 되면 독약의 작용이 줄어든다는군. 그래서 흥분이 되면 두 배 혹은 세 배까지 마셔야 할 때가 있다는군."

소크라테스가 말했습니다.

"상관하지 말고 자기의 할 일이나 하라고 하게. 나에게 독약을 두 번이건 세 번이건 가져다주기만 하면 된다고 말해 주게."

크리톤이 말했습니다.

"그렇게 말할 줄 알았네. 그러나 하도 간절하게 부탁하니 말했을 뿐일세."

소크라테스가 말했습니다.

"신경을 쓰지 말게. 자, 그러면 나의 재판관들이여! 나는 그대들에게 진정한 철학자는 죽음에 임해서 즐거운 마음을 가지며, 또 죽은 후에는 저세상에서 최대의 행복을 얻게 된다는 희망을 품는다는 것을 증명하려 하네. 심미아스와 케베스여, 어떻게 그럴 수가 있는지 이제부터 설명하겠네.

참으로 철학에 깊이 빠져든 사람들은 평생토록 오로지 죽음만을 추구하며 죽음을 연습하고 있네. 그러나 사람들은 아무도 그것을 알지 못하네. 그것이 사실이라면 평생 죽음을 갈망해 온 사람이 어찌하여 그때가 왔을 때 그가 항상 추구하고 원해 오던 것을 마다하겠는가?"

심미아스가 웃으며 말했습니다.

"저는 지금 웃고 싶지 않지만 선생님은 저를 웃기시는군요, 소크라테스. 저는 이런 생각이 드는군요. 선생님 말씀을 들으면 많은 사람이 선생님께서 철학자를 아주 적절하게 묘사했다고 생각할 거예요. 그리고 우리 고향 사람들도 철학자들이 갈망하는 삶은 죽음 속에 있으며, 철학자들은 그들이 갈망하는 죽음을 소유할 자격이 충분히 있다는 것을 발견했다고 말할 거예요."

"'발견했다'라는 말을 제외한다면 그렇게 생각하는 것도 옳은 일일세. 왜냐하면 그들은 철학자들이 어떤 의미에서 죽음을 원하며, 진정한 철학자들이 간절히 소망하는 죽음이 어떤 종류의 것인지 발견하지 못했기 때문일세. 그들에 관한 이야기는 그만하기로 하고 우리 사이의 문제를 논의하기로 하세. 자네들은 죽음이란 것이 있다고 믿는가?"

심미아스가 말했습니다.

"물론입니다."

"그건 영혼이 육체로부터 떠나가는 것이 아닐까? 죽는다는 것은 영혼이 육체를 떠나 홀로 있고, 또 육체가 영혼을 떠나 홀로 있는 것이 아닐까? 죽음이란 그런 것이 아니고 무엇이겠는가?"

"그렇습니다."

"우리가 이 점에 동의한다면 우리가 지금 다루고 있는 문제에 빛을 던져줄지도 모를 또 다른 문제가 있네. 자네들은 철학자가 먹고 마시고 하는 쾌락에 진정한 관심을 기울일 것으로 생각하나?"

심미아스가 말했습니다.

"그렇지 않습니다."

"성적(性的) 쾌락은 어떤가?"

"거기에도 절대로 관심을 기울이지 않을 것입니다."

"그러면 그 밖의 여러 가지 신체의 향락은 어떤가? 가령 값진 옷이나 신발이나 그 밖의 여러 가지 몸치장을 추구할까? 오히려 철학자는 본능이 요구하는 그런 것들을 경멸하지 않을까?"

"참된 철학자는 그런 것들을 경멸할 것이라고 저는 생각합니다."

"그렇다면 진정한 철학자는 육체에는 관심을 기울이지 않고 오로지 영혼에만 관심을 기울이겠지? 그는 가능한 한 육체로부터 멀리 도망치고 영혼 쪽으로 향하겠지?"

"네. 그렇습니다."

"그렇다면 철학자란 그런 것들에 대해서 누구보다도 될 수 있는 대로 영혼을 육체와의 관계로부터 자유로워지려는 사람이 아니겠는가?"

"그렇습니다."

"그런데 심미아스, 세상 사람들은 그런 것들 속에서는 쾌락을 조금도 느끼지 못하며 육체적인 쾌락을 모르는 삶은 가치 없는 삶이며 그런 것들에 무관심한 사람은 죽은 바와 다름없다고 생각하네."

"사실 그렇습니다."

"그렇다면 지혜를 얻을 때는 어떠한가? 육체가 지혜를 얻는 데에 참여할 때, 육체는 지혜를 얻는 데 방해가 되겠는가, 도움이 되겠는가? 내가 말하려는 것은 시각이나 청각이 우리에게 무슨 진실을 가르쳐 주는가 하는 것일세. 이것들은 시인들조차도[11] 늘 우리에게 일러 주듯이 부정확한 것을 제공해 주는 것이 아니겠는가 하는 것일세. 그런데 이것들마저 부정확하고 불분명한 것이라면 다른 감각들은 더욱 그러하지 않겠는가? 시각이나 청각은 우리의 모든 육체적 감각 가운데 가장 정확하고 분명한 것임은 자네도 인정할 테니 말일세."

"그렇습니다."

"그렇다면 영혼은 언제 진실에 도달할 수 있겠나? 영혼이 육체와 더불어

---

11) 플라톤에 의하면 시인은 철학자처럼 진실을 가르치는 것은 아니다. 그러한 '시인들조차도'라는 뜻.

무엇을 탐구할 때마다 영혼은 육체에 속을 것이 뻔하니 말일세."

"옳은 말씀입니다."

"그런데 참된 실체가 드러나는 일이 있다면 그것은 사유(思惟) 속에서가 아니겠는가?"

"그렇습니다."

"그리고 사유는 청각이나 시각이나 고통이나 쾌락 등의 감각들이 영혼을 방해하지 않을 때, 즉 영혼이 육체로부터 떠나 가능한 한 육체와 관계하지 않고 혼자 있을 때, 다시 말해 영혼이 아무런 육체적 감각이나 욕망을 가지고 있지 않고 오직 참된 것만을 추구할 때 가장 잘 활동하는 것이 아니겠나?"

"분명히 그렇습니다."

"이런 점에서 볼 때 철학자는 육체를 중요시하지 않으며, 또 철학자의 영혼은 육체로부터 떠나 홀로 있기를 간절히 소망하지 않겠나?"

"옳은 말씀입니다."

"그렇다면 심미아스, 절대적인 정의(정의 그 자체)라는 것이 있겠는가, 없겠는가?"

"확실히 있습니다."

"절대적 미(美)와 절대적 선(善)은?"

"물론 있지요."

"그렇다면 자네는 그런 것들을 눈으로 본 일이 있나?"

"한 번도 없습니다."

"그럼 육체의 다른 감각 기관으로 그런 것들을 파악한 적이 있는가? 그 밖에도 절대적인 큼〔大〕, 절대적인 건강, 절대적인 힘 등과 같은 모든 것, 즉 사물의 참된 본질을 육체의 다른 감각 기관으로써 파악한 적이 있는가? 그런 것들의 참된 본질이 육체의 감각 기관들을 통해 인식된 적이 있는가?

자기가 연구하고 있는 개개의 대상을 가장 완전하고 가장 정확하게 연구하는 훈련을 한 사람이 그런 것들의 참된 인식에 가장 가까이 다가갈 수 있는 것이 아닐까?"

"그렇습니다."

"그리고 오로지 사유만을 사용하여 개개의 탐구 대상에 접근해 가고, 사유하는데 이성의 활동에 시각(視覺)이나 그 밖의 감각을 끌어들이지 않고 순수한 이성의 빛만을 사용하여 참된 본질을 추구하는 사람만이 가장 순수한 인식에 도달할 수 있는 것이 아닐까? 즉 눈이나 귀, 아니 온 신체가 영혼에 섞이게 되면 그것들은 영혼이 진리와 지혜를 얻는 것을 방해한다고 생각하여 가능한 한 그런 것들과 관계를 끊고 그런 것들을 떠난 사람만이 참된 인식에 도달할 수 있는 것이 아닐까?"

그러자 심미아스가 말했습니다.

"놀라운 진리의 말씀입니다."

"이상 말한 모든 것을 생각할 때 진정한 철학자들은 다음과 같은 견해를 가지게 되며, 또 이러한 말을 하게 될 걸세.

──우리는 우리를 우리의 목적지로 인도해 주는 지름길을 발견했다. 왜냐하면 우리가 육체를 지니고 있는 한, 그리고 영혼에 악마(육체)가 한데 섞여 있는 한 우리는 결코 우리가 추구하고 있는 진실을 충분히 알아낼 수 없을 것이기 때문이다.

육체는 먹을 것을 필요로 하기 때문에 끊임없는 고통의 원천이다. 게다가 우리의 육체에 병이라도 들게 되면 육체는 우리가 진실을 탐구하는 것을 방해한다. 또한 육체는 사랑과 욕망과 공포와 온갖 종류의 공상과 수많은 하찮은 것들로 우리의 마음을 가득 채우고 우리에게서 사고 능력을 빼앗아 가 버린다.

전쟁과 내란, 분쟁도 모두 육체와 육체의 욕망이 일으키는 것이 아닌가? 왜냐하면 모든 전쟁은 재물을 획득하기 위해 일어나는 것이며, 우리가 재물을 획득하려고 하는 것은 육체를 위해서이며 노예처럼 육체에 봉사하지 않으면 안 되기 때문이다. 그러므로 우리는 철학에 힘쓸 시간이 없는 것이다. 그렇지만 무엇보다도 불행한 일은, 설사 우리에게 철학을 연구할 시간이 있다 하더라도 육체는 언제나 우리의 연구에 끼어들어 혼란과 소동을 일으키고, 우리가 진실을 보지 못하도록 방해한다는 것이다.

우리가 무언가를 순수하게 인식하고자 한다면, 우리는 육체로부터 떠나야 하며 오로지 영혼만을 사용하여 사물 그 자체를 보아야 한다는 것은 우리가 경험을 통해 알고 있는 사실이다. 그때에야 비로소 우리는 우리가 간절히 바라는 지혜를 얻을 수 있을 것이다. 그런데 그것은 우리가 살아 있는 동안에는 불가능한 일이며 우리가 죽은 후에나 가능한 일이다. 왜냐하면 만일 우리의 영혼이 육체와 더불어 있는 동안에는 결코 순수한 인식에 도달할 수 없다면 그러한 인식은 결코 획득될 수 없든가, 아니면 죽은 후에나 획득될 수 있든가 둘 중의 하나이기 때문이다. 죽은 후에야 비로소 영혼은 육체로부터 떠나 홀로 있게 되며, 그때까지는 영혼은 완전히 육체를 떠나 홀로 있을 수 없기 때문이다.

우리가 살아 있는 동안에는 가능한 한 육체와 관계를 맺지 않고 육체의 본성에 물들지 않고, 신(神)이 우리를 해방해 줄 때까지 우리 자신을 순수하게 간직해야만 우리는 인식에 가장 가까이 다가갈 수 있을 것이다. 이렇게 하여 육체의 어리석음으로부터 벗어나면 우리는 순수해질 것이며, 우리 자신과 같이 순수한 사람들과 함께 있게 되고 우리 자신을 통해 오염되지 않은 모든 순수한 진실을 알게 될 것이다. 왜냐하면 순수하지 않은 것이 순수한 것에게 접근하는 것은 허용되지 않기 때문이다.——라고 말일세.

오! 심미아스여. 진정한 철학자들은 이상과 같이 생각하고 말할 걸세. 자네는 그렇게 생각하지 않는가?"

"물론 그렇게 생각합니다."

소크라테스가 말했습니다.

"오, 친구여! 이것이 사실이라면 이제 내가 가려고 하는 곳에 도착하게 되면, 나는 내가 평생 추구해 왔던 것을 충분히 얻게 될 것이라는 커다란 희망을 품고 있는 것도 당연한 일이 아니겠는가. 그러므로 나는 즐거운 희망을 품고 지금 나에게 다가온 이 여행을 떠나는 것일세. 그것은 나뿐만 아니라 자기의 마음이 순수하고 깨끗하게 되었다고 믿는 사람이면 누구나 기쁜 마음으로 이 길을 갈 것일세."

심미아스가 말했습니다.

"아주 옳은 말씀입니다."

"그런데 지금까지 내가 말한 바와 같이 정화(깨끗하게 함)란 영혼이 육체로부터 분리되는 것이 아니고 무엇이겠는가. 즉 정화란 영혼을 육체의 모든 부분으로부터 분리하고 육체의 속박으로부터 해방되어, 이 세상에서도 저 세상에서도 가능한 한 완전히 혼자서 살도록 영혼을 벗어나게 하는 것을 의미하는 것이 아닌가?"

"정말 그렇습니다."

"그런데 영혼이 육체로부터 분리되고 벗어나는 것을 죽음이라고 하는 것이 아닌가?"

"그렇습니다."

"그러나 영혼이 자유로워지기를 바라는 사람이 진정한 철학자이며 진정한 철학자만이 그것을 소망하네. 영혼을 육체로부터 분리하고 벗어나는 것이야말로 진정한 철학자들이 원하는 바가 아니겠나?"

"확실히 그렇습니다."

"그렇다면 내가 앞에서 말한 것처럼 평생 가능한 한 죽음에 가까이 다가가려고 노력해 왔던 사람이, 막상 죽음이 임박했을 때 탄식하는 것은 우스꽝스러운 모순이 아닌가?"

"그렇습니다."

"오! 심미아스. 진정한 철학자란 항상 죽음을 실행하는 사람이며 따라서 그들은 누구보다도 죽음을 두려워하지 않네. 이렇게 생각해 보게. 만일 그들이 항상 육체와 어울리지 못한 영혼을 육체로부터 분리해 영혼을 혼자 있게 하기를 갈망했는데, 그들의 소원이 이루어지자 그들이 두려움에 떨며 탄식한다면 그것은 얼마나 모순된 일이겠는가? 그들이 평생 소망해 왔던 지혜를 얻을 수 있는 곳, 그들이 그토록 증오해 왔던 그들의 적(육체)을 제거해 버릴 수 있는 곳으로 기꺼이 가려 하지 않는다면 그것은 얼마나 모순된 일이겠는가?

자기가 사랑했던 사람들이나 아내나 자식들이 죽었을 때, 많은 사람이 그들을 만나 그들과 함께 있게 될 것이라는 희망을 품고(그것은 그들이 늘 소망해 왔던 일일세.) 기꺼이 저세상으로 갔네. 그런데 진정으로 지혜를 사랑하고 오직 저세상에서만 지혜를 발견할 수 있다고 확신하고 있는 사람이 죽음에 임해서 탄식하고 저세상으로 가는 것을 기뻐하지 않는 일이 있을 수 있겠나? 만일 그가 진정한 철학자라면 그는 즐거운 마음으로 저세상으로 떠날 걸세. 왜냐하면 그는 오직 저세상에서만 순수한 지혜를 얻을 수 있다는 확신을 가지고 있기 때문일세.

만일 지금 말한 것이 사실이라면 철학자가 죽음을 두려워하는 것은 참으로 우스운 일이 아니겠는가?"

"그렇습니다."

"그러니 죽음이 가까워져 올 때 탄식하는 사람은 지혜로운 자, 즉 철학자가 아니라 육체를 사랑하는 자이며 동시에 돈이나 권력을 사랑하는 자요, 그렇지 않으면 돈과 권력 양쪽을 다 사랑하는 자일 걸세."

"네, 그렇습니다."

"심미아스, 그렇다면 용기는 철학자에게 나타나는 특성이 아닌가?"

"그렇습니다."

"그리고 절제, 즉 여러 가지 욕망에 대해 동요되지 않고 욕망을 경멸하고 절도를 지키는 것 또한, 육체를 가볍게 여기고 철학 속에서 생활하는 사람에게만 속하는 덕이 아니겠나?"

"그렇습니다."

"그 밖의 다른 사람들의 용기와 절제를 생각해 보면 자네는 그것이 불합리하다는 것을 알게 될 걸세."

"어째서 그런가요?"

"자네는 세상 사람들에게는 죽음이 가장 큰 악(惡) 중의 하나로 여겨지고 있다는 것을 알지 않나?"

"네, 압니다."

"그들 중에서 용기 있는 사람들이 죽음을 견디어 내는 것은, 죽음보다 더 큰 악(惡)을 두려워하기 때문이 아닌가?"

"그렇습니다."

"그렇다면 철학자 이외의 다른 모든 사람은 공포심과 그것을 두려워하는 마음 때문에 용감한 것이 아닌가. 그런데 그들이 겁쟁이인 까닭에 용감하다는 것은 확실히 불합리한 일일세."

"그렇습니다."

"그들의 절제의 경우도 이와 똑같지 않을까? 그들은 그들의 무절제로 인해 절제력이 있는 걸세. 그것은 모순된 것처럼 보이지만 그들의 어리석은 절제란 결국 그런 걸세. 왜냐하면 그들에게는 잃을까 봐 두려워하는 쾌락들이 있는데 그들은 그 쾌락들을 잃지 않으려는 욕망에 사로잡혀, 그 쾌락들에 지배되어 다른 쾌락들을 삼가고 절제하는 것이기 때문일세. 쾌락으로 지배되는 것을 세상 사람들은 무절제라 부르지만, 그들이 어떤 쾌락을 억제하고 있는 것은 다른 쾌락에 지배되고 있기 때문일세. 이런 의미에서 나는 그들이 무절제로 인해 절제력이 있는 거라고 말하는 걸세."

"그렇겠군요."

"심미아스, 이처럼 어떤 공포나 쾌락이나 고통을 마치 금전인 양 다른 공포나 쾌락이나 고통과 바꾸는 것, 그리고 더 작은 것을 큰 것과 바꾸는 것은 덕을 얻기 위한 올바른 교환이 아닐세. 우리가 이 모든 것들과 교환해야 할 진짜 화폐가 꼭 하나 있네. 그것은 바로 지혜일세. 지혜를 얻기 위해 거래되고 지혜와 교환되어야만 용기이건 절제이건 정의이건 모든 것이 올바로 거래되는 걸세.

모든 참된 덕은 거기에 쾌락이나 공포나 그밖에 그러한 것들이 가해지건 가해지지 않건 지혜의 친구일세. 그러나 그러한 덕들도 지혜로부터 분리되어 자기들끼리 교환된다면, 그런 종류의 덕은 덕의 그림자에 지나지 않으며 그 속에는 아무런 자유도 건전함도 진실도 존재하지 않네. 참된 교환에는 이러한 모든 것들을 제거하는 정화(淨化-깨끗하게 함)가 들어 있으며, 절제·정의·용기·지혜는 바로 그것들을 깨끗하게 만드는 수단일세.

우리를 위해 정화의 신비한 의식을 만들어냈던 사람들도 어쩌면 지탄받아야 할 사람들이 아닌지도 모르네. 옛날에 그들이 '신비한 의식에 정화되지 않고 저세상으로 가는 사람은 진흙탕 속에 빠지게 되지만, 신비한 의식을 받아 정화된 다음에 저세상으로 가는 사람은 신(神)들과 함께 살게 된다.'라고 말했을 때 그들은 수수께끼 같은 말로써 이것을 암시한 것이 아니겠는가. 사실 그들이 말하고 있듯이 부름을 받는 사람은 많지만 선택되는 사람은 적네. 나는 이들 몇 안 되는 선택된 사람들이야말로 진정한 철학자들이라고 생각하네.

나는 내 힘이 미치는 한 그러한 참된 철학자 중의 한 사람이 되려고 평생 동안 노력해 왔네. 내가 올바른 방법으로 노력했는지 아닌지, 내가 성공했는지 아닌지는 잠시 후 내가 저세상에 도착하면 알게 될 걸세. 이것이 나의 신념일세.

그러므로 심미아스와 케베스, 나는 자네들과 또 이 세상에서의 나의 주인들과 작별함에 즈음하여 서러워하지도 않고 불평을 말하지도 않는 것이 옳다고 생각하네. 왜냐하면 나는 저세상에서 또한 좋은 벗들과 주인들을 만나리라고 믿기 때문일세. 그러나 대부분의 사람은 이것을 잘 믿지 못하네. 그러므로 만일 내가 나의 변명을 아테네의 재판관들을 이해시킨 것보다 자네들에게 더 잘 이해시켰다면 나는 만족스럽게 생각하겠네."

소크라테스가 말을 마치자 케베스가 대답했습니다.

"오! 소크라테스. 선생님 말씀의 대부분에 저도 동의합니다. 그러나 영혼에 관한 선생님의 말씀에 대해서는 사람들은 의혹을 품을 것입니다. 왜냐하면 사람들은 영혼이 육체를 떠나면 영혼은 더 이상 어디에도 존재하지 않게 되며, 인간이 죽는 그날 영혼이 육체를 떠나자마자 영혼은 연기나 바람처럼 사라져 버린다고 생각하여 두려워하고 있기 때문입니다.

만일 선생님이 말씀하신 것처럼 영혼이 악마(육체)로부터 떠난 후에도 어딘가에 존재하게 된다면 선생님 말씀이 옳다고 할 수도 있겠지요. 그러나 사람이 죽은 후에도 그 영혼은 계속해서 존재하며, 어떤 힘과 지혜를 가진다는 것을 증명하기 위해서는 적지 않은 설득과 증거가 필요합니다."

"옳은 말일세. 그럼 그 문제에 대해 이야기하기로 하세."

케베스가 말했습니다.

"네, 그 문제에 관한 선생님의 의견을 듣고 싶습니다."

소크라테스가 말했습니다.

"지금 내가 말한 것을 들은 사람이면 누구를 막론하고, 심지어 희극작가들
조차도[12] 내가 나와 상관없는 일에 대해 헛소리를 지껄이며 이치에 닿지 않
는 얘기를 한다고 비난하지는 않을 걸세. 그러니 자네들만 좋다면 그 문제를
철저히 규명해 보기로 하세.

먼저, 사람이 죽은 후 그 영혼이 하데스로 가는지 그렇지 않은지를 생각해
보기로 하세.

옛날부터 전해 내려오는 전설 중에, 영혼은 이 세상으로부터 저세상으로
가서 그곳에 존재하다가 다시 이 세상으로 돌아와 죽은 사람들로부터 다시
태어난다는 이야기가 있음을 우리는 알고 있네. 만일 살아 있는 사람들은 죽
은 사람들로부터 다시 태어난다는 것이 사실이라면 우리의 영혼은 저세상에
존재하는 것이 아니겠는가? 그렇지 않다고 하면 영혼이 다시 태어날 수는
없을 테니까. 산 사람은 오직 죽은 사람으로부터만 태어난다는 것이 증명된
다면 영혼들이 저세상에서 존재한다는 것은 충분히 증명되는 것일세. 그러
나 그것이 사실이 아니라면 다른 근거나 이유가 더 필요하겠지."

케베스가 말했습니다.

"아주 옳은 말씀입니다."

"이 문제를 인간과 관련지어서만 생각하지 말고, 동물 전체와 식물 전체,
생성하는 모든 것과 관련지어 생각해 보기로 하세. 그러면 그것은 더 쉽게

---

12) 당시 소크라테스를 다룬 희극은 아리스토파네스의 희극 외에도 많이 있었다.

증명될 수 있을 걸세. 모든 것은 다른 곳에서가 아니라 바로 자기의 반대되는 것으로부터 생겨나는 것이 아니겠나? 아름다움이 추함에서 생겨나고 정의가 불의에서 생겨나듯이 말일세. 이 밖에도 반대되는 것에서 생기는 것들이 아주 많이 있지.

이제 반대되는 것을 가지고 있는 모든 것이 반드시 그 반대되는 것으로부터 생겨난다는 것이 사실인지 아닌지 살펴보기로 하세. 가령 어떤 것이 커진다는 것은 전에는 더 작았던 것이 더 크게 되는 것이 아니겠나?"

"그렇습니다."

"그리고 그것이 작아진다면 전에는 더 큰 것이 있었는데 그것이 작게 되는 것일세."

"그렇습니다."

"마찬가지로 더 약한 것은 더 강한 것으로부터 나오고, 더 빠른 것은 더 느린 것으로부터 나오겠지?"

"그렇습니다."

"그리고 더 나쁜 것은 더 좋은 것으로부터 나오고, 더 옳은 것은 더 옳지 않은 것으로부터 나오겠지?"

"물론입니다."

"그러면 상반되는 모든 것들에 대해서 이렇게 말할 수 있을까? 즉 그것들은 모두 그것들과 반대되는 것으로부터 나왔다고 말일세."

"그렇게 말할 수 있겠지요."

"그리고 두 개의 서로 반대되는 것들 사이에 두 개의 중간 생성 과정이 있지 않겠나? 이쪽으로부터 저쪽으로의 생성과 저쪽으로부터 이쪽으로의 생성 말일세. 예컨대 더 큰 것과 더 작은 것 사이에는 증가와 감소라는 두 개의 중간 생성 과정이 있지 않은가?"

"그렇습니다."

"분리와 결합, 차가워짐과 뜨거워짐 등등은 모두 그러한 생성이며, 때로는 이름 붙일 수 없는 생성들도 있지만 어쨌든 서로 반대되는 것들은 반드시 그 반대되는 것으로부터 생겨나며, 각각으로부터 반대되는 것으로의 생성 과정이 있는 것일세."

"사실 그렇습니다."

"그렇다면 잠자는 것이 깨어 있는 것의 반대인 것처럼 살아 있는 것의 반대되는 것이 있지 않겠나?"

"물론 있습니다."

"그게 무엇인가?"

"죽음입니다."

"그것들이 서로 반대되는 것이라면 그것들은 각기 반대되는 것으로부터 생겨나며 그들 사이에도 두 개의 생성이 있지 않겠나?"

"물론입니다."

"자, 그러면 내가 방금 말한 서로 반대되는 것 두 쌍(잠자는 것과 깨어 있는 것, 살아있는 것과 죽음) 중에서 한 쌍에 대해 분석하고 그 생성에 관해 설명할 테니 자네는 다른 한 쌍에 대해 그렇게 해 주게. 나는 그중에서 잠자는 것과 깨어 있는 것에 관해 설명하겠네. 잠들어 있는 상태는 깨어 있는 상태와 반대되는 것이며, 잠들어 있는 상태는 깨어 있는 상태로부터 생겨나고 깨어 있는 상태는 잠들어 있는 상태로부터 생겨나네. 그리고 그 생성은 한쪽의 경우에는 깨어남이고 다른 한쪽의 경우에는 잠듦일세. 그렇지 않은가?"

"그렇습니다."

"자, 그러면 이번에는 자네가 이와 똑같은 방식으로 삶과 죽음을 나에게 분석해 주게. 죽음은 삶의 반대가 아닌가?"

"그렇습니다."

"그것들은 상대방으로부터 생겨나는 것이 아닐까?"

"그렇습니다."

"삶으로부터 생겨나는 것은 무엇인가?"

"죽음입니다."

"그러면, 죽음으로부터 생겨나는 것은?"

"삶이라고 대답할 수밖에 없군요."

"그렇다면 살아 있는 것은 사람이건 사물이건 죽은 것으로부터 생겨나는 것이겠지?"

"분명히 그렇습니다."

"그렇다면 우리의 영혼이 하데스에서 존재한다는 결론이 나오겠지?"

"그런 것 같습니다."

"그런데 삶과 죽음 사이에 있는 두 가지 생성 가운데 하나는 우리가 볼 수 있네. 그 두 가지 생성 중의 하나인 죽는 것은 우리가 확실히 볼 수 있는 일이니 말일세."

"그렇습니다."

"그렇다면 결과는 어떻게 되겠는가? 우리는 그 반대 방향의 생성은 인정하지 말아야 하겠는가? 그렇게 되면 우리는 자연의 진행을 절름발이로 생각하는 셈이 되지 않겠나? 우리는 죽는 것에 반대되는 생성을 인정해야 하지 않겠나?"

"그래야 할 겁니다."

"그러면 그 생성은 무엇일까?"

"회생(回生-되살아 남)이지요."

"되살아난다, 즉 삶으로 되돌아온다는 것이 있다고 하면 그것은 죽은 자가 산 자들의 세계에 태어나는 것이 아닐까?"

"그렇습니다."

"자, 그렇다면 우리는 죽은 자가 산 자로부터 생겨나는 것과 마찬가지로 산 자가 죽은 자로부터 생겨난다는 것에 의견이 일치한 셈일세. 그런데 그것이 사실이라면 그것은 죽은 자의 영혼이 어디엔가 존재하고 있다가 거기서 되돌아온다는 것에 대한 가장 확실한 증거가 될 걸세."

"우리가 앞서 동의한 것으로부터 그런 결론은 필연적으로 나오겠군요."

"케베스, 나는 우리가 앞에서 동의한 것들이 잘못된 것이 아니라고 생각하네. 만일 생성이 오로지 직선적으로만 행해져서 자연 속에는 되돌아오는 일도 없고 순환하는 일도 없으며 방향을 바꾸는 일도 없다면, 그리고 각각의 사물들이 그 반대의 사물로 되돌아가는 일이 없다면, 세상의 모든 사물은 결국 똑같은 형태를 취하게 되며 똑같은 상태에 이르게 될 것이며 생성은 중지해 버리고 말 걸세."

"무슨 말씀인지 잘 이해할 수 없는데요."

"어렵게 생각할 것 없네. 잠자는 일을 예로 들어 한번 생각해 보세. 만일 잠자는 것과 깨어 있는 것이 서로 교체되지 않는다면 저 잠자는 엔뒤미온(Endymion)[13]의 이야기는 무의미한 것이 되고 말 것이 아닌가? 왜냐하면 그렇게 되는 경우에 다른 모든 것들도 그와 마찬가지로 잠들어 있으므로 그는 그 밖의 다른 것들과 구분될 수 없을 것이기 때문일세.

그리고 만일 모든 것이 결합하기만 하고 분리되는 일이 없다면 아낙사고라스(Anaxagoras)[14]가 말한 것과 같은 혼돈 상태가 닥쳐올 걸세.

---

13) 그리스 신화에 나오는 양을 치는 아름다운 청년. 제우스의 아내 헤라를 범하려 했기 때문인지 아니면 달의 여신 다이애나로부터 사랑을 받게 되었기 때문인지 어쨌든 그는 영원한 잠을 부여받았다.

14) 기원전 5세기의 철학자. 그는 만물은 처음에는 혼돈 상태에 있었는데, 지성이 그것에 질서를 부여해 주어 세계가 형성되었다고 주장했다.

이와 마찬가지로 케베스, 만일 생명 있는 모든 것이 죽고, 죽은 다음에는 영원히 그 상태에 머물러 있어 다시는 생명을 가지지 못하게 된다면, 결국은 모든 것이 죽고 살아 있는 것이라곤 하나도 없게 될 것이 아닌가? 이 밖에 다른 어떤 결과가 있을 수 있겠는가? 만일 살아 있는 것들이 죽은 것들로부터 생겨나는 것이 아니라 다른 어떤 것들로부터 생겨나며 이것들 역시 죽어 없어진다면 결국 모든 것은 영원한 죽음 속에 파묻히게 될 것이 아닌가?"

케베스가 대답했습니다.

"그것을 피할 방법은 없을 것입니다. 선생님 말씀이 옳은 것 같습니다."

"케베스, 나는 이보다 확실한 것은 없다고 생각하네. 우리가 이 점에 동의한 것은 결코 현혹되거나 기만당한 것이 아닐세. 오히려 나는 다시 살아난다는 것은 사실이며, 산 사람은 죽은 사람으로부터 생겨나며 죽은 사람들의 영혼은 존재한다고 확신하네."

케베스가 여기에 덧붙였습니다.

"오, 선생님이 자주 말씀하시고 우리가 선생님에게서 자주 들었던 것, 즉 '배운다는 것은 이미 알았던 것을 상기(想起)하는 것일 뿐이다.'[15]라는 말씀이 사실이라면 우리는 우리가 지금 상기하는 것을 이미 언젠가 배웠어야 합니다. 그러나 그것은 우리의 영혼이 인간의 형태를 취하고 태어나기 전에 어딘가에 존재하지 않았다면 불가능한 일입니다. 이런 식으로 생각해 보아도 영혼은 불멸인 것처럼 생각됩니다."

그러자 심미아스가 말했습니다.

"그러나 케베스, 그 상기설(想起說)을 뒷받침해 주는 증거가 어떤 것이었나 좀 말해 주게. 지금 난 그걸 잘 기억하지 못하고 있네."

---

15) 이것은 플라톤의 상기설(想起說)로, '인간의 혼은 태어나기 전에 보아 온 이데아를 되돌아 봄으로써 참된 인식에 도달한다.' 고 하는 유명한 말이다.

케베스가 말했습니다.

"그 질문 자체가 훌륭한 증거를 제공해 주네. 가령 자네가 어떤 사람에게 합리적인 질문을 하면 그 사람은 스스로 자세하게 대답할 걸세. 그러나 만일 그 사람에게 지식과 올바른 이성이 없다면 그는 그렇게 할 수 없을 걸세. 이런 일은 자네가 어떤 사람에게 기하학의 도형이나 그와 비슷한 것을 보여 주었을 때 가장 잘 드러나게 되지."16)

그러자 소크라테스가 말했습니다.

"심미아스, 만일 아직도 자네의 의혹이 사라지지 않았다면 그 문제를 다른 방법으로 생각해 보고 나의 말에 동의할 수 있는지 없는지 생각해 보게. 배운다는 것이 어떻게 해서 상기하는 것일 수 있는지 아직도 믿을 수 없다면 말일세."

심미아스가 말했습니다.

"저는 그것을 믿지 않는 것이 아닙니다. 저는 단지 그 상기설의 이론을 떠올려 보고 싶을 뿐입니다. 케베스가 한 말을 들으니 이제 기억이 나기 시작합니다. 그러나 저는 선생님이 하시려고 했던 말씀을 듣고 싶습니다."

"내가 말하려고 했던 것은 다름이 아니라 만일 어떤 사람이 무언가를 상기한다면, 그는 과연 언젠가 그것을 알고 있었어야 한다는 데 대해 우리는 동의해야 한다는 것일세."

"옳은 말씀입니다."

"그렇다면 그런 방법으로 그에게 지식이 생기는 경우 그것이 곧 상기(想起)가 아니겠는가? 다시 말해, 만일 어떤 사람이 어떤 것을 보았거나 들었거나

---

16) 《메논》에서 소크라테스는 기하학을 전혀 모르는 메논의 하인 소년과의 문답을 통해 그로 하여금 2배의 면적을 가진 정사각형 한 변의 길이는 본래의 정사각형의 대각선의 길이와 같다는 것을 발견하게 했다.

다른 감각 기관들을 통해 지각한 적이 있으며, 그래서 그가 그것을 알고 있을 뿐만 아니라 다른 어떤 것——그들 둘은 동일한 지식이 아니라 각기 다른 지식의 대상일세——을 마음속에 그린다면 우리는 그가 마음속에 그린 것을 상기했다고 말해야 하지 않겠나?"

"무슨 말씀인지요?"

"예를 하나 들어 보겠네. 어떤 사람을 아는 것과 수금(竪琴-리라. 고대 그리스의 하프)을 아는 것은 다른 것일세."

"물론입니다."

"그런데 자네도 알다시피 애인들이 자기의 애인이 늘 사용하는 수금이나 옷이나 그 밖의 어떤 것을 볼 때 그들에게는 다음과 같은 일이 일어나네. 그들은 그 수금을 알아보고는 그 수금의 주인인 그 소녀의 모습을 마음속에 그리지 않는가? 이것이 다름 아닌 상기(想起)일세. 이와 마찬가지로 심미아스를 보는 사람은 곧잘 케베스를 생각할 걸세. 이와 같은 예는 얼마든지 있네."

심미아스가 말했습니다.

"그렇겠지요."

"그리고 어떤 사람이 세월의 흐름과 무관심으로 인해 잊어버렸던 것에 대해 앞에서 말한 것과 같은 것을 느끼는 경우 그것도 또한 일종의 상기가 아니겠는가?"

"그렇습니다."

"자, 그렇다면 자네는 어떤 그림에서 말〔馬〕을 보거나 수금을 보고서 어떤 사람을 상기하는 수도 있지 않겠나? 또 자네는 그림 속에서 심미아스를 보고서 케베스를 상기하는 수도 있지 않겠나?"

"있겠지요."

"또 자네는 그림 속에서 심미아스를 보고서 심미아스 자신을 상기하는 수도 있지 않겠나?"

"그렇습니다."

"그러므로 이 모든 경우를 보건대 상기(想起)는 닮은 것으로부터 생겨날 수도 있고 닮지 않은 것으로부터 생겨날 수도 있다고 할 수 있지 않겠나?"

"그렇습니다."

"그런데 상기가 닮은 것들로부터 생겨나는 경우 상기하는 사람에게는 그것이 상기되고 있는 것과 진정으로 닮았는가, 그렇지 않은가 하는 깊이 생각하는 마음이 생겨나네."

"그렇겠지요."

"그렇다면 한 걸음 더 나아가 이런 것을 생각해 보게. 나는 '같음'이라는 것이 있다고 생각하네. 여기서 말하는 '같음'이란 나무와 나무가 같다든가 돌과 돌이 같다든가 하는 의미의 '같음'이 아니라 그런 것들을 초월한 절대적인 '같음'(같음 그 자체)을 말하는 것일세. 자네의 생각은 어떤가?"

심미아스가 대답했습니다.

"그렇습니다. 저는 그런 게 있으리라고 확신합니다."

"그렇다면 우리는 그것이 무엇인지 알고 있는가?"

"네, 알고 있습니다."

"우리는 어디서 그 지식을 얻는가? 우리는 나무 조각이나 돌 같은 물질적인 것들의 '같음'을 보고서 그것들로부터 그것들과는 다른 '같음'의 관념을 가지게 된 것이 아닌가? 자네는 이 양자 사이에 차이가 있다는 것을 인정할 걸세. 이렇게 생각해 보게. 똑같은 나무 조각들이나 돌들이 어떤 때에는 같게 보이고 어떤 때에는 다르게 보이지 않는가?"

"그렇습니다."

"그런데 정말로 똑같은 것들이 자네에게 똑같지 않게 보인 적이 있나? 즉

'같음'이 '안 같음'처럼 보인 적이 있나?"

"그런 일은 절대로 없었습니다."

"그렇다면 같은 것들이란 '같음 그 자체'(절대적인 같음)와는 다른 것이지?"

"그렇습니다."

"하지만 자네는 '같음 그 자체'와는 다른 것임에도 불구하고 같은 것들로부터 '같음 그 자체'에 대한 지식을 얻지 않았는가?"

"그렇습니다."

"그렇다면 방금 우리가 말한 정말로 똑같은 것들과 비교할 때 우리는 나무나 돌들에 대해 어떻게 느끼는가? 그것들은 '같음 그 자체'와 같은 정도로 똑같이 보이는가 아니면 같다는 점에서 그보다 못하게 보이는가?"

"훨씬 못하지요."

"그렇다면 우리는 다음과 같은 것을 인정하지 않으면 안 될 걸세. 즉 어떤 사람이 어떤 것을 보고 '내가 지금 보고 있는 이것은 다른 어떤 것과 같아지기를 원하지만 그것에 미칠 수는 없다.'라고 생각한다면 그는 그것이 닮아 있기는 하지만 미치지 못하는 그것(기준이 되어 있는 그것)에 대한 지식을 이미 가지고 있어야만 하네."

"동감입니다."

"그렇다면 우리는 같은 사물들과 '같음 그 자체'에 대해서도 그와 같이 느끼지 않겠는가?"

"그렇습니다."

"그렇다면 우리는 맨 처음 같은 사물을 보고 그것들이 '같음 그 자체'와 같아지려고 애쓰지만 거기에 미치지는 못한다고 생각하는 그때보다 먼저 '같음 그 자체'를 알고 있지 않으면 안 되네."

"그렇습니다."

"그런데 우리는 '같음 그 자체'는 눈으로 본다든가 손으로 만져 본다든가 그 밖의 어떤 감각 기관을 통해서만 인식될 수 있으며 또 인식되어 왔다는 것을 알고 있네. '같은' 모든 것들에 대해서도 이렇게 말할 수 있을 걸세. 그렇지 않은가?"

"오! 논리의 흐름으로 보아 그럴 수밖에 없겠지요."

"그렇다면 인지될 수 있는 '같은' 사물들도 모두 '같음 그 자체'에 도달하려 하지만 거기에 미치지 못한다는 것을 아는 것도 또한 감각 기관들에 의해서가 아니겠나?"

"네, 그렇습니다."

"우리가 감각 기관들에 의하여 '같은' 것들로 판단된 것들을 '같음 그 자체'와 비교하여 그것들이 모두 '같음 그 자체'와 같아지기를 바라지만 그것에 미치지 못한다는 것을 알고자 한다면, 우리는 보거나 듣거나 다른 방법으로 감각하기에 앞서 '같음 그 자체'가 무엇인가에 대한 지식을 얻지 않으면 안 되네."

"지금까지 말해 온 것에서 보면 당연히 그렇습니다."

"그런데 우리는 이 세상에 태어난 순간부터 보기도 하고 듣기도 하며 또 그 밖의 다른 감각 기관을 사용하지 않았는가?"

"그렇습니다."

"그렇다면 우리가 태어나기 전에 '같음 그 자체'에 대한 지식을 얻었음에 틀림없지 않겠나?"

"그렇습니다."

"만일 우리가 태어나기 전에 그것에 대한 지식을 얻었고 그 지식을 가진 채 태어났다면, 우리는 태어나기 전에도 그리고 태어난 직후에도 '같음'이라든가 '더 큼'이라든가 '더 작음'뿐만 아니라 그러한 모든 것들을 알고 있었을 것일세. 왜냐하면 지금의 우리 토론은 '같음'에 대한 것에 국한되는 것이 아니라, '아름다움 그 자체', '선 그 자체', '정의', '경건' 그리고 '사물 그 자체'라고 이름 붙일 수 있는 모든 것들에 관한 것이기도 하기 때문일세. 그러므로 우리는 이 모든 것들에 대한 지식을 태어나기 전에 얻었음에 틀림없네."

"그렇겠군요."

"그리고 만일 우리가 얻은 그러한 지식을 잊어버리지 않는다면 우리는 그 지식을 평생 계속해서 알고 있을 것일세. 왜냐하면 안다는 것은 어떤 것에 대한 지식을 얻은 후 그것을 잃지 않고 유지해 가는 것이기 때문일세. 오! 심미아스. 망각(忘却)이란 지식을 잃는 것이 아니겠나?"

"그렇습니다."

"그러나 우리가 태어나기 전에 획득한 지식을 태어날 때 잊어버렸다가 나중에 감각을 사용하여 예전에 알고 있었던 것들을 되찾는 것이라고 한다면, 우리가 배움이라고 부르는 것은 본래 우리의 소유였던 지식을 되찾는 것이 아니겠나? 그러므로 우리는 그것을 상기(想起)라고 부르는 것이 옳지 않겠는가?"

"그렇습니다."

"왜냐하면 지금까지 말해 온 것에서 분명해진 바와 같이 우리는 시각이나 청각이나 그 밖의 감각 기관에 의해 무언가를 인식하며, 그 인식된 것으로부터 그것과 닮은 것이건 닮지 않은 것이건 그것과 관련 있는 어떤 것, 우리가 잊어버렸던 어떤 것에 대한 생각을 얻을 수 있기 때문일세. 그러므로 내가 말한 바와 같이 우리가 그러한 지식을 가진 채 태어나 평생 계속해서 그것들을 알고 있는가, 아니면 배우는 사람들이라고 일컬어지는 사람들이 출생한 후에 잊어버린 것을 기억해 내는 것으로 배운다는 것은 상기(想起)하는 것에 지나지 않는 것이든가 둘 중의 하나일세."

"옳은 말씀입니다."

"심미아스, 자네는 이 두 가지 중 어느 쪽이 옳다고 보는가? 우리는 나면 서부터 지식을 가지고 있는가, 그렇지 않으면 태어나기 전에 이미 알고 있던 것을 태어난 후에 상기하는 것인가?"

"오, 소크라테스. 저로서는 당장 어느 쪽을 택할 수가 없군요."

"그렇다면 이런 문제를 한번 생각해 보게. 그리고 결정을 내려 보게. 어떤 사람이 어떤 것을 아는 경우 그 사람은 자기가 아는 것에 대해서 설명할 수 있겠는가, 없겠는가?"

"그는 분명 설명할 수 있을 것입니다."

"그렇다면 자네는 우리가 지금까지 얘기해 오고 있는 문제들에 대해 누구 나가 설명할 수 있다고 생각하는가?"

심미아스가 대답했습니다.

"그랬으면 좋겠지만 불행히도 그렇지 못합니다. 내일 이맘때면 이 세상 사 람 중에는 이 문제들을 올바로 설명할 수 있는 사람은 한 사람도 없게 될 것 입니다."

"그렇다면 자네는 모든 사람이 이 문제들에 대해서 안다고는 생각하지 않 는단 말이지?"

"네."

"그렇다면 그들은 일찍이 배워서 알았던 것을 상기하고 있는 중이란 말이 지?"

"네, 그렇습니다."

"그렇다면 우리의 영혼이 언제 그것들에 관한 지식을 얻었을까? 우리가 인간으로 태어난 후가 아닌 것은 확실하니 말일세."

"네, 출생한 후가 아닙니다."

"그러면 출생 전인가?"

"네, 그렇습니다."

"그러니 심미아스, 우리의 영혼은 인간의 모습으로 만들어지기 전에도 육체로부터 분리되어 존재해 있었으며 지혜도 가지고 있었음에 틀림없네."

"우리가 이 모든 지식을 태어나는 바로 그 순간에 얻은 것이 아니라면 그렇습니다. 남아 있는 것은 그때뿐이니까요."

"그렇지. 그렇다면 우리는 언제 그것들을 잃어버리는가? 우리가 그것들을 가지고 태어난 것이 아님은 방금 우리가 인정한 것이니 말일세. 우리는 그것들을 얻는 바로 그 순간에 그것들을 잃어버리는가 그렇지 않으면 다른 어떤 순간에 잃어버리는가?"

"오! 소크라테스. 저는 저도 모르게 어리석은 말을 하고 있었습니다."

"심미아스, 그렇다면 우리는 이렇게 말할 수 있지 않겠는가? 우리가 여러 번 반복해서 말한 바와 같이 만일 아름다움 그 자체(절대적인 아름다움), 선 그 자체, 그리고 그와 같은 모든 것의 절대적인 본질이 존재한다면 그리고 만일 우리가 그러한 것들이 전부터 존재했으며 우리가 태어날 때부터 가지고 태어난 것임을 발견하고, 우리의 감각 기관에 의해 인식된 모든 사물을 그것들(아름다움 그 자체·선 그 자체 등의 절대적인 본질들)과 관련지어 비교해 본다면, 그것들(절대적인 본질들)이 우리가 태어나기 이전에도 존재한 것과 마찬가지로 우리의 영혼도 우리가 태어나기 이전에도 존재했음은 필연적인 일이 아니겠는가? 그것들(절대적인 본질들)이 우리가 태어나기 이전에도 존재했다는 것과 우리의 영혼이 우리가 태어나기 이전에도 존재했다는 것은 똑같이 필연적이네. 절대적인 본질들의 존재가 부정된다면 우리 영혼의 존재도 부정되어야 할 걸세."

심미아스가 말했습니다.

"오! 소크라테스. 저는 이제 그 절대적 본질의 존재나 우리들 영혼의 존재나 똑같은 필연성을 가지고 있다는 것을 확신합니다. 이제 우리의 논의는 우리의 영혼이 우리가 태어나기 전에도 존재했다는 것과 선생님이 말씀하시는 절대적 본질이 우리가 태어나기 전에도 존재했다는 것은 분리될 수 없다는 결론에 도달했으며 저는 그것을 만족스럽게 생각합니다. 왜냐하면 저는 '아름다움 그 자체'라든가 '선 그 자체'라든가 그 밖에 선생님이 방금 말씀하신 모든 것들이 무엇보다도 확실하게 존재한다는 것보다 더 명백한 것은 없다고 생각하기 때문입니다."

소크라테스가 말했습니다.

"그러나 케베스도 자네처럼 그렇게 만족할까? 우리는 그에게도 이것을 납득시켜야 하기 때문일세."

심미아스가 말했습니다.

"케베스도 만족하고 있다고 저는 생각합니다. 그는 이 세상 누구보다도 다른 사람들의 말을 믿지 않는 사람이지만 그도 우리의 영혼이 우리가 태어나기 전에 존재했다는 것을 충분히 납득했으리라고 저는 믿습니다. 그러나 우리가 죽은 후에도 우리의 영혼은 계속해서 존재한다는 것에 대해서는 저 자신도 아직 만족하지 못하고 있습니다. 케베스가 조금 전에 말하기를 사람이 죽으면 그 영혼은 흩어지고 결국 없어진다고 생각하는 사람이 많다고 했고 저도 그런 생각을 떨쳐버릴 수가 없습니다. 왜냐하면 설사 영혼이 어딘가 다른 곳에서 생겨났고 어떤 다른 원소들로 이루어져 있으며 인간의 육체 속으로 들어오기 전에도 존재했다 하더라도, 육체 속으로 들어왔다가 육체를 떠나는 때가 오면 그때는 영혼도 수명이 다하여 죽어 없어질 것이기 때문입니다."

그러자 케베스가 말했습니다.

"오! 심미아스, 자네 말이 옳네. 증명되어야 할 것의 절반밖에 증명되지 않았네. 우리의 영혼이 우리가 태어나기 전에도 존재하고 있었다는 것은 증명되었지만, 완전한 증명이 되기 위해서는 우리의 영혼이 우리가 태어나기 전에도 존재했던 것과 마찬가지로 우리가 죽은 후에도 계속해서 존재한다는 것이 증명되어야 하니까 말일세."

소크라테스가 말했습니다.

"그러나 심미아스와 케베스, 그것은 이미 증명이 되었네. 지금 증명된 것과 앞서 우리가 의견의 일치를 본 것, 모든 산 자는 죽은 자로부터 생겨난다는 것을 결합하면 증명은 다 된 것이 아닌가? 우리의 영혼은 우리가 태어나기 전에도 존재하고 있었으며, 우리는 오직 죽음으로부터 죽어 있는 상태로부터만 생명을 얻어 태어날 수 있는 것이라면 우리의 영혼은 당연히 우리가 죽은 후에도 계속해서 존재하지 않겠는가? 왜냐하면 그 영혼은 다시 태어나지 않으면 안 되기 때문에 자네들이 말한 점은 이미 증명이 되었네.

그런데도 자네들은 아직도 이 문제를 더 알고 싶어 하는 것 같군. 자네들은 마치 아이들처럼 '영혼이 육체를 떠나면 바람에 불려 흩어져 버리지나 않을까? 바람이 없는 평온한 날 죽지 않고 심한 폭풍우가 칠 때 죽으면 더욱 그렇게 되지 않을까?' 하고 두려워하는 것 같군."

케베스가 웃으면서 말했습니다.

"오! 소크라테스, 그렇게 되는 것을 우리가 두려워한다고 생각하시고 그렇게 되지 않는다는 것을 우리에게 납득시켜 주세요. 그런데 사실대로 말씀드린다면 그렇게 되는 것을 두려워하는 것은 우리가 아니고 우리들의 마음속에 어린아이가 있어서 그 아이가 그것을 두려워하는 것입니다. 그러니 그 아이를 설득하여 죽음을 유령처럼 두려워하지 않도록 해 주세요."

소크라테스가 말했습니다.

"그렇다면 자네들은 그 유령을 쫓아낼 때까지 매일 주문(呪文)을 외워야겠군."

"그러나 선생님이 우리들을 남겨 두고 떠나시고 나면 우리는 어디서 그렇게 주문(呪文)을 잘하는 사람을 찾을 수 있겠습니까?"

"케베스, 헬라스(Hellas)[17]는 넓은 곳일세. 헬라스에는 훌륭한 사람이 많이 있네. 그리고 외국 사람들도 많네. 그러니 그들 중에서 주문을 잘하는 사람을 찾아내야 하네. 그것을 위해서는 돈과 수고를 아껴서는 안 되네. 거기에 돈을 사용하는 것보다 더 돈을 훌륭하게 쓸 수는 없으니까. 그리고 자네 자신들 사이에서도 찾아야 한다는 것도 잊어서는 안 되네. 자네들보다 그것을 잘 할 수 있는 사람을 찾기는 쉬운 일이 아니기 때문일세."

케베스가 말했습니다.

"네, 그렇게 하겠습니다. 그것은 그렇고 이제 조금 전에 멈추었던 이야기로 되돌아가기로 하지요."

"그러세. 그것보다 내가 좋아하는 것이 어디 있겠나?"

"감사합니다."

"자, 그러면 흩어져 버리는 것으로 생각되는 것이 어떤 종류의 것인지 우리는 스스로 물어보아야 하네. 다시 말해 우리가 두려워하는 것과 두려워하지 않는 것에 대해 우리들 자신에게 물어보아야 하네. 그리고 그렇게 흩어져 버리는 것이 영혼의 본질인가 아닌가에 대해 조사해 보아야 하네. 이렇게 해 보면 우리가 우리 자신의 영혼에 관해서 희망을 품을 것인지 두려운 생각을

---

17) 그리스인이 자기의 국토를 가리키는 말.

가질 것인지를 알게 될 것일세."

"옳은 말씀입니다."

"그런데 말일세. 둘 이상이 합쳐진 합성된 물체는 본질상 분해될 수 있는 것일세. 그러나 합성체가 아닌 것은 본질상 분해될 수 없는 것일세. 만일 그런 것이 존재한다면 말일세."

케베스가 말했습니다.

"그럴 것 같습니다."

"합성체가 아닌 것은 항상 동일하며 변치 않지만, 합성체는 항상 변화하며 절대 동일하지 않네."

"저도 그렇게 생각합니다."

"이제 우리가 앞서 나누었던 얘기로 되돌아가 보세. 우리의 대화 속에서 본질 혹은 참된 존재로 규정했던 것, 즉 '같음 그 자체', '아름다움 그 자체' 등은 시간에 따라 변화하는 것일까, 아니면 언제나 본질 그대로 있으며 언제나 변하지 않는 모습으로 독자적으로 존재하며, 또 어떤 면에서나 어느 때를 막론하고 달라지는 법이 없는 것일까?"

케베스가 말했습니다.

"그것들은 언제나 변함없이 동일한 것입니다."

"그러면 수많은 아름다운 것들은 어떨까? 사람이나 말이나 옷 등 일반적으로 아름답다고 일컬어지는 것들은 변하지 않고 언제나 그대로 있을까? 그렇지 않으면 그것들은 그 자체에서나 그들 서로 간의 관계에서 거의 언제나 변하며 그대로 있는 법이 거의 없는 것일까?"

케베스가 말했습니다.

"그것들은 항상 변화하고 있습니다."

"자네는 그것들을 손으로 만져볼 수도 있고 눈으로 볼 수도 있고 또 다른 감각 기관을 통해 느낄 수도 있으나, 불변하는 것들은 오직 이성의 사유(思惟)에 의해서만 파악할 수 있을 뿐일세. 그런 것들은 눈에 보이지도 않고 눈으로 볼 수도 없는 걸세. 그렇지 않은가?"

"확실히 그렇습니다."

"그렇다면 존재하는 것에는 눈에 보이는 것과 눈에 보이지 않는 것의 두 가지 종류가 있다고 말할 수 있지 않겠나?"

"그렇습니다."

"눈에 보이는 것은 끊임없이 변하고 눈에 보이지 않는 것은 변하는 일 없이 항상 동일할 테지?"

"그럴 겁니다."

"그런데 우리 자신을 생각해 볼 때 우리 자신의 일부는 육체이고 다른 일부는 영혼이 아니겠나?"

"그렇습니다."

"그렇다면 육체는 어떤 것에 더 가깝고 어떤 것을 더 닮았다고 말할 수 있겠는가?"

"물론 눈에 보이는 것에 가깝지요. 그것은 누구에게나 분명한 사실일 겁니다."

"그러면 영혼은 어떤가? 눈에 보이는 것이겠나 눈에 보이지 않는 것이겠나?"

"적어도 사람에게는 보이지 않는 것이겠지요."

"보인다 안 보인다고 하는 것은 사람의 눈으로 볼 수 있다거나 볼 수 없는 것을 말하는 것이 아니겠는가?"

"물론입니다."

"그러면 영혼은 볼 수 있는 것이라고 할 수 있겠는가? 아니면 볼 수 없는 것이라고 할 수 있겠는가?"

"볼 수 없는 것입니다."

"그럼 보이지 않는 것일 테지?"

"그렇겠지요."

"그럼 영혼은 보이지 않는 것에 더 가깝고 육체는 보이는 것에 더 가까운 것이겠지?"

"당연히 그렇습니다."

"그런데 우리는 전에 영혼이 육체를 느낌의 수단으로 사용할 때, 즉 영혼이 시각이나 청각이나 그 밖의 다른 감각 기관을 통해 무언가를 느낄 때——육체를 통해 느낀다고 함은 다름 아닌 감각을 통해서 느끼는 것이니 말일세——그때는 영혼은 육체에 의해 항상 변화하는 것들의 세계로 이끌려 들어가 혼란한 상태에서 방황하게 된다고(그 세계는 영혼을 교란해 영혼은 마치 술 취한 사람처럼 되기 때문일세.) 말하지 않았는가?"

"그렇습니다."

"그러나 영혼이 자기 자신에게로 되돌아가게 되면 영혼은 순수하고 영원하며 사라지지 않고 변하지 않는 것들의 세계로 들어가게 되네. 그 세계는 영혼과 똑같은 것이므로 영혼이 자기 자신에게로 되돌아가게 되면 영혼은 언제나 그것들(순수, 영원, 불멸)과 함께 있을 수가 있는 거야. 그렇게 되면 영혼은 혼란과 방황을 그치게 되고 변하지 않는 것들 사이에 있게 되고 그 자신이 변하지 않는 것이 되는 걸세. 그리고 영혼의 이러한 상태를 지혜라고 부르는 것이 아닌가?"

"오! 소크라테스. 참으로 훌륭하고 옳은 말씀입니다."

"그렇다면 앞서 말한 것과 지금 말한 것으로 미루어 보아 영혼은 어느 쪽에 더 가깝고 같은 성질일까?"

"지금까지 이야기한 것을 다 들은 사람이라면 누구나 영혼은 변하는 것보다 변치 않는 것을 훨씬 더 닮았다고 생각할 것입니다. 아무리 무식한 사람이라도 그것을 부인하지는 못할 거예요."

"그렇다면 육체는?"

"변화하는 것을 더 닮았습니다."

"그것을 이런 식으로 한번 생각해 보게. 영혼과 육체가 결합하여 있을 때 자연은 영혼이 주인이 되어 지배하게 하고 육체가 노예가 되어 영혼을 섬기도록 해 놓았네. 이 두 가지 가운데 어느 쪽이 더 신적(神的)인 것을 닮았는가? 그리고 어느 쪽이 죽어 사라질 수밖에 없는 인간적인 것을 닮았는가? 자네에게는 신적인 것은 당연히 지배하고 인도하는 쪽이요, 인간적인 것은 당연히 지배받고 섬기는 쪽이라 생각되지 않는가?"

"네, 그렇다고 생각됩니다."

"그렇다면 영혼은 그중 어느 것을 닮았겠나?"

"분명히 영혼은 신적인 것을 닮았고, 육체는 죽어 없어지는 것을 닮았습니다."

"케베스, 그렇다면 우리가 지금까지 말한 모든 것으로부터 영혼은 신적인 것과 매우 흡사하여 사라지지 않고 지혜로우며 한결같은 모습으로 분해되지 않으며 변하지 않는 것인데, 육체는 인간적인 것과 매우 흡사하여 죽어 없어지며 여러 가지 모습을 하며 분해될 수 있으며 또 변화할 수 있는 것이라는 결론이 나오는지 어떤지 생각해 보게. 오, 케베스, 이에 대해 다른 이론을 내세울 수 있을까?"

"없습니다."

"그렇다면 육체는 그 본성상 얼마 안 가서 분해되어 버리고 마는 반면에 영혼은 거의 혹은 전혀 분해되는 일이 없지 않겠나?"

"분명히 그렇습니다."

"자네도 알고 있듯이 사람이 죽으면 그 보이는 부분——보이는 세계에 속하는 것으로 우리가 시체라고 부르는 분해되고 없어져 버리는 부분인 육체——은 죽자마자 즉시 분해되고 소멸해 버리는 것이 아니라 한동안 그 상태를 유지하며, 더구나 죽었을 때 육체의 상태가 좋고 계절이 좋으면 그 시체는 매우 오랫동안 그 상태를 그대로 유지할 수 있네. 그뿐만 아니라 이집트의 미라처럼 시체를 약품 처리하면 그 시체는 거의 영원히 분해되지 않고 그 상태를 그대로 유지할 수 있지 않은가? 그리고 썩는다 하더라도 육체의 어떤 부분, 가령 뼈라든가 근육 같은 것은 사실 그대로 존속해 갈 수 있는 것으로 사라지지 않는 것이라 할 수 있지 않겠나?"

"네, 그렇습니다."

"그러나 보이지 않는 부분인 영혼은 영혼 자신과 마찬가지로 보이지 않는 하데스(Hades)로, 순수하고 고상한 곳으로 선하고 지혜로우신 신이 계신 곳으로 가는 거라네. 신이 허락하시면 내 영혼도 곧 그곳으로 갈 걸세. 그런데 이런 본성을 지닌 영혼이 육체를 떠나는 순간 많은 사람이 말하는 것처럼 바람에 흩어져 사라져 버리겠는가?

오! 친애하는 심미아스와 케베스. 절대로 그렇지 않을 걸세. 육체를 떠날 때 순수한 상태로 떠나는 영혼을 생각해 보게. 그런 영혼은 육체적인 것은 하나도 지니지 않네. 그런 영혼은 평생 육체와 관계를 맺지 않고 육체를 피하고 자기 자신에게 집중해 왔으며 그런 연습을 항상 해 왔기 때문일세. 이것이야말로 지혜에 대한 참된 사랑이며 참으로 철학이라는 것이며 진정한 의미에서 죽음을 연습하는 것일세. 철학은 곧 죽음을 연습하는 것이라고 말할 수 있지 않겠나?"

"그렇습니다."

"그런 영혼은 자기 자신과 마찬가지로 보이지 않는 세계인 신비하고 영원하며 지혜롭고 밝은 세계를 향해 떠나네. 그리고 그 세계에 다다르면 그 영혼은 인간적인 방황 · 어리석음 · 공포 · 격정 그리고 그 밖 인간의 모든 악에서 해방되어 큰 행복을 얻고, 마침내는 비밀 의식을 받은 사람들을 두고 세상 사람들이 말하는 것처럼 영원토록 신들과 함께 살게 되는 걸세. 케베스, 그렇지 않겠는가?"

케베스가 말했습니다.

"의심할 여지가 없습니다."

"그러나 육체를 떠날 때 깨끗하지 않은 더럽혀진 상태에서 떠나는 영혼의 경우를 생각해 보게. 그런 영혼은 항상 육체와 친밀한 관계를 맺고 육체의 종노릇을 하며, 육체를 사랑하고 육체의 욕망과 쾌락에 유혹되고, 그 결과 육체적인 것만을——만질 수 있고 볼 수 있고 마실 수 있고 먹을 수 있고 육체적 욕망을 만족시키기 위해 사용할 수 있는 것만을——참된 것이라고 생각하여 맨눈으로 볼 수 없는 것, 지혜를 얻는 것, 철학에 의해서만 얻을 수 있는 것을 싫어하고 두려워하고 피하는 데 습관 되어 온 영혼일세. 이런 상태에 있는 영혼이 순수하고 더럽혀지지 않은 모습으로 육체를 떠날 수 있으리라고 생각하는가?"

"불가능한 일입니다."

"그러한 영혼은 육체와의 끊임없는 교류와, 육체에 대한 끊임없는 관심으로 그 영혼의 본성 속에 심어 놓은 육체적인 것에 사로잡혀 있지 않겠는가?"

"그렇습니다."

"오! 친애하는 벗이여. 이 육체적인 것은 무겁고 땅 위에 존재하는 것이며 눈에 보이는 것일세. 그러므로 지금 말한 육체적인 것에 사로잡혀 있는 영혼은 무게에 짓눌려 다시 눈에 보이는 세계로 끌어내려 와——그것은 그런 영혼이 보이지 않는 하데스를 두려워하기 때문일세. ──사람들이 말하는 것처럼 묘비와 무덤 주위를 끊임없이 돌아다니게 되네. 묘비와 무덤 주위에서 때때로 영혼의 유령과 같은 환영(幻影)이 보이는데, 그것은 순수한 상태로 육체를 떠나지 못하고 눈에 보이는 것을 지니고 있는 영혼들에 의해 생겨난 것일세. 그래서 사람의 눈에 보이는 거라네."

"그럴 것입니다."

"케베스, 그런 영혼들은 선한 사람들의 영혼이 아니고 선하지 못한 사람들의 영혼일세. 그 영혼들은 생전의 악한 생활로 말미암아 벌을 받아 그런 장소를 떠돌아다니지 않을 수 없는 걸세. 그리고 그 영혼들은 결코 그들을 떠나지 않는 육체적인 것에 대한 욕망으로 인해 다시 다른 육체 속에 갇히게 될 때까지 그렇게 계속하여 떠돌아다니지 않으면 안 되는 걸세. 그리하여 그 영혼들은 마침내 그들이 전생에 가졌던 여러 가지 습관을 지니고 있는 육체에 다시금 갇히게 될 걸세."

"그 육체란 무엇을 의미하는 것입니까?"

"가령 전생에 마구 먹어대고 방탕한 생활을 하고 술에 취해 살았던 사람들은 당나귀라든가 그 밖의 그러한 동물로 태어날 거란 말일세. 자넨 그렇게 생각하지 않나?"

"저도 그럴 거로 생각합니다."

"또 부정하고 포악하고 탐욕스러웠던 사람들은 이리나 독수리나 매 같은 것으로 태어날 걸세. 그밖에 그러한 영혼이 갈 곳이 있을 수 있겠는가?"

케베스가 말했습니다.

"그렇습니다. 그런 영혼은 분명히 그런 동물들 속으로 들어갈 것입니다."

"그렇다면 그 밖의 다른 사람들도 각기 그들 자신의 버릇과 경향에 맞는 곳으로 간다는 것은 분명하지 않은가?"

"그렇지요."

"이러한 사람 중에서 가장 행복한 사람들은 가장 좋은 곳으로 가는 사람들로 세상 사람들이 절제와 정의라고 부르는 시민의 덕을 실천하면서 철학과 이성은 못 가졌지만 습관과 수련을 통해 그런 덕을 얻게 된 사람들이 아닐까?"

"어째서 그들이 가장 행복합니까?"

"그건 그들이 자기들을 닮은 평화로우며 사회적인 종족, 가령 꿀벌이나 노랑벌이나 개미로 태어나거나, 전과 똑같은 사람으로 다시 태어날 수 있으며 그들로부터 훌륭한 사람들이 태어날 것이기 때문일세."

"그런 것 같군요."

"그러나 신들의 세계에 들어가 신들과 함께 살 수 있는 것은 오직 철학을 공부하고 영혼이 육체에서 떠날 때 완전히 순수한 상태로 떠나는 사람들뿐일세. 그들은 지혜를 사랑하는 사람들뿐이지.

심미아스와 케베스, 진정한 철학자는 모든 육체적 욕망을 멀리하고 이런 것들에 빠지지 않도록 조심하는 것일세. 그들이 그렇게 하는 것은 돈을 사랑하는 자나 일반 세상 사람들처럼 가난해지는 것과 자기의 가정이 파멸할 것을 두려워하기 때문이 아니며, 권력과 명예를 사랑하는 자들처럼 좋지 못한 행위를 한 데 대해 불명예나 치욕을 받을 것을 두려워하기 때문도 아닐세. 그들은 오직 자기 영혼의 순수함을 위해서 그렇게 하는 걸세."

케베스가 말했습니다.

"그렇습니다. 그것은 철학자들에게는 어울리는 일이 아닙니다."

"육체를 돌보는 일에만 사로잡혀 있지 않고 자기의 영혼에 조금이라도 관심을 기울이면서 사는 사람들은 지금 말한 것과 같은 그러한 사람들에게 작별을 고하고 자기가 어디로 가고 있는지 알지 못하는 사람들을 뒤따르지는 않을 걸세. 왜냐하면 그들은 철학과 철학이 그들에게 부여해 주는 자유로움과 정화에 반대되는 행동을 해서는 안 된다는 것을 알고 있기 때문일세. 그러하기에 그들은 철학을 향해 나아가며 철학이 인도하는 길을 따라가는 것일세."

"그건 무슨 말씀인지요?"

"지식을 사랑하는 사람들은 그들 자신의 영혼이 육체에 얽매여 있으며 육체에 단단히 달라붙어 있다는 것과, 철학이 그들의 영혼을 돌보아 주기 전까지는 그들의 영혼은 자기 스스로 자유롭게 보지 못하고 감옥의 창살을 통해 보듯이 육체를 통해서만 사물을 볼 수 있다는 것과, 자신의 영혼이 완전히 무지의 수렁 속에 빠져 있다는 것과, 철학은 이 감옥의 끔찍스러움이 욕망으로 인해 생긴 것임을 알고 있다는 것과, 따라서 감옥에 갇혀 있는 자신이 자기 자신의 감금 상태를 도와 줄 수 있는 조력자라는 것을 알고 있네. 그리하여 내가 말한 바와 같이 지식을 사랑하는 사람들은 철학이야말로 이러한 상태에 있는 그들 자신의 영혼을 격려해 주고 부드럽게 위로해 주며 그의 해방을 위해 노력해 주는 것임을 알고 있네.

철학은 영혼에 눈과 귀와 그 밖의 감각 기관들에 의한 인식은 거짓으로 가득 차 있다는 것을 가르쳐 주고, 그런 감각 기관들을 사용하지 않으면 안 되는 경우 이외에는 그런 감각 기관들을 사용하지 말라고 설득하네. 그리고 철학은 영혼에 자기 자신에게 집중하고 가라앉아 자기 자신 이외의 것은 아무것도 신뢰하지 말고 오직 영혼 자신이 스스로 이해한 '사물 그 자체'만을 신뢰해야 하며, 자신 이외의 경로를 통해 들어오는 모든 것과 서로 다른 형태를 취하는 모든 것들은 감각적이고 눈에 보이는 것들이므로 결코 참된 것으로 보아서는 안 된다는 것과, 그러나 영혼이 자기의 본성으로써 보는 것은 지혜를 예측하고 보이지 않는 것이라고 가르쳐 주네.

그러므로 참된 철학자의 영혼은 이러한 자유로움에 반대해서는 안 된다고 생각하며, 따라서 쾌락·욕망·고통·공포 등은 가능한 한 멀리하는 걸세. 왜냐하면 참된 철학자의 영혼은 만일 어떤 사람이 기쁨이나 슬픔이나 공포나 욕망을 가지면 흔히 예측할 수 있는 해악, 병이 든다든가 재산을 탕진한다든가 하는 일을 당할 뿐만 아니라 그보다 훨씬 더 큰 해악, 모든 해악 가운데 최대 최악의 해악이자 그가 미처 생각하지도 못하는 해악을 당한다는 것을 예측하기 때문이지."

"그 최대 최악의 해악이란 어떤 것인가요?"

"그 해악이란, 모든 인간의 영혼은 강렬한 쾌락이나 고통을 느끼게 되면 그러한 감정을 가장 강렬하게 주는 대상이야말로 가장 순수하고 가장 참된 것으로 생각하지 않을 수 없게 된다는 것이지. 실제로는 그런 대상들은 대부분 눈에 보이는 것들로 순수하지도 않고 참된 것도 아닌데 말일세."

"옳은 말씀입니다."

"영혼이 육체에 의하여 가장 심하게 얽매이는 것은 바로 이런 상태에서가 아니겠나?"

"왜 그렇지요?"

"모든 쾌락과 고통은 영혼을 육체에 굳게 결합하는 못〔釘〕과도 같은 걸세. 그렇기 때문에 쾌락과 고통은 영혼을 육체와 굳게 결합해 마침내 영혼을 육체에 동화시킴으로써, 영혼은 육체가 말하는 것은 무엇이건 옳은 것으로 믿게 하지. 그리하여 영혼은 육체가 생각하는 것과 똑같이 생각하고 육체가 좋아하는 것을 똑같이 좋아함으로써 육체와 똑같은 습성을 가지게 되어 결코 정화된 상태로 하데스에 가지 못하고 항상 육체에 의해 더럽혀진 상태로 가게 되는 걸세. 그러한 영혼은 곧 다른 육체 속으로 들어가 거기에 뿌리를 내려 신령하며 순수하고 단일한 형태를 가진 것과는 영원히 공존할 수 없는 걸세.”

케베스가 말했습니다.

“정말 옳은 말씀입니다.”

“이런 이유로 참으로 지식을 사랑하는 사람들은 절제가 있고 용감한 걸세. 참으로 지식을 사랑하는 사람들이 절제가 있고 용감한 것은 세상 사람들이 말하는 바와 같은 이유 때문이 아닐세. 케베스, 자넨 그렇게 생각하지 않는 가?”

“그렇게 생각합니다.”

“철학자의 영혼은 지금 말한 것처럼 생각할 것임이 틀림없네. 철학자의 영혼은 영혼을 해방하는 것이야말로 철학이 하는 일이라고 해서 영혼의 해방이 한창 진행 중인 때에 자신을 마구 쾌락과 고통에 내맡겨 다시 육체에 속박시킴으로써, 애써 짠 직물을 다시 풀어 버리는 페넬로페(Penelope)[18]처럼 끝없는 일을 해야 한다고는 생각하지 않을 걸세. 오히려 철학자의 영혼은 그러한 애정과 정욕들을 잠재우고 이성(理性)에 따르고 항상 평화 속에서 살며 참된 것, 신적인 것, 확실한 것을 바라보고 거기에서 영양을 취하며 살지 않으면 안 된다고 생각할 걸세. 그리하여 철학자의 영혼은 자기와 같은 종류의 그러한 진리에 도달하여 여러 가지 인간적인 악(惡)으로부터 해방된다는 것을 믿을 걸세.

심미아스와 케베스.

이렇게 길러진 영혼은 육체를 떠날 때 바람에 불려 흩어져 버려, 더 이상

---

18) 페넬로페는 오디세우스의 아내. 그들이 결혼 생활을 한 지 1년 남짓 되었을 때 오디세우스는 트로이 전쟁에 참여했다. 페넬로페는 남편이 돌아오기를 기다렸으나 남편에게서는 소식조차 없었다. 그러자 수많은 구혼자가 페넬로페를 성가시게 했다. 그녀는 그들의 구혼을 피하고자 시아버지의 수의를 다 짠 다음에 구혼자 중 한 사람을 선택하겠다고 약속하고는 낮에는 수의를 짜고 밤에는 낮에 짠 것을 다시 풀곤 했다.

아무 데에도 존재하지 않게 되는 것은 아닐까 하고 두려워하지 않을 걸세."

소크라테스가 이 말을 마치자 한동안 침묵이 흘렀습니다.

소크라테스 자신도 우리들 대부분과 마찬가지로 지금까지 서로 말한 것에 대해서 깊은 생각에 잠겨 있는 듯했습니다. 다만 케베스와 심미아스가 속삭이듯 몇 마디 말을 주고받았을 뿐입니다. 그러자 소크라테스가 그들을 바라보며 물었습니다.

"무슨 이야기를 주고받았는가? 자네들은 우리가 이제까지 이야기해 온 것만으로는 만족하고 있지 않은 것 같군. 물론 더 철저히 따지고 들어가면 아직도 많은 의문과 반론이 있을 걸세. 만일 자네들이 지금 무언가 다른 문제를 생각하는 것이라면 나는 아무 말도 하지 않겠네. 그러나 만일 자네들이 이제까지 이야기해 온 문제에 대해 아직도 의혹을 품고 있다면 주저하지 말고 자네들이 생각하는 바를 솔직히 말해 보게. 그래서 자네들에게 더 좋은 견해가 있다면, 그리고 내가 도움이 된다고 생각된다면 나도 끼워 주게."

그러자 심미아스가 다음과 같이 말했습니다.

"사실대로 말씀드리죠. 아까부터 우리 마음속에는 여러 가지 의문이 일어났습니다. 우리가 알고 싶은 것에 대해 선생님께 여쭈어보라고 서로에게 미루고 재촉하고 있었습니다. 우리가 선생님의 대답을 듣고 싶었음에도 감히 여쭈어보지 못한 것은, 지금과 같은 불행을 당해서 마음이 불편하신 선생님을 더 괴롭혀 드리는 것은 아닐까 두려웠기 때문입니다."

이 말을 듣자 소크라테스는 웃으면서 말했습니다.

"그게 무슨 말인가? 심미아스. 만일 내가 나 스스로 지금 나의 생애의 다른 어느 때보다도 불행하지 않다는 것을 자네들에게조차 설득하지 못한다면, 내가 나의 현재 상태를 불행으로 여기지 않는다는 것을 다른 사람들에게는 더욱 설득하지 못할 걸세.

자네들은 나를 백조(白鳥)[19]보다 못한 예언자라고 생각하는 것 같군. 백조들은 항상 노래하지만 자기가 죽지 않으면 안 된다는 것을 알게 되면, 그때는 자기들의 주인인 신(神)에게로 가게 된 것을 기뻐하며 어느 때보다도 아름답게 노래를 부른다네. 그러나 사람들은 어떤 새를 막론하고, 심지어 슬픔을 못 이겨 운다고 일컬어지는 제비나 오디새나 나이팅게일조차도, 춥거나 배고프거나 고통스러울 때는 노래하지 않는다는 것을 생각하지 못하고, 자기들이 죽음을 두려워하기 때문에 백조들도 죽음을 슬퍼하여 우는 거라고 말한다네. 나는 제비나 오디새나 나이팅게일조차도 백조와 마찬가지로 슬퍼서 우는 것이 아니라고 생각하네.

그러나 백조는 아폴로(Apollo)의 새이므로 예언 능력을 갖추고 있는 까닭에, 저세상에서의 행복을 예견하고는 마지막 날은 어느 때보다도 즐겁게 노래하며 기뻐하는 걸세. 나는 나 자신도 백조와 마찬가지로 아폴로 신의 종이며 아폴로 신에게 바쳐진 종이라고 믿고 있으며, 따라서 나 자신도 나의 주인으로부터 백조들 못지않은 예언 능력을 받았다고 생각하네. 그러기에 나는 백조들 못지않게 즐거운 마음으로 저세상으로 떠나는 걸세. 그러니 아테네의 11인의 형무원(刑務員)들이 허락해 주는 동안 어서 자네들이 묻고 싶은 것은 무엇이든 물어보게."

심미아스가 말했습니다.

"좋습니다. 그러면 제 의문을 말씀드리고, 또 케베스는 케베스대로 납득이 가지 않는 점을 말씀드리기로 하지요.

선생님께서도 똑같이 느끼시리라고 생각됩니다만 저는 살아 있는 동안 이러한 문제들에 대해 확실한 지식을 얻는다는 것은 불가능하거나 아니면 극

---

19) 백조는 아폴로와 특히 관계가 있다. 아폴로는 예언의 힘을 가지고 있다.

히 어려운 일이라고 생각합니다. 하지만 이러한 문제들을 가능한 한 모든 방법으로 철저하게 음미하지 않고 모든 면에서 검토하기도 전에 지쳐 포기해 버리는 사람은 정신이 약한 사람일 것입니다. 저는 인간은 이러한 문제들에 대해 다음의 두 가지 중 한 가지를 해야 한다고 생각합니다.

그중 하나는 이러한 문제들에 대한 진실을 다른 사람으로부터 배우거나 스스로 발견하는 것이요, 다른 하나는 그것이 불가능한 경우에는 인간이 할 수 있는 이론 중 가장 훌륭하고 가장 증명하기 어려운 이론을 취하여 그것에 의지하여 뗏목을 타고 바다를 건너듯이 위험을 무릅쓰고 인생을 항해하는 것입니다. 자기를 더 안전하고 더 위험이 적게 항해하도록 해주는 신뢰할 수 있는 배인 신(神)의 말씀을 발견하지 못한다면 말입니다.

이제 선생님께서 제가 생각하는 바를 말해 보라 하시니 주저하지 않고 여쭈어 보겠습니다. 그렇게 하면 후일에 내가 왜 그때 내 생각을 말하지 않았을까 하고 후회하는 일은 없을 테니까요. 이 문제에 대해서 저 혼자서 생각해 보거나 케베스와 함께 생각해 보거나 지금까지 전개된 논의가 암만해도 불충분하게 여겨지는군요."

그러자 소크라테스는 이렇게 말했습니다.

"자네 말이 옳을지도 모르네. 그런데 그 논의가 어떤 점에서 불충분한지 말해 주게."

"이런 점에서입니다. 어떤 사람이 화음(和音)과 수금(竪琴)에 대해 선생님이 지금 전개하신 논법과 똑같은 논법을 전개한다고 생각해 보세요. 그 사람은 '화음은 수금 속에 들어 있는 것으로 눈에 보이지 않고 형체가 없으며 더할 나위 없이 아름답고 신적인 데 반해, 수금과 현(弦)은 물질적이며 땅의 성질을 가지고 있으며 없어져 버리는 것들과 같은 유의 것이다.'라고 말할 것입니다.

그래서 누군가가 그 수금을 부수거나 그 현을 끊어 버리는 경우, 선생님과 같은 견해를 품고 있는 사람은 선생님과 비슷한 논법으로, 화음은 없어진 것이 아니고 어디엔가 계속해서 존재하는 거라고 주장할 것입니다. 선생님께서도 그가 사라질 수밖에 없는 것인 수금과 그 현은 계속해서 존재하고, 신적이며 불멸의 성질을 가지고 있는 화음은 사라져 버린다고 말하리라고는 상상할 수 없을 것입니다. 그 사람은 화음은 언제까지나 어디엔가 남고, 수금의 나무와 현은 먼저 썩어 없어진다고 생각할 것입니다.

저는 우리가 영혼을 다음과 같은 것으로 이해하고 있다고 생각하며 또 선생님께서도 그렇게 이해하고 계시는 것으로 아는데요, 어떻습니까? 우리의 육체는 더운 것과 차가운 것, 건조한 것과 습한 것 등 상반되는 성질 사이의 긴장 관계에 의해 결합이 유지되고, 우리의 영혼은 이러한 요소들이 아주 적당한 비율로 합쳐질 때 생기는 혼합물이며 조화라고 말입니다.

만일 정말로 영혼이 일종의 조화라면 육체의 현(弦)이 질병이나 다른 상처로 말미암아 지나치게 느슨하게 되거나 너무 팽팽하게 죄어 있게 되면, 제아무리 영혼이 신적이라 하더라도 음악의 화음이나 다른 예술 작품의 조화처럼 즉시 사라져 버리지 않을 수 없을 것이며, 반면에 육체의 잔해(殘骸)는 불태워지거나 썩어 없어질 때까지 오랫동안 존속할 것입니다. 그러니 누군가가 '영혼은 육체 속에 있는 모든 요소의 혼합이므로, 죽음에 의해 제일 먼저 사라져 버리는 것이다.'라고 주장한다면 우리는 뭐라고 대답해야 하겠습니까?"

흔히 그랬듯이 소크라테스는 우리를 뚫어지게 쳐다보고는 미소를 지으며 말했습니다.

"심미아스의 말에도 일리가 있네. 이에 대해서는 자네들 가운데 나보다 더 잘 대답할 수 있는 사람이 있다면 대답해 주지 않겠나? 심미아스의 논리는 아주 날카롭기 때문일세.

그러나 그에 대답하기 전에 우리는 케베스가 우리의 논리에 어떤 반론을 제기할지 들어 보는 것이 좋을 것 같네. 그의 말을 듣는 동안 우리는 어떻게 대답해야 할지 생각할 수 있으며, 또 이들 두 사람의 견해를 들은 다음 그들의 말이 사실에 들어맞으면 찬성하고, 그렇지 않으면 우리의 입장을 계속해서 유지해 나갈 수 있으니 말일세. 자, 케베스. 자네를 괴롭히고 있는 것이 무엇인지 말해 보게."

케베스가 말했습니다.

"그러면 말씀드리겠습니다. 저는 우리들의 논의가 여전히 똑같은 곳에 그대로 머물러 있으므로 조금 전에 제기된 반론이 해결되지 않은 채 그대로 남아 있다고 생각합니다. 즉 우리의 영혼이 인간의 형태를 취하기 전에도 존재하고 있었다는 점에 대해서는 저는 부정하지 않습니다. 이것은 아주 훌륭하게 그리고 충분히 증명되었다고 생각합니다.

그러나 우리가 죽은 후에도 우리의 영혼이 계속해서 어딘가에 존재한다는 점에 대해서는 저는 충분히 증명되었다고 생각하지 않습니다. 하지만 영혼이 육체보다 강하지도 않고 더 오래 존속하지도 않는다는 심미아스의 반론에는 찬성하지 않습니다. 왜냐하면 저는 영혼이 그런 모든 점에서는 육체를 훨씬 능가한다고 생각하기 때문입니다.

그렇게 주장하는 사람은 내게 이렇게 말할 것입니다. '어찌하여 당신은 아직도 그것을 믿지 않는가? 당신은 인간이 죽은 후에도 더 약한 부분인 육체가 여전히 존재한다는 것을 알고 있지 않은가? 그런데도 당신은 더 오래 존재하는 부분인 영혼이 육체가 존재하는 것과 같은 기간 동안 존재한다는 것을 인정하지 않는가?'라고.

이에 대해 저도 심미아스처럼 비유로 말씀드리겠습니다. 저의 대답이 옳은 것인지 아닌지 생각해 주십시오. 예를 들어 어떤 직조공(織造工)이 늙어 죽었을 경우, 그러한 논리를 가지고 있는 사람은 '그 사람이 죽은 것이 아니고 어딘가에 존재하고 있다. 그가 짜서 만들어 입던 옷이 온전한 상태 그대로 남아 있지 않은가? 그것이 그에 대한 증거이다.'라고 말할 것입니다.

만일 그것을 인정하지 않는 사람이 있다면, 그는 그 사람에게 인간과 그가 입던 옷 중 어느 쪽이 더 오래 존재하느냐고 묻고는, '인간이 옷보다 훨씬 오랫동안 존재한다.'라고 대답하면, 그는 그것이 바로 인간이 그대로 온전히 존재한다는 것을 증명하는 것이다. 왜냐하면 그보다 생명이 짧은 쪽인 옷이 사멸하지 않고 그대로 존재하고 있기 때문이다.'라고 생각할 것입니다."

"그러나 심미아스, 나는 그것은 옳지 않다고 생각하네. 그렇게 말하는 사람은 어리석기 짝이 없는 말을 하고 있다는 것을 누구나 알 걸세. 왜냐하면 그 직조공은 많은 옷을 만들어 입었을 테지만, 그 옷 중 마지막에 지은 옷을 제외한 모든 옷보다 그는 나중에 죽었고 마지막에 지은 옷보다는 먼저 죽었지만, 그렇다고 해서 그것이 그가 마지막 옷보다 못하거나 약하다는 것에 대한 증거는 될 수 없기 때문일세."

"이러한 비유는 영혼과 육체와의 관계에도 적용된다고 생각합니다. 만일 어떤 사람이 영혼과 육체에 대해, 영혼은 더 오랫동안 지속되고 육체는 영혼보다 약하기 때문에 그보다 생명이 짧다고 말한다면 그것은 옳은 말일 것입니다. 그러나 그는 이어 '각각의 영혼은 많은 육체를 갈아입으며, 특히 그 영혼이 오랫동안 사는 경우에는 더욱 그러하다.'라고 말할 것입니다. 왜냐하면 인간이 살아 있는 동안에도 육체는 소모되고 늙어 가지만, 영혼은 오랫동안 사용된 것 대신에 항상 새로운 것을 만들어 내기 때문입니다. 그러나 영혼이 사라질 때는 영혼은 그 최후의 옷을 입고 있게 되며, 그 최후의 옷만은 그 영혼보다 오래되어 영혼이 없어지게 되면, 그 육체는 마침내 그 본성인 약함을 나타내어 썩어 없어질 것입니다.

그러므로 영혼이 육체보다 우월하다는 것을 전제로 해서 전개한 그 논법은, 육체가 죽은 후에도 우리의 영혼이 어딘가에 계속해서 존재한다는 것에 대한 충분한 증거가 될 수 없습니다. 설사 선생님께서 말씀하시는 것 이상을 인정하고 영혼이 우리의 출생 전에 있었다는 것뿐만 아니라, 어떤 사람의 영혼은 죽은 후에도 계속해서 존재하며 여러 차례 태어났다 죽었다 한다는 것과, 또 영혼에는 그렇게 여러 번 태어났다 죽었다 할 만한 힘이 있다는 것을 인정한다고 하더라도, 영혼이 마침내는 이처럼 거듭나는 일에 지쳐 언젠가는 끝내 육체의 죽음과 함께 죽어서 완전히 사라지는 것이 아닌가 생각되는군요. 이처럼 영혼에 그 최후의 소멸을 주는 이 육체의 죽음과 분해는 우리 누구에게도 알려지지 않는 것일 거예요. 우리 가운데 아무에게도 그런 것을 감지할 능력이 없으니까요. 이러한 이치로 볼 때 죽음에 임하여 죽음을 두려워하지 않는다는 것은 어리석은 일이지요. 영혼의 영원함과 불멸이 증명된다면 얘기가 다르겠지만 말입니다. 그러니 영혼이 영원하다는 것을 증명할 수 없다면, 죽음에 처한 사람이 육체의 분해 및 흩어짐과 함께 영혼 역시 완전히 사라져 버리는 것은 아닐까 두려워하는 것은 당연한 일이지요."

나중에 서로 주고받은 말이지만, 우리는 심미아스와 케베스의 말을 듣고는 모두 몹시 어두운 기분이 되었습니다. 우리는 앞의 주장(소크라테스의 주장)을 완전히 믿고 있었는데, 다시 우리의 믿음은 흔들려 혼란과 의혹에 빠지는 것처럼 생각되었으며, 우리는 앞의 논의들뿐만 아니라 앞으로 전개될 어떤 논의도 신뢰할 수 없을 것 같았기 때문입니다. 그리하여 우리는 우리가 아무것도 판단할 수 없든가, 아니면 그 문제에는 신뢰할 만한 것이 아무것도 없든가 둘 중의 하나라고 생각했습니다.

에케크라테스 : 파이돈, 나도 당신과 똑같이 느껴지는군요. 당신이 그렇게 말하는 것을 들으니 나의 마음속에 '그렇다면 도대체 우리는 어떤 주장을 믿을 수 있단 말인가?'라는 의문이 저절로 생기는군요. 소크라테스의 말보다 더 신뢰할 수 있는 것은 없다고 생각되었는데, 이제 그것도 믿어지지 않게 되었으니 말입니다.

　우리의 영혼이 일종의 조화(調和)라는 생각은 항상 놀라울 정도로 나의 마음을 사로잡고 있으며, 지금도 그것에 대한 당신의 말을 들으니 예전부터 나도 그렇게 생각하고 있었음이 생각나는군요. 이제 우리는 다시 처음부터 시작하여 인간이 죽은 후에도 영혼은 계속해서 존재한다는 것을 우리에게 확신시켜 줄 어떤 다른 증거를 찾지 않으면 안 됩니다.

　소크라테스가 이 문제를 어떻게 전개해 나갔는지 말씀해 주십시오. 그분도 당신들처럼 어두운 기분이셨나요? 아니면 그분은 자신의 주장을 조용히 변호하셨나요? 그분의 변호는 충분한 것이었나요, 아니면 충분치 못한 것이었나요? 그 모든 것들을 가능한 한 자세하게 말씀해 주십시오.

파이돈 : 오! 에케크라테스. 나는 종종 소크라테스에 대해 경탄을 금치 못하곤 했었지만 그때만큼 그분을 위대하다고 느낀 적은 없었습니다.

　내가 놀란 것은 그분이 그 반론에 대해 대답할 수 있었다는 사실 때문이 아니었습니다. 그분이 그에 대해 대답할 수 있다는 것은 조금도 놀라운 일이 아니기 때문입니다. 나를 놀라게 한 것은 첫째, 그분이 그 두 젊은이의 견해를 받아들일 때 취하셨던 너무도 즐겁고 친절하고 진지한 태도였으며, 둘째, 그분이 자신의 주장에 의해 우리가 얼마나 큰 상처를 받았는가를 재빨리 간파하시고는, 스스로 그 상처를 아주 훌륭히 치료해 주었다는 사실이었습니다. 그분은 마치 패배하여 뿔뿔이 흩어진 자기의 병사들을 다시 모아 전열을 가다듬는 장군처럼, 우리를 불러 모아 우리로 하여금 자기를 따라 다시 토론의 광장으로 돌아가게 하셨습니다.

에케크라테스 : 그래서 어떻게 되었나요?

파이돈 : 네, 말씀드리죠. 나는 그 때 마침 그의 바로 오른쪽 곁에 조그마한 걸
상에 걸터앉아 있었어요. 그리고 그분은 침대에 앉아 있었는데 그 침대는
내가 앉아 있던 걸상보다 훨씬 높았지요. 그분은 내 머리를 쓰다듬고는 나
의 목 주위에서 나의 머리카락을 움켜잡으셨습니다. 그분은 종종 그렇게 내
머리털을 가지고 장난하곤 하셨지요. 그러고는 그분은 이렇게 말하더군요.

"오, 파이돈, 자네는 내일 자네의 이 아름다운 머리카락을 깎을 테지."

그래서 나는 대답했지요.

"그렇게 될 것입니다, 소크라테스."

"자네가 나의 충고를 받아들인다면 그러지 않을 것일세."

"무슨 말씀이신가요?"

"만일 우리의 주장이 사라져 버리고 우리가 그것을 되살릴 수 없다면 우
리는 내일이 아니라 오늘 우리의 머리를 깎아야 할 걸세. 만일 내가 자네
라면 그 주장이 내게서 도망쳐 버린다면, 나는 심미아스와 케베스에 대항
하여 싸울 근거를 가질 수 없을 것이며, 맹세코 나는 아르고스(Argos) 사람
들처럼[20] 내가 다시 심미아스와 케베스를 상대로 하여 싸워 그들의 주장
을 깨뜨릴 때까지는 나의 머리를 기르지 않을 걸세."

"그러나 헤라클레스도 두 사람을 상대로 하여 싸우지는 않았다고 하지
않습니까?"

"그렇다면 나를 이올라오스(Iolaos)[21]로 생각하여 내게 도움을 청하게.

---

20) 주신(主神) 제우스의 본처. 크로노스와 레아의 장녀. 제우스도 그들 사이에서 태어났으
므로 제우스와 헤라는 남매가 되기도 한다. 그녀는 제우스 다음으로 큰 권력을 가지고
있다.
21) 헤라클레스는 그의 12가지 과업(課業)의 하나인 괴물 뱀 히드라 퇴치 때, 그의 조카인 이
올라오스에게 도움을 청했다.

해가 지기 전까지는 자네의 이올라오스가 되겠네."

"그렇다면 선생님께 도움을 청하겠습니다. 헤라클레스가 이올라오스에게 도움을 청하는 식이 아니라 이올라오스가 헤라클레스에게 도움을 청하는 식으로 말입니다."

"그건 어느 쪽이든 마찬가지일세. 그러나 무엇보다도 한 가지 위험에 빠지지 않도록 조심하기로 하세."

"그 위험이라는 게 무엇인지요?"

"그것은 사람을 싫어하듯 토론을 싫어하는 자가 되는 걸세. 인간에게 토론을 싫어하는 것보다 큰 불행은 없네. 토론을 싫어하는 것과 사람을 싫어하는 것은 모두 같은 원인에서 생기는 걸세. 사람을 싫어하는 것은 어떤 사람을 아무런 분별력도 없이 너무도 완전히 믿음으로써 그 사람이 말하는 것은 무엇이건 전적으로 옳고 진실이라고 생각하다가, 얼마 후 그 사람이 신뢰할 수 없는 나쁜 사람이며 이제까지 생각했던 것과는 전혀 다른 사람이라는 것을 알게 될 때 생기는 걸세. 이런 일을 자주 당하게 되면, 특히 가장 가깝고 믿을 수 있는 친구라고 생각하고 있던 사람들로부터 이런 일을 당하게 되면 그는 자주 다투게 되고, 마침내 모든 사람을 싫어하게 되며 진실한 인간은 한 사람도 없다고 믿게 되는 걸세. 자네는 그런 일이 일어나는 것을 본 적이 있는가?"

"있습니다."

"그것은 아주 잘못된 일이 아니겠는가? 그런 사람은 분명 인간의 본성에 대해 알지도 못하면서 사람들과 사귀려고 하는 것이 아니겠나? 만일 그가 인간의 본성에 대한 지식을 가지고 있다면, 그는 아주 선한 사람과 아주 악한 사람은 극소수이고 대부분의 사람은 그 중간이라는 사실을 알고 있을 테니까 말일세."

"무슨 말씀인지요?"

"그것은 아주 큰 사람이나 아주 작은 사람에 관한 것과 마찬가지의 논리일세. 아주 큰 사람이나 아주 작은 사람, 아주 큰 개나 아주 작은 개, 또 이 밖에 어떤 것이건 아주 큰 것과 아주 작은 것은 극히 드문 것이 아닌가? 이것은 모든 극단적인 것에 통용되는 걸세. 즉 큰 것이나 작은 것, 빠른 것이나 느린 것, 아름다운 것이나 추한 것, 흰 것이나 검은 것, 이 모든 것에 양 끝은 드물고 그 중간 것이 많은 법이지. 자넨 이 사실을 알지 못하는가?"

"알고 있습니다."

"그러면 악에 대한 경쟁이 일어난다면 그 경우에도 역시 최악의 것은 극소수가 아니겠는가?"

"그렇습니다."

"그러나 그 점에서 토론의 경우는 사람의 경우와는 다르네. 자네에게 이끌려 여기까지 이야기하게 됐네만, 나는 다음과 같은 점은 비슷하다고 생각하네. 그것은 토론에 익숙하지 못한 사람이 어떤 주장을 옳다고 믿었는데 얼마 안 가서 그 주장을 옳지 않다고 생각하게 된다면(실제로 그 주장이 옳은 것이든 그릇된 것이건), 그리고 이런 일이 거듭되면 그 사람은 마침내 어떤 주장도 신뢰하지 않게 될 것이며, 특히 논쟁을 위한 토론에서 시간을 허비하는 사람들은 마침내 자기들이야말로 세상에서 가장 현명한 자라고 생각하게 되는 걸세. 그리하여 그들은 실제의 일에서나 이론상의 일에서나 건전하고 확실한 것은 하나도 없고, 모든 것은 에우리포스(Euripos)의 물결[22]처럼 쉴 새 없이 이리저리로 밀려 잠시도 그대로 있는 법이 없다는 것을 자기들만이 알고 있다고 생각하게 되는 것일세."

---

22) 에우보니아와 보이오티아 사이에 있는 해협으로 조류의 변화가 심하기로 유명하다.

"옳은 말씀입니다."

"그런데 오! 파이돈. 진실하고 확실하고 또 이해할 수 있는 주장이 있는데도, 처음에는 진실인 것처럼 보였다가 나중에 거짓으로 판명되는 일을 많이 보아 왔다고 해서 그 허물을 자기 자신과 자기의 지혜의 부족에 돌리지 않고, 도리어 주장 자체로 돌리며 마침내 평생 모든 주장을 증오하면서 살아가며 사물들의 진실과 지식을 떠나서는 것은 슬픈 일이 아닌가?"

"그렇습니다. 참 슬픈 일이지요."

"그러니 무엇보다도 먼저 우리의 영혼이 어떤 주장에도 건전함이나 확실성이 전혀 존재하지 않는다는 생각을 받아들이거나 인정하지 않도록 조심하기로 하세. 그보다는 오히려 우리는 자신을 반성하여 우리 자신이 아직 건전하지 못하므로, 정신의 건강을 얻기 위해 분발하고 노력해야 한다고 말해야 할 걸세. 자네를 비롯하여 다른 모든 사람은 앞으로의 인생을 위하여, 그리고 나는 눈앞에 다가온 죽음을 위해서 말일세.

왜냐하면 지금 이 순간 나 자신이 우리가 토론하고 있는 이 문제에 대해 철학자로서의 태도를 보이지 않고, 무지한 대중들처럼 오직 이기는 일에만 정신을 쏟고 있음을 알고 있기 때문일세.

자네도 알고 있다시피 무지한 사람(지혜를 모르는 자를 말하며 '소피스트'를 의미한다.)들은 토론 중에 견해의 차이가 있게 되면, 그 문제의 사실에 대해서는 아무런 관심도 기울이지 않고, 오직 어떻게 하면 자기의 생각을 그곳에 있는 사람들에게 믿게 할 수 있을까 하는 데에만 관심을 기울이는 걸세.

지금의 나와 저들과의 사이에 차이가 있다면, 저들은 자기가 말하는 것이 진실이라는 것을 청중에게 설득하려고 애쓰지만, 나는 나에게 사실이라고 생각되는 것이 완전히 사실이라는 것을 내 자신에게 설득하려고 노력하며, 청중을 설득하는 것은 나에게는 이차적인 문제라는 것뿐일세.

왜냐하면 나는 다음과 같은 계산을 하고 있기 때문일세. 만일 내가 말하는 것이 사실이라면 내가 그 사실을 받아들이는 것은 잘하는 일이며, 그와는 반대로 인간이 죽은 후에는 아무것도 남지 않고 무(無)가 되어 버리는데도 내가 영혼의 영원함을 믿고 있는 것이라면, 나는 적어도 내게 남겨진 이 짧은 시간 동안 슬퍼하여 나의 친구들을 마음 아프게 하지는 않게 될 것이며, 또한 나의 어리석음은 오래 지속되지 않고 나와 더불어 사라져 버릴 것이며 따라서 아무런 해악도 끼치지 않을 것이라고 말일세.

오! 심미아스와 케베스. 이런 마음가짐으로 나는 우리의 문제를 다루고 있는 것일세. 그러니 소크라테스에 대해서는 조금도 걱정하지 말고 '진실'에 대해 온 마음을 기울여 주게. 그리하여 만일 내가 진실을 말하고 있다고 생각되면 나에게 동의해 주게. 그리고 만일 그렇게 생각되지 않으면 내가 나의 열정으로 인해 나 자신과 자네들을 속이지 못하도록 온 힘을 다하여 나에게 반대해 주게. 나는 세상을 떠나면서 벌처럼 침(針)을 자네들 몸속에 남기고 가고 싶지 않으니 말일세.

자, 그러면 다음 이야기로 넘어가기로 하세. 그에 앞서 자네들이 말한 것을 내가 잘 기억하는지 분명히 하고자 하네.

내 기억이 틀림이 없다면, 심미아스는 영혼이 육체보다 더 아름답고 더 신적인 것이기는 하지만, 영혼은 일종의 화음과 같은 것으로서 육체보다 먼저 사라져 버리는 것이 아닌가 생각하여 두려워하고 있네.

그러나 케베스는 영혼이 육체보다 더 오래 지속된다는 것에는 동의하지만, 영혼은 육체가 사라질 때마다 수없이 다른 육체로 갈아입으므로 결국 마지막 육체보다는 먼저 사라지지 않겠느냐고 말했으며, 또 육체는 잠시도 쉬지 않고 끊임없이 소멸해 가고 있기에 죽음이란 육체의 소멸이 아니라 영혼의 소멸이라고 말했지? 심미아스와 케베스, 이것이 바로 우리가 탐구해야 할 문제점들이 아닌가?"

두 사람 다 이 말에 동의했습니다.

"자, 그러면 자네들은 앞서 우리가 내어놓은 논의의 전체를 부인하는가, 아니면 그 일부만을 부인하는가?"

"일부만을 부인합니다."

"그렇다면 지식은 상기(想起)요, 따라서 우리의 영혼이 우리의 육체 속에 들어오기 전에도 어디엔가 존재하고 있었음에 틀림없다는 점에 대해서는 어떻게 생각하는가?"

케베스가 대답했습니다.

"저는 거기에 대해서는 큰 감명을 받았습니다. 지금도 거기에 대해서는 조금도 의심치 않습니다."

그러자 심미아스도 동의했습니다.

"저도 그렇습니다. 거기에 대해서는 달리 생각할 수가 없습니다."

그러자 소크라테스가 말했습니다.

"그러나 오! 테베의 친구여. 자네가 아직도 조화는 합성물이며, 영혼은 육체 안에서 섞이고 조정된 모든 요소로 이루어진 조화라는 생각을 가지고 있다면, 자네는 생각을 고쳐야만 할 걸세. 왜냐하면 자네도 합성물인 조화가 그것을 구성하고 있는 요소보다 먼저 존재하고 있었다고는 말할 수 없을 것이기 때문일세. 그렇지 않은가, 심미아스?"

"물론입니다."

"그런데 자네가 영혼은 인간의 형태와 육체를 취하기 전에도 존재하고 있었으며, 또한 영혼은 아직 존재하지도 않는 요소로 이루어진 합성물이라고 말하는 것은, 곧 합성물이 그것을 이루고 있는 요소보다 먼저 존재하고 있었다고 말하는 것이 아니겠는가?

그러나 조화란 결코 자네가 지금 비유적으로 말한 것과 같은 것이 아닐세. 먼저 수금과 현(弦)과 조화되지 않은 상태의 소리가 존재하고, 그러고 나서 맨 나중에 조화된 화음이 생기는 것이며, 또한 그 조화된 화음은 가장 먼저 없어지는 것일세. 그러니 영혼에 대한 이러한 관념과 자네의 주장이 어떻게 조화를 이룰 수 있겠는가?"

　심미아스가 말했습니다.

　"조화를 이룰 수 없을 것입니다."

　"조화를 주제로 삼고 있는 대화에는 당연히 조화가 있어야 하지 않겠는가?"

　심미아스가 대답했습니다.

　"물론 있어야죠."

　"그러나 '지식은 상기'라고 하는 주장과 '영혼은 조화'라고 하는 주장 사이에는 아무런 조화도 없네. 그중 어느 쪽을 자네는 지지하겠는가?"

　"저는 앞엣것을 더욱 굳게 믿습니다. 그건 충분히 증명됐으니까요. 그에 비하면 후자는 전혀 증명되지 않은 것으로 그럴듯한 바탕에 근거를 두고 있어 사실처럼 보일 뿐입니다. 그래서 이 주장은 많은 사람에 의해 받아들여지고 있습니다. 그러나 저는 그럴듯해 보일 뿐인 것에 바탕을 둔 주장은 거짓된 것이며, 따라서 기하학이나 그 밖의 모든 분야에서 우리가 그런 설(說)을 다룰 때 세심한 주의를 기울이지 않으면 그런 설(說)은 우리를 기만하기 쉽다는 것을 또한 잘 알고 있습니다.

　그러나 지식과 상기(想起)에 관한 주장은 믿을 수 있는 근거에 의해 증명되었다고 생각합니다. 왜냐하면 우리의 영혼이 육체 속으로 들어오기 전에도 존재하고 있었다는 것은 저 '사물 그 자체(본질)'라는 이름으로 불리는 참된 실재가 존재하는 것과 마찬가지로 확실하기 때문입니다. 저는 이러한 결론을 올바르고도 충분한 근거에 의해 받아들이고 있다고 확신합니다. 때문에 저는 저 자신뿐만 아니라 다른 사람들도 영혼은 일종의 조화라는 설(說)을 결코 받아들여서는 안 된다고 생각합니다."

"그렇다면 심미아스. 다음과 같은 점에 대해서는 어떻게 생각하나? 조화나 그 밖의 어떤 합성물이 그것을 구성하고 있는 요소들의 상태와 다른 상태로 존재할 수 있겠나?"

"분명 그럴 수는 없을 것입니다."

"그리고 조화나 그 밖의 합성물은 그 구성 요소들이 행하거나 겪는 것 이외의 것은 행하거나 겪을 수 없지 않겠나?"

심미아스는 동의했습니다.

"그러면 조화란 그 조화를 구성하고 있는 부분이나 요소들을 이끄는 것이 아니라 다만 그것들을 따라갈 뿐이겠군."

심미아스는 이에 찬성했습니다.

"그렇다면 조화는 자신을 구성하는 부분들에 반대되는 움직임이나 소리나 그 밖의 다른 성질을 전혀 가질 수 없을 걸세."

"가질 수 없습니다."

"그러면 모든 조화의 본성은 그 구성 요소들이 조화된 정도에 달려 있는 것이 아닌가?"

"무슨 뜻인지 잘 모르겠는데요."

"내가 말하려는 것은 조화에는 여러 가지 정도가 있다는 걸세. 즉 좀 더 잘 조화될수록 더 참된 조화요 더 완전한 조화가 되는 것이고, 참된 것이 부족하거나 그리고 충분하지 않게 조화될 때는 불완전한 조화란 말일세."

"그렇습니다."

"그런데 영혼에 대해서도 그런 말을 할 수 있겠는가? 또한 어떤 영혼이 다른 영혼보다 더 영혼답다거나 덜 영혼답다거나, 더 완전한 영혼이라거나 불

완전한 영혼이라거나 하고 말할 수 있겠는가?"

"절대로 그럴 수는 없습니다."

"그러나 이런 점에 대해서는 어떻게 생각하는가? 두 영혼에 대해 말할 때 하나는 지성과 덕을 가지고 있으므로 선한 영혼이며, 다른 하나는 어리석음과 악덕을 가지고 있으므로 악한 영혼이라고들 말하고 있는데 그렇게 말하는 것은 올바른 일이 아닌가?"

"물론입니다."

"그렇다면 영혼이 조화라고 주장하는 사람들은 영혼에 들어가 있는 덕과 악덕을 무엇이라고 말하겠는가? 그들은 그것들도 또한 조화라든가 부조화라고 말하겠는가? 그들은 선한 영혼은 조화되어 있고 자신의 내부에 또 하나의 조화를 가지고 있으며, 그 자체가 조화이며, 악한 영혼은 그 자체가 부조화이며 자신의 내부에 아무런 조화도 가지고 있지 않다고 말하겠는가?"

심미아스가 말했습니다.

"저는 잘 모르겠습니다. 그러나 영혼이 조화라고 주장하는 사람들은 틀림없이 그런 식으로 말할 것입니다."

"그러나 우리는 한 영혼이 다른 영혼보다 영혼이 된 점에서 더하고 덜한 것이 없다는 것에 의견이 일치하지 않았나? 이것은 곧 한 조화가 다른 조화보다 조화인 점에서 더하고 덜함이 없음을 의미하는 것이 아닌가?"

"그렇습니다."

"그런데 조화에 많고 적은 정도의 차이가 없다는 것은, 좀 더 조화되어 있다든가 좀 덜 조화되어 있다든가 하는 정도의 차이가 없는 것이 아니겠나?"

"그렇겠지요."

"그리고 조화의 정도에 차이가 없는 것은, 자신의 내부에 조화를 더 가지거나 덜 가질 수 없고 똑같은 정도의 조화를 가질 수 있을 뿐이겠지?"

"네. 똑같은 정도의 조화를 가질 수 있을 뿐이죠."

"그러면 한 영혼이 다른 영혼보다 영혼이 된 점에서 절대로 더함과 덜함이 없다는 것은, 곧 조화되어 있다는 점에서도 더함과 덜함의 차이가 없는 것이 아니겠나?"

"물론이지요."

"그리고 그 경우 영혼이 자신의 내부에 가지고 있는 조화나 부조화를 가지고 있는 정도에도 많고 적음의 차이가 없겠지?"

"그렇겠지요."

"악덕은 부조화이고 덕은 조화라고 한다면, 두 영혼을 비교할 때 조화나 부조화에 더하고 덜함이 없으니, 한 영혼이 다른 영혼보다 더 많은 덕이나 악덕을 가질 수는 없지 않겠나?"

"그럴 수는 없겠지요."

"심미아스, 더 정확하게 말한다면 오히려 어떤 영혼도 결코 악덕을 지닐 수 없을 걸세. 왜냐하면 조화는 절대적인 조화이므로 부조화한 것을 조금도 지니지 않을 테니까."

"그렇습니다."

"따라서 영혼도 완전한 것이라면 악덕을 전혀 지니고 있지 않겠지?"

"지금까지 우리가 말해 온 것에 비추어 본다면 당연히 그럴 것입니다."

"만일 모든 영혼이 본질상 똑같은 것이라면 모든 생물의 모든 영혼은 똑같이 선할 걸세."

"그렇겠지요."

"자네는 이 결론이 옳다고 생각하는가?──이건 영혼이 조화라고 하는 가정에서 필연적으로 나오는 결론일세."

"옳지 않습니다."

"인간을 구성하는 요소 중에서 인간을 지배하는 것이 현명한 영혼 이외에도 또 다른 것이 있다고 생각하는가?"

"영혼 이외의 다른 것이 지배자일 수는 없다고 저는 생각합니다."

"그리고 영혼은 육체의 욕구에 동조하는가 아니면 반대하는가? 예컨대 육체가 열병에 걸려 갈증을 느낄 때도 영혼은 우리를 그 욕망과 반대되는 쪽으로 인도하여 물을 마시는 것을 금하기도 하고, 또 육체가 배고픔을 느낄 때에도 영혼은 우리를 그 욕망과 반대되는 쪽으로 인도하기도 하는 등 영혼이 육체에 반대하는 일을 우리는 수없이 알고 있지 않은가?"

"그렇습니다."

"그런데 우리는 앞에서 영혼이 조화라고 한다면, 영혼을 구성하고 있는 요소들이 팽팽하게 매어져 있거나 느슨하게 매어져 있거나, 또 그 줄[弦]이 뜯기[彈]거나 이 밖에 어떻게 취급되든 영혼은 절대로 그 구성 요소에 반대되는 소리를 낼 수 없고, 그 요소들을 지배하는 것이 아니라 따라갈 뿐이라는 것에 동의하지 않았나?"

"그렇습니다."

"그런데 지금 우리는 영혼이 그와는 정반대되는 일을 하고 있다는 것을 발견하지 않았나? 또한 영혼은 구성 요소들을 지배하며 평생 모든 방면에서 그것들에 반대하고 그것들 위에 군림하며, 때로는 체력 단련이나 의료행위와 같은 것들에 의해 육체에 심한 고통을 주기도 하고, 때로는 영혼은 육체의 욕망이나 분노나 공포에 대해 그것들과는 전혀 다른 존재로서 부드럽게 달래기도 하고 위협하기도 하고 충고하기도 하지 않는가? 마치 호메로스가 《오디세이아》에서 오디세우스에 관하여,

가슴을 치며 그는 자기의 마음을 꾸짖었다.

참고 견디어라, 내 마음아. 더 심한 것도 너는 견뎌내지 않았느냐!23)

라고 말한 것처럼 말일세.

　자네는 호메로스가 이 시를 지을 때, 영혼을 일종의 조화로 보았으며 육체의 여러 가지 정념에 이끌리는 것으로 보았다고 생각하는가? 오히려 그는 영혼이야말로 육체를 지배하고 육체 위에 군림하는 것으로 생각하고, 영혼을 조화로 보기보다는 훨씬 신적인 것으로 생각하고 있었던 것이 아니겠는가?"

　"오, 저도 그렇게 생각합니다."

　"그러니 친구여, 영혼이 조화라는 주장은 절대 옳지 않네. 왜냐하면 그런 주장은 저 신적인 시인 호메로스와도 일치하지 않으며, 또 우리 자신과도 일치하지 않기 때문일세."

　"옳은 말씀입니다."

　"자, 그럼 테베의 여신 하르모니아(Harmonia)24)에 대해서는 이 정도 해두기로 하세. 그녀는 우리에게 완전히 굴복했으니까. 그러나 그녀의 남편인 카드모스(Kadmos)에 대해서는 뭐라고 말해야 할지 모르겠네. 어떻게 그를 달랠 수 있을까?"

　케베스가 말했습니다.

　"선생님이야 어떻게든 그를 달랠 수 있겠지요. 하르모니아에 대해서도 제가 전혀 예측하지 못한 절묘한 방법으로 설명하셨으니까요. 사실 심미아스가 그의 의문을 제기했을 때는 누구나 그에게 답변할 수 없을 줄 알았어요. 그런데 그것이 선생님의 단 한방에 고스란히 무너지는 것을 보고는 참 놀랐

---

23) 《오디세이아》 제10권, 17~18행.
24) 하르모니아(조화)는 테베의 건설자인 카드모스의 아내로 알려져 있다.

어요. 그러니 카드모스도 같은 운명을 당할 테지요."

"오! 케베스. 그렇게 지나치게 추켜올리지 말게. 그렇지 않으면 어떤 악마가 우리가 이제 전개하려는 논의를 뒤엎을지도 모르니 말일세. 하지만 그건 신에게 맡기기로 하고 우리는 호메로스의 용사들처럼 적(우리들의 문제)에 바싹 다가가서 자네의 주장을 검토해 보기로 하세.

자네가 문제 삼고 있는 것은 이런 것이 아닌가? 즉 철학자가 죽음에 처해서 좌절하지 않고 죽은 후에는 저세상에서 다른 삶을 살았던 사람들보다 훨씬 행복해질 것이라는 확신을 가지고 있을 때, 그의 그러한 확신이 어리석은 것이 되지 않기 위해서는 우리의 영혼이 불멸이며 죽지 않는다는 것이 증명되지 않으면 안 된다고 자네는 생각하고 있네. 그리고 설사 영혼이 강하고 신적이며, 우리가 인간으로 태어나기 전에도 존재하고 있었다는 것이 증명되었다 하더라도 그것은 영혼의 영원함을 나타내는 것은 아니며, 또 영혼이 오래 지속되며 어디에선가 헤아릴 수 없이 오랜 세월을 살았다 하더라도 그렇다고 해서 영혼이 영원하다고는 할 수 없다고 자네는 생각하고 있네. 그리고 영혼이 인간의 육체에 들어간 것은 영혼에는 멸망의 시작이요, 일종의 질병으로, 영혼은 평생 고통스럽게 살다가 결국 죽음에 의해 멸망한다고 자네는 생각하고 있네. 또 영혼이 육체 속에 한 번 들어가건 여러 번 들어가건 죽음에 대한 우리의 공포에는 아무런 변함이 없다는 것이지? 영혼이 영원하다는 것을 확실히 알거나 증명할 수 없는 한 공포심을 가지지 않을 수 없을 테니 말일세.

이런 것들이 자네 생각인 줄 아는데 어떤가?

오오! 케베스. 내가 이렇게 되풀이하는 것은 문제를 확실하게 하기 위함일세. 보탤 것이 있으면 보태고 뺄 것이 있거든 빼도록 하게."

그러자 케베스가 말했습니다.

"저로서는 보탤 것도 뺄 것도 없습니다. 제가 생각한 것을 그대로 말씀하셨습니다."

소크라테스는 한동안 말없이 깊은 생각에 잠겨 있더니 이윽고 입을 열었습니다.

"케베스, 자네가 제기한 문제는 결코 쉬운 것이 아닐세. 그 문제 속에는 생성과 소멸의 원인에 관한 문제 전체가 포함되어 있기 때문일세. 자네가 원한다면 나 자신이 생각하고 경험한 바를 이야기해 주겠네. 내가 말하는 것 가운데 자네의 문제를 해결하는 데 도움이 될 듯싶은 것이 있거든 이용해 보도록 하게."

케베스가 말했습니다.

"선생님께서 무슨 말씀을 하실지 몹시 듣고 싶습니다."

"그러면 이야기하겠네. 젊은 시절에 나는 소위 자연철학에 몹시 흥미를 가지고 알아보려 했네. 모든 사물의 원인이 어떻게 생겨났으며, 어떻게 소멸하며, 어떻게 존재하는지를 아는 것이 아주 훌륭한 일로 생각되었네.

나는 다음과 같은 문제들을 생각할 때는 언제나 갈팡질팡했네. 생물이 성장하는 것은 어떤 사람들이[25] 말하듯이 뜨거운 것과 차가운 것이 어떤 방법으로 부패할 때 조직을 만들기 때문인가? 우리가 생각할 수 있는 것은 혈액 때문인가? 아니면 공기나 불 때문인가? 아니면 골수[腦髓]가 청각·시각·후각 같은 감각을 공급하여 이 감각들로부터 기억과 판단이 생기며, 또 기억과 판단이 고정되면 거기서 지식이 생기는가?[26]

그리고 또 나는 사물의 소멸에 관해서 고찰했으며, 나아가 하늘과 땅 사이에 일어나는 모든 것을 연구했네. 그러나 결국, 나는 나 자신이 무능하여 이러

---

25) 예컨대 아낙사고라스의 제자인 아르케라오스의 설(說).

한 연구에 적합하지 않다는 것을 알았네. 그에 대한 충분한 증거를 말하겠네.

이 연구에 열중하다 보니 내 눈이 흐려져서, 그때까지 나 자신이나 다른 사람들에게도 당연한 것으로 생각되던 것까지도 도무지 뭐가 뭔지 모르게 되었네. 예컨대 나는 사람이 어떻게 해서 성장하게 되는지도 알 수가 없게 되었다네. 그때까지 나는 사람이 성장하는 것은 음식을 먹기 때문이라고 생각했으며, 또 그것은 누구에게나 당연한 일이라고 생각했네. 왜냐하면 음식물이 소화되면 살이 붙고 뼈는 굵어지며, 또 이와 마찬가지로 신체의 다른 부분이 각기 그 부분과 같은 물질을 더하게 됨으로써 작았던 체구가 커져 작은 사람이 커지기 때문일세. 이건 당연한 생각이 아닌가?"

"저도 그렇게 생각합니다."

"그러면 이제는 이런 것을 생각해 보세. 나는 한때 좀 더 큰 것과 보다 작은 것의 의미를 잘 아는 것으로 생각했었네. 큰 사람이 작은 사람 곁에 서 있는 것을 보았을 때 한 사람이 다른 사람보다 머리 하나만큼 크다고 생각하는 것으로 충분하다고 생각했지. 이것은 말[馬]과 말을 비교할 때도 마찬가지였네. 그리고 10이 8보다 2가 크며 두 자[尺]는 한 자보다 크다는 것은 더욱 분명한 것처럼 생각되었네. 둘은 하나의 두 배이니까 말일세."

그러자 케베스가 물었습니다.

"그런 것에 대해서 지금은 어떻게 생각하시나요?"

"나는 그런 것 중 어느 것에 대해서도 그 원인을 안다고는 도저히 생각할 수 없네. 이제 나는 하나에 하나가 더해졌을 때 본래의 하나가 둘이 된다든가, 더해지는 나중의 하나가 둘이 된다는 설명을 이해할 수 없네. 그것들이

---

26) 혈액에 대한 것은 엠페도클레스의 설. 공기에 대한 것은 아낙시메네스와 디오게네스의 설. 불에 대한 것은 헤라클레이토스학파의 설. 골수에 대한 것은 알크마이온의 설.

따로따로 있을 때는 각기 하나인데 그것들을 합한다고 해서 어떻게 둘이 되는지 이해할 수 없단 말일세. 또한 나는 하나를 쪼개면 어떻게 둘이 되는지도 이해할 수 없네. 왜냐하면 그렇게 되면 상반되는 원인이 같은 결과를 가져오기 때문일세.

앞의 경우에는 합하는 것과 둘이 되는 원인이었는데, 뒤의 경우에는 쪼개는 것이 둘이 되는 원인이 되니 말일세. 나는 어떻게 해서 1이 생겨나는지 하는 것도, 그리고 그밖에 어떤 것이 어떻게 해서 생겨나고 소멸하고 존재하는가 하는 것도, 나 자신이 알고 있다고 더 이상 확신할 수 없으며 그것을 이러한 탐구 방법으로는 해결할 수가 없었네. 그래서 나는 나 자신의 새로운 방법으로 그 문제를 해결하려고 했네. 이제까지의 방법은 도저히 받아들일 수가 없었기 때문일세.

그런데 언젠가 나는 어떤 사람이 무슨 책을 읽어 주는 것을 들었는데 그것은 아낙사고라스(Anaxagoras)[27]의 저술이라 하더군. 그 책에는 정신이 만물에 질서를 주는 것이며 만물의 원인이라고 하는 말이 있었네. 나는 이 사상에 큰 기쁨을 느꼈으며 그것을 아주 훌륭한 사상이라고 생각했네.

그래서 나는 만일 정신이 만물에 질서를 부여해 준다면, 정신은 가장 훌륭한 방법으로 만물에 질서를 부여해 줄 것이며 개개의 사물을 최선의 장소에 위치시킬 것으로 생각했네. 그래서 나는 개개의 사물이 어떻게 해서 생겨나고 소멸하고 존재하는가 하는 원인을 발견하기 위해서는, 그 사물이 어떤 방법으로 존재하고, 어떤 방법으로 작용하고, 어떤 방법으로 다른 사물의 영향을 받는 것이 그 사물에 최선인가를 발견해야 한다고 생각했네.

---

27) 기원전 500년~ 428년? 그리스의 자연 철학자. 태초에는 만물이 혼돈 상태에 있었으나 지성의 작용으로 운동이 일어나 세계에 질서를 가져왔다고 주장했다.

이렇게 되면 인간 자신에 대해서도, 그리고 그 밖의 어떤 것에 대해서도 무엇이 최선이며, 무엇이 최상인가를 탐구하는 것 이외에는 인간이 탐구할 가치가 있는 것은 하나도 없게 되네. 그것을 탐구하여 아는 사람은 무엇이 악(惡)인지도 또한 알게 될 걸세. 왜냐하면 선(善)에 대한 인식과 악(惡)에 대한 인식은 같은 것이기 때문일세. 그래서 나는 아낙사고라스에게서 만물의 원인을 내게 가르쳐 줄 스승을 찾았다고 생각하여 몹시 기뻐했네.

나는 먼저 그가 지구는 평평한 것인지 둥근 것인지를 나에게 가르쳐 주고, 그것이 평평하면 왜 평평한지 둥글면 왜 둥근지 그 이유와 필연성을 설명해 주리라고 생각했네. 그리고 나는 그가 최선의 본질과, 지구가 어떤 모양을 하는 것이 지구 최선인가를 가르쳐 주리라고 생각했네. 그리고 만일 그가 지구가 우주의 중심에 있다고 말한다면 왜 지구가 우주의 중심에 있는 것이 최선인지도 또한 설명해 주리라고 생각했네. 그리하여 그가 그런 것들을 설명해 주면 나는 그것으로 만족하고 다른 원인을 더 찾아보지 않겠다고 생각했네.

그리고 나는 더 나아가 태양과 달과 그 밖의 천체들에 관해서도, 그것들의 상대적인 운행 속도라든가 회전이라든가 그 밖의 현상들에 관해 똑같은 탐구를, 즉 그것들이 그러한 운행을 하는 것이 왜 최선인가를 물어보려고 했네. 왜냐하면 그가 이런 것들에게 질서를 부여해 주는 것은 정신이라고 말했으므로. 나는 그가 그것들이 현재의 상태로 있는 것이 최선이라는 것 이외의 원인을 거기에 부여하리라고는 생각할 수 없었기 때문일세.

그리고 나는 그가 그것들 각각의 원인과 전체에 공통된 원인을 낱낱이 설명하고 나서, 그것들 각각의 최선인 것과, 전체에게 선(善)인 것을 설명해 주리라고 생각했네.

나는 이러한 희망을 아무리 많은 공로와도 바꾸고 싶지 않았네. 그래서 나는 무엇이 최선이며 무엇이 최악인가를 알기 위해 열심히, 그리고 가능한 한 빨리 그 책을 읽었네.

내 희망과 기대는 얼마나 컸던가! 하지만 나는 얼마나 크게 실망하지 않으면 안 되었던가! 그 책을 읽어 나가면서 나는 그가 만물의 질서를 설명하는 데 정신을 조금도 이용하지 않고 있으며, 만물의 질서에 어떤 타당한 이유도 말하지 않고 공기라든가 에테르라든가 물이라든가 그 밖의 많은 엉뚱한 것들을 만물의 질서의 원인으로 돌리고 있다는 것을 알았네.

그 점에서 그는 '소크라테스의 모든 행위의 원인은 소크라테스의 정신이다.'라고 주장하고 나서, 나의 행위 하나하나의 원인을 자세히 설명하는 단계에 이르러서는, '소크라테스가 지금 여기 앉아 있는 것은 소크라테스의 육체가 뼈와 근육으로 되어 있기 때문이다. 뼈는 딱딱하고 관절에 의해 연결되어 있으며 근육은 신축성이 있고 뼈를 둘러싸고 있으며 그 위에 살과 피부가 둘러싸고 있다. 그러므로 근육을 수축시키거나 이완시켜 뼈가 관절 있는 부분에서 들어 올려지면 소크라테스는 다리를 구부릴 수 있는 것이다. 그래서 소크라테스는 여기에 이렇게 비스듬히 앉아 있는 것이다.'라고 말하는 사람에 비유될 수 있네. 그는 내가 자네들과 이렇게 대화하고 있는 것에 대해서도 그와 유사한 원인을 들 걸세. 우리 대화의 참된 원인을 생각하지 못하고 우리 대화의 원인은 공기라든가 청각(聽覺)이라든가 그 밖의 수많은 엉뚱한 것들에게로 돌릴 것이란 말일세.

내가 이곳에 앉아 있는 참된 원인은, 아테네인들이 나에게 유죄 판결을 내리는 것이 옳다고 생각했고, 따라서 나는 이곳에 머물러 그 처벌을 받는 것이 옳다고 생각했기 때문일세. 왜냐하면 만일 내가 도망치는 쪽이 국가가 명하는 벌을 받는 쪽보다 옳고 훌륭한 일이라고 생각했다면, 나의 근육과 뼈는 오래전에 메가라(Megara)나 보에오티아(Boeotia)로 가 버렸을 것이기 때문일세.

그런 것들을 원인이라고 말하는 것은 어리석은 일일세. 만일 누군가가 나에게 '당신이 그런 것들을 가지고 있지 않다면, 즉 뼈라든가 근육이라든가 그 밖의 다른 부분들을 가지고 있지 않다면 당신은 자기 생각을 실행할 수 없을 것이오.'라고 말한다면 그것은 옳은 말일세. 그러나 내가 내 생각대로 행동하는 것은 나의 정신에 의한 것임에도 불구하고, 나의 정신이 최선의 것을 선택했기 때문이 아니라 그것들(뼈·근육 등) 때문이라고 말한다면 그것은 어리석은 말일세. 그것은 참된 원인과 조건을 분간하지 못하기 때문일세. 많은 사람들이 이렇듯 방법도 모르면서 실마리를 찾듯이 부당하게도 엉뚱한 것에다가 원인이라는 이름을 붙이고 있네.

그런 까닭에 어떤 사람[28]은 지구 주위에 회오리바람이 불고 있어 그 때문에 지구가 공중에 머물러 있는 것이라고 주장하며, 또 어떤 사람들[29]은 지구는 마치 빵을 반죽하는 그릇처럼 넓적한 것으로서 공기가 그 밑을 떠받치고 있으므로 지구가 공중에 머물러 있는 것이라고 주장하는 것일세. 저들은 만물을 가능한 한 최선의 상태에 있게 한 힘을 탐구하지도 않고, 그것이 어떤 신적인 강함을 가지고 있음을 생각하지도 않네. 오히려 그들은 언젠가는 그것보다 강력하고 영원하며 좀 더 만물을 잘 통합하는 아틀라스(Atlas)[30]를 발견할 수 있다고 생각하고 있네. 그리하여 그들은 만물을 결합하고 통합하는 선(善)에 대해서는 아무것도 생각하지 않네.

나는 이런 것들의 참된 원인이 무엇인지를 배울 수만 있다면 기꺼이 누구의 제자라도 되었을 걸세. 그러나 나는 그 참된 원인을 나 스스로 발견하지도 못했고 다른 사람에게서 배우지도 못했네. 케베스, 자네가 원한다면 내가

---

28) 엠페도클레스.

29) 아낙시메네스, 아낙사고라스, 데모크리토스.

30) 그리스 신화에 나오는 거인으로, 천계(天界)를 교란한 죄로 어깨로 하늘을 떠받치고 있는 벌을 받았다.

그 원인을 찾기 위해 어떻게 두 번째 항해를 했는지 말해 주겠네."

"무엇보다도 듣고 싶은 일입니다."

"이처럼 사물을 깊이 살펴보는 데 실패한 후, 나는 나의 영혼의 눈이 상하지 않도록 조심해야겠다고 생각했네. 일식(日蝕)을 관찰하고 연구하려는 사람들이 그들의 눈이 상하지 않도록 조심하는 것처럼 말일세. 왜냐하면 그들은 태양의 모습을 물이나 그 밖의 다른 것에 비춰 보지 않으면 그들의 눈이 상하게 되기 때문일세. 그래서 나는 사물들을 나의 눈으로 보거나 감각 기관들의 도움으로 사물들을 이해하려 하다가는 나의 영혼이 소경이 되어 버리지나 않을까 두려웠네.

그래서 나는 정신의 세계 속으로 피하여 그곳에서 사물의 진상을 찾아야겠다고 생각했네. 나의 이 비유는 어떤 의미에서는 적합하지 않을 걸세. 왜냐하면 생각을 통해서 사물을 고찰하는 사람 쪽이, 감각 기관에 의한 사실들을 통해 사물을 고찰하는 사람보다 그 사물을 정확하게 보지 못한다는 것을 나는 절대로 인정하지 않기 때문일세.

어쨌든 나는 다음과 같은 방법을 택했네. 나는 각각의 경우에 가장 확실하다고 생각되는 원칙을 세워 놓고서, 그것과 일치한다고 생각되는 것을 참된 것으로 인정하고, 일치하지 않는 것은 그렇지 않은 것으로 여기기로 했네. 그것은 원인에 관해서건 다른 어떤 것에 관해서건 마찬가지였네. 자네가 아직 잘 이해하지 못한 듯하니 더 분명히 설명해 보겠네."

케베스가 말했습니다.

"정말 잘 이해가 안 갑니다."

"내가 말하려는 것은 조금도 새로운 것이 아닐세. 지금까지 우리가 말해 오는 가운데서나 또 다른 여러 경우에 내가 늘 거듭 말해 온 걸세. 나는 내가 애써 찾던 원인의 본질을 자네에게 설명해 주려고 하네.

그러기 위해서는 나는 앞에서 수없이 말했던 친숙한 것, 아름다움 그 자체(절대적인 아름다움), 선 그 자체, 큼 그 자체, 그리고 그밖에 모든 그러한 것들이 존재한다는 전제(前提)로 되돌아가 거기서부터 시작하지 않으면 안 되네. 자네가 그런 것들이 존재한다는 것에 동의한다면, 나는 그것들로부터 출발하여 내가 애써 찾던 원인의 본질을 자네에게 설명해 주고, 영혼의 불멸을 증명해 줄 수 있을 거로 생각하네."

케베스가 말했습니다.

"저는 그것을 인정합니다. 그러니 어서 계속해서 말씀해 주십시오."

"그러면 그 전제에 따르게 마련인 다음과 같은 문제에 대해 나에게 동의할 수 있는지 생각해 보게. 내 생각으로는 아름다움 그 자체(절대적인 아름다움) 이외에 무언가 아름다운 것이 있다면, 그것이 아름다운 것은 저 아름다움 그 자체에 참여하기 때문이며, 그 밖의 어떤 원인에 의해서도 아닐세. 그리고 선(善)·큼 등 그 밖의 모든 것에 대해서도 그렇게 말할 수 있을 걸세. 자네는 원인에 대한 이와 같은 생각에 동의할 수 있는가?"

"네, 동의합니다."

"나는 우리가 들어오던 저 여러 가지 훌륭한 원인에 대해서 그 어느 하나도 인정할 수 없고 또 이해할 수도 없네. 어떤 사람이 내게 '어떤 것이 아름다운 것은 그것이 아름다운 색깔, 모양 등을 가지고 있기 때문이다.'라고 말한다면 나는 그 사람에게 '가르쳐 줘서 고맙소.'라고 말할 뿐 그의 말을 받아들이지는 않을 것일세. 그런 말들은 나를 혼란 속에 빠뜨릴 뿐이니까.

나는 어떤 사물이 아름다운 것은 오로지 그 사물 속에 어떤 식으로든 아름다움 그 자체가 들어 있거나, 아니면 그 사물이 아름다움 그 자체(절대적인 아름다움)에 어떤 식으로든 참여하기 때문이라고 확신하네. 아름다운 것들이 아름다움 그 자체에 어떤 식으로 참여하는지에 대해서는 나는 잘 모르네. 그러나 모든 아름다운 것은 아름다움 그 자체에 의해 아름다워진다는 것을 나는 단정할 수 있네. 이것은 나 자신에게나 남에게나 내가 줄 수 있는 가장 확실한 답이 아닐까 하네. 이 원리만 고수하면 절대로 미궁에 빠지지 않을 것이며, 모든 아름다운 것들은 아름다움 그 자체에 의하여 아름답다고 하는 것은 나 자신에게나 다른 누구에게도 가장 안전한 답이 되겠다고 생각하네. 자네는 어떻게 생각하나?"

"저도 그렇게 생각합니다."

"또 큼 그 자체에 의하여 큰 것들은 크고, 더 큰 것들은 더 크며, 또 작음 그 자체에 의하여 작은 것들은 작은 것이 아닌가?"

"그렇습니다."

"어떤 사람이 A란 사람과 B란 사람을 비교하여 A는 B보다 머리에 의해(머리만큼) 크고, B는 A보다 머리에 의해 작다고 말한다면 자네는 그 말이 옳지 않다고 할 것일세. 자네는 자네의 생각을 철저히 고집하여 모든 큰 것은 오직 큼 그 자체에 의하여서만 큰 것이며 큼 그 자체야말로 크다는 것의 원인이며, 또 작은 것은 작음 그 자체에 의해 작은 것으로 작음 그 자체야말로 작다는 것의 원인이라고 주장할 걸세.

그렇게 하면 자네는 더 큰 것은 머리의 크기에 의해 더 크며, 더 작은 것은 머리의 크기로 인해 더 작다고 말하는 위험을 피할 수 있을 것이며, 또 머리는 작은 것임에도 불구하고 더 큰 사람이 그 작은 머리로 인해 더 크다는 괴상한 생각을 할 위험을 피할 수 있을 테니까 말일세. 자네는 그런 추론을 이끌어내는 것을 두려워할 걸세. 그렇지 않은가?"

케베스가 웃으면서 말했습니다.

"그렇습니다. 두렵습니다."

"그와 마찬가지로 자네는 10이 8보다 2에 의해(2만큼) 크다고 말하지 않고

'많음'에 의해, 즉 '많다'라는 원인에 의해 그런 거라고 말할 것일세. 또 두 자가 한 자보다 큰 것은 후자가 전자의 절반이기 때문이 아니라 '길이'에 의해, 즉 '길다'라는 원인에 의한 것이라고 말할 걸세. 왜냐하면 자네는 이 모든 경우에 똑같이 두려워할 것이기 때문일세."

"그렇습니다."

"또 자네는 하나에 하나가 더해질 때, 그 더한다는 것이 둘이 생긴 원인이라든가, 혹은 하나가 나누어질 때 그 나눈다는 것이 둘이 생긴 원인이라고 말하기를 주저할 걸세.

그리고 자네는 개개의 사물이 생기는 것은, 그 각각의 사물이 그 고유의 본질에 관여함에 의해서이며, 그밖에 각각의 사물이 생기는 방법은 알지 못한다고 큰 소리로 주장할 것이며, 또 2가 되는 원인은 2에 관여하는 것 이외에는 없으며, 2가 되고자 하는 것은 2에 관여하지 않으면 안 되며 1이 되고자 하는 것은 1에 관여하지 않으면 안 된다고 큰 소리로 주장할 걸세.

그리고 자네는 이렇게 말할 걸세. '나는 나누기나 더하기와 같은 어려운 문제는 나보다 머리 좋은 사람들에게 맡기겠다. 그런 문제에 대해서는 그들이 대답할 테니까. 나는 미숙하고 나 자신의 그림자에도 놀라는 겁쟁이이므로 저 안전한 전제(前提)의 확고한 기반에 매달릴 것이다.'라고 말일세.

그리하여 어떤 사람이 그 전제 자체를 반박한다면, 자네는 그에게 신경 쓰지 않고 그 전제로부터 나오는 여러 가지 결론들이 서로 일치하는지 모순되는지를 확인할 때까지는 그에 대해 대답하지 않을 걸세. 그리고 또 그 전제 자체를 기반으로 삼지 않으면 안 되는 경우가 오면, 자네는 마찬가지로 더 높은 전제 중에서 최선이라고 생각되는 것을 다시 전제로 세워 기반으로 삼을 것이며, 이런 일을 만족스러운 전제에 도달할 때까지 계속할 걸세.

그러나 자네는 논쟁을 일삼는 사람들처럼, 전제와 그 전제로부터 나오는 결론들을 동시에 논함으로써 뒤죽박죽으로 만들지는 않을 걸세. 만일 자네가 진실을 발견하는 것을 목표로 삼는다면 말일세. 저들은 진실을 발견하는 일에 대해서는 조금도 생각하지 않고 관심조차 없을 걸세. 왜냐하면 저들은 자기들의 생각들을 뒤죽박죽으로 만들어 놓고서도 스스로 만족할 정도로 영리하기 때문일세. 그러나 만일 자네가 진정한 철학자라면 자네는 내가 말한 대로 하리라고 나는 믿네."

심미아스와 케베스가 이구동성으로 말했습니다.

"아주 옳은 말씀입니다."

에케크라테스 : 오! 파이돈. 저들이 동의하는 것은 당연한 일입니다. 머리가 나쁜 사람조차도 잘 이해할 수 있도록 명백하게 말씀하셨으니까요.

파이돈 : 사실 그래요. 그때 거기 있던 사람들도 모두 그렇게 생각했습니다.

에케크라테스 : 그 자리에 있지 않았던 우리도 당신으로부터 그 말을 전해 듣고도 공감이 갈 정도니까요. 그런데 그다음엔 무슨 말씀을 하셨나요?

파이돈 : 그들이 소크라테스의 말에 찬성하고 개개의 이데아(Idea)가 존재한다는 것과 그 밖의 모든 사물은 이 이데아에 참여함으로써 그러한 명칭을 얻게 된다는 것에 동의하자, 소크라테스는 이렇게 물었습니다.

"자, 그러면 심미아스는 소크라테스보다 크고 파이돈보다는 작다고 자네가 주장하는 경우, 사실상 자네는 심미아스 속에 큼과 작음이 다 들어 있다고 말하고 있는 셈이 아닌가?"

"그렇습니다."

"그러나 자네는 심미아스가 소크라테스보다 크다는 것이 문자 그대로의 의미에서 참이 아니라는 것을 인정하겠지? 왜냐하면 심미아스가 소크라테스보다 큰 것은 그가 심미아스이기 때문이 아니고 그가 가지고 있는 큼 때문이니 말일세. 또 그가 소크라테스보다 큰 것은 소크라테스가 소크라테스이기 때문이 아니라 소크라테스가 심미아스의 큼에 비해 작음을 가지고 있기 때문이 아니겠는가?"

"그렇습니다."

"또 파이돈이 심미아스보다 크다고 하면 그것은 파이돈이 파이돈이기 때문이 아니라 파이돈이 심미아스의 작음에 비해 큼을 가지고 있기 때문이 아닌가?"

"그렇습니다."

"그러니 심미아스를 두고 크다고도 하고 작다고도 하는 것은, 그 양자의 중간에 있어서 그가 그의 큼에 의해 한 사람의 작음을 능가하고 또 다른 한 사람의 큼이 그의 작음을 능가하기 때문이 아닌가. 내 말이 좀 강의같이 들리겠지만 어쨌거나 나는 내 말이 옳다고 믿고 있네."

케베스는 동의했습니다.

"내가 이 말을 하는 것은 자네가 나의 다음과 같은 견해에 동의해 주기를 원하기 때문일세. 즉 큼 그 자체(절대적인 큼)는 결코 큼인 동시에 작음일 수 있는 것이 아니며, 또 우리의 내부에 있는 큼도 결코 작음을 받아들이거나 지나치는 일이 없네. 그리하여 그 반대의 것인 작음이 가까이 다가오면 큼은 도망치든가 아니면 소멸해 버려 더 이상 존재하지 않게 되든가 둘 중의 하나일 걸세. 왜냐하면 큼은 그대로 머물러 작음을 받아들여 이전과는 다른 것이 되기를 원치 않기 때문일세.

예컨대 내가 심미아스와 비교될 때 작음을 인정하고 받아들인다 해도 나는 여전히 나 자신이며 여전히 전과 똑같은 사람일세. 그러나 나의 내부에 있는 큼은 큼이기 때문에 결코 작아지는 일이 없네. 그와 마찬가지로 우리의 내부에 있는 작음도 또한 커지거나 큼일 수 없으며 여전히 이전의 자신이면서 동시에 자기 반대의 것이 될 수는 없네. 그런 경우에는 그것은 도망쳐 버리거나 없어져 버리는 걸세."

케베스가 말했습니다.

"저도 그렇게 생각합니다."

누구였던지는 잘 기억나지 않습니다마는, 이때 누군가가 우리에게 이렇게 말했습니다.

"아니 그것은 우리가 앞서 인정한 것과 정반대되는 것이 아닙니까? 아까는 보다 큰 것에서 작은 것이 나오고 더 작은 것에서 더 큰 것이 나오며, 이렇듯 반대되는 것들에서 반대의 것이 생긴다고 했는데 지금은 그 원칙이 완전히 부정되는 것 같군요."

소크라테스는 그쪽으로 고개를 돌려 귀를 기울여 듣고 나서 이렇게 말했습니다.

"훌륭해. 그걸 우리에게 상기시켜 주었으니 말일세. 그러나 자네는 아까 우리가 말한 것과 지금 우리가 말한 것 사이에는 차이가 있다는 것을 알지 못하는군. 왜냐하면 우리는 앞에서는 실제로 상반되는 사물의 한쪽이 다른 한쪽으로부터 생겨난다고 말했고, 지금은 반대되는 성질 그 자체는 그것이 우리의 내부에 있는 것이건 자연 속에 있는 것이건 결코 자신과 반대되는 성질을 취할 수 없다고 말하고 있기 때문일세. 그러므로 친구여, 앞에서 우리는 반대되는 성질을 가지고 있으므로 인해 반대되는 것이라는 이름을 얻게 된 사물들 자체에 대해 말했지만, 지금은 그것들이 반대되는 것들이라는 이름을 얻게 된 그 반대되는 성질 자체에 대해 말하고 있는 걸세. 그리고 우리는 지금 그 반대되는 성질 자체는 결코 각기 그 반대되는 것에서 나올 수 없다고 말하고 있는 것일세."

그러고 나서 그분은 케베스를 향해 물었습니다.

"자네도 이 친구의 말로 해서 마음에 혼란이 일어났나?"

그러자 케베스가 대답했습니다.

"그렇지 않습니다. 물론 가끔 반대론에 정신이 혼미해지기는 합니다."

"자, 그러면 우리는 반대되는 성질의 한쪽은 결코 자신과 반대되는 성질로 될 수 없다는 데 대해서는 의견이 일치한 셈이 아닌가?"

"전적으로 의견의 일치를 보았습니다."

"그렇다면 그 문제를 다른 각도에서 살펴보고 나에게 동의할 수 있는지 생각해 보게. 뜨거움이라든가 차가움이라고 불리는 것이 있지 않나?"

"물론 있습니다."

"그러면 그것들은 불이나 눈[雪]과 같은 건가?"

"그렇지는 않습니다."

"뜨거움은 불과는 다른 것이고 차가움은 눈과는 다른 것이란 말이지?"

"네, 그렇습니다."

"그런데 앞에서 말한 것처럼 눈은 뜨거움을 받으면 여전히 눈이면서 동시에 뜨거울 수는 없고 뜨거움이 접근하면 눈은 도망쳐 버리거나 아니면 소멸하여서 없어진다는 것을 자네는 인정할 걸세."

"네, 인정합니다."

"또 불도 차가움이 접근하면 도망쳐 버리거나 아니면 꺼져버리지. 즉 불이 차가움을 받으면 여전히 불이면서 찬 것일 수는 없지."

"물론이지요."

"그렇다면 그러한 것들에 대해 '이데아' 그 자체는 영원히 자기의 이름으로 불릴 자격이 있으며, 뿐만 아니라 '이데아' 그 자체는 아니지만 '이데아'의 성질을 가지고 존재하는 사물도 똑같은 이름으로 불릴 자격이 있다고 말할 수 있을 걸세. 다음과 같은 예를 들면 내가 말하는 바가 더 확실해질 걸세.

홀수는 항상 홀수라는 이름으로 불리네. 그렇지 않은가?"

"그렇습니다."

"우리는 이 홀수란 명칭을 홀수 자체에만 쓰는가? 그렇지 않으면 그 자신 홀수 자체는 아니면서 본성상 홀수와 결코 떨어질 수 없으므로 자기 자신의 이름으로 불림과 동시에 홀수라고도 불리는 것이 또 있는가? 바로 이것이 내가 묻고자 하는 걸세. 가령 3이라는 수를 생각해 보세. 이 밖에도 많은 예가 있지만 3을 두고 생각해 본다면 그것은 3이라는 그 자신의 이름으로도 불리고 또 홀수라고도 불리지 않는가? 그렇다고 홀수와 3은 결코 같은 것은 아니지. 이런 일은 3에 대해서만이 아니라 5에 대해서도, 또 모든 수의 절반에 대해서도 말할 수 있지. 그것들은 홀수 자체는 아니면서 홀수와 같은 것이 아니면서 각기 하나의 홀수란 말일세. 또 홀수가 아닌 수, 모든 수의 다른 절반은 짝수 자체는 아니면서 각기 하나의 짝수란 말일세. 자네는 여기에 동의하는가?"

"물론 동의합니다."

"자, 그러면 내가 지금 분명히 밝히려는 것에 집중해 주게. 반대되는 성질 그 자체만이 상대방의 성질을 받아들이지 않는 것이 아니라, 서로 반대되는 것은 아니면서도 항상 내부에 반대되는 성질을 가지고 있는 것들도, 자기의 내부에 있는 성질과 반대되는 성질을 받아들이지 않고 그것이 접근해 오면 물러나거나 사라져 버리네. 예컨대 3이라는 수는 3이면서 동시에 짝수가 되는 것을 견디기보다는 그 이전에 없어져 버리거나 아니면 짝수로 바뀌게 될 걸세. 그렇지 않은가?"

케베스가 대답했습니다.

"그렇습니다."

"그런데 2라는 수는 3이라는 수에 반대되는 것은 아니지?"[31]

"그렇습니다."

"그렇다면 상반되는 이데아만이 상대방의 접근을 받아들이지 않는 것이 아니라, 반대되는 것의 접근을 받아들이지 않는 것들이 또 있겠군."

"네, 있습니다."

"그렇다면 그런 것들은 어떤 종류의 것들인지 밝혀 보기로 하세."

"좋습니다."

"그런 것들은 자기가 취하는 모든 것들이 자신의 성질을 버리게 할 뿐만 아니라, 자기가 항상 가지고 있는 성질과 반대되는 성질도 또한 버리게 하네."

"어째서 그렇지요?"

"그건 방금 말하지 않았나. 3이라는 수가 무언가를 취한다면 그 취해지는 사물은 3일 뿐만 아니라 동시에 홀수이기도 해야 한다는 것을 자네는 알고 있지 않나?"

"그렇습니다."

"그런데 3이란 수가 가지고 있는 특성인 홀수성에는 그 반대되는 성질이 절대로 가까이 가지 못하겠지?"

"그렇습니다."

"그런데 그 특성은 홀수의 원리에 의해 주어진 것이 아니겠나?"

"그렇습니다."

"홀수에 반대되는 것은 짝수지?"

"그렇습니다."

"그러므로 짝수의 이데아는 결코 3에 접근할 수 없을 걸세."

---

31) 이 문장 앞에 다음과 같은 말이 있다고 생각하면 좋을 것이다. "마찬가지로 2도 2이면서 동시에 홀수가 될 수는 없을 걸세." "그렇습니다."

"그렇습니다."

"3은 짝수와 아무 상관이 없지?"

"없습니다."

"그러므로 3이란 수는 짝수가 아니지?"

"그렇습니다."

"자, 이제 아까 우리가 밝히려고 했던 어떤 것과 반대되는 것이 아니면서도 그것을 받아들이지 않는 것들이 어떤 것들인가 하는 문제로 돌아가기로 하세. 예컨대 3은 짝수에 반대되는 것은 아니지만 결코 짝수의 성질을 받아들이지는 않네. 그것은 3이 항상 짝수와 반대되는 성질을 가지고 있기 때문일세. 또 2는 홀수와 반대되는 성질을, 그리고 불은 차가움과 반대되는 성질을 가지고 있으며 그 밖에도 그런 것들은 수없이 많이 있네. 그렇다면 이로부터 상반되는 성질만이 상대방을 받아들이지 않는 것이 아니라 상반되는 성질을 가진 사물의 한쪽이 상대방에게 접근할 때도 자신이 가진 성질과 반대되는 성질을 절대 받아들이지 않는다고 규정할 수 있는지 아닌지 생각해 보게. 같은 이야기를 다시 한번 해 보세. 되풀이 이야기한다고 해서 해로운 것은 없을 테니까.

5라는 수는 짝수의 성질을 절대 받아들이지 않으며, 그 배수(倍數)인 10은 홀수의 성질을 절대 받아들이지 않네. 이 두 배라는 것은 홀수에 반대되는 것이 아님에도 불구하고 홀수의 성질을 받아들이지 않네. 또 $1\frac{1}{2}$이라든가 $\frac{3}{2}$과 같은 분수는 정수와 반대되는 것이 아님에도 불구하고 정수의 성질을 받아들이지 않네. 자네는 이 견해에 동의하는가?"

"전적으로 동의합니다."

"자, 그러면 다시 처음으로 돌아가서 생각해 보세. 그리고 내가 대답하는 방법을 가르쳐 주기 전에 나의 질문에 대답해서는 안 되네. 나는 처음에 내가 말한 저 어렵지 않은 대답을 듣고 싶지는 않네. 방금 우리가 말한 것 속에도 처음의 답 못지않게 확실한 답이 있으니 그것을 나는 듣고 싶네.

만일 자네가 '육체 안에 무엇이 있기에 육체가 따뜻합니까?'라고 물었을 때, 따뜻함이 있어서 그렇다고 대답한다면 그것은 어렵지는 않지만 어리석은 대답이지. 그러나 우리가 지금 찾으려는 것은 불이 있기 때문이라는 대답이며 그것은 훨씬 나은 답일세. 또 자네가 '몸이 아픈 것은 어째서입니까?'라고 물으면 나는 병이 나서 아픈 것이 아니라 열이 있어서 아픈 거라고 대답할 걸세. 또 어떤 수가 홀수일 경우 '그 속에 무엇이 있기에 그것이 홀수입니까?'라고 물으면 나는 홀수성이 그 속에 있기 때문이라고 하지 않고 1의 성질이 그 속에 있기 때문이라고 대답할 걸세. 이 밖에도 많은 예를 들 수 있겠지만 그렇게 하지 않아도 내가 말하려는 것을 잘 이해하리라 믿네."

"네, 잘 알겠습니다."

"자, 그러면 육체 속에 무엇이 있기에 육체가 살아 있지?"

"영혼이 있어서 그렇습니다."

"언제나 그런가?"

"물론 언제나 그렇습니다."

"그렇다면 영혼은 자기가 들어가 있는 것에 항상 생명을 주겠지?"

"그렇습니다."

"생명에 반대되는 것이 있나?"

"있습니다."

"그게 뭐지?"

"죽음입니다."

"그렇다면 우리가 앞에서 동의한 바와 같이 영혼은 자신이 항상 가지고 있는 것에 반대되는 것을 절대로 받아들이진 않을 테지?"

케베스가 대답했습니다.

"그렇습니다."

"그런데 조금 전에 짝수성을 받아들이지 않는 것을 뭐라고 불렀지?"

"짝수가 아닌 것이라고 불렀습니다."

"정의를 받아들이지 않는 것, 그리고 음악을 받아들이지 않는 것은?"

"부정(不正)과 비 음악적입니다."

"그렇다면 죽음을 받아들이지 않는 것이 있다면 그것은 무엇이겠는가?"

"불사(不死), 즉 영원입니다."

"영혼은 죽음을 받아들이지 않지?"

"받아들이지 않습니다."

"그렇다면 영혼은 불사이겠지?"

"네, 그렇습니다."

"그러면 이것으로 영혼의 불사가 증명되었다고 할 수 있을까?"

"충분히 증명되었다고 할 수 있습니다."

"그런데 케베스, 만일 짝수가 아닌 것은 모두 없어지지 않는 것이라면 3도 필연적으로 없어지지 않는 것이 아니겠는가?"

"물론 그렇습니다."

"만일 뜨겁지 않은 것, 즉 차가운 것이 없어지지 않는 것이라고 하면 뜨거운 것을 눈(雪)에 가까이 가져갈 때 눈은 다른 데로 옮겨 가 녹지 않고 그대로 있는 것이 아닌가? 그것은 없어질 수도 없고 또 그냥 그대로 머물러 열을 받을 수도 없을 테니 말일세."

"옳은 말씀입니다."

"그와 마찬가지로 만일 뜨거운 것이 없어지지 않는 것이라고 하면 차가운 것을 불에 가까이 가져가는 경우 불은 없어지거나 꺼지지 않고 아무런 영향도 받지 않은 채 고스란히 다른 곳으로 옮겨가지 않겠는가? 없어지지 않는 것이라고 하면 불이 냉기의 공격을 받는 경우 불은 없어질 수도 없고 꺼질 수도 없으므로 고스란히 어디론가 가 버리지 않겠는가?"

"분명히 그렇습니다."

"그렇다면 죽지 않는다는 것에 대해서도 다음과 같이 말해야 하지 않겠는가? 만일 죽지 않는다는 것이 또한 없어지지 않는 것이기도 하다면, 죽음이 영혼에 가까이 다가가는 경우 영혼은 없어질 수 없다고 말일세. 왜냐하면 지금까지 말해 온 바와 같이 영혼은 죽음을 받아들이지도 않으며 죽지도 않을 것이기 때문일세. 그것은 3이나 그 밖의 홀수가 짝수가 될 수 없고 불이나 불속의 열이 차가운 것이 될 수 없는 것과 똑같은 이치일세. 그러나 혹 이렇게 말할 사람이 있을지 모르지. '짝수가 접근했을 때 홀수가 짝수로 될 수는 없다 하더라도 홀수가 없어지고 짝수가 들어설 수 없다고 말할 수는 없지 않은가?'라고 말일세.

이렇게 말하는 사람에게 우리는 홀수는 없어지지 않는다고 주장할 수는 없을 걸세. 왜냐하면 짝수가 아닌 것이 없어지지 않는 데 대해서는 우리는 의견의 일치를 본 적이 없기 때문일세. 그러나 만일 우리가 그것을 인정했다면 우리는 짝수가 접근해 올 때 홀수나 3은 다른 곳으로 옮겨간다고 주장할 수 있을 걸세. 그리고 우리는 불이나 열이나 그 밖의 다른 모든 것에 대해서도 그렇게 주장할 수 있지 않겠는가?"

"그렇습니다."

"그러므로 우리는 죽지 않는 것에 대해서도 다음과 같이 말할 수 있을 것일세. 만일 죽지 않는 것이 또한 없어지지 않는 것이기도 하다면 영혼은 죽지 않는 동시에 없어지지 않는 것이라고 말일세. 그러나 만일 그렇지 않다고 하면 우리는 영혼의 없어지지 않는 것에 대해서 어떤 다른 증명을 하지 않으면 안 될 걸세."

"이 경우에 다른 증명은 필요치 않습니다. 왜냐하면 영원하고도 죽지 않는 것이 멸망할 수 있다면 멸망에서 벗어날 수 있는 것은 아무것도 없을 것이기 때문입니다. 죽지 않는 것이 영원한 것이면서도 멸망할 수 있는 것이라면 없어지지 않는 것은 아무것도 없을 것이기 때문입니다."

"신(神) 자신과 생명의 본질과, 그리고 그 밖에 죽지 않는 것이 결코 없어지지 않으리라는 것은 누구나가 인정할 걸세."

"그렇습니다. 누구나 인정할 것입니다. 인간은 물론이거니와 신들도 그것에 동의할 것이라고 저는 생각합니다."

"그러니 죽지 않는 것이 또한 없어지지 않는 것이며, 영혼이 죽지 않는 것이라면 영혼은 또한 없어지지 않는 것이 아니겠는가?"

"분명히 그렇습니다."

"그러므로 죽음이 인간에게 다가올 때 인간의 죽을 수밖에 없는 부분은 죽지만, 죽지 않는 부분은 죽음에 자리를 양보하고 조금도 손상됨이 없이 다른 곳으로 옮겨가는 걸세."

"그런 것 같습니다."

"그렇다면 오, 케베스. 영혼은 죽지 않고 존재하며 우리의 영혼이 하데스(Hades)에 존재하게 되리라는 것은 더 의심할 여지가 없는 것이 아닌가!"

"거기에 반대할 수가 없습니다. 저는 선생님의 말씀을 믿지 않을 수가 없습니다. 그러나 심미아스나 그 밖에 누구든지 더 할 말이 있거든 침묵을 지키지 말고 말하는 것이 좋을 걸세. 이 기회를 놓치면 다시 이런 문제에 대해서 말하거나 들을 수가 없을 테니까."

그러자 심미아스가 말했습니다.

"저도 더할 말이 없습니다. 이제까지 하신 말씀을 들으니 의심할 것이 전혀 없군요. 그러나 이 문제의 중대함과 인간의 무력함을 생각할 때, 우리가 말한 것들에 대해 어딘지 모르게 불안한 마음을 떨칠 수가 없습니다."

소크라테스가 말했습니다.

"심미아스, 그뿐만 아니라 우리의 맨 처음의 전제(前提)들도 다시 한번 잘 살펴보고 그것들을 정말 신뢰할 수 있는지 생각해 보아야 할 것일세. 그것들이 옳은 것으로 여겨진다고 하더라도 자네들은 그것들을 충분히 검토하지 않으면 안 될 걸세. 그리하여 자네들이 그것을 충분히 분석했다면 그때에야말로 자네들은 인간의 힘이 미칠 수 있는 데까지 인간의 이성이 가리키는 바를 따라갈 수 있는 걸세. 이러한 충분한 분석에 도달한 것이 분명해지면 자네들은 그 이상 연구를 계속할 필요가 없을 걸세."

"그렇습니다."

"그러나 나의 친구들이여, 우리가 생각해 두어야 할 것이 또 하나 있네. 그것은 만일 영혼이 정말 죽지 않는다면 우리는 우리가 인생이라고 부르는 이 기간만이 아니라 영원할 때에도 영혼을 보살펴야 한다는 것일세. 이런 관점에서 볼 때 영혼을 소홀히 한다는 것은 아주 위험한 일이라 하지 않을 수 없네. 만일 죽음이 모든 것으로부터의 해방이라면 죽음은 악인에게는 큰 축복일 걸세. 그는 죽음으로써 육체로부터 해방될 뿐만 아니라 그의 사악함도 영혼과 함께 없어져 버릴 테니까 말일세. 그러나 우리가 살펴본 바와 같이 영혼이 죽지 않는 것이 분명한 이상 영혼이 악에서 벗어나 구원을 얻기 위해서는 가능한 한 선하고 현명해지는 길밖에 없네. 영혼이 하데스로 갈 때 가지고 가는 것은 오직 교육과 교양뿐이기 때문일세. 교육과 교양이야말로 죽은 사람이 하데스로 여행하기 시작할 때부터 그에게 큰 도움을 주거나 큰 해를 준다는 말도 전해지고 있지 않은가?

이 말은 다음과 같은 뜻일세. 사람마다 누구에게나 다이몬이 있어, 그 다이몬은 그가 살아 있는 동안에는 그의 운명을 지배하다가 그가 죽으면 길 안내를 하여 어떤 장소로 데리고 가네. 그곳에 모인 사람들은 재판받아야 하는데 재판이 끝나면, 그들은 이 세상으로부터 저세상으로 데리고 가는 임무를 맡은 다이몬을 따라 하데스로 가게 되네. 그들이 하데스에서 각자에게 정해진 운명을 받고 그들 각자에게 정해진 기간 그곳에 머무르면, 오랜 세월이 지난 후 다른 안내자가 그들을 다시 이 세상으로 데리고 오네.

텔레포스(Telephos)[32] 속에서 아이스킬로스(Aeschylus)는 하데스에 이르는 이 여행길을 똑바른 외길로 묘사하고 있지만, 내게는 그 길은 똑바른 길로도 생각되지 않고 외길로도 생각되지 않네. 만일 그것이 똑바른 외길이라면 안내자 따위는 필요치 않을 것이며, 아무도 그 여행길에서 길을 잃는 일이 없을 것이기 때문일세. 이 세상에서 행해지고 있는 희생의 의식(儀式)[33]과 관습을 보고 판단하건대 거기에는 많은 갈림길과 굽은 곳이 있을 걸세.

현명하고 선한 영혼은 자진하여 안내자를 따라가며, 그곳에서 만나게 되는 것들도 이러한 영혼에는 미지의 것이 아닐세. 그러나 육체에 집착하는 영혼은 앞에서 말한 것처럼 육체와 눈에 들어오는 세계의 주위를 오랜 기간 방황한 다음, 몹시 반항하고 많은 고통을 당하고 나서 그를 안내하는 다이몬에게 억지로 질질 끌려가는 걸세.

다른 영혼들이 모여 있는 곳에 도착하면, 부정한 짓을 했거나 부당한 살인을 했거나 이와 비슷한 죄를 저지른 영혼의 경우는, 다른 모든 영혼이 피하고 싫어하며 아무도 그의 길동무나 안내자가 되어 주지 않으므로, 완전한 절망 속에서 일정한 기간이 지날 때까지 혼자서 방황해야 하는 그 기간이 끝나

---

32) 아이스킬로스의 비극. 현재는 전해지고 있지 않다. 아이스킬로스(기원전 525년?~456년?)는 아테네의 3대 비극 시인 중의 한 사람.

33) 길이 셋으로 나누어지는 곳에서 여신 헤카테(Hecate)에게 바치는 희생의 의식이 행해졌다고 한다.

면 그러한 영혼에 가서 살게 될 거주지로 억지로 끌려가게 되네. 그러나 평생 깨끗하고 절도 있는 생활을 한 영혼의 경우는, 신들이 그의 여행의 길동무가 되어주고 안내자가 되어주며 자기에게 맞는 곳에서 살게 되는 걸세.

그런데 이 대지에는 훌륭한 장소가 많이 있으며, 대지 그 자체는 성질이나 크기에 지리학자들이 생각하고 있는 것과는 아주 다른 것일세. 어떤 사람이 나를 알게 해 준 바에 의하면 말일세."

그러자 심미아스가 말했습니다.

"무슨 말씀인지요? 오! 소크라테스. 저도 지금까지 이 대지(大地)*에 관한 설명을 많이 들었습니다마는 선생님을 이해시킨 그 설명은 듣지 못했습니다. 그러므로 저는 그것을 몹시 듣고 싶습니다."

"심미아스. 그것이 무엇인지를 말하기 위해서는 굳이 글라우코스 (Glaucos)34)의 재능까지 필요하지는 않을 걸세. 그러나 그것이 사실이라는 것을 증명하는 단계에 이르면 글라우코스의 재능으로도 불가능할 걸세. 그리고 설사 내가 글라우코스만 한 재주를 가지고 있어서 대지에 관한 설명을 할 수 있다 하더라도 그 긴 이야기를 마치기 전에 나의 생명이 끊어질 것일세. 하지만 내가 믿고 있는 대지의 형상과 대지의 여러 장소에 관해 설명할 수는 있네."

심미아스가 말했습니다.

"그것으로 충분합니다."

"첫째로, 내가 확신하는 것은 만일 대지가 둥글고 하늘의 중심에 있다고 하면, 그것이 떨어지지 않기 위해서는 공기도 필요 없고, 그밖에 그와 비슷한 다른 어떤 힘도 필요 없다는 것일세. 대지를 떨어지지 않게 지탱하기 위

---

34) 놀라운 재능을 말하지만, 글라우코스에 대해서는 알려지지 않았다.
* 대지(大地) : 여기서 말하는 대지는 지구(地球)를 의미하는 것으로 보인다.

해서는 하늘 그 자체가 모든 방향으로 균형 있는 성질이며, 대지 그 자체가 균형을 유지하고 있는 것만으로도 충분할 걸세. 왜냐하면 균형을 유지하고 있는 것이 균형 있는 성질인 것의 중심에 자리 잡고 있다면, 그것은 어떤 방향으로 더 많이 기울어지거나 적게 기울어질 수 없기 때문일세. 이것이 나의 첫 번째 확신일세."

심미아스가 말했습니다.

"확실히 옳은 생각입니다."

"그다음으로 내가 확신하는 것은 대지가 아주 광대하고, 우리는 개미와 개구리들이 늪 가에서 살고 있듯이 대지의 아주 작은 부분에 지나지 않는 헤라클레스의 두 기둥과 파시스(Phasis) 강[35] 사이의 바닷가에서 살고 있으며, 우리 외에도 이와 비슷한 곳들에 다른 많은 사람이 살고 있다는 것일세. 대지의 표면에는 어디를 가나 여러 가지 모양과 크기의 골짜기가 있고 물과 안개와 무거운 공기가 거기로 모여드네. 그러나 대지 자체는 깨끗하며 또한 별들이 있는 깨끗한 하늘 가운데 자리를 잡고 있는 걸세. 우리가 에테르(Ether)라 부르고 있는 것은 바로 이 하늘이지. 그리고 물, 안개, 공기는 이 에테르의 침전물로서 끊임없이 이 대지의 골짜기들 속으로 흘러 들어오는 걸세.

그런데 이 골짜기들 속에 살고 있는 우리는 대지의 표면에 살고 있는 것으로 착각하고 있단 말일세.——마치 깊은 바닷 속에서 살고 있는 생물이 자기가 바다의 표면에서 살고 있다고 생각하며, 물을 통해 태양과 그 밖의 별들을 바라보면서 그 바다를 하늘이라고 생각하며, 또 동작이 둔하고 무력하기 때문에 물 위에 한 번도 떠올라가 보지도 못하고, 그 위의 세계가 자기가 있

---

35) 파시스 강은 동쪽 해안으로 흘러 들어가는 강. 또 헤라클레스는 여행 도중에 지브랄탈 해협 양쪽에 두 개의 기둥을 세웠다고 한다. 파시스 강으로부터 헤라클레스의 기둥까지란 세계의 끝부터 끝까지라는 뜻이다.

는 곳보다 얼마나 더 깨끗하고 아름다운지 알지도 못하고 그것을 본 사람한 테서 들어보지도 못하는 것처럼 말일세.

우리도 이와 다름이 없네. 우리는 대지의 한 골짜기 안에 살고 있으면서 대지의 표면에 살고 있다고 생각하며, 공기를 하늘이라 부르고 별들이 그 하늘 속을 운행하고 있는 거로 생각하고 있으니 말일세. 그러나 사실 우리는 앞에서와 마찬가지로 우리의 약함과 둔함 때문에 공기가 끝나는 곳까지 이르지 못하는 것일세. 만일 어떤 사람이 공기가 끝나는 곳까지 이르거나 혹은 새의 날개를 얻어 그 꼭대기까지 이를 수 있다면, 바닷속에서 사는 물고기가 바다의 표면에 떠올라 이 세상을 바라보듯이 저세상을 바라볼 수 있을 걸세. 그리고 만일 그의 본성 속에 그 세계를 볼 수 있는 능력이 있다면 그 세계야말로 진짜 하늘이며 진짜 빛이며 진짜 대지임을 알 수 있을 것일세.

왜냐하면 우리의 이 대지, 이 돌들, 그리고 이 땅 위의 모든 장소는 마치 바다 속의 모든 것이 염소(鹽素)로 말미암아 부식(腐蝕)된 것처럼 파손되고 부식되어 있기 때문일세. 바닷속에서는 아무것도 제대로 완전히 자라는 것이 없고 바위와 모래와 무한한 흙탕이 있을 뿐이지. 설사 거기에 땅이 드러난 곳이 있다 하더라도 그곳도 우리의 이 세상에 있는 여러 아름다운 곳에 비하면 아무것도 아닐세. 그러나 저 천상(天上)의 세상은 우리의 이 세상보다도 훨씬 나은 곳일세. 그러므로 대지의 위에 있고 하늘 밑에 있는 저세상이 어떤 곳인가 하는 것은 들을 만한 가치가 있는 이야기일 걸세."

심미아스가 말했습니다.

"정말 그 이야기를 듣고 싶군요."

"그 이야기는 이런 걸세. 첫째로, 그 진짜 대지를 위에서 보면——우리가 그것을 볼 수 있다면——그것은 마치 여러 가지 빛깔을 칠한 열두 조각의 가죽으로 된 공처럼 보이며, 각각의 부분은 각기 다른 색으로 장식되어 있네.

이 세상에서 화가들이 사용하는 색은 그 색들의 본보기에 지나지 않네. 그곳에서는 대지 전체가 이러한 색들로 이루어져 있으며, 그 색들은 이 세상의 것보다 훨씬 훌륭하고 순수하네.

어떤 부분은 놀랄 만큼 아름다운 자홍색(紫紅色)이고 어떤 부분은 눈부신 황금색이며, 흰 부분은 석고나 눈보다도 희다네. 그 대지는 이런 색깔들과 다른 많은 색깔로 되어 있는데, 그 색깔들은 인간의 눈이 이제까지 보아 온 것보다 수도 더 많고 아름답기도 더 하다네. 조금 전에 말한 그 골짜기들은 물과 공기로 가득 차 있고, 각기 그들 나름의 독특한 색을 띠고 있어 마치 가지각색의 다른 색깔들 속에서 번쩍거리는 광선 줄기같이 보이며, 그리하여 대지 전체가 하나의 연속적인 아름다운 색깔의 흐름 같은 자태를 나타내고 있네. 그리고 이 아름다운 곳에서 성장하는 모든 나무와 꽃과 과실들도 그곳에 어울리며 또 산도 마찬가지일세. 그곳에 있는 돌들도 그곳에 어울리는 매끄러움과 투명함과 아름다운 색을 가지고 있네.

우리가 살고 있는 이 세상의 값진 보석, 즉 홍옥(紅玉)이나 벽옥(碧玉)이나 취옥(翠玉) 등 모든 보석은 이 진짜 대지에 있는 돌 부스러기에 지나지 않네. 그곳에서는 모든 것이 이러한 보석 아닌 것이 없고 우리의 보석보다 훨씬 아름답네. 그 이유는 그곳의 돌은 순수하여 우리의 보석들처럼 이곳에 흘러들어온 부패물이나 염분(鹽分) 등에 의해 부식되거나 파괴되는 일이 없기 때문일세. 이들 흘러들어온 물질들이야말로 돌이나 흙에뿐만 아니라 동물이나 식물에도 추함과 질병을 가져다주는 것일세. 진짜 대지(저세상)는 이러한 보석들과 금, 은, 그리고 그 밖의 그러한 것들로 장식되어 있네. 그것들은 수도 많고 크기도 크며 대지 전체를 뒤덮고 있어 눈에 잘 뜨인다네. 그러므로 그러한 대지를 바라볼 수 있는 사람들이야말로 행복할 걸세.

또 그곳에는 많은 동물과 인간들도 살고 있는데, 그들 중 일부는 내륙에서 살고, 일부는 마치 우리가 바닷가에서 살고 있듯이 공기의 주변에서 살고 있으며, 또 일부는 대륙 가까이에 있는 공기에 둘러싸인 섬에서 살고 있네. 한 마디로 말해 이 세상에서 물과 바다가 우리의 필요를 충족시켜 주듯이, 그곳에서는 공기가 그곳 사람들의 필요를 충족시켜 주며, 우리의 이 세상의 공기에 해당하는 것은 그곳에서는 에테르일세. 또 그곳의 기후는 매우 좋아 그곳 사람들은 병에 걸리지 않으며 우리의 이 세상 사람들보다 훨씬 오래 사네. 그리고 그곳 사람들은 시각(視覺)·청각(聽覺)·지력(知力) 등 모든 감각 능력에서 우리보다 훨씬 뛰어나네. 순수함에는 공기가 물보다 뛰어나고, 에테르가 공기보다 뛰어난 것과 같은 정도로 말일세.

또 그곳에는 정말로 신(神)들이 살고 있는 신전들과 성소(聖所)들이 있어 그들은 신들로부터 신탁(神託)과 예언과 응답을 듣고 신들과 직접 대화를 하고 있네. 또 그들은 해와 달과 별들을 있는 그대로의 모습대로 바라보며, 그 밖의 모든 면에서 그들은 그에 걸맞은 행복을 누리고 있네.

이상과 같은 것이 그 대지 전체와 그 대지 주위에 있는 것들의 본성일세. 그리고 그 대지의 표면에는 다양한 형태의 골짜기들이 곳곳에 있는데, 그중의 어떤 것은 우리가 살고 있는 골짜기보다 더 깊고 더 넓으며 또 어떤 것은 우리의 골짜기보다 깊지만 더 좁으며, 또 어떤 것은 우리의 골짜기보다 얕지만 더 넓네.

그리고 그 골짜기들은 모두 사방팔방으로 통하며 넓고 좁은 지하 통로에 의해 서로 연결되어 있으며, 그 지하 통로를 통하여 많은 물이 마치 주전자처럼 흘러 들어가고 흘러나오네. 그리고 뜨거운 물과 차가운 물이 끊임없이 흐르는 거대한 지하의 강을 이루고 있으며, 많은 불이 끊임없이 흐르는 불의 강을 이루고 있네. 그리고 거기에는 많은 진흙탕 물의 강들이 있는데 그들 중 어떤 것은 진흙의 농도가 엷고 어떤 것은 진하다네. 마치 시켈리아(Sicily)

에서 화산이 폭발할 때 용암(熔岩)이 치솟기 전에 흘러나오는 진흙탕 물의 강처럼 말일세. 그리하여 이 강들이 흘러넘치게 되면 때때로 그 강물이 앞에서 말한 골짜기들에까지 이르러 골짜기들을 채운다네.

그리고 그 대지의 내부에는 모든 것들을 위아래로 움직이게 하는 일종의 진동이 있는데, 그 진동은 그 대지에 있는 이들 수많은 깊은 틈 중에 가장 큰 틈이 하나 있어 그것이 대지 전체를 꿰뚫고 있으므로 일어나는 것일세. 이 틈을 호메로스(Homer)가 말하길,

멀리 땅 속 가장 깊은 구멍이 있는 곳으로[36]

라고 묘사한 곳이며, 또 그가 다른 곳에서 타르타로스(Tartaros)[37]라고 불렀고 다른 많은 시인도 그렇게 불렀던 곳일세. 이 틈 속으로 모든 강물이 흘러 들어가고 흘러나오는데 앞에서 말한 진동은 이 강물의 흐름으로 인해 생기는 것일세. 그리고 그 강물들은 그들이 꿰뚫는 장소의 성질을 갖네.

모든 강물이 이처럼 끊임없이 타르타로스로 흘러 들어가고 흘러나오는 것은, 이 흐르는 물체에는 그것을 머물러 있게 할 바닥이 없기 때문일세. 그 때문에 이 유동체는 진동하고 파도처럼 위아래로 출렁거리며, 따라서 이 유동체 주위의 공기와 바람도 똑같이 진동하는 걸세. 왜냐하면 이 유동체 주위의 공기와 바람은 유동체가 대지의 이쪽을 향해 흐를 때나 대지의 저쪽을 향해 흐를 때나 그 유동체를 따라 움직이기 때문일세. 그리하여 우리가 호흡할 때 공기가 끊임없이 들어가고 나오는 것과 마찬가지로 그곳에서도 공기가 유동체와 함께 진동하고 들락날락함으로써 엄청난 폭풍을 일으키는 걸세.

---

36) 《일리아스》 제8권 14행.
37) 그리스 신화에 나오는 곳으로 지옥 아래에 있는 밑도 끝도 없는 못.

또한 물이 '아래'라고 불리는 지역으로 흘러 들어갈 때는 물은 그쪽으로 향하는 수많은 강으로 마치 물을 댈 때처럼 쏟아져 들어가 그 강들을 가득 채우며, 반대로 물이 그 지역을 떠나 이쪽으로 흐를 때는 물은 이쪽의 골짜기들을 다시 가득 채우네. 그리하여 이 쪽 골짜기들이 가득 차게 되면 물은 땅속의 수로를 통해 각각의 수로가 통과하고 있는 곳에 이르러 그곳에 바다와 호수와 강과 샘물을 만드네. 그리고 나서 물은 다시 지하로 흘러들어 어떤 것은 많은 넓은 지역들을 지나고 어떤 것은 비교적 좁은 몇몇 지역을 지나서 다시 타르타로스(Tartaros)로 흘러 들어가네. 그것 중에는 흘러나온 장소보다 훨씬 아래쪽에 흐르는 것도 있고 조금 아래쪽에 흐르는 것도 있지만, 어쨌든 그것들은 모두 흘러나온 장소보다 아래쪽으로 흐르네. 또 어떤 것은 자기가 흘러나온 곳과 반대되는 쪽에서 타르타로스로 흘러 들어가고 어떤 것은 같은 쪽에서 타르타로스로 흘러 들어가네. 또 어떤 것들은 대지를 한 바퀴 돌거나 혹은 뱀의 똬리처럼 대지를 몇 바퀴 돌아내려 갈 수 있는 데까지 흘러 내려가네. 그러나 어느 방향으로 흐를 때도 중심까지만 흘러 내려갈 수 있을 뿐 더는 흘러 내려갈 수가 없네. 왜냐하면 중심에 도달한 이후부터는 오르막길이 되기 때문일세.

이러한 강들은 수없이 많고 모두 크며 모양도 다양하지만 그중에서도 특히 중요한 것이 넷이 있네. 그중 가장 크고 가장 바깥쪽을 돌아 흐르고 있는 것이 '오케아노스(Oceanos)'라고 불리는 것일세. '오케아노스'는 지하에서 대지를 휘감고 흐르고 있네.

그리고 이와 반대 방향으로 흐르고 있는 것이 고통의 강(River of Pain)인 '아케론(Acheron)'으로, 이 강은 수많은 사막 지대를 거쳐 땅속을 흘러 '아케루시아 호수(Acherusian Lake)'로 흘러 들어가네. 대부분 죽은 사람의 영혼은 이 호수로 와서 각자에게 정해진 기간(그 기간은 짧을 때도 있고 길 때도 있네) 그곳에 머문 다음에 다시 이 세상에 동물로 태어나는 것일세.

　세 번째 강은 앞에서 말한 두 강 사이에서 솟아 나오는데, 그것은 흘러나 오자마자 수많은 불이 타오르고 있는 넓은 지역으로 흘러 들어가 그곳에 우리들이 있는 이곳의 바다(지중해)보다도 큰물과 진흙이 함께 끓고 있는 호수를 만드네. 이 강은 그곳에서부터 진흙탕물이 되어 대지를 빙빙 돌며 흘러 땅속 여기저기를 지난 다음 아케루시아 호수(Acherusian Lake) 끝에 이르지만 그 호수의 물과는 섞이지 않네. 그러고 나서 그 강은 땅속을 여러 번 감돌아 더 아래쪽에서 타르타로스(Tartaros)로 흘러 들어가네. 이 강은 퓌리플레게톤(Pyriphlegethon), 즉 불의 강이라고 불리는 것으로 그 용암의 흐름이 그 대지의 표면 여기저기에 그 조각들을 분출하고 있네.

　그리고 이 강의 반대쪽에서 네 번째 강이 흘러나오고 있는데, 그 강이 제일 먼저 도달하는 곳은 온통 검푸른 빛깔을 띤 무섭고 황량한 지역일세. 이곳은 '스튀기오스(Stygios)', 즉 공포의 땅이라고 불리는 곳으로 그 강이 여기에 흘러 들어와 만든 호수는 스튁스(Styx), 즉 공포의 호수라고 불리네. 강이 이 호수에 흘러 들어오면 그 강물은 엄청난 힘을 얻어 지하로 흘러들어 퓌리플레게톤(Pyriphlegethon)과 반대 방향으로 대지를 빙글빙글 돌면서 퓌리플레게톤과 반대 방향으로부터 아케루시아 호수(Acherusian Lake)에 도달하네. 이 강물도 다른 강물과 섞이는 일이 없이 타르타로스(Tartaros)로 흘러 들어가네. 이 강의 이름이 바로 시인들이 말하는 바와 같이 코퀴토스(Cocytus)일세.

　이상과 같은 것이 저세상의 모습일세. 죽은 사람들은 각기 다이몬이 인도하는 장소에 도달하면 제일 먼저 재판을 받고 아름답고 경건하게 산 사람과 그렇지 않은 사람으로 분류되네. 그리고 훌륭하게 살지도 않았고 나쁘게 살지도 않았다는 판정을 받은 사람들은, 아케론(Acheron)강으로 가서 그들을 위해 마련된 배를 타고 아케루시아 호수에 이르러 그곳에서 살면서 정화되며, 그들이 다른 사람들에게 행한 악행에 대해 벌을 받아 죄를 용서받고, 그들의 선행에 대해서는 그것에 합당한 보상을 받네.

그러나 죄가 너무 커서 구제될 수 없다는 판정을 받은 사람들, 예를 들어 커다란 신성 모독죄를 여러 번 저질렀다든가 부당하고도 불법적인 살인을 했다든가, 혹은 그밖에 이와 비슷한 죄를 저지른 자들은 그들에게 합당한 운명인 타르타로스로 던져져 다시는 그곳에서 나올 수가 없게 되네.

그리고 큰 죄를 범했지만 구제될 수 있다는 판정을 받은 사람들, 예들 들어 순간적인 분노로 인해 아버지나 어머니에게 폭력을 가했지만 그 후의 생애를 후회 속에서 보냈다든가, 이와 비슷한 상황에서 사람을 죽였다든가 하는 사람들은 물론 타르타로스에 떨어지는 것을 면할 수는 없지만, 타르타로스에 떨어진 후 1년 동안 고통을 당하고 나면 파도가 그들을 그곳으로부터 밖으로 밀어내 주네. 그들 중 보통 살인자는 코퀴토스(Cocytus) 강으로, 그리고 자기의 부모를 죽인 자는 퓌리플레게톤(Pyriphlegethon) 강으로 떠밀려지네.

그리하여 그들은 강물에 의해 아케루시아 호수(Acherusian Lake)에 이르게 되는데, 그곳에서 그들은 자기들에 의해 죽임을 당했거나 폭행을 당한 사람들의 이름을 소리 높여 부르며, 자기를 불쌍히 여겨 친절을 베풀어 자기를 끌어내어, 그 호수로 들어갈 수 있게 해 달라고 애걸하는 것일세. 다행히 그 청이 받아들여지면 강물에서 나와 고통에서 헤어날 수 있고, 그렇지 못하면 다시 타르타로스로 끌려들어 가 거기서 다시 여러 강으로 떠내려가서, 그들이 해를 끼친 사람들의 자비를 얻을 때까지 같은 운명을 되풀이하지 않으면 안 되네. 왜냐하면 이것이 그들의 재판관이 그들에게 내린 형벌이기 때문일세.

그리고 마지막으로 특별히 경건한 생활을 했다는 판정을 받은 사람들은, 마치 감옥으로부터 해방되듯이 이들 지하의 장소로부터 해방되어 자유롭게 되고 위에 있는 맑고 깨끗한 곳으로 올라가 대지 위에서 살게 되네. 이 사람들 가운데 특히 철학으로써 자기 자신을 아주 순결하게 한 사람들은, 그 후로는 영원히 육신 없이 살게 될 것이며, 다른 사람들의 거처보다도 더 아름다운 거처에서 살게 될 것일세. 그곳이 어떤 곳인지는 설명하기도 쉽지 않고 또 지금은 설명할 시간도 부족하네.

그러나 이상과 같은 여러 가지 이유로 해서 오! 심미아스. 우리는 이 인생에서 덕과 지혜를 얻기 위하여 온갖 노력을 다해야 할 것일세. 왜냐하면 그렇게 삶으로써 받는 상(賞)은 고귀하고 그 희망은 크기 때문일세.

지각 있는 사람이라면 이런 것들이 꼭 내가 말한 대로라고는 생각하지 않을 걸세. 그러나 영혼이 죽지 않는다는 것은 분명하므로 우리의 영혼과 그 영혼이 사는 곳에 대해 내가 말한 것과 흡사한 일이 일어나리라고 생각하는 것은 당연하며, 그러한 생각에 몸을 맡기는 것은 가치 있는 모험이라고 나는 생각하네. 왜냐하면 그러한 모험은 고귀한 모험이기 때문일세. 그러므로 이러한 것들을 자기 자신에게 끊임없이 들려줌으로써 자기 자신을 위로하지 않으면 안 되네. 내가 이제까지 이야기를 길게 한 것도 그 때문일세.

그러므로 육체의 여러 가지 쾌락과 감정을 이질적이나 해를 주는 것으로 여겨 그런 것들을 멀리하고 배움의 즐거움을 추구하고, 영혼을 이질적인 것들로서가 아니라 절제 · 정의 · 용기 · 자유 · 진실 등 영혼 자신의 보물들로 치장하고 그리하여 운명이 부르면 언제라도 하데스로 여행을 떠날 준비가 되어 있는 사람은, 자기의 영혼에 대해 안심할 수 있는 것일세.

오! 심미아스와 케베스. 사람은 누구나 언젠가는 하데스로 여행을 떠나지 않으면 안 되네. 그런데 나의 경우는 어느 비극의 주인공이 말하고 있듯이 지금 운명이 나를 부르고 있네. 나는 곧 독약을 마시지 않으면 안 되네. 그러므로 이제 나는 그에 앞서 목욕해야겠네. 그렇지 않으면 내가 죽은 후 여자들이 나의 시체를 씻는 수고를 해야 할 테니까 말일세."

그러자 크리톤이 말했습니다.

"소크라테스. 이 사람들과 나에게 자네의 자식들이나 그 밖의 일에 대해서 일러둘 말이 없나? 우리는 자네에게 도움이 되는 일이라면 무엇이든 기꺼이 하겠네."

"오! 크리톤. 특별히 일러둘 것은 없네. 다만 내가 늘 자네들에게 말한 것처럼 자네들 자신을 돌보게. 그렇게만 하면 다른 약속을 하지 않더라도 그것만으로 자네들은 나와 우리 집안사람들과 또 자네들 자신에게 큰 봉사를 하는 것이 될 걸세. 그러나 자네들이 자신을 돌보지 않고 내가 늘 말해 왔고 지금도 말한 것에 따라 살지 않는다면, 지금 이 순간 자네들이 아무리 많은 약속을 하고 그걸 지키겠노라 맹세하더라도 아무 소용이 없네."

"그 점에 대해서는 최선을 다하겠네. 그런데 자네의 장례는 어떻게 하는 것이 좋겠는가?"

"자네들 좋을 대로 해 주게. 자네들이 나를 붙잡아 내가 자네들로부터 도망치지 않도록 할 수만 있다면 말일세."

이렇게 말하면서 그는 우리를 돌아다보며 웃으면서 말했습니다.

"나는 크리톤과 나 자신이 지금까지 이야기를 해 왔고, 우리의 토론을 인도해 온 바로 그 소크라테스라는 것을 믿게 할 수가 없네. 그는 잠시 후면 시신이 되어 있을 사람을 나라고 생각하고 나를 어떻게 묻을 것인가를 묻고 있으니 말일세. 나는 내가 독약을 마시고 죽으면 자네들 곁에 있지 않고, 이곳을 떠나 축복받은 사람들이 사는 행복한 나라로 가게 된다고 이제까지 말해 왔는데도, 크리톤은 그것을 그저 나 자신과 자네들을 위로하기 위한 말로 생각하고 있네.

그러니 자네들이 나를 위해 크리톤에 대해 보증인이 되어 주게. 전에 그가 나를 위해 재판관들에 대해 보증인이 되어 주었던 것과는 반대로 말일세. 왜

냐하면 전에 그는 내가 이곳에 머물러 있으리라는 것을 보증해 주었지만, 이
번에는 자네들을 내가 죽으면 이곳에 머물러 있지 않고 떠나 버린다는 것을
보증해 주어야 하기 때문일세. 그렇게 하면 크리톤은 나의 죽음에 대해 덜
괴로워할 것이며, 나의 육체가 불태워지거나 매장되는 것을 보더라도 슬퍼
하지 않을 걸세. 나는 그가 내가 끔찍스러운 상태에 빠졌다고 생각하여 슬퍼
하거나, 나의 장례식 때에 소크라테스를 눕힌다느니 소크라테스를 운반한다
느니 소크라테스를 매장한다느니 하는 따위의 그릇된 말을 사용하지 않기를
바라네.

왜냐하면 그릇된 말을 사용하는 것은 그 자체가 나쁜 일일 뿐만 아니라 영
혼을 해치는 일이기 때문일세.

그러니 크리톤, 기운을 내게. 그리고 자네는 소크라테스가 아니라 소크라
테스의 육체를 매장하는 것이라고 말하지 않으면 안 되네. 그러므로 자네가
원하는 대로 나의 육체를 매장해 주게. 자네 생각에 세간의 풍습에 가장 적
합하다고 생각되는 바에 따라 매장해 주게."

이 말을 마치자 그는 일어나 다른 방으로 목욕하러 갔습니다. 크리톤이 그
뒤를 따라가면서 우리에게 기다리라고 말했습니다. 우리는 뒤에 남아 지금
까지 우리가 나눈 이야기에 대해서, 또 우리에게 닥친 큰 불행에 대해서 서
로 이야기하며 생각했습니다. 그때 우리는 마치 아버지를 잃은 고아처럼 남
은 생애를 보내지 않으면 안 된다고 느꼈기 때문입니다.

그가 목욕을 끝냈을 때 그의 자녀들이 그를 보러 왔습니다. 그에게는 어린
아들이 둘, 성장한 아들이 한 사람 있었지요. 또 그 집안의 부인들도 왔습니
다. 크리톤이 있는 데서 그는 그들에게 몇 마디 교훈을 말했습니다. 그리고
는 그들을 돌려보내고 다시 우리한테로 왔습니다.

그가 욕실 안에서 많은 시간을 보냈으므로 이미 해가 질 무렵이 되어 있었

습니다. 목욕하고 나와서도 그는 우리와 함께 앉아 있었지만 말은 별로 많이 하지 않았어요. 얼마 후 11인의 형무관(刑務官)들의 하인이 들어와 그의 곁에 서서 말했습니다.

"오! 소크라테스. 나는 다른 사람들에게는 불평을 말하곤 하지만 당신에게는 불평할 것이 없습니다. 다른 사람들은 제가 형무관들의 명령에 따라 독약을 마시도록 권하면 저를 욕하고 저주하기 때문에 저는 그들에게 화를 냈습니다. 그러나 당신에 대해서는 그런 노여운 감정이 전혀 일어나지 않습니다.

당신은 지금까지 여기 들어온 사람들 가운데 가장 너그러우시고 가장 점잖으시고 가장 선량한 분입니다. 나는 당신이 나에 대해 노여워하지 않고 있다는 것을 알고 있습니다. 왜냐하면 당신은 책임자가 누구인지를 알고 있으며 그들에 대해 노여워하고 있다는 것을 나는 잘 알고 있기 때문입니다. 이제 당신은 내가 무슨 말을 하려고 왔는지 아실 것입니다. 이제는 피할 수 없는 운명을 가능한 한 편안한 마음으로 짊어지시고 안녕히 가십시오."

이렇게 말하면서 그는 눈물을 뚝뚝 흘리며 몸을 돌이켜 나갔습니다.

소크라테스는 그를 향하여,

"자네도 잘 있게. 나도 잘 가겠네."라고 말했습니다.

그러고는 우리를 보고 이렇게 말하는 것이었습니다.

"참 좋은 친구야! 늘 그는 내게 와서 함께 이야기하곤 했는데 언제나 그는 나에게 친절했어. 지금도 나를 위해서 진심으로 울었네. 크리톤, 이제 그 사람의 말에 따라야지. 약이 갈아졌거든 어서 가져오라고 하게. 아직 안 갈아졌거든 그에게 어서 갈으라고 하게."

그러자 크리톤이 말했습니다.

"하지만 소크라테스. 해가 아직 산 위에서 빛나고 있네. 남들은 독약을 마시라는 통고를 받고도 음식을 먹고 마시고 사랑하는 사람들과 한참 동안 함께 지내다가 아주 늦게서야 독약을 마시네. 서두르지 말게. 시간은 아직 남아 있네."

그러자 소크라테스가 말했습니다.

"크리톤, 자네가 말하는 그 사람들은 그렇게 하는 것이 당연한 일일 걸세. 그들은 그렇게 함으로써 조금이나마 위안을 얻을 수 있다고 생각하기 때문일세. 그러나 나에게는 그렇게 하지 않는 것이 당연한 일일세. 나는 독약을 좀 늦게 마신다고 해서 무슨 위안이 된다고는 생각하지 않으니까. 삶에 매달리고 이미 비워진 잔을 애석해 하는 것은 나에 대해 자신을 웃음거리로 만드는 것에 지나지 않네. 그러니 내가 말한 대로 해 주게."

이 말을 듣고 크리톤은 곁에 서 있던 사환 아이에게 눈짓했습니다. 그러자 그 사환 아이가 밖으로 나갔다가 한참 만에 독약을 건네줄 사람과 함께 들어왔습니다. 그 사람은 갈아 놓은 독약을 들고 있더군요. 소크라테스는 그 사람을 보고 말했습니다.

"당신은 이런 일에 밝을 테니 어떻게 하면 좋은지 일러 주시오."

그 사람이 말했습니다.

"약을 마시고 다리가 무거워질 때까지 걸으십시오. 다리가 무거워지면 누우세요. 그러면 약 기운이 돌 겁니다."

이렇게 말하면서 그는 잔을 소크라테스에게 내밀었습니다.

오! 에케크라테스. 소크라테스는 아주 태연히 조금도 두려워하지 않고, 또 안색도 변하지 않고, 그 잔을 받아 들고는 평상시와 같은 눈으로 그 사람을 바라보며 이렇게 말했습니다.

"어떤 신에게 바치기 위해 이 약을 조금 사용해도 되겠소?"

그러자 그 사람은 이렇게 대답하더군요.

"오! 소크라테스. 우리는 적당한 양만큼밖에 갈지 않습니다."

"알았소. 그러나 신들에게 기도하는 것은 허용되겠지. 나는 신들에게 기도를 드려야겠네. 이 세상으로부터 저세상으로의 여행이 즐거운 것이 되도록 해 달라고 말일세. 이것이 나의 기도일세. 내 기도대로 이루어지이다."

이렇게 말하면서 그는 잔을 입술에 대고 아주 태연하고 즐거운 얼굴로 그 약을 마셨습니다.

그때까지만 해도 우리는 슬픔을 억제할 수 있었지만 그가 그 약을 다 들이키는 것을 보고는 더 이상 참을 수가 없었습니다. 그래서 나도 모르게 눈물을 줄줄 흘렸습니다. 나는 손으로 얼굴을 감싸고 울었는데, 그것은 그를 위해서가 아니라 그런 친구를 잃게 된 나 자신의 불행을 생각해서였습니다. 그곳에 있던 사람 중에 제일 먼저 운 것은 내가 아니었습니다.

나보다 먼저 크리톤은 울음을 억제할 수 없어 밖으로 나가려고 일어서더군요. 아폴로도로스는 진작부터 울고 있었는데 이때에는 큰 소리로 흐느껴 울어 우리 모두의 가슴을 미어지게 했습니다. 오직 소크라테스만이 여전히 조용했어요.

소크라테스가 말했습니다.

"그게 무슨 짓들인가? 내가 여자들을 내보낸 것은 그들이 이런 행동을 할까봐 그런 걸세. 사람은 평온하게 죽어야 한다고 나는 들어 왔네. 조용히 하고 침착해 주게."

이 말을 듣고 우리는 부끄러운 생각이 들어 눈물을 삼켰습니다.

그는 이리저리 걷더니 한참 만에 다리가 무겁다고 말하고는 반듯이 드러눕더군요. 그에게 약을 건네준 사람이 시킨 대로 말입니다.

소크라테스가 눕자 독약을 건네준 사람은 때때로 소크라테스의 다리와 발을 살펴보더군요. 그리고 한참 있다가 발을 세게 누르면서 감각이 있느냐고 묻더군요. 소크라테스가 '없다.'라고 하니까 그다음엔 다리를 눌러 보고 점점 위쪽으로 올라가면서 그렇게 했습니다. 그렇게 함으로써 그 사람은 우리에게 소크라테스의 몸이 차가워지고 뻣뻣해지고 있다는 것을 알려 주었습니다. 그는 다시 소크라테스의 몸을 누르면서 "독이 심장에까지 이르면 그는 죽게 됩니다."라고 우리에게 말하더군요.

그의 배 부분이 차가워지기 시작하자 소크라테스는 얼굴에 덮었던 것을 벗기고는――그는 얼굴을 덮고 있었습니다――이렇게 말했습니다. 그리고 이것이 그의 최후의 말이었습니다.

"오! 크리톤. 아스클레피오스(Asclepius)[38]에게 내가 닭 한 마리 빚진 것이 있네. 기억해 두었다가 꼭 갚아 주게."

"그렇게 하겠네."라고 크리톤이 말했습니다.

"그밖에 다른 할 말은 없나?"

이 물음에는 아무 대답이 없었습니다.

1, 2분 후 소크라테스의 몸이 조금 움직였습니다. 그러자 그 사람이 소크라테스의 얼굴을 가렸던 천을 벗겼습니다. 그의 눈은 떠 있는 채였습니다.

이것을 보고 크리톤은 그의 눈을 감겨 주고 그의 입을 다물게 해 주었습니다.

오, 에케크라테스, 이것이 우리의 친구, 우리가 알고 있는 한 동시대(同時代) 사람 중에서 가장 훌륭하고, 가장 현명하고, 가장 올바른 사람의 최후입니다.

–파이돈 끝.

---

[38] 아폴로의 아들로 의약(醫藥)의 신. 병이 생기면 그에 대한 경의로서 닭을 바치는 풍습이 있었다. 소크라테스는 죽음으로써 자기의 인간적인 모든 질병이 치유된다는 뜻으로 이런 표현을 쓴 것으로 보인다.

소크라테스의 최후(자크 루이 다비드, 1787)
　독배를 마시려 하자 제자들이 눈물을 흘리고 있다. '독배를 마신 후 걷다가 몸이 무거워질 때
그 자리에서 누우면 그것이 곧 죽는 순간'이라는 간수의 말을 그대로 받아들여 실행했다.

소크라테스 감옥

그리스 아테네 아크로폴리스 건너편 작은 숲속에 있는 감옥으로, 소크라테스가 재판을 받은 후 이곳에 억류되어 있다가 죽음을 맞이했다고 한다.

실제 소크라테스가 있었는지는 아직 아무도 모르지만 구전으로 오랫동안 내려오고 있으며, 근래에 들어 '소크라테스 감옥'이라는 푯말을 붙였다.

Platon

위대한 철학자 플라톤(Platon)은 기원전 427년경 그리스의 아테네에서 태어났다. 그는 아리스톤(Ariston)과 페리크티오네(Perictione) 사이의 셋째 아들로, 위로는 아디만토스(Adeimantos)와 글라우콘(Glaucon)이 있었고, 아래로는 누이동생 포트네가 있었다. 어머니 페리크티오네는 남편인 아리스톤과 사별한 후 숙부(叔父) 퓌리람페스와 재혼하여 안티폰(Antiphon)을 낳았다. 플라톤의 혈통은 양친 어느 쪽으로 보건 아테네의 일류 명문에 속했다. 어머니는 민주정치의 아버지라고 일컬어지는 솔론(Solon)의 후손이며, 아버지는 아테네 최후의 왕 코드로스를 거쳐 바다의 신 포세이돈에게로 거슬러 올라간다고 전해진다.

플라톤이 태어난 기원전 428~427년은 저 유명한 펠로폰네소스 전쟁이 시작된 지 약 4년째 되는 해이며, 그 전쟁의 지도자인 페리클레스(Pericles)가 페스트로 죽은 지 2년째 되는 해이다. 이 전쟁은 기원전 404년에 아테네의 패배로 끝났으므로 플라톤은 전쟁 속에서 태어나 성장하며 성인이 된 것이다. 어쩌면 그도 몇 차례 전쟁에 참여했을지 모른다.

플라톤의 어릴 때의 이름은 아리스토클레스였으며 후에 플라톤으로 불렸다고 한다. 플라톤(Platon)은 그리스어로 '넓은'이라는 뜻의 형용사이다. 그의 어깨 혹은 이마가 넓었기 때문에 체육 교사에 의해 그런 이름이 붙여졌다고 전해지지만 확실하지는 않다. 그는 아테네의 명문 출신으로서, 체육 외에도 읽기·쓰기·수학 등의 보통 교육은 물론 그 밖의 고등 교육을 받았음을 상상하기 어렵지 않다. 그는 시에도 흥미를 느껴 시를 공부했으며 스스로 시를 짓기도 했다. 그리고 오늘날에도 그가 지은 것으로 전해지는 시 몇 편이 남아 있다. 그것들은 어쩌면 후세의 흉내작일지도 모르지만 그가 시에 대한 재능을 지니고 있었음은 그의 많은 대화편을 보아도 충분히 알 수 있다. 그는 자기가 지은 비극 시를 가지고 경연에 참여하기 위해 극장에 갔다가, 극장 앞에서 소크라테스를 만나 그의 이야기를 듣고는 그 시를 불살라 버렸으며 그 후 20세가 되었을 때 소크라테스의 제자가 되었다고 전해진다.

플라톤이 소크라테스를 만나면서 그에게서 강하고 깊은 영향을 받았다는 것은 확실하다. 플라톤은 소크라테스의 생존 중에 자기가 살게 된 것을 운명의 최고의 선물이라고 말했다고 한다. 그들 두 사람 사이는 마치 연인의 관계와도 같았다고 해도 좋을 것이다. 앞에서 말한 것처럼 플라톤은 20세 때 소크라테스의 제자가 되었다고 전해지지만 사실은 그보다 일찍 그의 나이 16세 혹은 17세 때였는지도 모른다.

플라톤의 형제, 플라톤의 어머니의 형제인 카르미데스(Charmides), 어머니의 사촌 형제인 크리티아스(Critias) 등은 젊은 시절부터 소크라테스와 가깝게 지내고 있었다. 플라톤이 그들이 주고받는 이야기에 흥미를 느껴 그들의 이야기의 주인공을 만나보고 싶어졌는데도 굳이 20년의 세월을 보내지는 않았을 것이다. 또 뒤에서도 언급하겠지만 소크라테스의 사형은 기원전 399년의 일이므로 만일 플라톤이 16, 17세 때부터 소크라테스와 교제하기 시작했다면 교제 기간은 10여 년에 이르게 된다. 소크라테스와 플라톤의 나이 차이는 40세 남짓이다.

플라톤이 소크라테스가 재판받던 날, 형 아디만토스와 함께 방청석에 있었던 사실은 《소크라테스의 변명》에 기록되어 있다. 또 소크라테스의 사형 집행일에 플라톤은 병으로 인해 그 장소에 함께 있지 못했다는 사실이 그의 《파이돈》에 기록되어 있다. 그러나 플라톤은 처음부터 철학자가 될 목적으로 소크라테스와 교제했던 것은 아닌 듯하다. 플라톤은 젊은 시절에는 아테네의 명문 출신의 청소년들과 같이, 그리고 그의 많은 친척이 그러했듯이 정치가가 될 생각을 하고 있었다. 플라톤은 자기가 쓴 만년의 편지에 이렇게 씌어 있다.

> 젊은 시절에는 나 또한 대부분 사람들과 같은 생각을 하고 있었다. 즉 나는 독립하여 국가의 정치에 참여할 생각이었다. 그런데 뜻밖에도 나는 다음과 같은 국가적 상황에 직면한 것이다. 즉 당시 많은 사람으로부터 비난을 받고 있던 국가체제의 변혁이 일어나 51명의 사람이 그 변혁의 지도자로서 나타났다. ...(중략)... 그런데 그들 51명 중에는 마침 나의 친척과 또한 잘 아는 인물들도 있었다. 그러한 이유로 그들은 나에게 그들의 일에 가담할 것을 권유하기 시작했다. 그때의 나는 젊었으므로 그들의 부정한 생활로부터 그들을 올바른 생활로 인도해 가면서 나라를 다스리겠다고 생각했고, 그들이 무엇을 하려고 하는지에 대해 커다란 주의를 기울이고 있었다.

여기서 말하는 친척이란 플라톤의 어머니 사촌 형제인 크리티아스와, 어머니의 형제인 카르미데스를 가리킨다. 그리고 국가체제의 변혁이란 펠로폰네소스 전쟁 후 30명의 유력자에 의해 행해진 민주제로부터 과두제(寡頭制-소수의 우두머리에 의해 행해지는 독재 정치)로의 변혁을 가리킨다. 이때 플라톤은 23세였다. 플라톤의 젊고 순수한 눈에 그들의 정치는 어떻게 비쳤는가? 그리고 그 후의 아테네의 국정은 어떠했는가? 또 그들에 대해 플라톤은 어떤 반응을 나타냈는가? 조금 긴 글이기는 하지만 플라톤 생애의 전환점을 나타내는 그 자신의 문장이므로 앞의 인용문의 다음 글을 인용하기로 하겠다.

그러나 그들은 얼마 지나지 않아 내가 이전의 국가 체제를 황금처럼 생각하게 했다. 그 밖에도 여러 가지가 있지만, 특히 그들은 그 당시 사람 중에서 가장 올바른 사람이라고 할 수 있는 나의 친한 연상(年上)의 친구 소크라테스를 사형에 처하기 위해 억지로 끌어가려고 했다. 그것은 소크라테스를 좋든 싫든 그들의 일에 가담시키기 위한 것이었다. 그러나 소크라테스는 그에 따르지 않았다. 그는 그들의 올바르지 못한 행위에 동조하기보다는 어떤 위험이라도 감수하려고 했다. 그러나 그 후 얼마 되지 않아 30인의 정치와 그 당시의 국가 체제 전체가 붕괴해 버렸다.

그리하여 정치와 나랏일에 참여하고 싶은 욕망이 서서히 나를 사로잡았다. 그러나 국가 체제를 바꾼 사람들의 시대에도 세상이 혼란해 있었으므로 사람들의 혐오감을 불러일으키는 일들이 계속해서 일어났다. 변혁이 일어나는 동안에 자기의 적에 대한 복수가 한층 더 심해지는 것은 조금도 이상한 일이 아니었다. 그러나 그 당시 추방되었다가 돌아온 사람들은 매우 공정한 태도를 취했다. 그러나 또다시 무슨 운명인지 우리의 친구인 소크라테스를 어떤 유력자들이 재판에 넘겼다. 더구나 그들은 소크라테스에게는 가장 어울리지 않는 죄목을 씌운 것이다. 왜냐하면 어떤 사람들은 소크라테스를 불경한 사람으로 고소했고, 어떤 사람들은 그것에 동의 투표를 했으며, 그들 자신이 추방당했던 불운했던 그 당시에 그들 자신의 친구 중 한 사람을 부당하게 강제로 끌어오는 일에 관여하려 하지 않았던 그 사람을 죽였기 때문이다.

나는 그들과 정치하는 사람들을 관찰했지만 더욱이 법률과 습관이 된 풍속을 자세히 관찰하면 할수록 나도 나이를 먹어 가면 갈수록 정치를 올바르게 하는 것은 더욱더 어렵게 생각되었다. 즉 친한 사람들과 믿어야 할 친구들이 없다면 그 일을 한다는 것은 불가능하다고 생각되었다.——가깝게 지낼 수 있는 사람들을 찾아내기도 쉬운 일이 아니었다. 왜냐하면 이미 우리 나라는 선조들의 습관과 제도에 의해 통치되고 있는 것이 아니었기 때문이다. 또 다른 새로운 사람들을 손에 넣기도 쉬운 일이 아니었다.──게다가 법률 조문(條文)도 풍속도 놀라울 정도로 파괴되어 갔으며, 그 때문에 나는 처음에는 정치를 하는 일에 대한 열정에 가득 차 있었지만 정치의 변화가 끝없는 것을 보고는 현기증을 느낄 정도였다.

그래서 특히 또 국가 체제 전체에 대해 도대체 어떻게 하면 더욱 훌륭한 것으로 될 수 있을까 하고 연구하는 일은 그치지 않았다

이상의 인용문에 의해 플라톤이 청년 시대까지는 정치가가 되고자 했다는 것은 분명하다. 동시에 그가 철학으로 전향한 동기도 그 국가 체제에 관계없이 스승인 소크라테스에 대한 정치가들의 처분이었다는 것도 분명하다. 소크라테스는 플라톤에게 인간 행위의 정(正)·부정(不正)·선(善)·악(惡)을 측정하는 척도였다. 그러나 플라톤은 정치가가 되기를 완전히 단념한 것은 아니었다. 그는 단지 그것을 위한 시기를 기다리기로 한 것이다. 그러나 그는 기다리기만 했던 것은 아니고 실제 정치에 적용할 정치 철학을 연구하면서 기다리고 있었다. 그 연구 결과 그는 다음과 같은 결론에 도달했다. 다음은 앞의 인용문에 계속된 문장이다.

철학을 예찬하면서 나랏일이나 개인적인 일에 임하라. 모든 옳은 일은 이 철학으로부터 판단하고 구별할 수 있다. 그러므로 나는 올바르게 철학 하는 사람들이 국가를 지배하게 되든가, 그렇지 않으면 나랏일에 유력자들이 신의 섭리에 의해 진실로 철학적으로 하게 되든가 할 때까지는 인간이라는 종족의 악행이 그치는 일은 없을 것이라고 말하지 않을 수 없게 되었다.

이상은 그의 주요 저서인《국가》의 중심 사상이지만 플라톤이 이미 40세경까지 확신하기에 이른 사상이다. 소크라테스가 죽은 후의 플라톤의 행동은 거의 밝혀지지 않았지만, 그는 곧 화가 자신에게 미칠 것을 두려워하여 소크라테스의 제자였던 메가라에 사는 에우클레이데스의 밑으로 잠시 다른 제자들과 함께 피해 있었던 것으로 보인다.

　그 후 40세경에 앞에서 말한 정치 철학을 가슴에 품고, 남이탈리아의 타라스에 있던 당시의 피타고라스파 학자들을 이끌고 있었으며, 뛰어난 철학자이자 동시에 정치가이기도 했던 알키타스를 방문하고 나서 시켈리아섬으로 건너갔다. 이 섬에서는 시라쿠사이에서 디오니시오스 1세가 참주정치(僭主政治)를 행하며 부강(富强)함을 뽐내고 있었다. 플라톤은 이 참주(비합법적으로 독재권을 확립한 지배자)와는 충돌하여 분노를 샀지만 참주의 의형제이며 사위이기도 한 당시 20세 전후의 디온(Dion)과 가까워지게 되었다. 디온과의 관계는 고대 그리스 특유의 남자들 사이의 연애 관계와 같은 것이었다. 이후의 일이지만 디온이 암살자의 손에 죽었을 때 플라톤은 그에게 바치는 추도 시를 썼는데, 그것은 '오오! 사랑으로 나의 마음을 미치게 하는 디온이여.'라는 말로 끝나고 있다. 한편 참주는 당시 궁정에 와있던 스파르타의 사절 폴리스에게 부탁하여 돌아가는 길에 플라톤을 아이기나섬에서 노예로 팔게 했다. 그러나 다행히도 플라톤을 알고 있었던 키레네의 안니케리스가 우연히 그를 만나 그 값을 치르고 아테네로 돌려보내 주었다.

　귀국 후 플라톤은 아테네 북서쪽의 교외에 있는 아카데미아라고 불리는 체육장 근처에 학교를 열었다. 그러한 까닭으로 그의 학파는 후에 아카데미아 학파라고 불리게 되었다. 이 학교에서 플라톤은 철학을 가르치고 그가 이상으로 삼는 정치가를 양성할 생각이었을 것이다. 후년에 이 학교에서 정치가와 입법자들이 많이 배출되었다. 그는 학생 교육과 함께 저작 활동도 활발하게 했다.

기원전 367년 학교 건설 이래 약 20년이 지났을 때, 디오니시오스 1세가 갑자기 죽고 그의 아들이 뒤를 이어 참주가 되었다. 그의 사랑하는 디온에게서 편지가 왔다. 거기에는 당신의 이상을 실행에 옮길 좋은 기회가 왔으므로 제발 돌아와 주기를 바란다는 내용이 쓰여 있었다. 플라톤은 여러 가지 생각이 오락가락했지만 디온과의 우정을 저버리고 자신의 철학적 신조에 어긋나는 일을 해서는 안 된다는 생각으로 마침내 배를 타고 시켈리아섬으로 돌아간다. 처음에는 젊은 참주의 교육도 잘 되어 가는 듯했으나 그 참주는 신하의 거짓 증언에 이끌려 디온을 추방해 버렸다. 플라톤은 크게 실망하여 즉시 귀국하려고 온갖 노력을 다했지만 뜻대로 되지 않아 그가 조국 땅을 밟게 된 것은 그로부터 약 일 년 뒤의 일이었다. 그가 아카데미아를 떠나서 있었던 동안, 후에 그의 위대한 제자가 된 아리스토텔레스가 당시 16, 17세의 젊은 나이로 먼 트라키아의 스타게이라로부터 와서 아카데미아에 입학한 것으로 보인다.

플라톤은 다시 학생 교육과 저술에 전념했다. 추방당했던 디온도 이탈리아로부터 그리스 본토로 이주하여 아카데미아에 출입하게 되었다. 플라톤이 이렇게 4, 5년을 보낸 어느 날, 디오니시오스로부터 초빙한다는 편지가 왔지만 플라톤은 이를 거절했다. 그러나 젊은 참주는 그 거절을 불명예로 생각하고는 다시 다음 해 그를 모시고 갈 사절을 보내왔다. 알키타스와 그 밖의 많은 사람들이 그에게 다시 돌아갈 것을 간청했으며, 디온도 간곡히 부탁했기에 플라톤은 전과 똑같은 이유로 다시 뜻을 굽혀 돌아갔다. 그러나 디오니시오스는 약속을 하나도 지키지 않았을 뿐만 아니라 플라톤이 신상의 위험을 느끼게까지 했다. 플라톤은 알키타스에게 구원을 청하였고 그의 도움으로 무사히 귀국할 수 있었다. 플라톤의 수모를 전해 듣고 화가 난 디온은 그로부터 4년 후, 8백 명의 병사를 이끌고 시켈리아섬으로 건너가 참주를 몰아내는 데 성공했다. 그러나 디온은 4년 후 암살자에 의해 죽임을 당했다. 이때 플라톤은 이미 74세를 헤아리는 나이였다. 디온을 죽인 암살자가 일찍이 아카데미아에서 공부했던 사람으로 밝혀져 플라톤의 마음은 더욱 아팠다. 그 후 플라톤은 80세까지 살았다. 그러나 그는 그때까지 단순히 살아 있기만 했던 것은 아니다. 그는 여전히 학생 교육과 대화편 저작에 몰두하고 있었다. 로마의 정치가이며 철학자였던 키케로는 '플라톤은 쓰면서 죽어 갔다.'라고 말하였다.

Socrates

소크라테스가 없었다면 플라톤도 없었을 것이며, 플라톤이 없었다면 소크라테스도 없었을 것이다. 플라톤은 소크라테스를 만나 그에게 깊은 감화를 받았으며, 소크라테스의 죽음으로 인해 철학으로 전향했고 소크라테스의 참모습을 추구했으며, 그 자신의 철학으로 발전하여 오늘날의 플라톤이 된 것이다. 그리고 소크라테스는 책을 전혀 남기지 않았기 때문에, 우리가 소크라테스를 알 수 있는 것은 그에 대한 다른 사람들의 기록을 통해서이다.

소크라테스에 대한 기록을 남긴 사람 중에는 플라톤 외에도 몇 사람이 있지만, 우리에게 가장 큰 감명을 주고 우리가 이상(理想)으로 받들고 싶은 소크라테스는 플라톤의 저작 중에 묘사된 소크라테스이다. 플라톤이 묘사한 소크라테스는 사실 그대로의 소크라테스는 아닐 것이다. 그것은 사실 그대로의 소크라테스로부터 어떤 것은 삭제되고 어떤 것은 첨가된 것일 것이다. 즉 그것은 뛰어난 조각가의 손에 의해 이루어진 소크라테스의 조각상(像)일 것이다. 그러나 그 소크라테스의 상은 소크라테스가 소크라테스임을 그의 실제 모습보다도 훨씬 잘 표현하고 있으며 훨씬 더 인상 깊다고 말할 수 있지 않을까 생각한다. 그러나 있는 그대로의 소크라테스를 알지 못하고 어떻게 그의 소크라테스 상이 소크라테스가 소크라테스임을 표현하고 있다고 말할 수 있는가 하고 반문하는 사람이 있을지도 모른다. 그것은 사실이다. 그렇다면 그 소크라테스는 플라톤의 창작으로 생각해도 좋다.

플라톤이 생각한 소크라테스 상에 의해 인간 하나의 타입을, 아니 철인의 하나의 타입을, 혹은 이상을 만들어 낸 것이다. 그리하여 우리는 그 소크라 테스 상에 의해 감명을 받는 것이다. 그러나 그 소크라테스 상을 완전히 창 작이며 가공 인물상으로 생각해서는 안 된다. 역시 그 모델로서 실재의 인간 이 존재하지 않으면 안 된다. 거의 모든 학자가 입을 모아 인정하고 있는 플 라톤의 제7서간으로부터 앞에서 인용한 글은, 틀림없이 소크라테스가 실제 로 존재함을 증명하며 플라톤에게 커다란 영향을 주었음을 나타내고 있다. 플라톤 외에도 소크라테스의 실재를 나타내는 자료는 얼마간 있으며, 또 영 향을 받은 사람들도 많이 있다. 다만 나는 플라톤과 같은 위대한 철학자에게 그토록 큰 영향을 줄 수 있는 인물은 역시 그가 묘사하고 있는 소크라테스 상과 같은 위대한 인물이 아니면 안 된다고 생각한다.

소크라테스의 제자 중에는 위대한 플라톤에 대해 철학사에서 소(小) 소크 라테스파라고 불리는 사람들이 있다. 플라톤이 소크라테스의 사상을 전면적 으로 받아들여 발전시킨 것에 반해, 그들은 소크라테스의 한쪽 면만을 받아 들이고 발전시키겠다는 의미에서 일면적(一面的)인 소크라테스파라고 불리 기도 한다. 그들 중 한 사람은 에우클리데스(Euclides)이다. 그는 아테네의 이 웃 나라인 메가라(Megara) 사람으로 소크라테스의 제자로서는 가장 오래된 편이다. 플라톤의 《파이돈》에는 소크라테스의 최후에도 그의 곁에 있었던 외국인의 한 사람이라고 쓰여 있다. 소크라테스가 처형당한 후 플라톤이 다 른 제자들과 함께 그가 있는 곳으로 몸을 피해 있었음은 앞에서도 말한 바 있다. 그때 이미 그는 고향인 메가라에서 학교를 열고 있었다고 생각된다. 그의 일파는 '메가라 학파'라고 불리고 있다.

또 다른 한 사람으로 파이돈이 있다. 그는 펠로폰네소스 반도의 엘리스 (Elis)의 훌륭한 가문 출신이었지만, 전쟁에서 포로가 되어 팔려 가 아테네에 서 노예 생활을 하고 있었는데, 소크라테스의 노력으로 자유의 몸이 되었다고 전해진다. 그도 역시 소크라테스가 사형당할 때 함께 있었던 외국인의 한 사람으로, 플라톤의 《파이돈》은 그가 소크라테스의 처형 후 고향인 엘리스로 돌아가는 도중 사람들의 요청에 따라 소크라테스의 처형 당시 말과 행위를 자세하게 들려주는 형식으로 되어 있다. 그도 역시 귀국 후 엘리스에 학교를 열었다. 그의 일파는 '엘리스 학파'라고 불리고 있다.

또 그들 중 한 사람으로 안티스테네스(Antisthenes)가 있다. 그의 아버지는 아테네 시민이었지만 어머니는 북쪽 지방의 미개지인 트라케 출신이었다. 그의 어머니는 노예로서 아테네에 온 것으로 생각된다. 그는 처음에는 소피스트인 고르기아스(Gorgias)의 제자였으나 후에 소크라테스와 교제했다. 그는 소크라테스가 죽은 후 아테네의 교외에 있는 퀴노사르게스라고 불리는 체육장에서 가르쳤다. 그의 일파는 '퀴니코스 학파'라고 불리고 있다. 퀴니코스란 '개와 같은'이라는 의미의 그리스어이다.

또 그들 중 한 사람으로 아리스티포스(Aristipos)가 있다. 그는 오늘날의 이집트의 북쪽 해안에 있는 그리스의 식민 도시인 퀴레네 출신으로, 아테네로 공부하기 위해 왔으며 처음에는 소피스트들과 교제했지만 후에 소크라테스와 가까워졌다. 플라톤은 《파이돈》에서 그가 소크라테스의 임종 때에는 아이기나(Aegina) 섬에 가 있었기 때문에 곁에 있지 못했다고 말하고 있다.

이들 제자는 플라톤과 마찬가지로 소크라테스를 등장인물로 삼은 대화편인 《소크라테스적(的) 대화편》 혹은 《소크라테스 어록》을 각기 썼다고 전해지며, 그 대화편의 제목에도 플라톤의 것과 같은 것이 몇 개 있다고 하지만 오늘날 그것들은 거의 전해지지 않아 소크라테스를 어떻게 다루고 있는지 알 수 없다. 다만 그들의 언행과 학설이 고대인들에 의해 약간 알려지고 있을 뿐이다.

에우클리데스로부터 시작된 '메가라 학파'와, 파이돈으로부터 시작된 '엘리스 학파'는 소크라테스의 교묘한 문답법에 특히 매력을 느껴 그 방면을 발전시켰으며, 소크라테스가 상대방의 대답에 대하여 논쟁했던 것처럼 다른 학파의 학설에 대하여 논쟁하는 일에 열중했던 것으로 보인다. 이들 학파의 사람들은 논쟁가(論爭家)라든가 문답가(問答家)라고까지 불리기도 한다.

안티스테네스와 아리스티포스는 서로 반대되는 학설을 가지고 있으며, 전자(前者)는 덕(德)이 선(善)이라고 주장한 데 반해, 후자(後者)는 쾌락이 선이라고 주장했다. 그러나 그들은 각기 선(善)을 획득하기 위해 소크라테스와 마찬가지로 지혜가 필요하다고 역설했으며, 생활 태도에서 외부의 사물에 사로잡히지 않는 마음의 자유로움을 사랑한 점에서는 공통되는 바가 있다.

위에서 말한 사람들은 언행에서 여러 가지 다른 점을 가지고 있지만, 그럼에도 불구하고 그들이 공통으로 사랑하고 스스로 많은 것을 짊어진 스승으로서 각기 '이것이야말로 그의 스승의 언행의 뜻이다.'라고 해석한 것을 기록한 인물, 그것이 소크라테스였던 것이다. 즉 소크라테스라는 인물은 여러 사람들에 의해 여러 가지로 해석될 수 있는 인물이었다고 말할 수 있을 것이다. 또 이것은 다른 면에서 보면 소크라테스가 모든 사람에게 똑같이 신봉되는 철학적인 신념이나 학설을 가지고 있지 않았다는 것을 의미하는 것이다.

이들 외에 학파는 만들지는 않았지만 똑같이 소크라테스의 제자라고 일컬어지는 사람들로 아이스키네스(Aischines)와 크세노폰(Xenophon)이 있다. 이들 두 사람도 앞에서 말한 사람들과 마찬가지로 《소크라테스적(的) 대화편》을 썼다. 아이스키네스의 것은 겨우 그 단편이 남아 있을 뿐이다. 그의 대화편은 소크라테스의 성격을 특히 충실하게 서술하고 있는 것으로서, 그 세기의 그리스의 유명한 변론가 아리스티데스(Aristeides)에 의해 칭찬받고 있다.

크세노폰의 것은 다행스럽게도 모두 남아 있다. 그 제목은 《소크라테스의 추억》, 《향연》, 《정치가》, 《소크라테스의 변명》이다. 이들 작품은 소크라테스를 아는 데 중요한 것으로서 플라톤의 작품에 비해 소크라테스 연구가들에 의해 그 우열과 관계가 때때로 문제 되어 왔다. 그러므로 그에 대해서는 소크라테스의 다른 제자들보다도 상세하게 써 보기로 한다.

크세노폰의 출생 연도에 대해서는 《디오게네스 · 라엘티오스》에 기록되어 있는데, 그의 출생 연도는 기원전 440년~439년이 된다. 그러나 이것은 다른, 더 확실한 증거와 일치하지 않으므로 인정되기 어렵다. 오히려 플라톤과 동년배로 보든가 아니면 플라톤보다 약간 연상(年上)으로 보는 것이 옳을 것이다. 그와 소크라테스와의 관계에 대해서는 위에서 열거한 서적 속에 다음과 같은 이야기가 전해지고 있다.

크세노폰은 프로세크노스라는 친한 친구를 가지고 있었지만, 그 사람은 보에오티아 태생으로 소피스트인 고르기아스의 제자였으며 또한 페르시아의 왕자 퀴로스의 친구였다. 그가 사르디스에 있는 퀴로스의 궁정에서 생활하고 있을 때, 아테네에 있던 크세노폰에게 편지를 보내 퀴로스의 친구가 되기 위해 이쪽으로 오라고 권해 왔다. 크세노폰은 그 편지를 소크라테스에게 보여 주고 충고해 달라고 말했다. 그러자 소크라테스는 신(神)에게 대답을 구하기 위해 델포이로 그를 보냈다. 크세노폰은 그의 충고에 따라 신의 곁으로 갔다. 그러나 그가 신에게 물은 것은 퀴로스의 곁으로 가야 하는지 가지 말아야 하는지 하는 것이 아니라 어떤 방법으로 가야 하는지 하는 것이었다. 이에 대해 소크라테스는 그를 비난했지만 퀴로스에게 가라고 충고해 주었다. 그리하여 그는 퀴로스의 곁으로 가게 되며, 프로세크노스와 친한 것 못지않게 그와 친하게 되었다.

그 후 크세노폰은 퀴로스가 자기의 형 아르타크세르크세스에 대해 일으킨 왕위 계승을 둘러싼 싸움을 위해 고용된 그리스 용병대에 가담했다. 그것은 소크라테스가 죽기 바로 전 해의 일이었다. 이 싸움에서 퀴로스는 전사하고 그리스 용병대의 지휘자들도 자기편의 페르시아인들에 의해 학살당했다. 크세노폰은 스파르타인인 크리소포스와 함께 메소포타미아의 심장부로부터 흑해 연안까지 살아남은 그리스인들을 데리고 돌아왔다. 그 후 스파르타군과 함께 여러 곳에서 싸움했으며 그 때문에 아테네로부터 추방형에 처해졌다. 그러나 그는 스파르타로부터는 감사를 받아, 올림피아 근처에 있는 과거에 엘리스의 영토였던 스킬루스의 땅을 받아 그곳에서 농사와 수렵 등을 하며 저술에 전념했다.

기원전 371년 레우크트라 싸움에서 스파르타가 패하여 그 땅도 엘리스에 의해 탈환되었으므로 코린토스로 이주하게 되었다. 기원전 369년경 아테네로부터의 추방이 취소되었지만 조국으로 돌아가지 않고 죽을 때까지 그곳에 머무르게 된다. 그러나 그의 두 명의 자식은 만티네이아 싸움(기원전 362년)에서 아테네군에 가담하여 용감하게 싸웠으며, 그중 그뤼로스는 영웅적으로 전사하여 많은 변론가가 그의 공덕을 기리기 위해 송사(頌辭)를 지었다.

크세노폰의 생애가 이상과 같으므로 그의 모든 저작은 소크라테스가 죽은 후에 쓰인 것이며, 그것도 그가 올림피아 근처에 있는 스킬루스 땅에 정착한 후에 쓰인 것으로 보아야 할 것이다. 그가 스파르타인들로부터 이 땅을 받은 것은 기원전 394년의 코로네이아 전투에 참여한 것과, 그전에 스파르타에 힘을 다해 봉사한 것에 대한 보상이었다.

따라서 앞에서 열거한 그의 저작과 그 밖의 저작들은 그해 이후에 쓰인 것이다. 그 밖의 저작으로는 《디오게네스 · 라엘티오스》에 의하면 《아나바시스》, 《퀴로스의 교육》, 《그리스의 역사》, 《아게실라오스》, 《아테네와 스파르타의 국제(國制)》, 《마술(馬術)에 대하여》, 《수렵에 대하여》 등이 있다. 이들 작품에 대해 상세하게 언급할 수는 없지만 이들의 제목을 보아도 알 수 있듯이 우리는 그가 플라톤에 필적할 만한 철학서 저작자는 아니었다는 것을 짐작할 수 있다. 그는 본래 군인이었으며, 퇴역 후에는 농경·목축 등에 힘을 쓰면서 저작 활동을 한 근면한 저작가였다. 그러므로 그가 소크라테스에 대한 서술에 관해서는 그의 경력으로 보아 좀 의심스러운 점이 있다.

그의 《소크라테스의 변명》 및 《소크라테스의 추억》은 소크라테스의 처형 후 적어도 5년 이상 지났을 때 쓰인 것으로, 그전에 이미 법정에서 소크라테스의 변명을 주제로 하여 그의 용기와 대담성을 칭송한 책들이 있었다고 전해진다. 그러한 책 중의 하나는 플라톤의 《소크라테스의 변명》이 아닌가 생각된다. 그리고 크세노폰은 친구인 헤르모게네스로부터 들은 바를 소재로 삼아 《소크라테스의 변명》을 썼다고 전해진다. 그리고 그 반대로 소크라테스를 비난한 책도 몇 가지가 있었다고 한다. 변론가 폴뤼크라테스가 기원전 393년, 혹은 기원전 392년 이후에 《소크라테스의 고소》라는 주제로 연설했는데 그것도 소크라테스를 비난하는 책 중의 하나가 아니었나 생각된다. 《소크라테스의 추억》은 4권으로 되어 있는데, 1권과 2권은 소크라테스의 고소자들이 그의 죄로서 주장하는 것 등은 모두 사실무근이라고 말하고 있으며, 그 주장을 직접적으로 반박할 목적으로 쓰였다. 3권과 4권도 소크라테스의 일상의 언행으로부터 간접적으로 그들의 주장을 반박할 목적으로 쓰여졌던 것이다. 따라서 《소크라테스의 추억》도 결국 크세노폰이 소크라테스의 고소자들에 대해 행한 변명이라고 볼 수 있다.

그러나 《소크라테스의 추억》이 이상과 같은 목적을 가지고 있다 하더라도 거기에 묘사된 소크라테스는 사리분별이 풍부한 상식적인 도덕가에 지나지 않는 것으로 느껴진다. 그렇다면 과연 그러한 인물이 각기 성격을 달리하는 많은 사람들에게 똑같이 감화를 줄 수 있었겠는가? 또 그런 인물이 세상 사람들에게 위험한 인물로 보일 수 있었겠는가? 이러한 점에서 크세노폰이 묘사한 소크라테스는 실제의 소크라테스에 비해 묘사가 충분하지 않은 것으로 느껴진다.

플라톤과 크세노폰 이외에도 소크라테스의 역사적 자료로서 희극작가인 아리스토파네스(Aristophanes)의 《구름》이 있다. 《구름》은 기원전 423년에 상연된 희극이다. 따라서 45세 전후의 소크라테스가 《구름》의 모델이 되어 있는 것이다. 그리고 이 작품은 소크라테스의 생존 중에 소크라테스에 관해 쓰인 유일한 작품(현존하는 작품 중에서는)으로 생각된다. 이 작품은 희극이므로 소크라테스를 재미있고 우스꽝스럽게 표현했을 것이다. 그리고 플라톤의 《소크라테스의 변명》에서는 소크라테스가 그것에 대해 언급하여 그 작품에 쓰여 있는 내용은 사실무근이며, 그것이 이번 고소의 원인이라고 지적한 것으로 되어 있다. 그 희극에 묘사된 소크라테스는 한편으로는 '천상천하(天上天下)의 일을 탐구하는' 자연철학자이며, 한편으로는 '약한 이론을 강한 이론으로 만드는' 소피스트이다. 소크라테스가 그러한 철학자이며 그러한 소피스트라는 것은 소크라테스 자기 눈으로 보면 터무니없는 사실무근의 일임에 틀림없지만, 그러나 보수적인 이 희극작가, 혹은 일반 대중의 눈으로 보면 그럴듯한 일일지도 모른다. 소크라테스는 자연학자 아르케라오스의 제자였다고 전해지기도 한다.

마지막으로 소크라테스의 사료(史料)로서 아리스토텔레스의 기록이 있다. 아리스토텔레스는 소크라테스가 죽은 지 15년쯤 후에 태어났으므로 소크라테스를 직접 알고 있는 것은 아니다. 그러나 그는 16, 17세 때부터 20년 동안 플라톤의 문하(門下)에 머물러 있었으므로, 그동안 스승인 플라톤을 비롯하여 많은 사람에게서 듣기도 하고, 앞에서 열거한 〈소(小) 소크라테스파〉의 《소크라테스적(的) 대화편》을 읽기도 할 기회를 가졌을 것이다. 그런데 그의 저작 속에는 소크라테스에 관한 기록이 그다지 많지는 않다. 게다가 그의 기록은 다른 철학자 경우에도 대체로 그러하듯이 오직 철학사적(哲學史的) 관점에서만 소크라테스를 다루고 있을 뿐이다. 따라서 그의 기록은 소크라테스라는 인간을 전체로서 알기에는 불충분하다. 정리하면 아리스토텔레스의 소크라테스에 관한 기록은 '철학상 소크라테스의 공적은 정의와 귀납법을 발견한 데에 있다.'라든가 '소크라테스는 덕(德)이 곧, 지(知)라고 했다.'라는 정도의 것들뿐이다.

이상 소크라테스에 관한 사료(史料)들을 살펴보았지만 우리는 플라톤의 대화편을 제1의 사료로 존중해야 할 것이다. 그러나 플라톤의 대화편에 묘사되어 있는 소크라테스가 실제 그대로의 소크라테스라고 생각되지는 않는다. 다만 플라톤의 대화편의 어떤 부분만이 다소의 창작이 가해졌다 하더라도 소크라테스의 본질을 묘사하고 있다고 생각된다. 그중에서도 가장 존중해야 할 것은 플라톤의 제7 서간 중의 소크라테스에 대한 다음과 같은 기록이다. 거기에서 플라톤은 '소크라테스는 그 당시 사람 중에서 가장 올바른 사람이다.'라든가, '불경한 자라는 죄목은 소크라테스에게 가장 어울리지 않는다'라고 말하고 있으며, 또 《파이돈》에서는 '우리 친구의 최후는 이상과 같았습니다. 그분은 우리 시대의 사람들 중에서 가장 용감하고, 가장 사려 깊고, 가장 올바른 사람이었습니다.'라고 말하고 있다.

즉 플라톤이 보기에는 소크라테스는 가장 올바르고 가장 경건하며 가장 용감하고 가장 사려 깊은 사람이었다. 그리고 플라톤의 《대화편》을 모두 창작이라고 생각하는 사람도 그 기록은 의심하지 않을 것이다.

소크라테스 연보

■ 기원전 469년

소크라테스는 아테네의 아로페케 구(區)에서 태어났다.

아버지 소프로니스코스는 석공(石工) 또는 조각가였다고 전해지지만 확실치 않다. 어머니 파이나레테는 산파(産婆)였다. 소크라테스에게는 아버지가 다른, 이성동복 형제인 파트로클레스라는 사람이 있었다고 에우티데모스 (Euthydemos)는 말하고 있다. '소크라테스의 가난'은 유명하지만 그의 가문은 부유했던 것 같다. 《라케스(Laches)》에 의하면 소프로니스코스는 아테네의 손꼽히는 지도적 인물인 아리스티데스(Aristeides)와 친교가 있었다. 소프로니스코스의 사람됨과 가문도 이 사실을 나타내 준다.

아로페케 구(區)는 동쪽 교외에 있던 곳으로, 이곳에서 아테네 정계의 유력한 인물이 많이 배출되었다. 소크라테스의 어릴 적부터의 친구인 크리톤 (Kriton)도 이곳의 재산가로, 소크라테스에게 끊임없이 마음을 쓰고 자기의 자식들의 교육 문제 등에 대해 소크라테스에게 상의하기도 했다.

기원전 469년은 아테네가 페르시아군을 살라미스의 해전에서 격퇴한 지 10년째 되는 해로, 솔론(Solon)의 입법(立法)에 따라 세워진 아테네의 민주정치가 페이시스트라토스(Peisistratos)의 독재정치(기원전 561년~ 511년)와 클레이스테네스(Kleisthenes)의 개혁(기원전 508년~ 507년)을 거쳐 크게 성장하고 페르시아 전쟁의 시련을 극복하여 황금시대를 맞이하려는 때이다. 아테네는 아티카(Attica)의 수도일 뿐만 아니라, 전쟁 후인 기원전 478년에 결성된 델로스 동맹의 맹주로서 2백여 동맹국들 위에 군림하는 대제국이 되어 지중해 세계의 군사 · 정치 · 경제의 중심지가 되었다.

각종 지식인들이 아테네를 방문하게 되고, 아테네가 '그리스의 학교'라고 불리게 된 것은 이때부터였다. 아테네의 3대 비극작가의 한 사람인 아이스킬로스(Aeschylus)가 활발하게 활약하고 있던 것도 이때였다. 철학 분야에서는 소아시아의 이오니아 지방에서, 탈레스 이하의 소위 밀레토스(Miletos) 학파의 철학자들과, 헤라클레이토스, 크세노파네스, 피타고라스(뒤의 두 사람은 그들의 나라를 떠나 이탈리아로 갔다) 등이 나왔고, 이탈리아에서는 엘레아의 파르메니데스가 장년기였다. 즉 이 당시는 철학의 무대는 이오니아와 이탈리아 지방에 있었으며, 지리적으로 그 중간에 있는 아테네는 철학의 중심으로부터 벗어나 있어 아테네 출신의 철학자는 아직 나타나지 않았다.

■ 기원전 461년(8세)

이때부터 정치가 페리클레스(Pericles)의 세력이 강해져, 이후 기원전 429년까지 민주제 하의 아테네는 '페리클레스 시대'라고 불리는 황금시대를 맞이한다.

이오니아의 도시 클라조메네(Clazomenai) 출신의 아낙사고라스(Anaxagoras)는 페리클레스와 친교가 있었고, 그의 손님으로 아테네를 방문하여 30년 동안 머물렀다.(그의 아테네 방문은 28세 때쯤인 기원전 480년이라고 전해지기도 한다.) 아낙사고라스의 이름과 그의 자연 철학은 아테네에서 널리 알려졌으며 그의 학설을 기록한 책도 싼값으로 얼마든지 살 수 있었다(《소크라테스의 변명》 참조). 30년에 걸친 그가 아테네에 머무는 동안 철학의 조류에서 벗어나 있던 당시의 아테네인들에게 커다란 학문적 자극을 주었던 것으로 생각된다.

소크라테스도 아낙사고라스의 제자인 아르켈라오스(Archelaos)로부터 배웠다고 전해지며, 《파이돈》에 의하면 소크라테스는 자신의 철학 연구 과정에서 아낙사고라스의 자연철학에 대한 기대와 실망이 하나의 중요한 전기가 되었다고 말하고 있다.

■ 기원전 449년(20세)

소크라테스는 생애의 후반부에는 오로지 도덕상의 문제에 관심을 기울였지만, 청년 시대에는 《파이돈》에 기술되어 있는 것이 사실 그대로라면 자연철학 연구에 강한 관심을 보인 것으로 생각된다. 그리하여 이것이 아리스토파네스(Aristophanes)의 희극 《구름》에 묘사된 소크라테스의 모습이지만, 어쨌든 그러한 소크라테스의 왕성한 지적 호기심은 이때부터 발동하기 시작했다고 상상할 수 있다.

소크라테스는 단순한 실천가는 아니다. 실제적·현실적 국민성을 가진 아테네인으로서는 드물게 학문에 열중한 사람으로 그런 의미에서도 남다른 인물이었다.

아테네의 국력은 이때 가장 전성기였으며, 얼마 후 아크로폴리스의 언덕 위에 파르테논 신전을 건축하기 시작했다. 그리하여 5년 후인 기원전 444년, 아테네는 서방에서의 경제적 발전의 발판을 추구했으며 남이탈리아의 신도시 툴리오이의 건설에 힘을 빌려주지만, 이때를 중심으로 하여 아낙사고라스 이외에 시켈리아섬 아크라가스의 엠페도클레스(Empedocles), 이탈리아 엘레아의 파르메니데스(Parmenides)의 제자인 제논, 소아시아 연안의 사모스섬의 메릭소스 등이 각기 활동기를 맞이했다. 계몽적 직업적인 사적(私的) 교육가, 즉 소피스트들의 활동이 점차 활발해지고, 그중에서도 프로타고라스(Protagoras)는 툴리오이 건설에 즈음하여 헌법 기초의 임무를 맡아 이미 커다란 명성을 떨치고 있었다.

■ 기원전 432년(37세)

소크라테스는 북부 발칸의 도시 포티다이아(Poteidaia)의 포위전(包圍戰)에 출정했다. 포티다이아는 코린토스를 모시(母市)로 하는 식민 도시이며 더욱

이 델로스 동맹에도 참가해 있었다. 그리하여 이 도시는 아테네와 코린토스의 대립 관계 속에 있어 곤란한 처지에 처했으며, 그해 겨울 아테네에 대항하여 그 원정군의 공격을 받았다.

이 전쟁에서 소크라테스의 행위는 《향연》에서 알키비아데스(Alcibiades)의 말에 나타나 있다. 고통과 고난을 참고 견디는 일에서는 전군(全軍)에서 그를 따를 자가 없었다. 북부 발칸의 혹독한 추위 속에서 소크라테스는 얇은 옷을 입고 맨발로 얼음 위를 걸어갔다. 그는 전쟁 중에 알키비아데스의 생명을 구하고 자신의 공훈을 그에게 돌렸다. 온종일 꼼짝도 하지 않고 선 채로 묵상했다는 일화도 이 출정 중의 일이다.

■ 기원전 431년(38세)

펠로폰네소스 전쟁이 시작되어 이후 27년 동안 계속되었다. 이 전쟁은 아테네와 스파르타를 자기의 맹주(盟主)로 삼고 있는 민주제의 여러 국가와 반민주제의 여러 국가 사이에 일어났던 일종의 세계 대전이다. 이 전쟁은 앞서 일어났던 페르시아 전쟁처럼 훌륭하고 단순한 전쟁이 아니라 국내의 당파 간의 싸움이 대외전(對外戰)으로 뒤얽혀 복잡한 양상을 띠었다. 소크라테스 생애의 후반부와, 이로부터 4년 후에 태어난 플라톤의 청소년 시대는 펠로폰네소스 전쟁과 겹치고 있다.

■ 기원전 429년(40세)

페리클레스(Pericles) 죽다. 아테네의 전성기도 끝나기 시작하다.

이때부터 소크라테스의 관심의 대상은 자연의 문제에서 인간의 문제로 바뀌었다. 자연 연구에 열중하기를 그치고, 길거리나 공원이나 김나지온(체육장) 등에서 사람들과 인간의 올바르고 선(善)한 삶의 방법에 관해 대화하고 문답했다. 청년들에 대한 소크라테스의 영향이 넓어져 간 것도 그 자신의 이러한 관심과 태도의 변화에 걸맞은 것일 것이다. 《소크라테스의 변명》에 나오는 델포이 신탁의 이야기를 이러한 그의 내면적 변화와 결부시켜 생각할 수 있을지도 모른다. '다이몬의 목소리'를 듣고 그 지시에 따르는 소크라테스에게는 신탁도 또한 중요한 의미를 가지고 있다. 그는 오랜 친구인 카이레폰(Chairephon)이 받아 온 '소크라테스보다 현명한 사람은 없다.'는 델포이 신탁의 수수께끼를 풀고, 자신보다 현명한 사람을 찾기 위해 여러 계급의 사람들과 대화하여 그들의 '지(知)'의 상태를 음미하고 '부지(不知)의 지(知)' 혹은 '무지(無知)의 지(知)'의 인식을 탐구해 갔다.

■ **기원전 427년**(42세)

아테네에서 플라톤(Platon)이 태어났다. 플라톤의 출생 연도에 대해서도 여러 가지 설이 있지만 기원전 2세기의 학자 아폴로도로스(Apollodoros)의 《연대기(年代記)》에 기록된 연대를 정설(定說)로 받아들이는 것이 옳을 것이다. 《연대기》에 의하면 플라톤이 태어난 것은 '제88회 올림피아 제년(祭年)의 첫 번째 해 타르게리온 월 7일'이라 하며, 이것은 기원전 428년~427년에 해당된다. '타르게리온'이란 5월을 말하며, 오늘날의 11월에 해당된다.

플라톤의 아버지는 아리스톤(Ariston)이며, 어머니는 페리크티오네(Perictione), 나이 차이가 많은 형 아디만토스(Adeimantos)와 글라우콘(이들은 《국가》에 등장한다)과 누이(혹은 누이동생) 포트네가 있었다. 포트네는 후에 플라톤을 이어 아카데미아의 학두(學頭)가 된 철학자 스페우시포스의 어머니이다. 플라톤의 아버지 아리스톤은 플라톤이 어릴 적에 죽었고, 어머니 페리크티오네는 숙부 피리람페스와 재혼하여 안티폴을 낳았다. 어머니의 형제에는 카르미데스(Charmides)가 있고, 어머니의 사촌에는 크리티아스(Critias)가 있다.

이들 플라톤 집안의 연장자들(아디만토스, 글라우콘, 카르미데스, 크리티아스 등)은 플라톤이 태어나기 전부터 소크라테스와 친하게 접촉하고 있었다.

플라톤의 아버지와 어머니는 모두 훌륭한 가문 출신이었다. 아버지 아리스톤의 가계(家系)는 매우 오래된 가문으로 전설에 나오는 아테네 최후의 왕 코드로스에게 이어진다. 그리고 어머니 페리크티오네의 가계는 입법(立法)에 의해 아테네 민주정치의 기초를 세운 대 정치가인 솔론(Solon)에 이어지며, 그 후예 중에는 역사적으로 유명한 인물이 많았다. 플라톤의 《카르미데스》의 첫 부분에서는 이러한 그의 가문의 사람들에 대해서 언급되고 찬미되고 있다.

이처럼 플라톤은 펠로폰네소스 전쟁이 시작된 지 5년째 되는 해에, 그리고 페리클레스가 죽은 지 약 2년 후에 태어났다. 그 해에 변론술의 대가인 고르기아스(Gorgias)가 시켈리아섬 레온티노이의 대표 사절로 처음으로 아테네를 방문했다.

펠로폰네소스 전쟁이 일어나자, 레온티노이는 본디부터 대립 관계에 있던 시켈리아섬의 시라쿠사이의 압박을 받아 독립이 위험하게 되어, 동맹 관계에 있던 아테네에 구원을 요청하기 위해 사절을 보낸 것이었다. 이때 아테네에서 고르기아스의 웅변은 사람들에게 큰 감명을 주고 청년들의 마음을 사로잡았다.

■ 기원전 424년(45세) 플라톤, 3세

소크라테스는 보이오티아(Boeotia) 지방 동단(東端)의 요지 델리온(Delion)의 점령 작전에 종군했다.

작전은 실패로 돌아가 일단 점령한 아테네군은 즉시 퇴각할 수 없게 되어 적군의 추격을 받아 심한 고전을 하게 되었다. 이 퇴각에서 소크라테스는 아테네군의 후미에서 침착하고 용기 있게 행동함으로써 아테네의 장군 라케스(Laches)로 하여금 '만일 다른 사람들도 소크라테스처럼 훌륭하게 행동했다면 아테네군은 그런 패배를 하지 않았을 것이다.'라고 감탄케 했다고 한다. 이때의 소크라테스는 중무기병(重武器兵)이었다. 중무기병은 일정한 재산이 있어야 될 수 있는 병종(兵種)이었으므로, 후에 궁핍하게 된 그도 이때에는 부모에게서 물려받은 재산을 가지고 있었던 것으로 생각된다.

■ 기원전 423년(46세) 플라톤, 4세

소크라테스를 주요 등장인물로 소피스트의 원흉으로 풍자한 희극 작품인 아리스토파네스(Aristophanes)의 《구름》이 상연되었다.

■ 기원전 422년(47세) 플라톤, 5세

스파르타에 의해 점령된 북부 발칸의 중요 도시 암피폴리스(Amphipolis) 탈환을 위해 아테네로부터 원정군이 파견되어 소크라테스도 이 원정군에 참가했다. 그러나 그때의 일에 대해서는 《소크라테스의 변명》 이외에는 언급된 곳이 없으므로 상세한 것은 알 수 없다.

■ 기원전 421년(48세) 플라톤, 6세

몇 년 전 북부 그리스에서의 아테네와 스파르타군의 충돌로 인해 양쪽의 강경파 전쟁 지도자가 전사함으로써, 양국 간에 평화 교섭이 행해져 이른바 '니키아스(Nicias) 강화'가 이루어졌다. 그리하여 전쟁은 잠시 중단되었으며, 이 해까지가 펠로폰네소스 전쟁의 제1기에 해당한다.

■ 기원전 419년(50세) 플라톤, 8세

소크라테스가 아내인 크산티페(Xanthippe)와 결혼한 것은 이때쯤으로 보인다.(후에 그가 70세로 처형당할 때 그에게는 람프로클레스, 소프로니스코스, 메네크세노스라는 세 명의 자식이 있었는데, 그때 람프로클레스는 청년이었지만 다른 두 명은 아직 어린아이였다.)

소크라테스의 결혼에 대해서는 재혼설에 대한 여러 가지 이설과 억측이 있었기 때문에 명확한 사실은 알 수 없다. 그러나 그의 자식들의 나이와 그 밖의 여러 조건으로부터 생각해 볼 때 소크라테스가 크산티페를 아내로 맞이한 것은 50세 전후였다고 생각된다. 그와 크산티페와의 나이 차이는 25세 이상이었을 것이다.(그리스 사회에서는 그 정도는 이례적인 일이 아니었다.)

크산티페에 대해서는 유명한 악처라는 말이 전해지고 있다. 그러나 이에 대해서는 근거 없는 말이라고 부정할 수도 없지만 긍정할 수도 없다.《파이돈》에서 크산티페는 남편의 불행에 눈물을 흘리는 평범한 여성으로 묘사되어 있다.

■ 기원전 416년(53세) 플라톤, 11세

비극 작가인 아가톤(Agathon)이 아테네의 레나이아 축제의 비극 경연에서 우승하였다.《향연》은 이때 아가톤의 집에서 열린 축하연을 배경으로 하고 있다.

■ 기원전 415년(54세) 플라톤, 12세

'니키아스 강화' 후, 알키비아데스의 주장에 의해 아테네는 시켈리아 섬에 원정군을 보냈으므로 인적(人的)으로 물적(物的)으로 큰 타격을 받았다. 그리하여 그것이 펠로폰네소스 전쟁에서 아테네가 쇠퇴하기 시작한 전기가 되었다.

■ 기원전 407년(62세) 플라톤, 20세

20세의 플라톤은 비극 경연에 참여하려고 하고 있을 때, 소크라테스와 처음으로 만나 그의 말을 듣고 자신을 부끄럽게 느껴 자기의 비극 작품을 불속에 던져 버렸다고 전해진다. 그리고 플라톤이 그때의 감동과 결의를 노래한 시와, 소크라테스가 그 전날 밤 한 마리의 백조가 자기의 무릎에 앉은 꿈을 꾸었다는 이야기도 전해지고 있다.

이것은 소크라테스와 플라톤의 위대한 만남에 어울리는 정경인지도 모르지만 사실은 이만큼 극적이었다고는 생각되지 않는다. 플라톤의 집안의 연장자들은 항상 플라톤이 태어나기 전부터 소크라테스와 가깝게 교류하고 있었다.

카르미데스의 조카이며 아디만토스와 글라우콘의 동생인 플라톤이, 20세가 되어 비로소 어느 날 갑자기 소크라테스와 만나게 되었다는 것은 어느 면으로 보나 자연스럽지 못하다. 오히려 플라톤은 유년 시절부터 소크라테스와 접촉했으며, 소크라테스의 영향이 모르는 사이에 플라톤의 부드러운 영혼에 심어지고 있었다고 생각해야 할 것이다. 그러나 플라톤은 처음부터 소크라테스적인 철학〔愛知〕에 일생을 바치려고 결심하고 있었던 것은 아니다. 그 당시 아테네에서 더구나 명문 출신의 청년으로서 그도 당연히 성장하면 정치가가 되어 국사(國事)에 참여할 생각이었으며, 그가 받은 교육도 그것과 결부된 일반교양을 위한 것으로 음악·체육, 시인의 작품 암송, 비극과 희극 관람, 재판과 회의 견학 등등이 그것이었다. 호메로스를 비롯한 시인들의 작품으로부터 인용한 글이 여러 곳에 보이므로 우리는 그가 청년 시절에 그러한 문학 작품과 친숙해 있었음을 상상할 수 있다. 그는 소피스트들의 말도 즐겨 경청했을 것이다.

프로타고라스(Protagoras)는 이미 죽었지만(기원전 430년) 고르기아스, 히피아스(Hippias), 프로디코스(Prodicos) 등이 활동하고 있었고, 일부 인사에게는 반감을 불러일으키면서도 '국가의 훌륭한 인물이 되기 위한 능력'을 전수해 주는 교사로서 많은 청년으로부터 큰 인기를 얻고 있었다. 플라톤이 이때 무의식적으로 느끼고 있었을지도 모르는 이러한 인간의 덕(德)과 지(知)에 관한 소크라테스와 소피스트들의 사고방식과 태도의 차이는, 후에 그의 전(全) 저작 속에서 의식적으로 다루어졌으며, 소크라테스와 소피스트와의 대화와 논쟁을 묘사하면서 문제를 추구하고자 하는 방식이 곧잘 사용되고 있다.

■ 기원전 406년(63세) 플라톤, 21세

소크라테스는 정무심의회(政務審議會) 집행위원이 되어 알기누사이섬의 해전에서 표류자 방치의 책임을 추궁받은 11인의 군사위원에 대한 위법 조치에 혼자서 끝까지 반대했다.

■ 기원전 404년(65세) 플라톤, 23세

전(前) 해의 아이고스포타모이 해전에서 스파르타의 승리의 대세가 결정되어 그 해 아테네는 무조건 항복하여 30년 가까이 계속된 펠로폰네소스 전쟁이 끝났다.

망명해 있던 크리티아스(Critias) 등이 귀국하여 그를 중심으로 30인의 위원회가 결성되었다. 이 위원회는 본래 새로운 헌법 제정을 위한 것이었지만 크리티아스는 스파르타의 세력과 결탁하여 이 위원회를 이용하여 과두독재정권(寡頭獨裁政權)을 확립했다. 그리하여 전쟁 중에 비행(非行)을 저지른 자를 적발 처벌하는 일을 확대하여 위험인물들을 제거한다는 구실 아래 반대파의 많은 사람을 죽이고 일종의 공포정치를 시작했다. 크리티아스에게 그러한 행위를 하지 말도록 충고한 30인 위원회의 한 사람이며, 스파르타와 평화를 성립시킨 공적자인 테라메네스도 그에게 체포되어 처형되었다. 이 정권은 점점 백성들과의 관계를 잃었으며 많은 사람이 외국으로 도망쳤다. 소크라테스의 친구인 카이레폰(Chairephon)과, 후에 소크라테스 고발의 주모자인 아뉘토스(Anytos)도 그 망명자들 속에 끼어 있었다.

소크라테스는 언젠가 한 번 다른 네 명과 함께 이 독재 정권 본부에 불려가 살라미스의 레온(Leon)이라는 사람을 체포해 오라는 명령을 받았다. 그런데 다른 네 명은 살라미스로 가서 레온을 연행해 왔지만 소크라테스는 이 부당한 명령을 무시해 버리고 집으로 돌아가 버렸다. 소크라테스는《소크라테스의 변명》속에서 '만일 이 정권이 그 후 붕괴하지 않았더라면 나는 죽임을 당했을 것이다.'라고 말하고 있다.

젊은 플라톤은 이러한 일들을 비상한 주의를 기울이며 지켜보고 있었다. 성장하면 정치에 참가하겠다는 것이 그의 뜻이었으며, 30인 정권의 우두머리인 크리티아스가 그의 어머니의 사촌이었고, 숙부인 카르미데스도 30인 위원의 한 사람이었으며, 플라톤은 이미 그들에게 가담하라는 권고를 받고 있었다. 그러나 올바른 통치에 대한 플라톤의 기대는 사라져 버리고 위에서 언급한 바와 같은 개탄스러운 일이 플라톤의 눈앞에서 계속해서 일어났다. 후일에 플라톤은 '혐오감이 밀려와 나는 그때의 여러 가지 악들로부터 몸을 피했다.'라고 술회하고 있다. 특히 친한 소크라테스가 관계했던 레온 체포 사건은 플라톤의 가슴에 사라지지 않는 분노를 남겨 주었다.

■ 기원전 403년(66세) 플라톤, 24세

억압받아 외국으로 도망친 아뉘토스와 카이레폰을 포함한 사람들은 이웃 나라인 테베에서 트라쉬브로스를 중심으로 하여 30인 정권에 대항하기 위한 무력 저항 단체를 조직하여 아테네의 외항(外港) 페이라이에우스로 진출하여 크리티아스의 군대와 싸워 그들을 격파했다. 크리티아스는 이 싸움에서 전사했으며 독재 정권은 붕괴하여 민주제가 회복되었다.

플라톤은 트라쉬브로스와 아뉘토스 등에 의한 새로운 민주 정권에서도 많은 개탄스러운 일을 목격했지만 대체로 그들의 행위를 온당한 것으로 판단하고 있었다. 플라톤의 마음속에는 서서히 다시 정치에 대한 의욕이 강해지기 시작했다.

■ 기원전 399년(70세) 플라톤, 28세

소크라테스는 민주파의 우두머리인 아뉘토스(Anytos)와, 변론가 뤼콘(Lycon)의 후원을 받고 있는 멜레토스라는 청년에 의해 아테네 법정에 고발되었다.

그때 고소장의 실물은 후세까지 보존되어 있었던 듯하며, 그 중요 내용은 '소크라테스는 국가가 인정하는 신들을 인정하지 않고, 이상한 귀신의 제사를 도입하는 죄를 범했으며, 청년들에게 해악을 주는 죄를 범하고 있다. 그러므로 그는 사형에 처함이 마땅하다.'라는 것이었다.

멜레토스는 이 고소장을 '바실레우스'라는 장관에게 제출했으며, 이에 의해 소크라테스는 공법상(公法上)의 죄로 고소당하게 되었다. 바실레우스가 맡은 일은 일종의 예심으로서 피고인 소크라테스를 소환하여 그의 진술을 듣고 그것을 문서로 하여 선서 구술서(고소 내용)를 작성한다. 그런 다음에 사건은 공판에 넘겨진다. 당시 아테네의 법정에는 일종의 배심원 제도가 있어 일반 시민 중에서 선택된 사람들(소크라테스 재판의 경우는 500명 또는 501명)이 원고와 피고 양쪽의 진술을 듣고 유죄냐 무죄냐를 표결에 부쳤다.

이 소크라테스의 재판 과정은 거의 《소크라테스의 변명》에 기록되어 있다고 보아도 좋을 것이다. 소크라테스는 표결로 유죄 판결을 받았고, 형(刑)의 결정에도 원고 측의 주장대로 사형 판결을 받았다.

때마침 아테네로부터 델로스(Delos)섬으로 제사(祭祠)를 파견하는 시기였으므로 그 제사가 아테네로 돌아올 때까지는 사형 판결을 받은 사람에 대한 사형 집행은 금지되어 있었다. 그것은 신성한 제사 기간에 더러움과 흉한 것을 피하기 위함이었다.

그리하여 소크라테스의 사형 집행은 약 1개월 동안 연기되었다.

그 기간 동안 소크라테스는 외국으로 도망치려고 했다면 쉽게 도망칠 수 있었으며, 크리톤을 비롯한 친한 친구들도 그에게 도망칠 것을 열심히 권했으며 그를 위한 모든 준비가 되어 있었다.

그러나 소크라테스는 친구들의 권고를 거절하고 당시의 책력으로 동년(同年) 2월 내지 3월 델로스섬에 파견된 제사(祭祠)가 돌아온 다음 날 독미나리로 만든 독배를 마시고 죽었다.

아이의 미래, 교육의 미래를 위한

영감으로 가득 찬 루소의 자연주의 교육 사상서!

'에밀'의 주제는 교육론과 인간론이지만 루소의 탁월한 문학적 표현력을 가장 한국적으로 잘 표현한 역작으로 평가 받고 있다.

Jean-Jacques Rousseau · ÉMILE

장고의 시간을 거친 후 루소가 50세 되던 해인 1762년에 출판된 "에밀"은 제1부 첫 구절을 '신이 만물을 창조할 때에는 모든 것이 선하지만 인간의 손에 건네지면 모두가 타락한다.'로 시작한다. 교육의 근원은 자연과 인간과 사물이라고 말하고 있다. 이중에 자연의 교육은 우리의 힘으로는 어떻게도 할 수 없으며, 사물의 교육은 어느 정도는 우리가 좌우할 수 있지만 우리가 진정 마음대로 할 수 있는 유일한 것이 인간의 교육이다. '에밀'은 또한 보편적인 주입식 교육에 반대하고 전인 교육을 중시했으며, 인간 중에서 가장 순수하게 자연성을 간직하고 있는 어린이에게 자연과 자유를 되돌려 줄 것을 주장하고, 이를 시행하는데 사회와 제도에 때 묻지 않은 "자연주의"를 강조하고 있어 현대인들에게도 귀중한 지침서라 할 것이다.

장자크 루소(Rousseau, J. J.)지음 | 민희식 옮김 | 신국판 양장 | 892쪽 | 35,000원

이 시대를 구성하고 있는 우리 모두에게 사회 전반을 이해하는데 커다란 영향을 미칠 수 있는 역사 인식의 길잡이!!

'역사란, 역사가와 사실들 사이의 상호작용의 부단한 과정이며, 현재와 과거와의 끊임없는 대화이다.'

What is History?

이 책은 역사라는 근본 문제를 하나하나 빠짐없이 논한 역사철학서이다. 〈역사란 무엇인가〉는 아마도 현대에서 가장 새롭고 가장 뛰어난 철학서일 것이다. 이 책의 뛰어난 내용은 E. H. Carr 가 직업적인 철학자가 아니라 현대의 가장 탁월한 역사가라는 점과, 따라서 이 책이 그의 오랜 동안의 역사적 연구 및 서술의 경험을 통해 얻은 지혜의 결정(結晶)이라는 점이다.
"역사란 현재와 과거의 대화이다." E. H. Carr는 이 말을 이 책 속에서 여러 차례 반복하고 있다. 이것은 그의 역사철학의 정신이다. 한편으로는, 과거는 과거 때문에 문제가 되는 것이 아니라 우리들이 살고 있는 현재에서의 의미 때문에 문제가 되는 것이며, 다른 한편으로는, 현재라는 것의 의미는 고립(孤立)한 현재에서가 아니라 과거와의 관계를 통해 분명해지는 것이다.

E. H. 카 (Edward Hallet Carr) 지음 | 박종국 옮김 | 신국판 양장 | 240쪽 | 값 13,000원

안티쿠스 책장

소크라테스의 변명·크리톤·향연·파이돈

초판 1쇄 | 2023년 9월 15일 발행

지은이 | 플라톤
옮긴이 | 박병덕

펴낸이 | 이경자
펴낸곳 | 육문사

편 집 | 김대석
교 정 | 김숙희 박봉진
디자인 | 인지숙

주 소 | 경기도 고양시 일산동구 산두로 128 909동 202호
전 화 | 031-902-9948   팩 스 | 031-903-4315
이메일 | dskimp2000@naver.com

출판등록 | 제 2016-000182 호 (1974. 5. 29)

ISBN 978-89-8203-036-9 03160